中國文學研究典籍叢刊

録鬼簿校訂

〔元〕鍾嗣成 撰
〔明〕佚 名 續
王 鋼 校訂

中華書局

圖書在版編目(CIP)數據

録鬼簿校訂/(元)鍾嗣成撰;(明)佚名續;王鋼校訂.
—北京:中華書局,2021.7(2025.3 重印)
(中國文學研究典籍叢刊)
ISBN 978-7-101-15248-7

Ⅰ.録… Ⅱ.①鍾…②佚…③王… Ⅲ.元曲-戲劇文學史-史料 Ⅳ.I207.37

中國版本圖書館 CIP 數據核字(2021)第 120169 號

責任編輯:許慶江
封面設計:周　玉
責任印製:韓馨雨

中國文學研究典籍叢刊
録鬼簿校訂
〔元〕鍾嗣成 撰
〔明〕佚　名 續
王　鋼 校訂

*

中 華 書 局 出 版 發 行
(北京市豐臺區太平橋西里 38 號　100073)
http://www.zhbc.com.cn
E-mail:zhbc@zhbc.com.cn
三河市宏盛印務有限公司印刷

*

850×1168 毫米 1/32 · 15¾印張 · 8 插頁 · 330 千字
2021 年 7 月第 1 版　2025 年 3 月第 3 次印刷
印數:3901-4500 册　定價:68.00 元

ISBN 978-7-101-15248-7

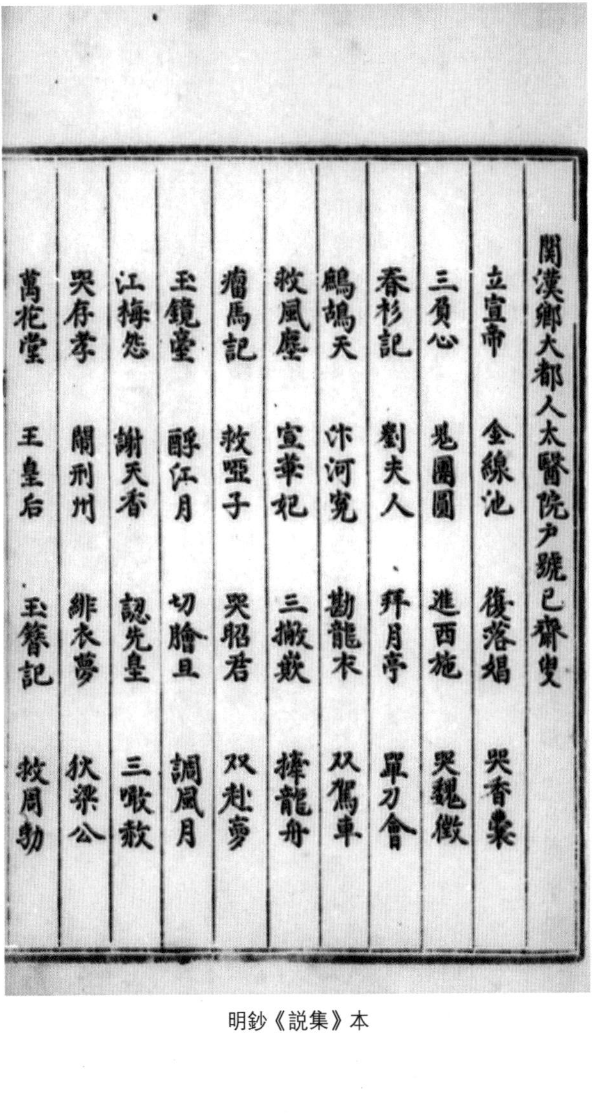

關漢卿大都人太醫院尹號已齋叟
立宣帝　金線池　復落娼　哭香囊
三負心　鬼團圓　進西施　哭魏徵
春衫記　劉夫人　拜月亭　單刀會
鵁鶄天　汴河冤　勸龍末　双駕車
救風塵　宣華妃　三撇欵　捧龍舟
瘸馬記　救啞子　哭昭君　双赴夢
玉鏡臺　酹江月　切膾旦　調風月
江梅怨　謝天香　認先皇　三嗽㪷
哭存孝　鬧荆州　緋衣夢　狄梁公
萬花堂　王皇后　玉簪記　救周勃

明鈔《説集》本

錄鬼簿

前輩已死名公有樂府行於世者

董解元學士　太保劉公

商叔政學士　王和卿散人

杜善夫散人　盍志學學士

楊西庵參政　胡紫山平章

姚牧庵承旨　盧疎齋憲使

徐子章憲使　不忽木平章

荊幹臣參政　史中丞

明孟稱舜刻《古今名劇合選》附刻本

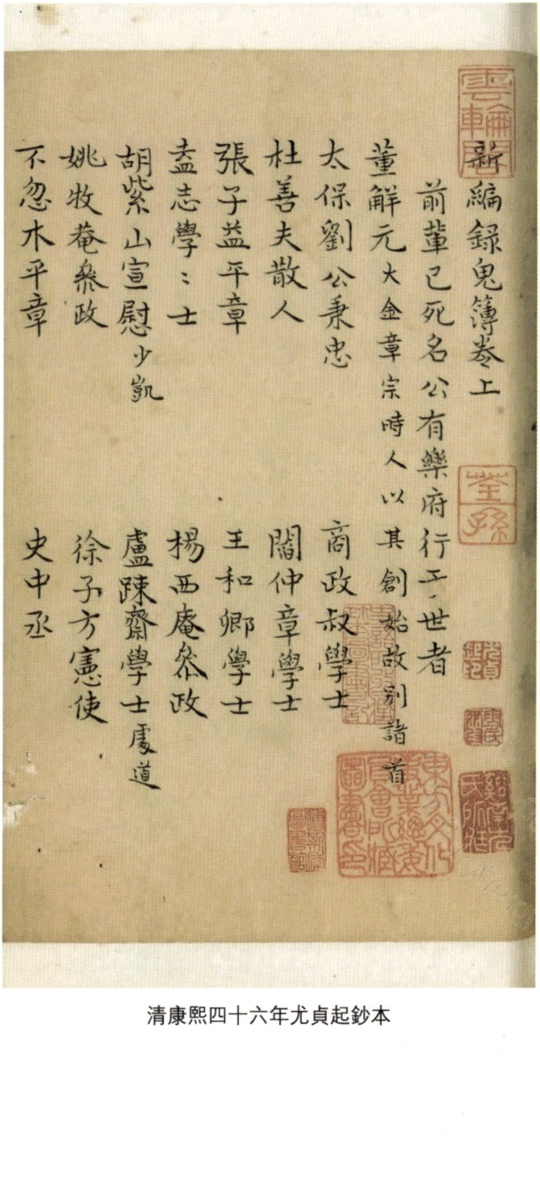
新編録鬼簿卷上
前輩已死名公有樂府行于世者
董解元大金章宗時人以其創始故列諸首
太保劉公秉忠
杜善夫散人
張子益平章
盍志學學士
胡紫山宣慰少凱
姚牧菴參政
不忽木平章
商政叔學士
閻仲章學士
王和卿學士
楊西庵參政
盧疎齋學士處道
徐子方憲使
史中丞

清康熙四十六年尤貞起鈔本

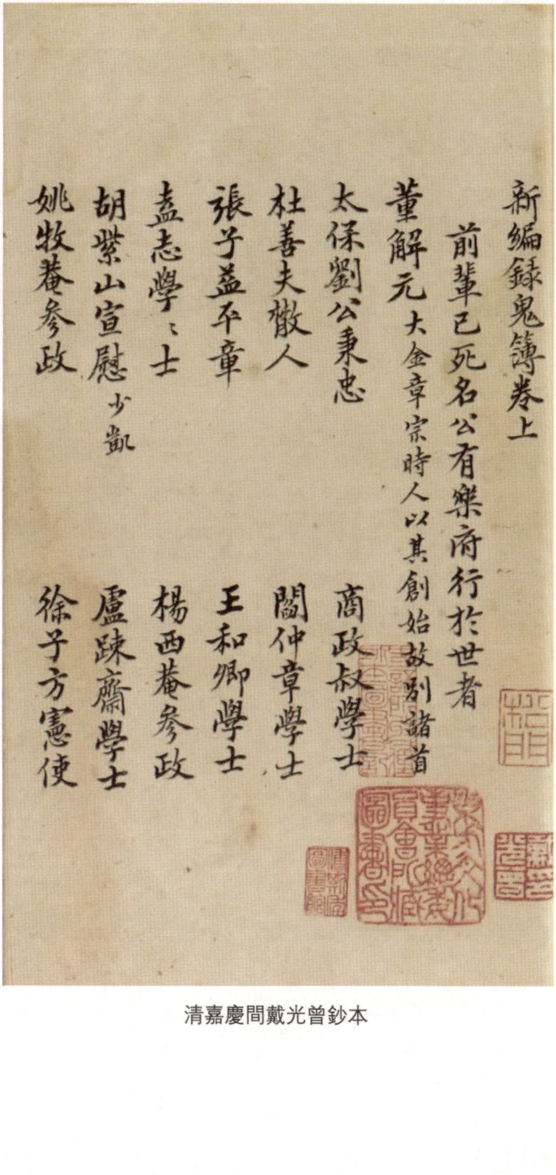
新編錄鬼簿卷上

前輩已死名公有樂府行於世者

董解元 大金章宗時人以其創始故列諸首

太保劉公秉忠　商政叔學士

杜善夫散人　閻仲章學士

張子益平章　王和卿學士

盍志學學士　楊西菴參政

胡紫山宣慰 少凱　盧疎齋學士

姚牧菴參政　徐子方憲使

清嘉慶間戴光曾鈔本

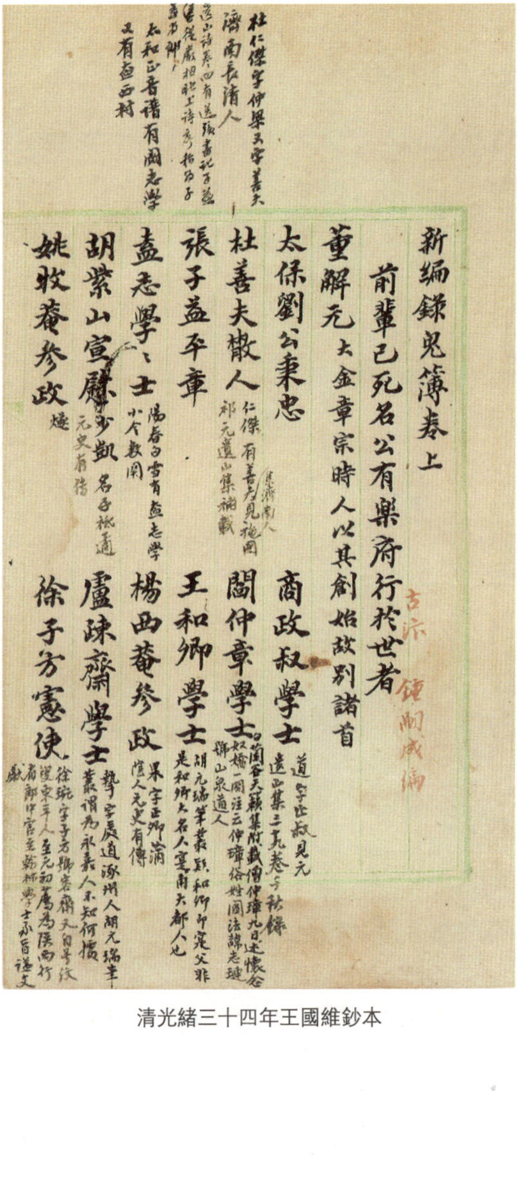

新編錄鬼簿卷上

前輩已死名公有樂府行於世者

董解元 大金章宗時人以其創始故列諸首

太保劉公秉忠

商政叔學士

杜善夫散人

閻仲章學士

張子益平章

王和卿學士

盍志學學士

楊西菴參政

胡紫山宣慰

盧疎齋學士

姚牧菴參政

徐子方憲使

清光緒三十四年王國維鈔本

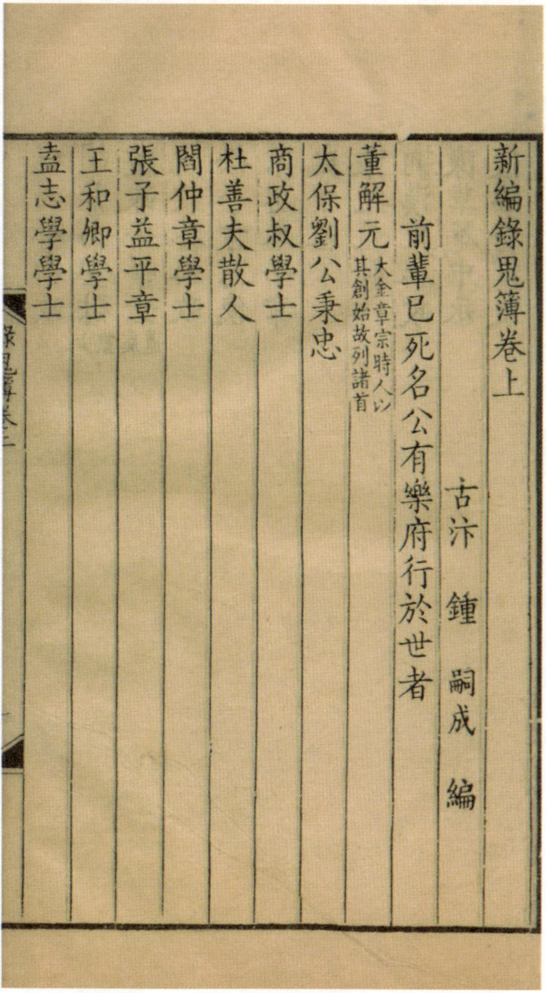

新編録鬼簿卷上　古汴　鍾　嗣成　編

前輩已死名公有樂府行於世者

董解元（大金章宗時人以其創始故列諸首）

太保劉公秉忠

商政叔學士

杜善夫散人

閻仲章學士

張子益平章

王和卿學士

盍志學學士

清康熙四十五年曹寅刻《楝亭藏書十二種》本

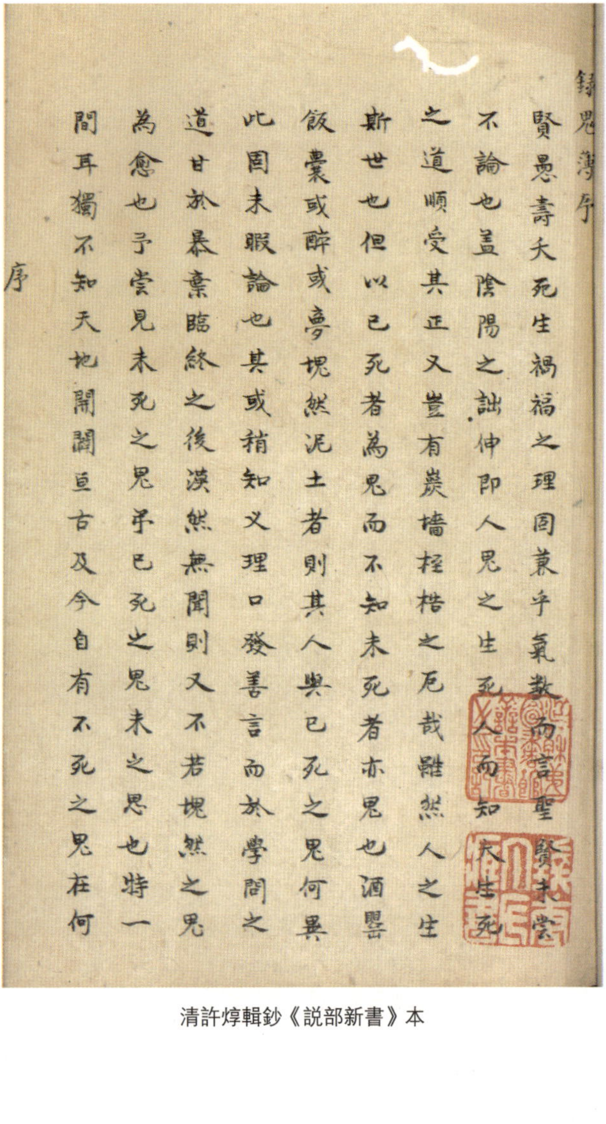
錄鬼簿序
賢愚壽夭死生禍福之理固兼乎氣數而言聖賢未嘗
不論也蓋陰陽之詘伸即人鬼之生死人而知夫生死
之道順受其正又豈有巖墻桎梏之厄哉雖然人之生
斯世也但以已死者為鬼而不知未死者亦鬼也酒甖
飯囊或醉或夢塊然泥土者則其人與已死之鬼何異
此固未暇論也其或稍知義理口發善言而於學問之
道甘於暴棄臨終之後漠然無聞則又不若塊然之鬼
為愈也予嘗見未死之鬼弔已死之鬼未之思也特一
間耳獨不知天地開闢亘古及今自有不死之鬼在何
序

清許焞輯鈔《説部新書》本

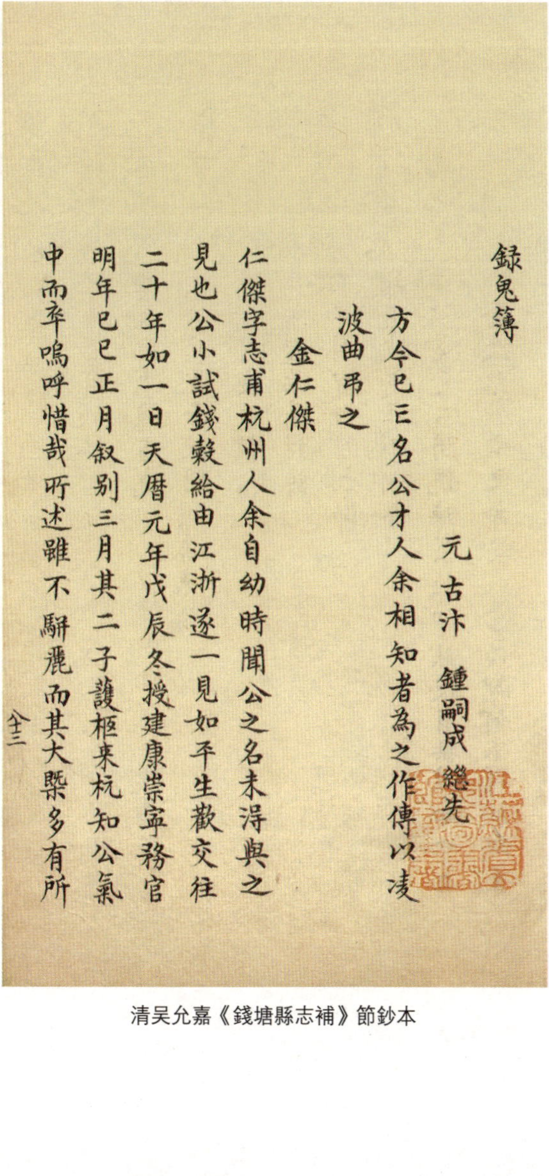
錄鬼簿

元　古汴　鍾嗣成　繼先

方今已亡名公才人余相知者爲之作傳以凌

波曲弔之

金仁傑

仁傑字志甫杭州人余自幼時聞公之名未得與之

見也公小試錢穀給由江浙遂一見如平生歡交往

二十年如一日天曆元年戊辰冬授建康崇寧務官

明年己巳正月叙别三月其二子護柩來杭知公氣

中而卒嗚呼惜哉所述雖不駢麗而其大槩多有所

仝三

清吴允嘉《錢塘縣志補》節鈔本

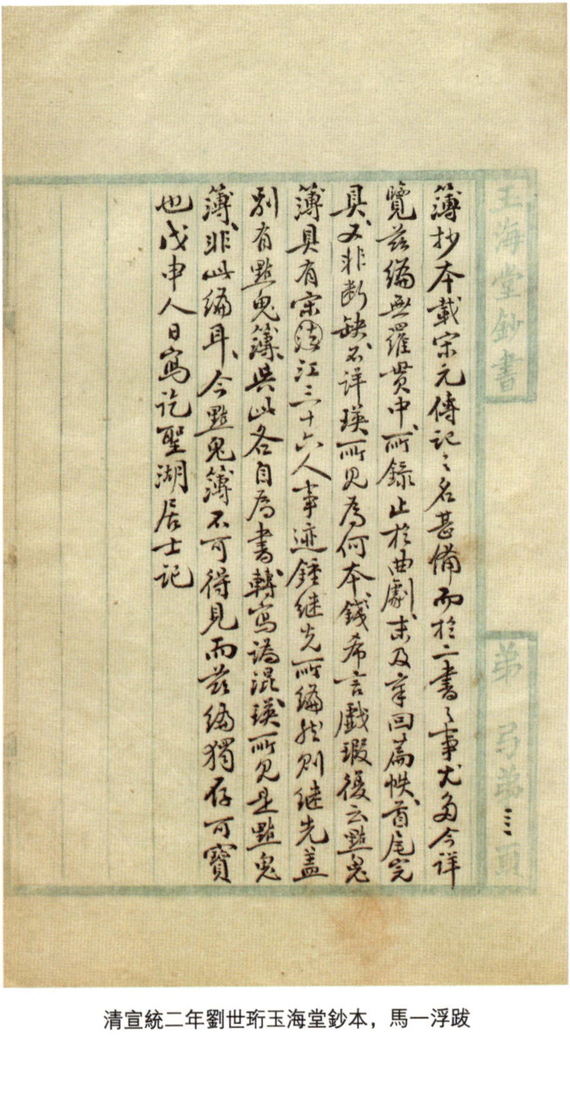
玉海堂鈔書
第　号第三頁

簿抄本載宋元傳記，名甚備，而於二書之事尤多，今詳覽茲編，無羅貫中所錄，止於曲劇，未及章回篇帙，首尾完具，又非斷缺不詳。瑛所見為何本，錢希言戲瑕復云點鬼簿具有宋江三十六人事迹，鍾繼先所編於劇，繼先蓋别有點鬼簿，與此各自為書，轉寫譌混，瑛所見是點鬼簿，非此編耳。今點鬼簿不可得見，而茲編獨存，可寶也。戊申人日寫訖，聖湖居士記

清宣統二年劉世珩玉海堂鈔本，馬一浮跋

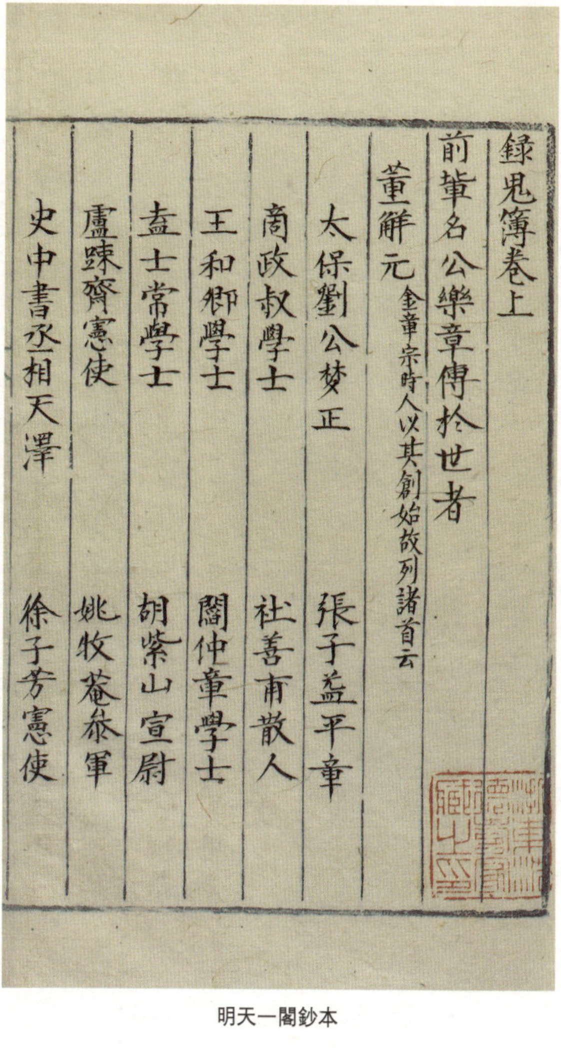
錄鬼簿卷上
前輩名公樂章傳於世者
董解元 金章宗時人以其創始故列諸首云
太保劉公梦正 張子益平章
商政叔學士 杜善甫散人
王和卿學士 閻仲章學士
盍士常學士 胡紫山宣尉
盧疎齋憲使 姚牧菴參軍
史中書丞相天澤 徐子芳憲使

明天一閣鈔本

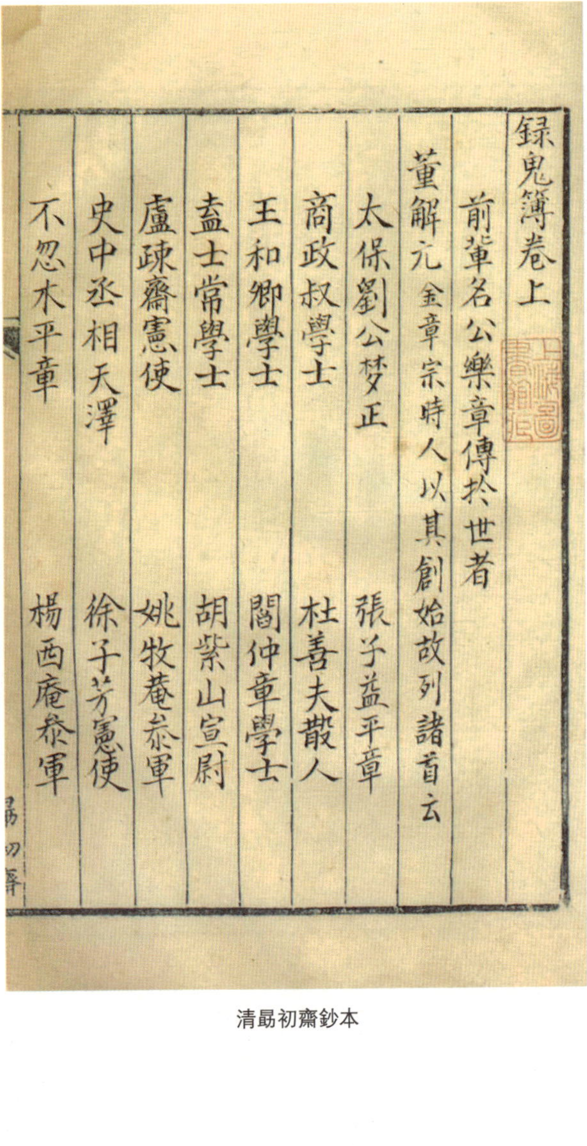
録鬼簿卷上

前輩名公樂章傳於世者

董解元 金章宗時人以其創始故列諸首云

太保劉公梦正　張子益平章

商政叔學士　杜善夫散人

王和卿學士　閻仲章學士

盍士常學士　胡紫山宣尉

盧疎齋憲使　姚牧菴叅軍

史中丞相天澤　徐子芳憲使

不忽木平章　楊西庵叅軍

朂初齋

清朂初齋鈔本

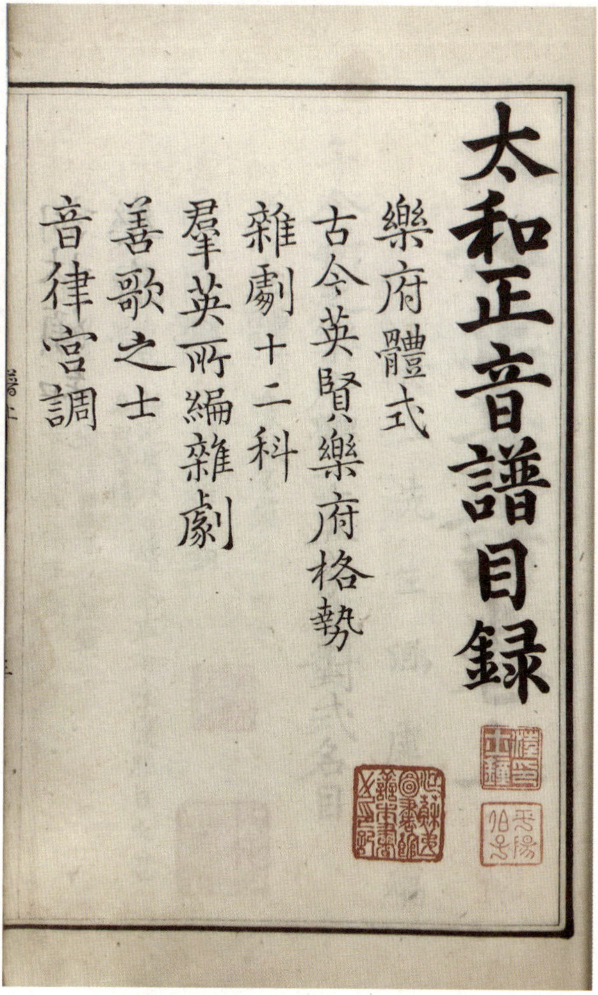
太和正音譜目録
樂府體式
古今英賢樂府格勢
雜劇十二科
羣英所編雜劇
善歌之士
音律宫調

影鈔明初刻本《太和正音譜》

《中國文學研究典籍叢刊》出版説明

中國古代學者對文學的認識、思考、研究和總結，是以多種形式書寫、流傳並發生影響的，有的是理論性的專著，有的是隨筆式的評論，有的是作品前後的序跋，有的是作品之中的評點。這些典籍數量豐富，種類衆多，涉及各個時期的不同的文學現象和文學思潮，以及不同的作家作品和文體文類。對這些典籍文獻的收集、整理，在近百年來，一直是學術界著力的重點，取得了很大的成績。

爲了進一步推動這一工作的進展，我們組織了《中國文學研究典籍叢刊》，選擇歷代具有代表性的、比較重要的典籍，採用所能得到的善本，進行深入的整理。因各類典籍情況差異較大，整理的方式也因書而異，不求一律，或校勘，或標點，或注釋，或輯佚，詳見各書的前言與凡例。《叢刊》的目的，是系統地爲學術界提供一套承載著中國古代學者文學研究成果的，内容更爲準確、使用更爲方便的基礎資料。我們熱切地期待學術界的同仁們參與這一澤惠學林的工作，並誠摯地歡迎讀者對我們的工作提出批評指正。

中華書局編輯部

二〇〇六年六月

目録

前言……一
凡例……一
簡本録鬼簿……一
録鬼簿……五
簡本録鬼簿校勘記……三五
繁本録鬼簿……六一
新編録鬼簿卷上……六五
新編録鬼簿卷下……八五
繁本録鬼簿校勘記……一〇五
增補本録鬼簿……一三五
録鬼簿卷上……一四七
録鬼簿卷下……一七九
録鬼簿續編……一九七
增補本録鬼簿校勘記……二一五
附録……二七七
題跋輯録……二七九
書目著録……二九三
資料彙編……三〇七
版本叙録……三四三
鍾嗣成年譜……三八五
引用書目……四二九

前言

《録鬼簿》是一部關於元曲家的著作，它記載了元代一百多位散曲、戲曲作家的姓字、行實，以及劇作家的作品名目。雖然其内容比較簡略，收録也不很完備，但却是元代記述曲家的惟一一部著作。後人對元曲家的瞭解，對元劇作者的考訂，對元曲發展輪廓的瞭解，主要都是依據此書，其價值是不言而喻的。

一、《録鬼簿》的作者

《録鬼簿》的作者鍾嗣成，字繼先，因爲貌醜，自號醜齋，汴梁（今河南開封）人，出生於元至元中期，南宋滅亡那一年前後。據今可考的資料，他幼年都是在杭州度過的，足迹不出江浙一帶，汴梁應該是他的祖籍。杭州是南宋的「行在」故都，入元後又是江浙行中書省的治所所在。而江浙行中書省是江浙最高的行政機構，東南政治、經濟的中樞，管轄範圍包括了今浙江、江蘇、上海、福建，以及安徽、江西的部分地區。

鍾嗣成可能出身於儒户。南宋滅亡後，儒士的地位一落千丈，再無往日風光。不過，元代户籍制度中還是專門設立了「儒户」這個特殊的門類，它包括前朝的進士、發解、秀才、真材碩學、名卿士大夫等，但基本條件只是「能通文學」。與軍户、匠户等不同，儒户與職業無關，可以種田、經商，從事各種營生。政府出於治理社會、培養吏員的需要，曾頒佈條例，儒户除種田繳納地税、經商繳納商税外，免除其他差役。其義務是必須要有一名子弟入學學習。至元末或元貞年間，鍾嗣成進入杭州路儒學，成爲一名儒學生。

杭州路儒學原是南宋臨安府學，也是元代江浙首屈一指的學府，學舍儼整，名師薈萃。江浙行省每年重要的祭祀活動，也在這裏舉行。在杭州路儒學，鍾嗣成師從著名學者鄧文原。鄧文原時任杭州路儒學學正，職位僅次於教授，後來擔任過最高學府國子監的正職國子祭酒。以後鍾嗣成還曾師從知名學者曹鑒和劉濩，前者歷官至户部尚書，後者雖終生布衣，但在杭州享有很高的學術威望。

當時尚未開科舉，官吏的選拔實行「歲貢儒吏」制度：各路儒學每三年選拔一名優秀儒生，送入肅政廉訪司，充爲書吏；各道廉訪司每年選送一名儒人書吏，到中央政府的六部做令史，考滿(三十個月，大德間則四十個月)即可「出職」，轉爲從七品官員。這是最快的捷途，但能入選者極少。未入選六部的書吏，考滿可授正九品官。未被選爲歲貢的儒生，則可補地方政府路、府、州的司吏，或者補地方儒學的學官。司吏是吏職系統中最低的吏員，考滿只能入流外職。學官包括儒學的教授、學正、學録、教諭等，並不都是官職，只有諸路儒學教授任滿授從八品，府、州（上中）儒學教授正九品。司吏和學官的前途都漫長而坎坷。大德七年，衢州鄭介夫上奏過一篇《太平策》，其中説道：「今隨朝自部典吏轉爲省典吏，又轉而部令史，部陞之院，院陞之省，通理俸月，不十年已受六品之官。而各處州縣以吏進者，年二十即從仕，十年得補路吏，又十年得吏目，又十年可得從九，中間往復給由、待闕，四十餘年，才登仕版，計其年已逾六十矣。或有病患事故，曠廢月日，七十之翁未可得一官也。以儒進者，自縣教諭陞爲路學録，又陞爲學正、爲山長，非二十年不得到部。既入部選，陷在選坑之中，又非二十餘年不得銓注，往往待選，至於老死不獲一命者有之，幸而不死，得除一教授，耄且及之矣。望爲少年相、黑頭公，必不可得也。」（《歷代名臣奏議》卷六十七）另一方面，令史、書吏、司吏、學官，其來源不止是歲貢儒吏，還有其他諸如舉薦、廕叙等途徑，這給儒生的道路增添了更多的殘酷競爭。但無論如何，補吏、補學官，再入官，是儒學生員的正途，也是他們追逐的理想和目標。

鍾嗣成所敬重的前輩，像宫大用、鄭德輝，都是這樣走過來的，補了學官、路吏。他的同學，不少在這條道路上有所進步：陳彦實補衢州路吏，屈子敬補學官，劉宣子補淮東道廉訪司書吏。一些朋友，如鮑吉甫、周仲彬等，也都如此。其中一些幸運者，如比他年長的黄公望，至元末年受到浙西廉訪使徐琰的賞識，直接辟爲書吏。再如班惟志，年齡與他相仿，雖然未必相識，但同爲鄧文原的學生，至少會有所風聞：大德二年，朝中徵調趙孟頫、鄧文原赴都，爲徽仁裕聖皇后書寫《大藏經》，鄧文原推薦了班惟志等二十名學生參加，當年事畢，「二十人皆賞官」，班惟志授溧陽州儒學教授，最後歷官至正五品的集賢待制。

儘管鍾嗣成對世俗的吏途心有不屑，爲了長遠的抱負，他還是走上了這條路。他寫道：「生居天地間，稟受陰陽氣。既爲男子身，須入世俗機。」在學業上，他應該算是有所成就，所以被稱爲「善之鄧祭酒、克明曹尚書之高弟」。從《録鬼簿》的行文，也可以看出他扎實的功底：用典恰切自如而不露痕迹，記人寥寥數語而兼得形神。在散曲《自序醜齋》中，他借夢中「捏胎鬼」之口，講到自己「既通儒，又通吏」，這是吏員的重要條件。當時選吏的標準是：「行移有法，算術無差，字畫謹嚴，語言辯利，能通《詩》《書》《論》《孟》一經。」（《廟學典禮》卷一《歲貢儒吏》）

然而，「從吏則有司不能辟」，鍾嗣成始終未能如願。後來，只是在江浙行中書省，謀了一個「貼書」之類的案牘雜役，與同學趙良弼「同筆硯」。此後的延祐年間，趙良弼也補了嘉興路吏，最終出職入官，成爲從九品的嘉興縣尉。大約三十歲時，鍾嗣成寫下散曲【南吕・一枝花】《自序醜齋》，宣洩胸中的牢落不平，把吏途的失敗歸因於自己外在的相貌不揚和社會對自己内在才華的輕視。不過，在省府當差的經歷，至少使鍾嗣成的眼界和交際得到拓展。

延祐元年恢復科舉，對業儒者來説是一個重大的機遇。於是鍾嗣成積極應試，希望以才學博取功名，施展抱負。首次江浙行省的鄉試，主考官是他的老師鄧文原。可是，在人分四等、榜分左右的種族政策支配下，南人倍受歧視。同時，江浙行省區域遼闊，人傑地靈，競爭十分激烈。「一省應詔而起者，歲不下三四千人，得貢於禮部者，四十三人而已。」（《畏齋集》卷三《江浙進士鄉會小録序》）這四十三人中還包括蒙古人五人、色目人十人，南人僅得二十八個名額，能够通過鄉試、名列左榜者，百不及一。杭州一路，甚至「三年或不能貢一人」（《始豐稿》卷五《送趙鄉貢序》）。最終，「累試于有司，命不克遇」。

歲貢儒吏的制度，早在至元初期就有規定，不得超過四十五歲。隨著年歲增長，吏途日漸無望。鍾嗣成大概因此意志逐漸消沉。他的散曲【雙調・清江引】重頭小令十首，表現出濃重的消極意識：心灰意冷，漠視功名，無是無非，希望「早尋個穩便處閑坐地」，當即是其思想變化的痕迹。

始於儒家濟世救民而追求功名的入世思想，繼之以懷才不遇而憤世疾俗，終以道家看破紅塵的出世思想，而内心仍保留著獨善其身的儒家觀念，大抵便是鍾嗣成走過的道路，也是那一時代許多文人所走的道路。

元代的杭州，宋亡時没有遭到太大的破壞。前朝舊都的風物之盛，東南要津的地利之便，吸引了大批達官貴胄、文人雅士、佛道僧侣來遊歷、定居。從元代文獻中可以看到，杭州文化名流的燕集遊賞、詩曲唱和，幾無虚日。由此促使杭州在學術討論、詩文創作、書法繪畫和圖書刊刻等文化領域，重新繁榮起來。元以曲名代，「大元樂府」興起北方，宋亡後迅速南傳至杭州。戲曲大家關漢卿、白朴都曾到此一遊；馬致遠、尚仲賢、戴善夫、張壽卿等還在此任職；《録鬼簿》列舉的那些身居要職的散曲名家，大都到過杭州；散曲家、歌唱家北庭貫雲石，長期隱居杭城，傳其藝於劇作家楊梓。這一時期，杭州湧現出大批知名的北曲作家、藝人和優秀作品。現存三十種元刊本雜劇，即有七種標「古杭新刊」。與此同時，南曲戲文也秉承南宋傳統，持續發展，今存《永樂大典戲文三種》，就有兩種出自杭人手筆。北曲南傳杭州，與南曲結合，還誕生了南北合腔的元曲新形式。這些現象表明，杭州成爲元曲活動的又一個中心。

在這種環境下，鍾嗣成自幼受到元曲的熏陶。他父親的好友中，便有一位著名曲家宫大用。他本人也與一些前輩曲家如鄭光祖、曾瑞等多有交往。這使他得到許多創作上的經驗，用他自己的話説，是「潤益良多」，「至今得其良法」。他所在的杭州路儒學，也有施德仲那樣知名的樂師，相信在音樂方面會對他有所裨益。此後，他與杭州乃至江浙一帶的曲家保持了廣泛聯繫，也與一些藝人如王玉梅、吉誠甫等多有交往。鍾嗣成以嚴肅的態度對待元曲，並不把它視爲遊戲文字，而看作是可以言志載道的藝術形式，是「英華自然發外」的結果。可以説，元曲是他「英雄失路，托足無門之悲」的人生寄寓。他一生至少寫了七部劇作：《馮諼收券》

《詐遊雲夢》《錢神論》《斬陳餘》《章臺柳》《鄭莊公》《蟠桃會》，但「皆在他處按行，近者不知」，今亦未能幸存。他還寫過不少散曲，今存小令五十九首，套數一套。這些曲作大都富有文采，略帶恣肆豪放之氣，追求駢儷而又不事雕琢，華美自然；《録鬼簿》吊詞十九首，則沉抑悲鬱，在元曲中别具一格。此外，他還有文集若干卷，大都未曾刊刻，今亦失傳。

天曆元年冬至二年春，在短短的幾個月中，他的摯友趙良弼、金志甫、陳無妄、廖毅相繼辭世。同命相憐，惺惺相惜。他已逝和在世的前輩和友人，大都「門第卑微，職位不振」，或者一生在吏途上沉浮奔波，倍嘗世事艱辛；或者志不屈物而放棄吏途，甘於自適；或者混迹市肆，以醫、卜、商、道爲業。他們又都高才博識，文采燦然，因爲對曲的熱愛而志同道合。隨著歲月流逝，他們將被埋没在歷史的塵封珠網之中。這促使鍾嗣成次年寫成《録鬼簿》，以使那些「已死未死之鬼，得以傳遠」，並藉以抒發胸中的抑鬱。「才高命薄，今猶古也」，在《録鬼簿》的字裏行間，充滿了對亡友和自己命運的感嘆。他晚年修訂《録鬼簿》時，流露出更爲傷感的情緒：「往者不可諫，來者不可追。已而！已而！」從這裏，我們可以深深感受到這位終生不得志的老人晚年悲凉的心境。然而，如他所願，《録鬼簿》真的使那些創造了燦爛戲曲文化的曲家得以流芳千古，「日月炳焕，山川流峙，及乎千萬劫無窮已」，成爲不死之鬼。他若有知，九泉之下定會感到莫大的欣慰。

在談到《録鬼簿》作者時，還需要提及另外一位人物吴弘道。《録鬼簿》「前輩已死名公才人有所編傳奇行于世者」類末説：「其所編撰，余友陸君仲良，得之于克齋先生吴公。」也就是説，這一部分的原始資料，或者説初稿，出自吴克齋即吴弘道之手。

吴弘道，字仁卿，號克齋先生，祁州蒲陰（在今河北安國）人。大德五年前後任江西行省檢校所書吏（掾史），是地位較低的吏員。此後一直在吏途上奔走，他的散曲《錢塘感舊》説：「虚名仕途，微官苟禄。愁裹南閩，客裹東吴，夢裹西湖。」其間，泰定二年可能擔任過建康路總管府提控案牘兼照磨承發架閣。這個職位雖然仍是吏職，但已是比較重要的吏員，屬於統管諸吏的「首領官」之一，只有待選的有品級官員才有資格擔任，吏員出職，多數也先要擔任首領官。再往後出職，擔任過某縣縣尹。年近七十時請辭，授府判致仕。在仕途上，吴弘道可算是小有正果，畢竟府判是從六品的官職。按照元代的規定，七品及以上官員，可封贈先輩、妻子，一子承廕，如果子幼家貧，還可以享受半俸，以至終老。

吴弘道也是一位曲家，所作雜劇，《録鬼簿》著録五種，俱佚；散曲《金縷新聲》亦已失傳，見於《樂府新編陽春白雪》諸選者，尚有小令三十四首、套數六套。他還編有《曲海叢珠》，大約是一部散曲選集，明以後即毫無影響。他又曾編輯北方文人名士的往來書信，爲《中州啓劄》四卷，今幸存於世。其中如杜仁傑《與楊春卿》書、許楫《與馬彦良》書等，亦是珍貴的曲家史料。吴弘道是北方人，能够編輯《中州啓劄》，應該對北方文人比較熟悉。作爲曲家，他對北方的戲曲活動當也比較瞭解。這正好彌補了鍾嗣成「僻處一隅」的不足，爲《録鬼簿》充實了内容。他的經歷，使我們感到《録鬼簿》中這類曲家的資料是可信的。

鍾嗣成將吴弘道列入《録鬼簿》「方今才人相知者」類中，因此兩人應該有過直接交往，儘管《録鬼簿》卷上的資料是由陸仲良轉達的。吴弘道晚年到過杭州，寫作了《西湖宴飲》《西湖泛舟》等小令，收録於《類聚名賢樂府群玉》。此書所收曲家大多爲杭州人或流寓杭州者，曲作亦以咏杭州者爲主。其《錢塘感舊》還寫道：「到寓居，問士夫，都爲鬼録。消磨盡舊時人物。」似乎他還見到過《録鬼簿》。

二、《録鬼簿》的基本内容與評價

《録鬼簿》是一部關於元曲家生平和作品的著作，這是歸納全書内容得出的結論，鍾嗣成自己並没有明確説他所記載的是什麽樣的人物。《録鬼簿》中用了「有樂府行于世」和「有所編傳奇行于世」兩個概念。「樂府」即北曲散曲，爲區别於古樂府，元人也稱之爲「今樂府」。「有樂府行於世」者，作品大都見於《樂府新編陽春白雪》《梨園按試樂府新聲》《朝野新聲太平樂府》等元人編輯的北曲選集。「傳奇」即北曲雜劇，雖然南戲在元代偶爾也被稱爲傳奇，但

《録鬼簿》中，李時中名下的《黄粱夢》標有四折撰人，《汪勉之傳》稱「鮑吉甫所編《曹娥泣江》，公作二折」，此分折體制，爲北雜劇獨有；一些劇目注「旦本」「末本」，亦爲戲文所不分。此外，朱右《元史補遺》稱關漢卿「著北曲六十本」（《元明事類鈔》卷二十二引）；朱權《太和正音譜》取《録鬼簿》劇目加以整理，冠以「群英所編雜劇」；賈仲明吊詞亦屢稱「雜劇」，都説明《録鬼簿》所列劇目是北雜劇。同時，《録鬼簿》中還特别使用了「南曲戲文」一詞，表明「傳奇」是有别於南戲的另一種形式。因而可以斷言，《録鬼簿》所載曲家，大都爲北曲作家，所列劇目，大都是北曲雜劇。

但是，正因爲「南曲」和「南曲戲文」的出現，使我們知道，《録鬼簿》收録了個别南曲作家和南曲戲文。其所記沈和甫，是南北合腔的創始人，范冰壺也是南北合腔曲家。蕭德祥，傳文明確説他「凡古文俱隱括爲南曲，街市盛行，又有南曲戲文等」，其名下與關漢卿、王實甫同名的劇目，又未標「次本」字樣，因此有理由相信，他是一位南曲作家，其名下劇目五種是南曲戲文。至於前輩「有所編傳奇」類中，是否還會有個别南曲作家，只能存疑。除此之外，《録鬼簿》還收録了諸宫調作家董解元（王伯成也是兼作諸宫調的雜劇作家），院本作家屈英甫，這屬於個例。

作爲有元一代的曲家紀録，《録鬼簿》的收録是否完備，是否能反映元曲家的全貌？對此，鍾嗣成顯示出相當的自信，説：「聞則必達，見則必知。」「有一鄉之士、一國之士、天下之士，名譽昭然者，自鄉及國，可及天下。」意思是，成就卓著曲家不會有太多遺漏，失載者，可能只是些名不出鄉里的人物。

從現存《陽春白雪》等選集看，大多數優秀散曲作家在《録鬼簿》中都有記載，而且，一些《録鬼簿》所載曲家，如張夢符、曹子貞等，曲作今未見存世。這反映了在散曲家方面，《録鬼簿》的著録還是比較完備的。戲曲的判斷則比較困難一些。元代刊刻過許多散曲選集、別集，通過這些曲集，比較容易掌握散曲的全貌。戲曲作品的刊刻流通可能不如散曲廣泛，而且戲曲刻本大都不署撰人。所以，還不能以散曲的情况類推，得出戲曲作家收録也很完備的結論。但自明初《太和正音譜》以來，很少發現新的元代重要雜劇作家，因此不得不説，在元代雜劇作家生平著述方面，《録鬼簿》是目前所知最完備的一部著作。

當然，《録鬼簿》是一部私人著述，而個人的經歷、見聞畢竟有限，遺漏在所難免。鍾嗣成自己也説過：「無聞者不及録。」所以，在散曲方面，如王惲、鮮于樞、阿魯威等，都未列入。戲曲方面，還有許多元人雜劇未能在《録鬼簿》中找到作者，如《元刊雜劇三十種》裏的一些劇作，《中原音韻》所及《副王莽》等，此外《正音譜》及《録鬼簿續編》所附無名氏雜劇中，當也有不少元代作品。所幸，對於鍾嗣成不相識的曲家，吴弘道提供了豐富的資料，使得他有如此的自信。

同時，《録鬼簿》對南曲和南曲戲文作家，著録是不充分的。據《永樂大典目録》，《大典》所收南曲戲文有二十七卷三十三種，雜劇則二十一卷九十九種，南戲種數雖然少於雜劇，但其篇制較雜劇爲宏大，總卷數反而超過雜劇，這反映出南戲之盛，不亞於雜劇。依《録鬼簿》的宗旨，是不應該排除南曲作家的，然而所記僅寥寥二三人。推測其可能性，或者南戲有相當一部分産生於南宋，元代多據以改編演出；又或者元代的南戲，多出於書會才人集體創作，《録鬼簿》以記人爲旨，因而不録。但是，南戲作家並非没有留下姓名者，在大都，有以卜爲業的鄭聚德，著有《金銀貓李寶閑花記》《三十六瑣骨》戲文（《寒山堂新定九宫十三攝南曲譜》）；在杭州，有太學黄可道，南宋咸淳間作有《王焕》戲文（《錢塘遺事》卷六），也很有可能卒於入元之後。

《録鬼簿》未載一些曲家，當也與其收録標準有關。其書列名立傳，並非聞則必録，而有其標準。「前輩已死名公有樂府行於世者」類末跋語稱：「蓋風流蕴藉，自天性中來；若夫村樸鄙陋，固不必論也。」「方今才人相知者」類末又云：「或妄意穿鑿而亟欲傳梓，政猶匿税之物不經批驗者，其何以行之哉！故有名而不録。」説明鍾嗣成排除了一些藝術成就不高的曲家。那麼，如鮮于樞，是錢塘名流，與其師鄧文原多有過從，作品見於《陽春白雪》，鍾嗣成不至於不知其人其作，他的名字未列入《録鬼簿》，便可以揣測是由於其曲作不被認可，或作品較少而不被視爲散曲家。

三、《録鬼簿》的分類及相關問題

鍾嗣成在《自序》中説：「余因暇日，緬懷故人，門第卑微，職位不振，高才博識，俱有可録，歲月彌久，湮没無聞，遂傳其本末，吊以樂章，復以前乎此者，叙其姓名，述其所作。」他將所收人物分爲若干類，由於版本不同，類别有所差異，此待後文詳述，晚出的繁本計分七類：

一、前輩已死名公有樂府行于世者；

二、方今名公；

三、前輩已死名公才人有所編傳奇行于世者；（以上卷上）

四、方今已亡名公才人余相知者，爲之作傳，以【凌波曲】吊之；

五、已死才人不相知者；

六、方今才人相知者，紀其姓名行實並所編；

七、方今才人聞名而不相知者。（以上卷下）

分析各類的情況，全書實際由三部分組成，各部分的體例也不相同。

第一部分（第一、二類）是一份散曲家（董解元除外）名單，僅記其姓字職位，没有小傳。此即《自序》所謂「叙其姓名」者。這部分人物大都是「身居要路」的公卿，個别不仕者，如杜善夫散人，也是一代名士。大抵由於這類人物位高名重，自會有人爲之樹碑立傳，不致於「湮没無聞」，故只列姓名。

第二部分（第三類）是有「傳奇」的戲曲家（或兼作散曲、諸宫調），簡略記其籍里仕履，列其劇目。此即《自序》所謂「述其所作」者。這部分的資料得自吴弘道，收録的人物與職位高低無關。

第三部分（第四至七類）曲家，不分散曲、戲曲，傳文詳略不一，凡戲曲家列其劇目。此即《自序》所謂「職位不振」的「故人」。其要有二：一是相識。類目所標「不相知」者，也都是舊日相識，只是不知其下落。如李齊賢、劉宣子俱是同窗，後不相聞；李顯卿至正元年還曾在慶元相會，「别後遂無聞及」。第七類明標「聞名而不相知」，可視爲後補的附録。二是「職位不振」。其中品級最高者吴弘道，歷仕府判致仕，是個特例。其他大都是以儒補路吏、學官，甚至以醫卜爲生。如果位高名重，則即使「相知」，也不入此類。如曹鑒是他的老師，至治間任江浙行省左右司員外郎，天曆間任江浙財賦府副總管，俱在杭州；班惟志至正初在杭州任江浙儒學提舉。二人都列入第一部分。

要之，對於鍾嗣成來説，《録鬼簿》的主體是第三部分。「復以前乎此者」，列了一份知名散曲家的名單，作爲第一部分；又據吴弘道提供的資料，列出了劇作家及其作品，作爲第二部分。

《録鬼簿自序》及《録鬼簿》的分類，對後世有很大影響。人們對元曲發展的年代、階段、地域等一些基本問題的認識，都建立在這一基礎上，因此需要做慎重的辨析。

《録鬼簿》所收曲家，除金章宗時的董解元爲特例外，包括了元初至鍾嗣成當代的人物，幾乎貫穿了有元一代。其較早者，散曲家劉秉忠、楊西庵、胡紫山，戲曲家白朴、侯正卿等，俱生於金末；戲曲家關漢卿、楊顯之、梁進之、費君祥等亦相去不遠。其較晚者，散曲家王繼學，幼於鍾嗣成十歲上下；戲曲家張鳴善幼於他二十餘歲。這些曲家被分爲三個層次：「前輩已死」「方今已死」「方今」，如此顯示了曲家大致的年代輪廓。

但是，這種劃分並不能準確反映曲家的年代先後。一方面，「已死」者有高壽與早卒之别，比如貫酸齋、周文質，都幼於鍾嗣成，比許多「方今」者年代要晚。另一方面，「前輩已死」與「方今已死」的區别，主要在於相識與否，前者不相識，後者相識。其相識的「方今已死」者，如宫天挺，爲鍾氏父親的莫逆交；鄭光祖，卒於泰定元年以前，伶倫輩稱「鄭老先生」，年事甚高，以享年七十計，應生於憲宗五年以前，長於鍾氏二十歲以上；金仁傑，在鍾氏幼年時已很有名氣；曾瑞，傳文言辭特謙；胡正臣，約延祐二年前已卒；陳以仁，與金仁傑、胡正臣約略同時；屈彦英，其侄與鍾氏爲同窗。這些曲家，都是鍾氏的前輩，較之一些不相識的「前輩已死」者，年歲還要長些。又由於不相識，對其生卒不甚瞭解，故出現一些錯誤，將在世的人物列入「前輩已死」。如趙天錫，至順三年以鎮江府判致仕，當生於中統四年，長鍾嗣成不過十餘歲。其他如白無咎、馮海粟等，大抵也卒於《録鬼簿》成書之後。只是，由於鍾嗣成本人的年代，其不相識的「前輩已死」者，元初曲家更多一些。

《録鬼簿》曲家分類與地域也没有直接關係。「前輩已死」者雖然籍貫多爲北方，並且許多人可能長期活動於北方，但流寓江浙及南方者比比皆是。如馬致遠、尚仲賢、戴善夫、張壽卿，俱供職於江浙行省；孔文卿所作《東窗事犯》被稱爲「西湖舊本」，又爲南方（或即杭州）藝人楊駒兒表演；白朴中年後即流寓九江、建康，李文蔚江西瑞昌縣尹，李直夫德興府住，姚守中平江路吏，趙天錫鎮江府判，顧仲清清泉場司令。這情形與「方今」中的許多人物十分相像。如宫天挺大名開州人，鄭光祖平陽襄陵人，曾瑞大興人，趙良弼、陳無妄、李顯卿俱東平人，喬吉太原人，吴弘道祁州蒲陰人，也都是北方人流寓江南者。他們雖然是北方籍，但其主要的戲曲活動很可能多在南方。也是由於鍾嗣成本人的經歷，其不相識者，江浙以外人居多，其中不少曲家可能未曾流寓南方。其相識者則江浙人居多，若北方人也必流寓江浙者，若江浙人在北方擅名者，如秦簡夫、曹明善等，則較少。

因爲元曲家行年大都難以考知，《録鬼簿》分類的年代特徵，提供了一個識别曲家大體年代的標志，一些文學史、戲曲史因此將「前輩已死」曲家列爲元前期人物，將「方今」曲家列爲中後期人物。而元曲發展前、後期的劃分，也或多或少是受了《録鬼簿》分類的影響。又由於所謂前期曲家多大都人或北方人，後期曲家多居杭州或爲南方人，所以又有了元曲活動中心前期在大都（或加上真定、東平）、後南移至杭州的説法。這實際上是對《録鬼簿》分類理解的錯覺，不盡準確。元代中後期北方的戲曲活動，在《録鬼簿》中的反映是不够充分的。

關於元曲家的社會地位，鍾嗣成在《自序》中説了「門第卑微，職位不振，高才博識」的話，加上卷下作家的遭遇確令讀者感慨，所以給人以强烈的印象：元曲家，特别是元雜劇作家，大都是受到社會鄙視、地位低下的人物。自明代以來，就有人將元曲興盛的主要原因歸結於文人沉抑下僚，志不獲展。但這有些片面。實際上，所謂「職位不振」者主要是第三部分曲家，他們是元曲家的類型之一，但不是全部。倘以第一部分所列省掾（行省吏屬）、府判（從六品）爲「身居要路」標準的話，第二部分雜劇作家中便有許多：新軍萬户史九散仙，正五品和州知州梁進之，從五品儒學提舉趙公輔，約正六品江浙省務官馬致遠、尚仲賢、戴善甫（詳《附録·鍾嗣成年譜》至元二十六年），鎮江府判趙天錫，淘金千户王廷秀，中書省掾庾吉甫、李時中，江浙省掾張壽卿等。此外白朴雖終身不仕，而聲名不在杜善夫之下。他如從六品合淝縣尹李寬甫，正七品瑞昌縣尹李文蔚，從七品鹽場司令顧仲清，也介於「身居要路」和「職位不振」之間。元代主流社會對於元曲，包括元雜劇，並不見得都很鄙視，而且往往引以爲自豪，奎章閣學士虞集説：「一代之興，必有一代之絶藝足稱于後世者，漢之文章，唐之律詩，宋之道學。國朝之今樂府，亦開于氣數、音律之盛。其所謂雜劇者，雖曰本于梨園之戲，中間多以古史編成，包含諷諫，無中生有，有生深意焉。是亦不失爲美刺之一端也。」（《静齋至正直記》卷三）趙孟頫説：「雜劇出于鴻儒碩士、騷人墨客所作。」（《太和正音譜》）則是强調了元劇作家的另一種類型。

此外，《録鬼簿》第二部分是由吴弘道提供資料的獨立部分，現存各版本系統，這部分曲家數目相同，説明鍾嗣成在修訂時没有補充人物。而第三部分是追記遭際坎坷的故友。那麽，他所相識或知道的一些「身居要路」的劇作家，是不是會被忽略，既疏於補入第二部分，又不能列入第三部分？比如，以秩正三品、杭州路總管府總管致仕的楊梓，作有《霍光鬼諫》《豫讓吞炭》《敬德不伏老》三種雜劇，前者傳世有元刊本，卷首並題「古杭新刊」，其失載於《録鬼簿》，或即可以解釋爲達官不必立傳。不過，《樂郊私語》在提到這三部雜劇時説，楊梓有意隱去了自己的姓名，這也未嘗不可以作爲失載的解釋，但相信楊梓不會是一個絶無僅有的孤例。

以上的辨析旨在説明,《録鬼簿》的分類有其特殊性,由此考查立論,需要具體問題具體分析。

四、《録鬼簿》的修訂與版本系統

《録鬼簿》自序於至順元年,這當是初稿寫成的時間。在此之後,鍾嗣成至少有過三次修訂。今初稿已佚,三次修訂本各有流傳。今依内容詳略,分爲簡本、繁本、增補本三個系統,分別叙述。

簡本以明鈔《説集》本、明孟稱舜刻本爲代表。其特點爲:不分卷;所録作家數目較少,計百一十三人(傳本《説集》本脱二人,孟本脱三人),傳記較簡略,分類無前述第七類;所録劇目亦少,多用三字或四字簡名著録;序跋除自序外,只有朱凱後序和邵元長跋。

這是第一次修訂本的傳本。修訂的内容約有以下幾端:一、增補了第二類「方今名公」。書中所列這類作家的職官,多至順元年以後擔任。如班恕齋知州,後至元三年升常熟知州;王繼學中丞,至正二年升南臺中丞。其類末跋語首句云「右前輩名公」,明確是没有「方今」的,它本是第一類的跋,蓋增補後未作修改,留下痕迹。二、增補了第三類「前輩已死」劇作家的生平資料。其類末跋語云「姑序其姓氏於右」,推測初稿中這類曲家僅標姓氏、劇目,而無小傳。今則簡本中許多曲家名下已有了簡略的事迹，由此也可尋出一些證據。如趙天錫的「鎮江府判」，是至順元年七月二十七日上任，在《録鬼簿自序》之後五日，應是增補。這類作家的小傳書寫，以大字題頭列姓字，小字作傳記事，與後幾類不同，似爲標注增添的痕迹。再看繁本，記事又較簡本爲詳，一些只列姓字者，繁本又增出籍里、職官。這也説明，此類作家小傳是從無到有、由簡至繁的。另《説集》本此類之外的屈英甫、喬夢符、趙文寶、孫子羽、張鳴善五人小傳也用小字書，或亦修訂所添。三、更改了個別「方今」作家的類别。「方今已死」類的《周仲彬傳》云：「(元統二年)十一月初五日卒於正寢。嗚呼，痛哉！始余編此集，公及見之，題其姓名於未死之列。」可知初稿《周仲彬傳》在「方今知名才人」類中。簡本紀事最晚者，爲王繼學中丞的至正二年；又，繁本所載至正五年喬夢符之卒，爲此本所無，故簡本的修訂，當在至正二年至五年之間。

繁本系統以清尤貞起鈔本、清曹寅刻本爲代表。其特點爲：分爲上下二卷；所收作家大量增補，計百五十二人，傳記亦較詳，類别較簡本多出第七類；卷上「前輩已死」劇作家排列順序亦不同，簡本以藝人居末，此則大體以所作劇目多寡爲序重排；所録劇目亦較多，且大多取題目正名末句著録，不用簡名；題跋多出周誥【折桂令】和至正二十年郗經題【蟾宫曲】。

這是另一次修訂本的傳本。從它與簡本特點的差異，已能看出修訂的主要内容。至於具體的修改，今兩本俱在，不再贅述。大約由於修訂比重很大，所以書名多出「新編」二字。繁本紀事最晚者爲《喬夢符傳》。此傳簡本列入「方今知名才人」類，未記其卒；繁本移入「方今已亡名公才人余相知者」類，云：「至正五年二月，病卒于家。」並補作了吊詞。知繁本的修訂，在至正五年以後。鍾嗣成的友人王曄，至正六年曾作《優戲録》，這在《王日華傳》中没有反映，因疑這次修訂，在至正六年以前。另高敬臣至正八年冬升慶元路推官，本傳説他「見任縣尹」。不過，鍾嗣成對一些很明顯的問題並未都作出修改，如《屈子敬傳》記屈氏已卒，但並未像喬夢符那樣，移入「方今已亡名公才人」類，而仍留在「方今才人」類，也未補作吊詞，類末跋語有云：「蓋繼乎前輩者，半爲地下修文郎矣。」似是修訂時之言。此類中人，至修訂時故世者，蓋不止屈氏一人。再如班惟志至正三年出任江浙儒學提舉，活躍於杭州，鍾嗣成不至於没有風聞，但所記職位仍是他先前的知州。

增補本是又一個系統，傳世增補本皆出明天一閣鈔本。所謂增補，指賈仲明增補的八十首吊詞，無名氏在《録鬼簿》劇目下增注的題目正名，以及書後所附《録鬼簿續編》，除此之外，它仍是一部完整的《録鬼簿》原本。增補的内容將在後文論及，這裏只介紹《録鬼簿》原本。此本的特點介於簡本、繁本之間：分爲上下二卷；收録作家數目與繁本近，計百五十一人（傳本衍元好問一人），但中多此有彼無、彼有此無的現象，傳文記事較繁本或詳或略（其略者，部分係傳鈔者偷工减料），作家只分三類（這也是由於傳鈔脱訛造成的，實際分類與繁本略同）；卷上前輩劇作家順序與簡本相近；劇目數目與繁本近，但其中亦有此有彼無的現象；劇目著録與簡本同，用簡名；題跋與繁本同。此外不紀至正五年事，《喬夢符傳》在「方今才人相知者」類中，未言其卒，無鍾氏吊詞。另書名無「新編」二字。

從上述特徵看，增補本是在簡本、繁本之間的一個修訂本。但其中許多問題難以用修訂來解釋。比如此本有些作家、劇目，爲什麼繁本反而不載？繁本的一些傳記，爲什麼又較此本簡略？如果説是繁本再次修訂的删節，也不成立，因爲多出的内容許多相當重要，如楊顯之號爲「楊補丁」，喬夢符有《天風環珮》《撫掌》二集，吴仁卿編有《曲海叢珠》等，皆毫無理由删去。

《録鬼簿》成書以來，長期以鈔本流傳，直到明末纔有刊刻。存世的鈔本，没有一種可以稱得上善本，明清兩次刊刻，底本也都不完善。因此，版本之間的差異，傳鈔訛奪、錯簡脱簡，也是重要原因。如曹鑒後至元元年升禮部尚書，同年卒，在簡本已列入「前輩已死」，後出的繁本反而列入「方今名公」，這很難用修訂來解釋，而傳鈔訛誤的可能性更大。另一方面，在流傳過程中，不同版本系統之間也有過比勘、融合。如繁本多處「一云某某」，可以在簡本中找到印證；《崇禎嘉興縣志》卷十一引《趙君卿傳》，傳文同增補本，吊詞則同簡本。《太和正音譜》所列劇目，則是不同版本系統在《録鬼簿》之外融合的一個實證（詳後）。這期間，還不能排除後人的增添删改，尤其各本劇目順序的巨大差異，後人改動即是原因之一。在孟稱舜刻本中，便可見因版面安排方便而改移劇目順序的現象。因此，各版本系統差異的形成，除作者本人的修訂外，還有諸多其他的可能性，以文獻不足徵，僅得言其大概。

明中葉以前，大抵簡本流傳較多。洪武間，《太和正音譜・群英所編雜劇》即以簡本爲基礎，參以增補本編成。正德間，都穆《南濠詩話》引，稱王實甫劇作有《芙蓉亭》《雙蕖怨》等十種，次序、本數皆同簡本。嘉靖間，李開先收藏曲本最富，號稱詞山曲海，其文章屢屢言及《録鬼簿》，而《喬夢符小令序》謂夢符有「八雜劇」，則是簡本之數。蔣一葵《堯山堂外紀》卷六十八亦曾徵引《録鬼簿》，卷七十一記貫雲石，又謂不知徐甜齋之名。繁本、增補本俱有甜齋徐德可小傳，則其所見亦簡本。但入清後簡本絕少見於記載。增補本流傳痕迹，惟前述《正音譜》《崇禎嘉興縣志》兩例。繁本萬曆以後始見影響，似出於常熟秦四麟之傳，清康熙間曹寅刻入《楝亭藏書十二種》，流傳遂稍稍廣泛。

最後需要説明，明清以至近代，一些著作在提到《録鬼簿》時，稱之爲《點鬼簿》。近現代的學術討論中，一度有學者認爲兩者是不同的著作。目前學界已有共識，《點鬼簿》即《録鬼簿》，兹不贅説。惟明末凌濛初刻本《西廂記》卷首《西廂記舊目》引《點鬼簿》，稱王實甫名下有「張君瑞鬧道場，崔鶯鶯夜聽琴，張君瑞害相思，草橋店夢鶯鶯」，關漢卿名下有「張君瑞慶團圞」，並注「與周憲王本合」。清初毛甡論釋本《西厢記》亦有同樣記載，但有可能是抄自凌刻本。這與《録鬼簿》存本有較大差異，研究者多認爲是凌氏僞造，以托古改制。在《西厢記舊目》裏，他把《點鬼簿》列在《正音譜》之後，似乎並不知道《録鬼簿》早於《正音譜》，這也使人懷疑他並没有見過這麽一本書。不過，也不能排除他見到過另一種增標題目正名的《録鬼簿》。

五、《録鬼簿》的影響與價值

在四部分類法的目録著作中，《録鬼簿》往往被視爲曲目的一種，附在集部曲類的後面。這顯然不妥。《録鬼簿》所收曲家，不僅有劇作家，還有散曲家，而散曲家是没有劇作可以列目的；同時，它也不記録無名氏的作品。所以，儘管其傳記比較簡略，體例也不很完備，但仍然是傳記性的著作，應列入史部傳記類爲宜。

作爲曲家史傳，《録鬼簿》是一部開創性的著作，在此之前，完全没有人留意到這個群體。在其影響下，明宣德間出現了步其後塵的《録鬼簿續編》。至嘉靖間，徐渭著《南詞叙録》，也是受《録鬼簿》的影響，這在其小序中有明確説明。但其書體例與《録鬼簿》有所不同，以標目爲主，這大約是南戲作家多不可考的缘故。他還增加了一些有關南戲發展的考述，内容更爲豐富。再晚，明末呂天成、祁彪佳編《曲品》《劇品》，則完全另入一途，由史傳變爲目録著作，並帶有《詩品》文體的影響。清代以後的許多戲曲目録著作能够不廢記人，略述曲家生平，也還保留著《録鬼簿》的一點影子。但自《録鬼簿續編》以來，始終再未能出現一部像《録鬼簿》那樣以記録曲家爲旨的專著，不能不説是一種遺憾，由此也更顯出《録鬼簿》的可貴。

由於《録鬼簿》著録了劇作家的劇目，所以它又具備了目録學著作的作用。雖然它還不是元劇的總録，但所收劇目已占今所知元雜劇的絶大部分，並且是惟一一部元人編寫的元劇目録。

明初，朱權作《太和正音譜》，卷上《群英所編雜劇》即在《録鬼簿》基礎上編成，其中「元五百三十五」及「娼夫不入群英」部分，與《録鬼簿》絶少差異，作家和劇目排列順序也相當一致，很顯然是鈔自《録鬼簿》的，在《録鬼簿》劇目校勘中，直可作爲校本應用。只是他根據自己的標準，對曲家、劇目的次序作了部分調整。至於其書較《録鬼簿》多出的個别劇目，一方面是朱氏誤增，如誤關漢卿《錢大尹鬼報緋衣夢》爲《緋衣夢》《錢大尹鬼報》二劇等，另一方面可能是其所見《録鬼簿》版本不同。當然也不能排除朱氏據其他資料增補的可能性，但即使有之，也爲數極少，因爲它較《録鬼簿》多出的劇目本來就很少。朱氏見到過簡本、增補本兩種《録鬼簿》，這在書中留有痕迹。如王實甫的劇作，簡本收録十種，以劇名字數多寡爲序排列，三字者在前，四字者在後。《正音譜》收録十三種，前十種與簡本全同，井然有序，只是《西厢記》移置第一」，後三種失序，重新自三字劇目開始，這三種俱見於增補本，先後順序在增補本中也相同。《群英所編雜劇》是一份劇作目録，所以補列了「古今無名氏雜劇」，並增補了「國朝三十三本」。由於寧藩的經濟實力，《太和正音譜》得以很快付梓，故流傳較廣。而《録鬼簿》傳鈔過録，自然見者較稀，劇目部分影響反不如《正音譜》大。明代中後葉考訂元劇，即多援《正音譜》爲據。而依據《正音譜》，實際也就是間接地依據了《録鬼簿》。

明萬曆間臧懋循編刊《元曲選》，卷首《元曲論》中「元群英所編雜劇」，是繼《正音譜》之後又一份元曲總目。這一目録是鈔自《正音譜》的，明標「俱見《涵虚子》」（涵虚子，朱權自號）。臧氏也作了個别修訂，依今所見，其增訂多屬臆補妄説，不足爲信。

清代以後，人們開始以《録鬼簿》爲主要依據編寫元曲總目。自姚燮的《今樂考證》，一直到近代傅惜華先生的《元代雜劇全目》，元雜劇總目的編纂，無不以《録鬼簿》爲起點。這些目録較《録鬼簿》增出的劇目，除少數以《元刊雜劇》或其他元代文獻爲依據外，大多也由於未見於《録鬼簿》著録而被懷疑並非元人作品，冠以「元明間」字樣。由此可見《録鬼簿》在元劇目録學方面的重要價值。

作爲元雜劇目録，《録鬼簿》的價值更重要地體現在元劇作者的考定方面。

明代早期以前的雜劇版本，一般不署作者姓名。《樂郊私語》説楊梓作雜劇三種，「第去其著作姓名」，並非個例。現存全部三十種元刻本雜劇，無一署有撰人。至嘉靖三十七年紹陶室刻本《雜劇十段錦》，依然不標作者。稍晚，李開先編刊《改定元賢傳奇》，方題某某人作，此後風氣遂開。再看單行本，《西厢記》現存最早的明初刻本殘葉，有卷二首葉，不題作者姓氏。明弘治刻本亦如此。清毛牲論釋本《西厢記》提到，他所依據的永樂十一年翻刻元至正間刻本，也不題作者。惟凌濛初刻本稱「周憲王本」有王實甫作關漢卿續一説；毛牲論釋本記載相同，又稱周憲王本得之臨江藏書家。近人多以爲「周憲王本」出於僞托，而縱使有之，王作關續説當亦出自序跋，而非卷端，因爲永樂、宣德間周憲王朱有燉自刻雜劇三十一種，以及其散曲集《誠齋樂府》，卷端都不題作者。直到萬曆以後，《西厢記》卷首方有作者題名。其他如宣德間積德堂刻本《嬌紅記》，也不署名，若無序跋，很難確定其作者。大約也是萬曆間，單刻本纔有題名，所知以葉憲祖《易水歌》最早，且題别號「槲園居士」。從另外的角度看，朱權編《群英雜劇》目，對元曲家及其名下劇目幾乎一無所增，而增補了百一十本無名氏雜劇，説明他所見雜劇俱不署作者，其不見於《録鬼簿》者，只有彙爲「古今無名氏雜劇」。《録鬼簿續編》所附無名氏劇目，也反映了這一問題。

由於早期雜劇不題作者，因而可以推論，現在流傳的明中晚葉以來編刊的元雜劇總集及單刻本，作者署名大抵爲編刊校訂者所加。增署的依據，可考者便是《録鬼簿》及由此而出的

《正音譜》。典型的例證是《西厢記》雜劇，明成化至嘉靖間，曾盛行關漢卿作一説，正德間都穆《南濠詩話》、嘉靖末顧起經《增編會真記序》，皆據《録鬼簿》提出應是王實甫作，但未引起注意。不久王世貞《藝苑卮言》據《正音譜》及傳聞，標舉王作關續一説，此後刻本遂競相鈔録以入序跋，卷端也出現了王作關續的題署。再如《西遊記》，萬曆刻本題元吴昌齡撰，當是根據《正音譜》，故其總論第一條云：「《太和正音譜》備載元人所撰詞目，有吴昌齡《東坡夢》《辰鈎月》等十七本，而《西游記》居其一焉。」而今《元曲選外編》本徑改題楊景賢撰，則又是依據了《録鬼簿》及《續編》等，這與萬曆間的加題性質相同。在雜劇總集或類似總集的藏本中也是如此。如《脈望館鈔校本古今雜劇》中，許多鈔本卷端題名的墨色、字體與正文不一，筆畫潦草而不似正文的工楷，顯然是鈔録的底本原無，鈔成後由校訂者增添。再看書中題跋，則趙琦美確曾用了《録鬼簿》《正音譜》作過作者考訂。刻本雜劇中也可找出蛛絲馬迹。比如息機子《雜劇選》本《踏雪尋梅》題馬致遠作，而此劇實朱有燉作（有周藩原刻本存世），這當是息機子所見本已脱朱氏小引，檢《録鬼簿》或《正音譜》，馬致遠名下有《踏雪尋梅》一目，遂誤標如此。再如《元曲選》本《玉壺春》題武漢臣作，而據《録鬼簿續編》，劇中的李唐斌史有其人，是元末明初的曲家，故此《玉壺春》應是賈仲明名下的那一本。這使我們明白，臧懋循所見底本未題撰人，勘得《正音譜》武漢臣有《玉堂春》，以爲即《玉壺春》之誤，於是徑題此劇武漢臣作，並在卷首「元群英所編雜劇」目中，改《正音譜》的《玉堂春》爲《玉壺春》，又加小注「一云《玉堂春》」。息機子《雜劇選》本《玉壺春》便未如此孟浪，而仍舊不題作者。

可以説，自明代以至現今，在元雜劇作者這個最基本的問題上，認定某作品是某人作，《録鬼簿》幾乎是惟一的證據。

六、關於增補本《録鬼簿》

前文已談及增補本《録鬼簿》的原本，這裏探討增補本的其他部分，包括賈仲明增補的吊詞，《録鬼簿續編》及所附無名氏劇目，原本《録鬼簿》簡名下增標的題目正名。

增補本《録鬼簿》較其他版本多出曲家吊曲八十首，據卷前《書録鬼簿後》，吊曲爲賈仲明作，時在明永樂二十年。賈仲明，他書多作賈仲名，號雲水散人，淄川（在今山東淄博）人。其永樂二十年《書録鬼簿後》自署「八十雲水翁」，則當生於元至正三年。《録鬼簿續編》中有他的小傳，説他「豐神秀拔，衣冠濟楚，量度汪洋，天下名士大夫咸與之相友」。又稱「後徙居蘭陵，因而家焉」。元末明初蘭陵俱不置縣，與「蘭陵」相關之地有二：其一北蘭陵，元承金置蘭陵縣，至元二年省，併入嶧州；其二南蘭陵，即常州武進縣舊稱。《續編》還提到過一次「蘭陵」，即《徐孟曾傳》謂徐蘭陵人，考係武進，故《賈仲明傳》之蘭陵，指武進的可能性更大。賈仲明是元末明初的知名曲家，所作雜劇，今知有十六種，傳世者尚有五種，大抵爲風情劇，文詞華麗纖巧，多用險韻以見新奇，然而缺少元前期那種風骨。所著《雲水遺音》等集，俱已失傳。其爲《録鬼簿》補作吊詞，大都是羅列原傳詞句、排比劇名，或一味贊崇，較之鍾嗣成的吊詞，不可作同日語。不過，畢竟賈氏去元未遠，吊詞中還是透露出個别新的資料。如吊楊顯之曲「王元鼎、師叔敬，順時秀、伯父稱」，即爲他書所未載，按之《青樓集》，順時秀與王元鼎關係最密，所以賈氏的説法，當不是空穴來風。但也有一些不實之詞，如以「斗米三錢」的典故形容大德盛世，據現代學者的研究，大德間正是貨幣超發、物價騰踴的一個高峰。此外賈仲明的散曲還有小令一首、套數兩套（其中一套爲南北合套）存世。

增補本《録鬼簿》後附有《録鬼簿續編》一書。《續編》末並附無名氏雜劇目，題云「諸公傳奇失載名氏並附于此」。「並附」二字，從語氣上暗示了它與《續編》是一體的，同出一人之手。無名氏雜劇目的編者，又與原本《録鬼簿》中增標題目正名者同是一人（詳後），因此，這三部分同係一人之筆。

《録鬼簿續編》未署撰人，從書中的紀事入手，大體可以勾畫出作者的生平輪廓。其《羅貫中傳》云：「與余爲忘年交，遭時多故，各天一方。至正甲辰復會，别來又六十餘年。」至正甲辰即至正二十四年，下推六十年爲明洪熙元年。作者能與羅氏相交並「復會」，則當時年齡應在二十以上，而六十年後尚在世，則當時又不應超過二十太多。由此上溯其生年，約在元至正初。其卒約在明宣德間，享年八十以上。他的父親與曲家劉廷信相交甚厚。他本人也與許多曲家有廣泛交往，《續編》明言者有汪元亨、邾仲誼等十五人，未明言者當還有之。所記人物，以與杭州有關者最多，金陵次之，再次爲姑蘇、京口，大約作者長期生活於這一帶。從書中表露出的情趣及交友看，他應該也是一位「善音律、能隱語」的曲家。此外，作者能見到如此大量的元明雜劇劇本進行標目整理，很有可能曾供職於諸王府。以今所知，當時只有內府及諸王府才有大量的收藏。李開先《張小山小令後序》載：「洪武初年親王之國，必以詞曲一千七百本賜之。」寧獻王朱權、周憲王朱有燉所見俱富，便是實例。

由於《續編》附在賈仲明增補了吊詞的《録鬼簿》之後，故近人或疑其書爲賈仲明撰。考賈仲明與《續編》作者確有不少相符之處。其一，年代相當。賈氏生於至正三年，永樂二十年增補《録鬼簿》吊詞。《續編》作者約生於至正初，在賈氏增補《録鬼簿》後約三五年作《續編》。其二，交友有關。《續編》作者友人，如湯舜民，曾在燕王府受寵，賈氏亦嘗供奉燕邸，當與湯相識；李唐賓，賈氏有《玉壺春》雜劇以他爲主角；王彦中，賈氏吊朱士凱曲中提到過他。《續編》作者之父與劉廷信至厚，廷信益都人，賈氏籍貫淄川，屬益都路，似可有同鄉之誼。《續編》稱金文石幼年從順時秀學歌唱，而賈氏有《順時秀月夜英山夢》雜劇，又於吊楊顯之曲中提到順時秀事。其三，經歷相近。《續編》作者曾居杭州，賈氏吊詞也涉及一些杭州故事，如稱孔文卿《東窗事犯》爲「西湖舊本」、蕭德祥「武林書會展雄才」等，皆鍾嗣成原傳所未記，似亦曾居杭；《續編》作者記金陵人事既富且詳，當曾流寓其地，賈氏侍朱棣於燕邸，或自燕王之國前居金陵時始；賈氏後徙家蘭陵，而《續編》記蘭陵人徐孟曾事特細，如「日與東廓唐永銘先生輩更唱迭和」，非居其地者所能言。此外，賈仲明曾供職於燕王府，有看到大量劇本的條件。由此觀之，在《續編》作者與賈仲明生平資料都極少的情況下，尚能找出這麼一些相關之處，則《續編》有很大可能性爲賈氏作。但相反的論據也並非没有。如《續編》有賈氏小傳，若係自傳，則贊譽過甚，與《書録鬼簿後》言辭之謙，大相徑庭。其紀賈氏劇目，脱《金童玉女》《昇仙夢》二種。再如賈氏吊費君祥曲有「《菊花會》大石調監咸」語，説明他曾見此劇，知其用有大石調及監咸韻，但此劇下未增標題目正名；花李郎的《釘一釘》，也屬同樣情況；吊石君寶曲有「《柳眉兒金錢記》」語，與繁本所標劇名合，而此本增標題目正名作《李太白匹配金錢記》。若强作解釋的話，這也未嘗説不通。比如賈氏小傳會不會是他人所補？小傳所列賈氏劇目十四種，題目正名一無缺失，説明標注者全都見過。至於《金童玉女》《昇仙夢》二種，是否傳抄脱訛？或竟非賈氏所作？費君祥《菊花會》等未標題目正名，也有可説（詳後）。《金錢記》的不合，也可理解爲吊詞本非叙劇名，不過是説《金錢記》中敷衍了柳眉兒故事，在標點上應作「柳眉兒

《金錢記》」，正如吊武漢臣曲「《登壇拜將》窮韓信」、吊康進之曲「編《老收心》李黑厮」那樣。反過來説，賈作説的證據也不是很有力，也可作出多種解釋。要之，賈仲明作一説，無論肯定或否定的結論，都缺乏鐵證。此外，《續編·倪瓚傳》首題傳主姓氏，下空二格，不書其字，行文又云「諱瓚」「先大父」「先生」，尊崇特甚，故或疑《續編》出自倪瓚後人之手。但也只是推測，證據較賈仲明更少。在這種情況下，稱《續編》爲無名氏作，似更謹慎。

《續編》成書於明宣德前期，這也是由前述「至正甲辰復會，别來又六十餘年」下推而得。倘以「六十餘年」爲六十五年，則書作於宣德四年。書中兩次提到明成祖謚號文皇帝，也説明書成在永樂以後。但書中又似有宣德晚期以後的痕迹，特别是卷末賈仲明之前的幾位人物。如已逝曲家、趙府紀善楊彦華（賁），有《春庵集》，《千頃堂書目》著録（誤其字爲「彦章」，誤其職爲楚府紀善），列爲宣德間人，則其卒當在宣德以後。他與趙府同僚唐文鳳多有詩文往來，文鳳生於至正七年，卒於宣德七年（《唐氏三先生集》附録二《高祖梧岡先生墓表》）。又，「適其所樂而終焉」的蘭陵名醫徐孟曾，據《萬曆武進縣誌》，名徐述，正統初尚在世。另宣德十年刻本《嬌紅記》的題目正名，被標注在書中，也有可疑。

《録鬼簿續編》的内容、體例與《録鬼簿》基本相同，收録了元末明初七十八位曲家，但没有分類，劇作家名下也著録劇作名目。其書附列無名氏劇目，向目録性著作靠近了一步。《續編》提供了許多曲家和劇作的珍貴史料，對考察元末明初的雜劇、散曲，有重要的價值。但同《録鬼簿》一樣，它記叙的大都是作者熟悉的曲家。《録鬼簿》有吴弘道提供資料，補其不足，相比之下，《續編》就顯得更不完備。比如朱權、朱有燉、楊文奎等知名曲家，都未能收録。此外，《續編》所收個别早期曲家，如鍾嗣成、周德清，作者並不瞭解其生平，於是鈔録《録鬼簿》《中原音韻》序跋成傳。這固然有所根據，但也不免會有誤解原文的地方，如《周德清傳》「宋周美成之後」一説便是。其他傳文中可能還會有類似的情況。

增補本《録鬼簿》中，對原本《録鬼簿》增標劇作題目正名，是另一項重要的增補。如前所述，早期雜劇版本一般不署撰人，《續編》無名氏劇目的存在，是這一現象的反映。可以推斷，編者大約見到四百餘本雜劇，以之與《録鬼簿》核勘，凡見於《録鬼簿》者，標題目正名於該目之下，見於《續編》者，標《續編》中，剩下的一並附於書末，列爲無名氏目。《録鬼簿》中許多劇目未標，是因爲他未見劇本的缘故；《續編》中部分未標，當是他知道某人作有某劇，因而著於録，而實際並未見到該劇；無名氏目中則題目正名俱在（《斬蔡陽》一種例外），説明都是他曾經眼的劇作。又因爲編者所見《録鬼簿》原本屢有脱文，故無名氏目中出現了一些作者據他本可考的劇目。比如《王公綽》《送寒衣》，簡本、繁本鄭廷玉名下俱有記載，增補本的原本脱去，故編者不知，只好列入無名氏目中。這也證明其所見劇本不署作者，也説明無名氏目的編者與原本《録鬼簿》增標題目正名者同是一人。類似的情況還有《勘頭巾》《桃花女》《托妻寄子》等。惟《三負心》一目例外，增補本原本關漢卿名下列有此目，並已增標題目正名，而無名氏目重出；另趙文敬（敬夫）名下有《張果老》，未標題目正名，與無名氏目中《啞觀音》實爲一劇。這種極個别的情況，可以視爲編者的一時疏誤，四百多部劇本畢竟不是小數，編者當時也年事已高，個别的誤差，是可以理解的。在未標題目正名的劇目中，當也有編者曾經經眼者。其原因可能有三：一是編者的疏忽。二是此書傳鈔過程中的脱落，比如清昜初齋鈔本，便又脱去了關漢卿《織錦回文》的題目正名。三是編者所見本原即無題目正名。第三種情況在明代的本子中較少，如脈望館鈔本《哭存孝》、息機子刻本《陳摶高卧》等，而《元刊雜劇三十種》内竟有八種不載，審其版式，皆因節省版面而省略。編者所見可能會有一些這樣的本子。在增標的題目正名中，有些僅標一句而不是一對句子，或許就是依據這種本子卷首所題劇名增標的。如果這種本子卷首也僅題簡名，像元刊本《趙氏孤兒》那樣，則編者縱使經眼，也無法增標。

基於上述的認識，便可以提出疑問：其所增標是否全都正確？有無張冠李戴的現象？例如，《録鬼簿》庾吉甫名下有《麗春園》，依據繁本，全名是《蘇小卿麗春園》，所演是雙漸蘇卿故事。然而增補本的標注是「宋公明火伴梁山泊，黑旋風詩酒麗春園」，竟是水滸故事。這當是編者見到了未署名的、寫水滸故事的《詩酒麗春園》，檢《録鬼簿》庾氏名下有《麗春園》，遂誤標其下，其實它應該是高文秀或王實甫的那一本。他如馬致遠的《馬丹陽》等，亦屬此類。在《麗春園》問題上，還牽涉同名雜劇問題。同名雜劇所增補的題目正名，一般是兩本全同，或只增一本，另一本標「次本」「二本」；兩本俱增而不同者，如《酷寒亭》等極少。對於兩本全同者，也可以懷疑增者僅見到一本，由於不辨誰作，遂於兩本下一概增題。據繁本《録鬼簿》，一些本事及簡名相同的劇目，全名（題目正名末句）仍微有區别。比如《澆花旦》，關漢卿所作題《崔玉簫擔水澆花旦》，李文蔚者題《盧亭亭擔水澆花旦》，增補本却於兩本下俱標「盧亭亭挑水澆花旦」，似增者所見，僅李氏一本。其只增一本者，亦可質疑，如《販茶船》，王實甫者爲《蘇小卿月夜販茶船》，紀君祥者爲《信安王斷復販茶船》，增補本王氏一目標「馮員外誤入神仙洞，信安王斷没販茶船」，紀氏一目只標「二本」，似增者所見，本是紀君祥那一本，誤標王氏目下。再如《續編》中《嬌紅記》，金文質者標「判仙凡彩筆木蘭詞，誓死生錦片嬌紅記」，湯舜民者標「次本」，今存宣德十年刻本《嬌紅記》，卷末「總關目」與金文質者一字不差，據卷前丘汝乘序，劇爲劉東生作，則金氏目下所增，也可作誤標的存疑。當然，同名雜劇今一無幸存，元劇題目正名又屢經後人修改，故于此一點，只能作無以實證的懷疑。

由於增標的題目正名不盡可靠，所以考訂元明雜劇作者時，並不能作爲可靠的證據。舉例而言，署名吴昌齡的萬曆刻本《西遊記》在日本發現後，孫楷第先生曾撰長文《吴昌齡與雜劇西遊記》，認定它並非吴昌齡作，而係楊景賢的作品。其論核心是：增補本《録鬼簿》吴昌齡《西天取經》目下，有「老回回東樓叫佛，唐三藏西天取經」的題目正名，則劇中必有「叫佛」事，存本内無此事，故非吴作。旁證可靠者：傳是樓舊藏鈔本李開先《詞謔》，「引楊景夏的《玄奘取經》第四出，文與今本《西遊記》第四出同」。然而，很可能增標題目正名者見到的是一部不署名的有「叫佛」事的《唐三藏西天取經》，檢吴昌齡有此目，遂標其下，實則其所見未必吴作。換句話説，吴昌齡《西天取經》未必有「叫佛」事，則萬曆本未必非吴昌齡作。至於李開先之説，也有可能他見到的本子原也不題作者，見《續編》楊景賢名下有《西遊記》，遂指爲楊作。近代以來，不少元劇作者的考訂是以增標題目正名爲依據的，其中的一些，也可提出與《西遊記》一樣的異議。

《録鬼簿續編》自明以來向未見藏書家著録，行世甚罕，傳世清以前鈔本也只有兩部。曲家則僅李開先、徐迎慶及張大復二子似曾見過。李開先《詩禪又序》引元明精通隱語者，有鍾繼先、徐景祥、丁仲名、谷子敬、唐以初諸人，依今所見，僅《續編》中載有諸人小傳（當然，已佚的隱語書籍中，也會集中記載諸人）；徐迎慶《北詞譜・凡例》曾提及《録鬼簿續集》；清張繼良、張繼賢兄弟，爲其父張大復《寒山堂曲譜》編《譜選古今傳奇散曲集總目》，於《欒城驛》劇下注汪元亨事迹，語似襲《續編・汪元亨傳》。民國以後，此書方大顯於世，這要歸功於鄭振鐸等先生的努力。

近代《録鬼簿》研究始於晚清曲學的興起。光緒三十四年，馬一浮先生在杭州撰長跋《跋録鬼簿》，縱論元曲之流變、文獻之佚存，考證鍾氏生平始末，篳路藍縷，開其先河。王國維先生也反覆披閲，悉心求證，用力甚勤。民國以降，在《録鬼簿》及相關的元代曲家、劇目研究方面，一代學人馬廉、孫楷第、嚴敦易、傅惜華諸先生，都不遺餘力，甚至付出了畢生心血，成就斐然，其學風、見識，俱令後人景仰。嗣後，李春祥、寧希元、浦漢明、門巋等新一代學者，承前啓後，各有建樹。近年，歷史文獻數據庫漸次面世，爲古典文獻研究提供了新的利器，不少研究人員和研究生致力於此，使這一領域的探索進一步細緻入微。本書的校訂，有幸建立在百餘年來幾代學者的研究基礎之上，借鑒了大量前人的成果，限於體例，未能一一注出，僅在此作出説明，並向前輩學者和當代同仁致以敬意。

以上所述，間或直陳事例，未注論據，相關考證參見校勘記及《附録》。

王　鋼　一九八九年三月作於鄭州
二〇二一年二月改於杭州

凡例

一、《録鬼簿》傳本系統有三，曰簡本，曰繁本，曰增補本，已明之於前言。三本各有所長，各有所用，未能爲他本所代，合之則俱傷，無以見原書之貌，故今分别校訂。

一、簡本以明鈔《説集》本爲底本。校本用明孟稱舜編《古今名劇合選》附刻本，簡稱孟本。明朱權《太和正音譜》中《群英所編雜劇》，係就簡本、增補本《録鬼簿》整理而成，故今用以入校，用影鈔明初寧藩刻本。

一、繁本以清康熙四十六年尤貞起鈔本爲底本，簡稱尤本。校本用清曹寅編揚州詩局刻《楝亭藏書十二種》本，簡稱曹本；清嘉慶間戴光曾鈔本，簡稱戴本；清吴允嘉《錢塘縣志補》節鈔本，簡稱節鈔本。參以清許焞輯《説部新書》本，簡稱《説部》本；上海圖書館藏清鈔本，簡稱上鈔本；劉世珩輯《彙刻傳奇》附刻本，簡稱暖紅室本。

一、增補本以明天一閣鈔本爲底本。參校清勗初齋鈔本，簡稱勗本。

一、今已知王國維鈔本源自戴光曾鈔本，其異文大抵爲繕誤，故不再出校。暖紅室本曾以玉海堂鈔本入校，而玉海堂鈔本源自曹本，異文亦爲繕誤，故暖紅室本異文可考爲玉海堂本繕誤者，亦不出校。

一、其他參校版本隨文注明。各本具體情况詳《附録·版本叙録》。

一、校訂包括校正文字及考訂史實。凡底本傳鈔之衍脱訛誤，予以删補更正，並於校記中説明；凡作者之誤，不改原文，只於校記中辨述。校本之誤，需辨論者出校辨之，無需辨者不出校。校本異文，虚詞不影響文義者不出校。參校版本僅擇善、擇要入校。

一、原文曲家名號籍里間或失載，可考者補入校記中。

一、簡本、繁本、增補本之間，若非必須，不據此改彼，以存各本之貌。

一、校記中凡云「不合曲譜」者，據《元人小令格律》，參以《太和正音譜》《北詞譜》；云「失韻」者，據《中原音韻》；云「草書形近之誤」者，據《草字編》等。

一、元劇中人名、地名多用同音借字，凡與史不合者，如「晏叔原」作「晏叔元」、「青陵臺」作「青綾臺」，不視爲誤字，只於校記中説明史作某字或應作某字。

一、凡古字、俗字、異體字等，略加統一，改爲今字、正字，一般不出校，個别生僻者出校注之。人名、地名等專有名詞，大抵隨原文用字。他如「女真」作「女直」者，亦隨原本之舊。

一、凡底本中書手習慣性誤字，徑改正，不出校。此凡五例：簡本「鄉」俱誤作「卿」；繁本小字注，「折」大都誤作「拆」；增補本「宵」俱誤作「霄」，「炙」俱誤作「灸」，「密」俱誤作「蜜」。其他破體不成字者，如「忒」作「惑」等，亦徑改正，不出校。

一、簡本底本書寫格式原不盡一致，其關漢卿、白仁甫二人傳文用大字，屈英甫、喬夢符、趙文寶、孫子羽、張鳴善五人傳文用小字；劇目排列兩排至四排不等。今俱加以統一。

一、繁本今日最爲通行，故各本俱誤或疑誤者，詳説於繁本。

一、繁本中時有「一云某某」字樣，或作雙行小字，或作大字與正文等。如《陸仲良傳》有「一云姓陳」，案仲良爲鍾嗣成友人，曾傳遞《録鬼簿》中「前輩」資料，鍾氏必不至於不知其姓氏，是「一云姓陳」者爲後人校記。他如孔文卿《東窗事犯》注「一云楊駒兒作」等，亦可考爲後人校記，今概予删除，入校記中。

一、增補本書寫格式不一致者，如《庾吉甫傳》不另起行，書於白仁甫《流紅葉》劇下；他如傳文及劇目下題目正名小字書寫者，或居行右，或居行中，或居行左，今俱加以統一。

一、增補本傳文、吊詞曾經傳鈔者有意節略，其文句可通者，不再補正；文句不通者，據簡本、繁本補之。

一、《附録》所輯資料，以撰作者年代爲序編排。

一、校勘記及《附録》引文，遇原文誤字，以正字加方括號[]附誤字後；脱字加六角括號〔〕補脱字處。

簡本録鬼簿

録鬼簿序

賢愚壽夭、死生禍福之理，固兼乎氣數而言，聖賢未嘗不論也。蓋陰陽之屈伸，即人鬼之生死，人而知夫生死之道，順受其正，又豈有岩墻桎梏之厄哉〔一〕！雖然，人生斯世也，但以已死爲鬼，而不知未死者亦爲鬼也〔二〕。酒罌飯囊、或醉或夢、塊然泥土者〔三〕，則其人與已死之鬼何異？此又未暇論也〔四〕。其或稍知義理，口發善言，而於學問之道，甘於暴棄，臨終之後，漠然無聞，則又不若塊然之鬼爲愈也。余嘗見未死之鬼吊已死之鬼，未之思特一間耳〔五〕。獨不知天地開闢，亘古及今，自有不死之鬼在。何則？聖賢之君臣、忠孝之士子，小善大功，著在方册，日月炳煌〔六〕，山川流峙，及乎千萬劫無窮已〔七〕，是則雖死而不死者也〔八〕。余因暇日，緬懷故人〔九〕，門第卑微，職位不振，高才博識，俱有可録，歲月彌久〔一〇〕，湮没無聞，遂傳其本末，吊以樂章，復以前乎此者〔一一〕，叙其姓名，述其所作，冀乎初學之士，刻意詞章，使冰寒於水〔一二〕，青勝於藍，則亦幸矣。名之曰《録鬼簿》。嗟乎！余亦鬼也，使已死未死之鬼，得之傳遠，余又何幸焉！若夫高尚之士、性理之學，以爲得罪於聖門者，吾黨且噉蛤蜊，與知味者道。

至順元年龍集庚午月建甲申二十二日辛未古汴鍾嗣成序〔一三〕。

録鬼簿

前輩已死名公有樂府行於世者

董解元學士〔一四〕

太保劉公

商正叔學士〔一五〕

王和卿散人〔一六〕

杜善夫散人〔一七〕

盍志學學士

楊西庵參政

胡紫山平章〔一八〕

姚牧菴承旨

盧踈齋憲使

徐子方憲使〔一九〕

不忽木平章

荊幹臣參政

史中丞

張九元帥

陳國寶憲使

劉中菴承旨

馬彦良都事

閻彦舉學士〔二〇〕

白無咎學士

趙子昂承旨

滕玉霄應奉

鄧玉賓同知　馮海粟待制
貫酸齋學士〔二一〕　曹光甫學士
郝新齋左丞　曹以齋尚書
劉時中待制

方今名公〔二二〕

李溉之學士　曹子貞學士〔二三〕
馬昂夫總管　班彦功知州
王繼學中丞〔二四〕

右前輩名公居要路者，皆高才重名，亦於樂府留心。蓋文章政事，一代典刑，乃平昔之所學；而歌曲詞章〔二五〕，由乎和順積中，英華自然發外者也〔二六〕。自有樂章以來〔二七〕，得其名者止於如此〔二八〕。蓋風流蘊籍，自天性中來；若夫村鄙固陋，不必論也〔二九〕。

前輩已死名公才人有所編傳奇行於世者

關漢卿大都人。太醫院户〔三〇〕。號已齋叟。

哭香囊〔三一〕　三負心
鬼團圓　進西施
哭魏徵　春衫記
立宣帝　金綫池
復落娼　劉夫人
拜月亭　單刀會
鵰鴣天　汴河冤
勘龍衣　雙駕車
救風塵　宣華妃
三撇嵌〔三二〕　牽龍舟
瘸馬記〔三三〕　救啞子
哭昭君　雙赴夢

玉鏡臺
切膾旦
江梅怨
認先皇
哭存孝
緋衣夢
萬花堂
玉簪記〔三八〕
緑珠墜樓〔三九〕【神曲】者〔四〇〕
姻缘簿
裴度還帶
敬德降唐
降生趙太祖
吕無雙銅瓦記〔四三〕

酹江月〔三四〕
調風月
謝天香
三噉赦〔三五〕
鬧荆州〔三六〕
狄梁公〔三七〕
王皇后
救周勃
鑿壁偷光
管寧割席
織錦迴文
孫康映雪〔四一〕
擔水澆花旦〔四二〕
金銀交鈔三告狀〔四四〕

白仁甫〔四五〕真定人。號蘭谷。贈太常大卿〔四六〕。

梧桐雨
東墻記
幸月宮
流紅葉
銀箏怨
斬白蛇
錢唐夢〔四七〕
祝英臺
絶纓會
崔護謁漿末本〔四八〕
高祖歸莊
墻頭馬上
燈月鳳凰船
蕭翼賺蘭亭
閣師道趕江〔四九〕

庚吉甫大都人。中書省掾，中山府判。

薦馬周
凌波夢
蘭昌宮
青綾臺〔五〇〕
華清宮
霓裳怨
蕊珠宮
罵上元
麗春園【甘州】者〔五一〕
買臣負薪
鷄鳴度關
周處三害

玉女琵琶怨　江月錦帆舟
裴航遇雲英

高文秀

謁魯肅　誶范雎〔五二〕
打瓦罐　鬥鷄會
論杜康　問啞禪〔五三〕
並頭蓮　麗春園〔五四〕
鎖水母　潘安擲果
張敞畫眉〔五五〕　班超投筆〔五六〕
廉頗負荆　趙堯辭金
門神訴冤　子胥走樊城
風月害夫人〔五七〕　養子不及父
黑旋風牡丹園　黑旋風雙獻頭
病樊噲打呂胥　窮秀才雙棄瓢
黑旋風喬教學　劉先主襄陽會〔五八〕

好酒趙元遇上皇
豹子尚書謊秀才
豹子秀才不當差
黑旋風敷演劉耍和〔六〇〕
禹王廟霸王舉鼎
豹子令史干請俸〔五九〕
黑旋風借屍還魂

馬致遠〔六一〕大都人。號東籬〔六二〕。老江浙省務官〔六三〕。

漢宮秋〔六四〕
馬丹陽
齋後鐘〔六五〕
歲寒亭
薦福碑
陳摶高卧
岳陽樓
桃源洞
青衫泪
孟浩然〔六六〕
戚夫人
踏雪尋梅〔六七〕

王實甫〔六八〕大都人。

芙蓉亭
麗春堂
西厢記〔七一〕
雙蕖怨〔六九〕
破窑記旦本〔七〇〕
多月亭

販茶船〔七二〕鹽甜韻〔七三〕
明達賣子〔七四〕
陸績懷橘
七步成章〔七五〕

李文蔚真定人。江州瑞昌縣尹。

圯橋進履
燕青撲魚〔七六〕
燕青射雁
魚雁傳情
東山高卧〔七七〕監咸韻〔七八〕
風雪推車旦
秋夜芭蕉雨〔七九〕
金水題紅怨〔八〇〕六折
謝玄破符堅〔八一〕
盧亭亭擔水澆花旦〔八二〕
漢武帝死哭李夫人〔八三〕
蔡逍閑醉寫石州慢〔八四〕

侯正卿真定人。號艮齋先生。

燕子樓

史九散仙〔八五〕

莊周夢

孟漢卿亳州人。

魔合羅

尚仲賢真定人。

秉燭旦

負桂英

崔護謁漿〔八六〕次本

歸去來兮

張生煮海〔八七〕

戴善甫真定人。江浙省務官。

紫雲亭

翫江樓

伯瑜泣杖

張時起東平府學生〔八八〕。字才美。長蘆居。

秋千記〔八九〕六折〔九〇〕

昭君出塞

李寬甫大都人〔九一〕。刑部令史，合肥縣尹。

問牛喘

三奪槊

柳毅傳書

越娘背燈

諸葛論功

風光好

紅衣怪

別虞姬

李時中大都人。中書省掾，工部主事〔九二〕。

黄糧夢〔九三〕第一折馬致遠，第二折李時中，第三折花李郎〔九四〕，第四折紅字李二

彭伯威〔九五〕保定人。

京娘怨〔九六〕

趙公輔

倩女離魂　東山高卧

李行道

灰欄記

費君祥〔九七〕大都人。唐臣父〔九八〕。有《愛女論》行于世〔九九〕。

菊花會

紀君祥大都人。

韓退之　松陰記〔一〇〇〕

錯勘贓〔一〇一〕　驢皮記

販茶船第四折庚清韻〔一〇二〕　趙氏孤兒

趙天錫汴梁人。鎮江府判。

金釵剪燭　何郎傅粉

梁追之〔一〇三〕大都人。大興府判。

進梅諫　于公高門旦本〔一〇四〕

江澤民〔一〇五〕真定人。

糊突包待制

楊顯之大都人。與漢卿莫逆交〔一〇六〕。

酷寒亭旦末本〔一〇七〕　射金錢

師婆旦　小劉屠

劉泉進瓜　瀟湘夜雨〔一〇八〕

蒲魯忽劉屠大拜門〔一〇九〕

陳寧甫〔一一〇〕大名人。

兩無功

李壽卿太原人。將仕郎〔一一一〕。

斬韓信　嘆骷髏

臨岐柳〔一一二〕　受禪臺

鑒湖亭〔一一三〕　祭滻水

伍員吹簫　辜負呂無雙

呂無雙遠波亭〔一一四〕　船子和尚秋蓮夢

王伯成涿州人。有《天寶遺事》諸宮調行于世〔一一五〕。

貶夜郎　張騫乘槎〔一一六〕

孫仲章大都人。

遺留文書　卓文君白頭吟〔一一七〕

趙明遠〔一一八〕大都人。

韓湘子　范蠡歸湖〔一一九〕

劉唐卿〔一二〇〕太原人。

麻地傍印〔一二一〕

李子中大都人〔一二二〕。縣尹。

韓壽偷香　崔子弒齊君

武漢臣濟南府人。

老生兒　魯義姑

錯勘贓次本〔一二三〕　玉堂春〔一二四〕

提頭鬼　天子班

關山怨　挂甲朝天

三戰吕布〔一二五〕　韓信登壇〔一二六〕

王仲文大都人。

五丈原　錦香亭

不認屍　石守信〔一二七〕

王孫賈　諸葛祭風

董宣强項　張良辭朝

韓信乞食　王祥卧冰

陸顯之汴梁人。

宋上皇碎冬凌

李取進大名人。醫士。

受禪臺〔一二八〕　欒巴噀酒

窮解子破傘雨〔一二九〕

于伯淵平陽人〔一三〇〕。

餓劉友

斬吕布

小秦王

鬼風月

珍珠旗

武三思

岳伯川

鐵拐李岳

夢斷楊貴妃

康進之

黑旋風負荊

黑旋風老收心

王庭秀〔一三一〕益都人。淘金千户〔一三二〕。

細柳營次本

坑儒焚典〔一三三〕

鹽客三告狀〔一三四〕

石頭和尚草庵歌〔一三五〕

費唐臣大都人。

斬鄧通

貶黄州

韋賢籯金

趙子祥〔一三六〕

石守信次本〔一三七〕　害夫人〔一三八〕
崔和擔生
竹窗雨　竹塢聽琴
石子章
李好古
鎮凶宅〔一三九〕　巨靈神劈華岳〔一四〇〕
狄君厚平陽人。
火燒介子推
孔文卿平陽人。
東窗事犯〔一四一〕楊駒兒做者〔一四二〕
姚守中洛陽人。牧庵學士侄。
逢萌挂冠　郝廉留錢
扯詔立中宗
張壽卿東平人。江浙省掾。
紅梨花

吴昌齡西京人。

賞黄花　　搜胡洞

眼睛記[一四三]　　貨郎末泥

西天取經　　抱石投江[一四四]

狄青撲馬[一四五]

石君寶平陽人。

曲江池　　哭周瑜

雪香亭[一四六]　　秋胡戲妻

歲寒三友　　士女秋香怨

柳眉兒金錢記　　呂太后醢彭越

窮解子紅綃驛

顧仲清[一四七]東平人。清泉場司令[一四八]。

火燒紀信[一四九]　　陵母伏劍

鄭廷玉[一五〇]彰德人。

雙教化　　王公綽[一五一]

打李煥
金鳳釵
忍字記〔一五二〕
哭韓信
復勘贓
漁父辭劍〔一五三〕
孫恪遇猿
貧兒乍富〔一五四〕
智賺後庭花〔一五五〕
冷劍劉斌料到底〔一五六〕
送寒衣
鳳凰兒
欒城驛
貶揚州
駟馬奔陣
踈者下船
寃家債主
因禍致福
風月七真堂

李直夫女直人。即蒲察李五〔一五七〕。

虎頭牌
夕陽樓
念奴教樂
伯道棄子
錯立身〔一五八〕
鄭莊公〔一五九〕
水滸藍橋
歹鬥娘子勸丈夫〔一六〇〕

風月郎君怕媳婦　俏郎君占斷風光〔一六一〕

謊郎君壞盡風光〔一六二〕

趙文英〔一六三〕彰德人。教坊色長。

啞觀音　錯立身〔一六四〕

武王伐紂

張國寶〔一六五〕

汗衫記　釘一釘

薛仁貴衣錦還鄉

花李郎〔一六六〕

相府院　高祖還鄉

紅字李二京兆人。

板踏兒〔一六七〕　病楊雄

武松打虎

右前輩編撰傳奇名公，僅止於此。才難之云，不其然乎？余僻處一隅，聞見淺陋〔一六八〕，散在天下，何地無才〔一六九〕？蓋聞則必達〔一七〇〕，見則必知。姑序其姓氏於右〔一七一〕。余友陸君仲良，得之於克齋先生吴公〔一七二〕，亦未盡其詳。余生也後，不得與几席之末〔一七三〕，不知出處，故不敢作傳以吊云。

方今已死名公才人相知者，爲之作傳，以【凌波仙】吊之云

宫大用，名天挺。大名開州人。歷學官，除釣臺書院山長。爲權豪所中，事獲辨明〔一七四〕，亦不見用。卒於常州。先君與之莫逆交，余嘗侍坐〔一七五〕，見其吟咏。文章人莫能敵；樂章歌曲，特餘事耳。

釣魚臺〔一七六〕　　托公書

汲黯開倉　　范張鷄黍〔一七七〕

越王嘗膽〔一七八〕

豁然胸次掃塵埃，久矣聲名播省臺〔一七九〕。先生志在乾坤外，敢嫌他〔一八〇〕、天地窄，更詞章壓倒元白。憑心地，據手策，無比英才。

鄭德輝，名光祖。以儒補杭州路吏〔一八一〕。爲人方直〔一八二〕，不妄與人交，故諸公多鄙之，久則見其情厚〔一八三〕，而他人莫之及也〔一八四〕。病卒，火葬於西湖之靈芝寺〔一八五〕。諸公吊送，各有

詩文。公所作不待備述〔一八六〕，名香天下〔一八七〕，聲振閨閣，伶倫輩稱「鄭先生」〔一八八〕，皆知其爲德輝也。惜乎所作貪於俳諧〔一八九〕，未免多於斧鑿，此又別論焉。

細柳營〔一九〇〕　紫雲娘

秦樓月　采蓮舟

哭晏嬰　伊尹扶湯

月夜聞箏　無艷破環〔一九一〕

翰林風月　梨園樂府

王粲登樓〔一九二〕　倩女離魂〔一九三〕

太后捽印　指鹿道馬

周公攝政　三戰吕布末旦頭折〔一九四〕

玉樹後庭花

乾坤膏馥潤肌膚，錦繡文章滿肺腑。筆端寫出驚人句，解番騰〔一九五〕、今共古，占詞場老將伏輸。《翰林風月》，《梨園樂府》，端的是曾下工夫〔一九六〕。

金志甫，名仁傑。杭州人。余自杭時聞公之名〔一九七〕，未得與之見也〔一九八〕。公小試錢穀〔一九九〕，給由江浙，遂一見，如平生歡〔二〇〇〕，二十年若一日。天曆元年戊辰冬，授建康崇寧務官〔二〇一〕，己巳正月叙别〔二〇二〕，三月，其二子護柩來杭〔二〇三〕，知公氣中而卒。嗚呼，惜哉！所述雖不駢儷，而其大概多有可取。

追韓信　　西湖夢

韓太師　　鼎鑊諫〔二〇四〕

抱子設朝　　東窗事犯旦本〔二〇五〕

蔡琰還朝〔二〇六〕

心交元不問親疎，契飲何須論有無。誰知一上金陵路，嘆亡之命矣夫！夢西湖何不歸歟？魂來處，返故居，比梅花想更清癯。

范子安，名康。杭州人。明性理，善講解，能詞章，通音律。因王伯成《李太白貶夜郎》〔二〇七〕，乃編《杜子美遊曲江》，一下筆即新奇〔二〇八〕，蓋天姿卓異，人不及故也。

詩題雁塔寫秋空，酒滿觥船棹晚風。詩籌酒令閑吟詠，占文場、第一功，掃千軍筆陣元戎。龍蛇夢，狐兔踪，半生來彈指聲中〔二〇九〕。

曾瑞卿，名瑞。大興人。自北來南，喜江浙人材之多，羨錢塘景物之盛，因而家焉。神采卓異，衣冠整肅，優游市井〔二一〇〕，灑然如神仙中人。志不屈物，故不願仕，自號褐夫〔二一一〕。江淮之達者，歲時饋遺不絶〔二一二〕，乃以徜徉卒歲。臨終之日，詣門吊者以千數。余嘗接見音容，獲承言話，勉勵之語，潤益良多。公善丹青，能隱語，小曲有《詩酒餘音》行於世〔二一三〕。

江湖儒士慕高名，市井兒童誦瑞卿〔二一四〕。衣冠濟楚人欽敬，更心無寵辱驚，樂優游不解趨承。身如在，死若生，想音容難見丹青。

沈和甫，名和。杭州人。能詞翰，善談謔，天性風流，兼明音律。以南北調合腔，自和甫始，如《瀟湘八景》《歡喜冤家》等，極爲工巧。後居江州〔二一五〕，近年方卒，江西稱「蠻子關漢卿」者是也。

朱蛇記　樂昌分鏡

郭興河陽〔二一六〕　歡喜冤家

燕山逢故人〔二一七〕

五言常寫和陶詩，一曲能傳冠柳詞。半生書法欺顔字，占風流〔二一八〕、有我師〔二一九〕，是梨園南北分司〔二二〇〕。當時事〔二二一〕，子細思，不似當時〔二二二〕。

鮑吉甫，名天祐。杭州人。初業儒，長事吏。簿書之役，非其志也。跬步之間，惟務搜奇索古而已〔二二三〕。故其編撰〔二二四〕，多使人感動咏嘆〔二二五〕。余嘗與談論節要，至今得其良法。才高命薄〔二二六〕，今猶古也，竟止崑山州吏而卒。

衛靈公　　曹娥泣江
爲富不仁　　班超投筆
宋弘不諧〔二二七〕　　死哭秦少游〔二二八〕

半生詞翰在宫商，兩字推敲付錦囊。聳吟肩有似風魔狀，要勞心、嘔斷腸，視榮華總是干忙〔二二九〕。談音律〔二三〇〕，論教坊，占斷排場〔二三一〕。

陳存甫，名以仁。杭州人。以家務雍容，不求聞達。日與南北士大夫交游，童僕輩以茶湯酒果爲厭〔二三二〕，公未嘗有難色，然其名因是而愈重。能博古，善謳歌。其樂章間出一二，俱有駢儷之句〔二三三〕。

錦堂風月　　誤入長安〔二三四〕

錢塘文物盡飄零，賴有斯人尚老成。爲朝元恐負虚皇命，鳳簫寒、鶴夢驚，駕天風直上蓬瀛。芝堂静，蕙帳清，照虚梁落月空明。

范冰壺，名居中，字子正，冰壺其號也。杭州人。父玉壺，前輩名儒，假卜術爲業，居杭之三元樓前。每歲元夕，必以時事題於燈紙之上，杭人聚觀，遠近皆知父子之名。公精神秀異〔二三五〕，學問該博。嘗出大言於肆〔二三六〕，以爲筆不停思，文不閣筆。諸公知其才，不敢難也。善琴操〔二三七〕，能書法。其妹亦有文名〔二三八〕，大德年間被旨赴都，公亦北行。以才高不見遇，卒於家。有樂府及南北腔行於世〔二三九〕。

　向歆傳業振家聲，羲獻臨池播令名。操焦桐只許知音聽，售千金、價未輕，有誰如父子才能？冰如玉，玉似冰，映壺天表裏澄清。

沈君美〔二四〇〕，名惠。杭州人。世居吴山城隍廟前〔二四一〕，以坐賈爲業。公巨目美髯，好談笑。余嘗與趙君卿〔二四二〕、陳彦實、顔君常至其家，每承接納，多有高論。詩酒之暇〔二四三〕，惟以填詞和曲爲事。有《古今砌話》，亦成一集〔二四四〕。其好事者如此〔二四五〕。

　道心清净絶無塵，和氣雍容自有春。吴山風月收拾盡〔二四六〕，一篇篇、字字新，且思君賦盡停雲〔二四七〕。三生夢〔二四八〕，百歲身，到頭來衰草荒墳。

趙君卿〔二四九〕，名良弼〔二五〇〕。東平人。總角時與余同里閈〔二五一〕，同發蒙，同師鄧善之、曹克明、劉聲之三先生，又於省府同曹〔二五二〕。公經史問難〔二五三〕、詩文酬唱，及樂章小曲、隱語傳奇，無不究竟〔二五四〕。所編《梨花雨》〔二五五〕，其辭甚麗。後補嘉興路吏，遷調杭州。天曆元年冬卒於家。公之風流醖籍，開懷待客，人所不及，然亦以此見廢。能裁字，善丹青，但以末伎〔二五六〕，不備録。

　閑中袖手刻新詞〔二五七〕，醉後揮毫寫舊詩。兩般總是龍蛇字，不風流、難會此，更文才夙世天姿。感夜雨同窗志〔二五八〕，夢秋風兩鬢絲〔二五九〕，住人間能有多時〔二六〇〕？

睢景臣，後字景賢。大德七年〔二六一〕，公自維揚來杭州〔二六二〕，余與之識。自幼讀書，以水沃面，雙眸紅赤，不能遠視。心性聰明，酷嗜音律。維揚諸公俱作《高祖還鄉》套數〔二六三〕，惟公【哨遍】製作新奇，皆出其下。又有【南吕·一枝花】《題情》云：「人歸燕子樓，帳冷鴛鴦錦〔二六四〕，酒空鸚鵡盞，釵折鳳凰金〔二六五〕。」亦爲工巧〔二六六〕，人所不及也。

牡丹記　　　　千里投人〔二六七〕

吟髯撚斷爲詩魔〔二六八〕，醉眼慵開爲酒酡。半生才便作三間些，嘆翻成《薤露歌》，等閑間蒼鬢成皤。功名事，歲月過，又待如何？

周仲彬，名文質〔二六九〕。其先建德人，後居杭州，因而家焉。體貌清癯，學問該博，資性工巧，文章新奇〔二七〇〕。家世儒門，俯就府吏。善丹青，能歌舞，明曲調，諧音律。性尚豪俠，好事敬客。余與之交二十餘年〔二七一〕，未嘗跬步離也。元統二年六月，余自吴江回〔二七二〕，公已抱病。盛暑中止以爲癰癤之毒〔二七三〕，而不經意也。醫足踵門，病及五月，而無瞑眩之藥。十一月初五日卒於正寢。嗚呼，痛哉〔二七四〕！始余編此集〔二七五〕，公及見之，題其姓名於未死之列。嘗與論及亡友〔二七六〕，未嘗不握手痛惋〔二七七〕，而公亦中年而殁，則余輩衰老瘻憊者〔二七八〕，又可以久於人世也與？噫！往者不可追，來者不可期，已而！已而！此余深有感於公也。

杜韋娘　　　　教女兵〔二七九〕

戲諫唐莊宗

蘇武還鄉[二八〇]次本

丹墀未叩玉樓宣[二八一]，黄土應埋白骨冤。羊腸曲折雲千變[二八二]，料人生、亦枉然[二八三]。嘆孤墳落日寒烟。竹下泉聲細，梅邊月影圓，因思君歌舞十全[二八四]。

黄德潤，名天澤。杭州人。和甫沈公同母弟也[二八五]。風流醖籍，不減其兄。幼年屑就簿書[二八六]，先在漕司，後居省府，鬱鬱不得志。崑山聽補州吏，不獲用，咄咄書空而已，然而竟不歸而終。公有樂府，播於市人耳目，無賢愚皆稱賞。

一心似水道爲鄰，四體如春德潤身。風流才調真英俊[二八七]，軼前賢、繼後塵，謾蒼天委任斯文[二八八]。岐山鳳，魯甸麟，時有亨屯[二八九]。

已死才人不相知者

王思順，有《題包巾》及《鏡兒縷帶》等套數[二九〇]。

屈英甫，編《百二十行》《打看錢奴》院本[二九一]。

方今知名才人

黄子久[二九二]，名公望。元常熟人，後居松江。元姓陸，今續姓黄。先充憲吏，以事論經理田糧獲直〔二九三〕。後在京，爲權豪所中，改號一峰，以卜術閑居。目今棄人間事〔二九四〕，易姓名爲苦行净堅。公之學問不待文飾，至於天下之事，無所不知，無所不能。長詞小曲，落筆即成。人皆師尊之〔二九五〕。

吴仁卿，名弘道〔二九六〕，號克齋先生。歷仕府判致仕。有《金縷新聲》行於世。

子房貨劍〔二九七〕　　火燒正陽門

秦簡夫〔二九八〕

玉溪館〔二九九〕　　破家子弟

趙禮讓肥　　剪髮待賓

張小山，名久可〔三〇〇〕。慶元人。以路吏轉民首領官。有《今樂府》盛行於世〔三〇一〕，又有《吴鹽》《蘇堤漁唱》等，編於隱語中。

喬夢符，名吉〔三〇二〕。太原人。號笙鶴翁。

金錢記　　黄金臺

認玉釵〔三〇三〕　　揚州夢

勘風情　　節婦牌

兩世姻緣　　荆公遺妾

趙文寶，名善慶〔三〇四〕。饒州樂平人〔三〇五〕。以卜術爲陰陽學正〔三〇六〕。

七德舞　執笏諫

教女兵旦本〔三〇七〕　姜肱共被

糜竺收資

孫子羽，儀真人。

杜秋娘月夜紫鸞簫〔三〇八〕

張鳴善，揚州人。宣慰司令史〔三〇九〕。

包待制判斷烟花鬼〔三一〇〕　党金蓮夜月瑶琴怨〔三一一〕

録鬼簿後序〔三一二〕

文以紀傳，曲以吊古，使往者復生，來者力學〔三一三〕。《鬼簿》之作，非無用之事也。大梁鍾君，名嗣成，字繼先，號醜齋，善之鄧祭酒〔三一四〕、克明曹尚書〔三一五〕，皆其師也〔三一六〕。累試於有司，命不克遇；從吏則有司不能辟，亦不屑就。故其胸中耿耿者，借此爲喻，實爲己而發也。樂府小曲，大篇長什，傳之於人，每不遺稿，故未能編焉。如《馮驩燒券》《詐遊雲夢》《錢神論》《斬陳餘》《章臺柳》《鄭莊公》《蟠桃會》等〔三一七〕，皆在他處按行，故近者不知，人皆易之。君之德業輝光，文行浥潤，後輩之士，奚能及焉。噫！後之視今〔三一八〕，亦猶今之視昔，日居月諸，可不勉焉。

至順元年九月吉日序〔三一九〕。

余僻居慈溪小縣，每嘆孤陋，側聽鍾先生大名久矣〔三二〇〕，莫遂識荆。丁丑孟秋一日，邂逅於東皋精舍，匆匆東之鄮城〔三二一〕，至中秋復回溪上，示余以親編《録鬼簿》，皆本朝顯宦名公詞章行於世者〔三二二〕，恐後湮没姓名，故編排類集，記其出處才能於其前，度以音律樂章於其後，千萬載之下，知其爲何如人，直欲俾其爲不死之鬼。繼先之用心，誠可嘉尚〔三二三〕。

於其行，遂歌【湘妃曲】以別：

高山流水少人知，幾擬黄金鑄子期。繼先既解其中意〔三四〕，恨相逢何太遲，示佳篇古怪新奇。想達士、無他事，録名公、半是鬼，嘆人生不死何歸。

慈溪邵元長頓首。

簡本録鬼簿校勘記

〔一〕「厄」，孟本作「危」。

〔二〕「爲」字孟本無。

〔三〕「泥土」下原有「也」字，從孟本删。

〔四〕「暇」，原作「睱」，從孟本改。

〔五〕「特一間」，原誤作「一時閒」，從孟本改。

〔六〕「炳煌」，孟本作「炳燿」。

〔七〕「劫」，原誤作「却」，從孟本改。

〔八〕「不死」，孟本作「不鬼」。

〔九〕「故人」，孟本作「古人」，當誤，但增補本亦作「古人」。

〔一〇〕「彌」，原作「縻」，從繁本改。

〔一一〕「前」，原作「別」，草書形近之誤，從孟本改。

〔一二〕「於」，孟本作「乎」。

〔一三〕「庚午」上原衍「唐」字，蓋書「庚」字而誤爲「唐」，未點去誤字，從孟本删。「古汴」，原作「右汴」，從孟本改。

〔一四〕「董解元學士」，原在「太保劉公」後，從孟本移。案增補本、繁本董解元名下，有「以其創始，故列諸首」語；《正音譜・古今群英樂府格勢》亦謂董解元「始製北曲」。

〔一五〕「正叔」，孟本作「叔政」，當係「政叔」之誤，增補本、繁本俱作「政叔」。案《陽春白雪》《太平樂府》《樂府新聲》及《正音譜》題其名，俱作「政叔」。但金末元初有商衟字正叔者，曹州世家，贈昌武軍節度使商衡之弟，與元好問有通家誼，事具《遺山文集》卷三十九《曹南商氏千秋録》、卷十三《商正叔隴山行役圖》；又，《太平樂府》卷九楊立齋【般涉調・哨遍】「世事摶沙嚼蠟」曲小序，記有《雙漸小卿》諸宫調編者商正叔，未詳係同一人否。另《青樓集・張怡雲傳》亦記有商政叔，行年似略晚，或爲另一同名者。

〔一六〕「和卿」，原作「和叔」，從孟本改。和卿，中統間曲家，見《輟耕録》卷二十三。諸曲選録其曲甚夥，無作「和叔」者。此似由前「正叔」聯帶誤來。

〔一七〕「善夫」，原誤作「善天」，從孟本改。善夫即杜仁傑。

〔一八〕「紫山」，原誤作「柴山」，從孟本改。紫山即胡祗遹。「平章」，孟本同，當誤，增補本、繁本作「宣慰」，謂胡氏荆湖北道宣慰副使職。《秋澗集》卷四十《胡公祠堂記》、劉賡《紫山集序》、《元史・胡祗遹傳》等，記紫山仕履，俱無平章之説。胡氏以提刑按察使終官，《秋澗集》卷四十三《紫山胡公哀挽詩卷小序》稱其一生官至三品，即謂此。平章爲從一品，是其未仕平章甚明。

〔一九〕「子方」，即徐琰，孟本作「子章」，誤。參見增補本校記〔三〕。

〔二〇〕「闕」，原誤作「闕」，從孟本改；「舉」，原誤作「學」，孟本同，從繁本改。參見繁本校記〔一三〕。

〔二一〕「貫酸齋」，原誤作「賈酸齋」，從孟本改。酸齋即貫雲石。

〔二二〕「方今」，原誤作「方本」，從孟本改。

〔二三〕「子貞」，原誤作「子真」，從孟本改。子貞即曹元用，《元史》有傳。另參見繁本校記〔二〇〕。

〔二四〕「繼學」，孟本作「維學」，誤。繼學即王士熙，《元史》有傳。

〔二五〕「歌曲」，原作「歌典」，從孟本改。

〔二六〕「英華」句，孟本僅作「英華發外」。

〔二七〕「以來」二字原無，從孟本補。

〔二八〕「如」字孟本無。

〔二九〕「若夫」句，孟本別作「若夫村朴鄙陋，固不必論也」。

〔三〇〕「院户」，孟本作「院尹」，參見繁本校記〔三三〕。

〔三一〕「哭香囊」至「春衫記」六目，原在「復落娼」後，從孟本、《正音譜》移。蓋《説集》本之底本每行三目，因漏鈔劇目首二行，遂補於後。增補本亦以「哭香囊」「三負心」居首。

〔三二〕「撒嵌」，原作「撒嵌」，從孟本改。撒嵌，元曲俗語，《紫雲庭》一折【點絳唇】：「我每日撒嵌爲生。」

〔三三〕「瘸馬」，原作「瘤馬」，從孟本、《正音譜》改。

〔三四〕「酻」，原作「酻」，即「醉」之訛字，或係筆誤，從孟本改。《正音譜》作「酧」，即「酬」俗字。

〔三五〕「噉赦」，《正音譜》作「嗽赦」，參見繁本校記〔四〇〕。

〔三六〕「荆州」，原作「刑州」，史無此地名，從孟本改。《正音譜》作「邢州」。疑「荆州」「邢州」俱誤，應從繁本作「衡州」。劇衍劉盼盼事，《翫江亭》三折【堯民歌】：「敢抵多少一千個劉盼盼鬧衡州。」或因「衡」「邢」音同致誤，又由「邢」形近誤爲「刑」「荆」。

〔三七〕此目後《正音譜》多「柳絲亭」「對玉釧」「蝴蝶夢」一行三目，疑《説集》本、孟本脱行。

〔三八〕此目後《正音譜》多「竇娥冤」「破窑記」「錢大尹鬼報」一行三目，「破窑記」下並有「二本」小字注，疑《説集》本、孟本脱行。案，下文王實甫《破窑記》注有「旦本」，示另有同名劇，而存本無之，知必有脱。但「錢大尹鬼報」爲五字劇目，不當列於三字目間；且前已有「緋衣夢」，與「錢大尹鬼報」實爲一劇重出，則《正音譜》又似據别本增補。又，「錢大尹鬼報」中「鬼報」二字，《北雅》作小字。

〔三九〕此目原在關劇之末，其爲四字劇目，因從孟本、《正音譜》移此。

〔四〇〕「神曲者」三字原無，據孟本增。

〔四一〕此目原在「鑿壁偷光」後，從孟本、《正音譜》移此。

〔四二〕此目《正音譜》居關劇之末，並有「二本」小字注。

〔四三〕此目《正音譜》在「姻缘簿」後，僅作「銅瓦記」。

〔四四〕《正音譜》關劇又多「高鳳漂麥」一目，在「孫康映雪」後；「陳母教子」一目，在「金銀交鈔三告狀」後，當是據别本增。

〔四五〕「仁甫」，原作「人甫」，從孟本、《正音譜》改。仁甫，白朴字，見王博文《天籟集序》。元明文獻除此外未見作「人甫」者，惟清梁清遠《雕丘雜録》卷十引《録鬼簿》，作「人甫」。

〔四六〕「太常」下原有「禮儀院」三字，從增補本删；「大」字孟本無，亦通。參見繁本校記〔五〇〕。

〔四七〕「錢唐」，孟本、《正音譜》作「錢塘」。

〔四八〕小字注《正音譜》作「二本」。

〔四九〕「趕江」，影鈔明寧藩刻本《正音譜》作「趕江〃」，末爲重字符。後世三卷本《正音譜》則作「趕江」，並小字注「二本」。案各本《録鬼簿》《正音譜》俱無另一本《閻師道趕江》，「二本」當係翻刻時誤重字符爲「二」，並臆補「本」字。

〔五〇〕「綾」，應作「陵」，參見繁本校記〔五四〕。

〔五一〕小字注《正音譜》作「二本」。

〔五二〕「誶」，原作「誶」，《正音譜》作「譯」，從繁本改。參見繁本校記〔四三〕。

〔五三〕「禪」，原誤作「蟬」，從孟本改。案劇衍志公和尚事。

〔五四〕此目孟本在「鎖水母」後，《正音譜》有「二本」小字注。

〔五五〕「張敞」，孟本、《正音譜》作「張敞」，與史合。

〔五六〕此目下《正音譜》有「二本」小字注。又，「張敞畫眉」「班超投筆」二目，孟本、《正音譜》在「趙堯辭金」後。

〔五七〕此目下《正音譜》有「二本」小字注。

〔五八〕「襄陽會」，孟本作「會襄陽」。

〔五九〕「干請俸」，原誤作「千請奉」，從孟本、《正音譜》改。參見繁本校記〔四四〕。又，「黑旋風雙獻頭」至此目，孟本順序不同，不以劇目字數遞進，依次爲：「黑旋風喬教學」「病樊噲打吕胥」「好酒趙元遇上皇」「窮秀才雙棄瓢」「禹王廟霸王舉鼎」「黑旋風雙獻頭」「豹子尚書謊秀才」「劉先主會襄陽」「豹子令史干請俸」。蓋因版刻行款而改：原版行二十字，劇目上下兩排，上排前空三字，下排自第十一字起。故上排至多容六字，因以六字劇目移上排，七字置下排。此後三目皆七字以上，則仍依原序，各占一行。

〔六〇〕「並頭蓮」以下諸目，《正音譜》次序不同，劇名亦有差，依次爲：「並頭蓮」「打吕胥」「鎖水母」「雙獻頭」「牡丹園」「潘安擲果」「廉頗負荆」「趙堯辭金」「張敞畫眉」「班超投筆」「霸王舉鼎」「子胥走樊城」「風月害夫人」「門神訴冤」「養子不及父」「趙元遇上皇」「敷演劉要和」「黑旋風喬教學」「麗春園」「窮秀才雙棄瓢」「劉先主襄陽會」「豹子秀才不當差」「豹子令史干請俸」「謊秀才」「窮風月」「黑旋風借屍還魂」。其中「窮風月」不見於《説集》本、孟本。

〔六一〕「馬」下原衍重字符「ヒ」，從孟本删。

〔六二〕「東籬」，原誤作「樂籬」，從孟本改。

〔六三〕或斷「老」字入上句，但他書未見馬致遠號「東籬老」。孟稱舜《柳枝集·青衫泪》眉評：「馬致遠，號東籬，大都人，老江浙省務官。」今從。至元二十六年，江淮行省更名江浙行省，治所由揚州遷杭州，「老江浙省」或謂此前之江淮行省。參見《附録·鍾嗣成年譜》。

〔六四〕「漢宮秋」原在馬劇末，不合序，從孟本移此。孟本劇名下有「張人」二小字注，不可解，或有誤。

〔六五〕「齋」，原誤作「齊」，從孟本、《正音譜》改。

〔六六〕「漢宮秋」至此目，《正音譜》順序及劇名差異較大，依次爲：「誤入桃源」「漢宮秋」「馬丹陽」「酒德頌」「齋後鐘」「岳陽樓」「青衫泪」「歲寒亭」。其中「誤入桃源」即「桃源洞」，缺「孟浩然」一目，多「酒德頌」一目。

〔六七〕此目後《正音譜》多「黄糧夢」一種，並小字注「第三折花李郎，第四折紅字李二」，蓋從下文李時中名下鈔來。

〔六八〕王實甫並其劇目，孟本在庾吉甫後、高文秀前。

〔六九〕「蕖」，原作「渠」，從孟本改；《正音譜》作「題」。參見繁本校記〔七三〕。

〔七〇〕「旦本」二字孟本無，《正音譜》作「二本」。

〔七一〕此目《正音譜》居王劇之首。

〔七二〕「販」，原誤作「賑」，從孟本、《正音譜》改。

〔七三〕「鹽甜韻」，孟本作「廉纖韻」，與《中原音韻》韻部合，但「鹽甜」二字亦屬「廉纖」韻。《正音譜》作「二本」。

〔七四〕「明達」，原作「明運」，孟本作「明逹」，從《正音譜》改。《看錢奴》四折【鬼三臺】：「也强如明達賣子。」

〔七五〕此下《正音譜》多「麗春園」「進梅諫」「于公高門」三目，三目下俱有「二本」小字注。

〔七六〕「撲」，《正音譜》作「摸」，誤。撲，即關撲、撲賣。

〔七七〕此目原在「風雪推車旦」後，失序，從孟本、《正音譜》移。

〔七八〕「監咸韻」，原作「鹽咸韻」，從孟本改，參見繁本校記〔六二〕；《正音譜》作「二本」。

〔七九〕此目《正音譜》在「東山高卧」後，無「秋夜」二字。

〔八〇〕此目原作「金山題花怨」，從孟本、《正音譜》改。劇衍唐宫人御水流紅葉故事，《藍彩和》一折【油葫蘆】：「我做一段《于祐之金水題紅怨》。」

〔八一〕「符堅」，應作「苻堅」。

〔八二〕此目原作「盧亭擔水浣花旦」，從孟本、《正音譜》改。案關漢卿有同名劇。《正音譜》劇目下有「二本」小字注。

〔八三〕「李夫人」，原誤作「孝夫人」，從孟本、《正音譜》改。其本事出正史。

〔八四〕「逍閑」，同音借字，應作「蕭閑」。孟本作「消悶」，《正音譜》作「蕭宗」，俱誤。參見繁本校記〔六三〕。

〔八五〕「散仙」,《正音譜》作「敬仙」,當誤。參見繁本校記〔一二九〕。

〔八六〕此目《正音譜》居尚劇末,且未注「二本」。

〔八七〕此目下《正音譜》有「二本」小字注。

〔八八〕「學生」,原誤作「學士」,從增補本、繁本改。孟本小傳僅「東平府學」四字,以下俱脱。

〔八九〕「秋千記」,《正音譜》作「鞦韆怨」。

〔九〇〕「六折」,原誤作「太新」,從孟本改。

〔九一〕「大都」,原誤作「太都」,從孟本改。

〔九二〕「工」上原衍「士」字,蓋書「士」字誤爲「工」,未點去誤字,從孟本删。

〔九三〕「黄糧」,應作「黄粱」,參見繁本校記〔一三〇〕。《正音譜》移此目至馬致遠名下,小字注無「第一折馬致遠,第二折李時中」十二字。

〔九四〕「花李郎」,原作「花學郎」,從《正音譜》改。或爲「花學士」之誤,孟本作「放學士」。

〔九五〕「伯威」,孟本、《正音譜》作「伯成」。

〔九六〕「京娘怨」至「李行道」四行,原本及孟本俱脱,彭氏名下直繫「灰欄記」目,從《正音譜》補。案,據增補本、繁本,《灰欄記》爲李氏作;又,前文李文蔚《東山高卧》劇下注「監鹹韻」,示另有同名劇,而《説集》本、孟本無,知二本脱去。《正音譜》與此順序恰合,因據增補。其中「倩女離魂」「東山高卧」二目，原俱有「二本」小字注。

〔九七〕「費君祥」，孟本作「黄君祥」，誤。君祥爲費唐臣父。

〔九八〕「唐臣父」，原誤作「名臣父」，「唐」「名」蓋草書形近致誤，從孟本、繁本改。孟本「唐」上衍「有」字，下句首脱「有」字，應是互乙。

〔九九〕「行于世」三字原無，從孟本補。

〔一〇〇〕「記」，《正音譜》作「夢」。

〔一〇一〕此目下《正音譜》有「二本」小字注。

〔一〇二〕原本小字注僅「第四庚清」四字，從孟本補。「清」，孟本作「青」，同韻；《中原音韻》韻部作「庚青」。《正音譜》此目居末，小字注「二本」。

〔一〇三〕「梁追之」，孟本、《正音譜》作「梁進之」，參見繁本校記〔一〇八〕。

〔一〇四〕「日本」二字孟本無，《正音譜》作「二本」。

〔一〇五〕「江」，《正音譜》作「汪」。

〔一〇六〕「逆」，原誤作「欶」，從孟本改。「交」，孟本作「友」。

〔一〇七〕「旦末本」，《正音譜》作「旦末二本」。

〔一〇八〕以上二目原本脱，據孟本、《正音譜》補。

〔一〇九〕「蒲魯忽」，原作「蒲魯怱」，從《正音譜》、繁本改，孟本此目脱。案此劇本事已不可考。女真語有「蒲魯虎」，又作「蒲魯渾」等，意爲布囊。「蒲魯忽」當即此。《重訂大金國志》卷四十一：「蒲魯渾者，華言布囊也。」又，《正音譜》此目後多「黑旋風喬斷案」一種，蓋據別本增。

〔二〇〕「陳寧甫」，《正音譜》作「陳定甫」。

〔二一〕「將仕郎」，原誤作「將侍郎」，從孟本改。

〔二二〕「岐」，原誤作「枝」，從孟本、《正音譜》改。

〔二三〕「亭」下原衍「祭」字，是次目首字，從孟本、《正音譜》删。

〔二四〕以上二目，「無雙」，原俱作「舞雙」，從孟本、《正音譜》改。案關漢卿有《吕無雙銅瓦記》。又，孟本「辜負吕無雙」在「吕無雙遠波亭」後。又，自「受禪臺」至此目，《正音譜》次序及文字俱有差異，依次爲：「鑒湖亭」「祭滻水」「復奪受禪臺」「伍員吹簫」「遠波亭」「辜負吕無雙」，「復奪受禪臺」下並有「二本」小字注。

〔二五〕「行于世」，孟本作「傳世」。

〔二六〕「乘槎」，《正音譜》作「浮槎」。

〔二七〕此目《正音譜》無「卓文君」三字。

〔二八〕「明遠」，《正音譜》同，孟本作「名遠」。增補本、繁本作「明道」。案《太平樂府·姓氏》有散曲作家趙明道。

〔一九〕此目原脱，從孟本、《正音譜》補。

〔二〇〕「劉」字孟本脱。

〔二一〕「地」，孟本作「衣」，當誤；「傍印」，參見繁本校記〔三七〕。

〔二二〕「大都」，原誤作「太都」，從孟本改。

〔二三〕「次本」二字原無，從孟本增。《正音譜》此目在「玉堂春」後，小字注「二本」。

〔二四〕「堂」，孟本作「臺」。

〔二五〕此目孟本、《正音譜》在「韓信登壇」後。《正音譜》有「二本」小字注。

〔二六〕「登壇」，《正音譜》作「築壇」。

〔二七〕此目下《正音譜》有「二本」小字注。

〔二八〕此目《正音譜》居李劇之末，作「復奪受禪臺」，並有「二本」小字注。

〔二九〕「破傘雨」，孟本同，疑誤，《正音譜》作「破雨傘」。參見繁本校記〔二三〕。

〔三〇〕「平陽人」，孟本作「平陽令」，當誤。元置平陽路，又温州路有平陽縣（元貞元年升州），但職官無「令」之稱。

〔三一〕「庭」，《正音譜》同，孟本殘存下半，可辨爲「廷」。

〔三二〕「金」，原誤作「今」，從孟本改。

〔三三〕「坑儒焚典」，《正音譜》作「焚典坑儒」。

〔一三四〕「三」，《正音譜》作「雙」。「告狀」，原誤作「狀告」，從孟本、《正音譜》改。

〔一三五〕「和尚草庵」四字原作雙行小字，從孟本、《正音譜》改。

〔一三六〕孟本脱趙子祥之名及下文石子章劇目二種，並誤以趙子祥劇目三種繫石子章名下。《正音譜》趙子祥在石子章之後。

〔一三七〕小字注《正音譜》作「二本」。

〔一三八〕此目《正音譜》在「崔和擔生」後，並有「二本」小字注。

〔一三九〕「凶宅」，原作「宅凶」，從孟本、《正音譜》改。此下《正音譜》多「張生煮海」一目，並小字注「二本」。

〔一四〇〕「劈華岳」，孟本作「劈華山」。

〔一四一〕「事犯」，原誤作「事紀」，從孟本、《正音譜》改。

〔一四二〕小字注《正音譜》作「二本」。

〔一四三〕「眼睛」，原作「眼精」，孟本損缺，從《正音譜》改。

〔一四四〕「貨郎末泥」至此目，《正音譜》差異較大，依次爲：「抱石投江」「東坡夢」「辰鈎月」「貨郎末泥」「西天取經」「夜月走昭君」。

〔一四五〕「撲」，《正音譜》作「搏」，應爲「博」之誤。「撲」「博」義同，即撲賣、博賣。

〔一四六〕此下《正音譜》多「紫雲亭」一目。

〔一四七〕孟本顧仲清及其劇目在鄭廷玉後。《正音譜》顧仲清前後諸人順序改動較大，已不可據。

〔一四八〕「司令」，原誤作「舒令」，從孟本改。清泉場爲鹽場，在定海縣，隸兩浙鹽運司。元貞元年，廢各道鹽使，改場爲司，置司令一員，從七品。見《延祐四明志》《元史》。

〔一四九〕「燒」，孟本作「焚」。

〔一五〇〕「廷」，《正音譜》作「庭」。

〔一五一〕「王公綽」，原作「玉公綽」，此劇本事已不可知，但他本俱作「王公綽」，《南詞叙録・宋元舊篇》亦有《王公綽》，因從孟本、《正音譜》改。

〔一五二〕「字」，原誤作「孚」，從孟本、《正音譜》改。

〔一五三〕「辭」字孟本殘存下半，可辨爲「解」，誤。案劇衍伍子胥故事，「辭劍」事出正史，謂子胥奔吴途中得漁父相助，因贈劍以謝，漁父辭不受。

〔一五四〕「乍」，原誤作「作」，從孟本、《正音譜》改。

〔一五五〕「賺」，《正音譜》作「勘」。

〔一五六〕「冷劍」，孟本作「冷臉」，《正音譜》無此二字。

〔一五七〕「李」，原作「孛」，從孟本改。蒲察爲女真姓，漢姓即李，《輟耕録》卷一「金人姓氏」條：「蒲察曰李。」

〔一五八〕此目《正音譜》下有「二本」小字注。

〔一五九〕此目《正音譜》作「孝諫鄭莊公」。

〔一六〇〕「歹門」，原誤作「百聞」，從孟本、《正音譜》改。歹門，元曲俗語。《漁樵記》二折【倘秀才】：「你個好歹門的婆娘。」《曲江池》二折【一枝花】：「臉上生那歹門毛，手内有那握刀紋。」

〔一六一〕此目《正音譜》無「俏郎君」三字。

〔一六二〕此目《正音譜》無「謊郎君」三字。「壞」，原作「懷」，繁本作「謊郎君敗壞盡風光好」，語義較明，因從孟本、《正音譜》改。又，《正音譜》李直夫名下各劇順序失次，已不可據。

〔一六三〕「趙文英」，孟本作「趙文毅」，並其劇目在紅字李二後。《正音譜》作「趙明鏡」，列「娼婦不入群英」類首，類末云：「娼夫自春秋之世有之，異類托姓，有名無字，趙明鏡訛傳趙文敬，非也。」則其原本當作「趙文敬」。

〔一六四〕此目下《正音譜》有「二本」小字注。

〔一六五〕「張國賓」，《正音譜》作「張酷貧」，並云：「張酷貧訛傳張國賓，非也。」則其原本當作「張國賓」。

〔一六六〕原本脱「花李郎」條，以「釘一釘」「相府院」二目置張國賓「汗衫記」後，孟本同，從《正音譜》補正，位置則依增補本。案繁本、增補本及《正音譜》張氏名下俱無此二目，而花李郎名下有之，知簡本爲傳鈔脱誤。

〔一六七〕「踏」，原作「踏」，破體，孟本殘闕，從增補本、繁本改。《正音譜》作「沓」，蓋俗寫。板踏，元曲習語，謂門板。周文質【時新樂】「迓鼓童童笆篷下」：「鋪下，板踏。」亦作「板闥」「板搭」等。

〔一六八〕「聞見」，原誤作「間見」，從孟本改。

〔一六九〕「地」字原脱，從孟本補。

〔一七〇〕「則」，原誤作「射」，從孟本改。

〔一七一〕「序」，孟本作「叙」。

〔一七二〕「公」，孟本作「君」。

〔一七三〕「得」，原誤作「復」；「几席」，原誤作「凡床」，從孟本改。

〔一七四〕「辨」，孟本作「辯」。

〔一七五〕「嘗」，孟本作「常得」。

〔一七六〕「鈞」，原誤作「鈎」，從孟本、《正音譜》改。

〔一七七〕此目《正音譜》居首。

〔一七八〕此下《正音譜》多「御賞鳳凰樓」一目。

〔一七九〕「省臺」，孟本作「鈞臺」。

〔一八〇〕「他」字孟本無。

〔一八一〕「儒」，原誤作「傳」，從孟本改。

〔一八二〕「方直」，孟本作「方正」。

〔一八三〕「則」，原誤作「期」，從孟本改。

〔一八四〕「而他」，原作「而它」，從孟本改。

〔一八五〕「火」字孟本無。

〔一八六〕「公」字孟本無。

〔一八七〕「名香」，原誤作「香名」，從孟本乙正。

〔一八八〕「伶倫」，原誤作「俗倫」，從孟本改。

〔一八九〕「徘」，原誤作「排」，孟本誤作「徘」，從繁本改。

〔一九〇〕此目下《正音譜》有「二本」小字注。

〔一九一〕「無艷」，孟本、《正音譜》作「無鹽」，與史合。

〔一九二〕「王燦」，孟本損闕，《正音譜》作「王粲」，與史合。

〔一九三〕此目下《正音譜》有「二本」小字注。

〔一九四〕小字注《正音譜》作「二本」。

〔一九五〕「番騰」，孟本作「翻騰」，通。

〔一九六〕「是」字原脱，從孟本補。「工夫」上孟本多「死」字，則全句字數不合曲譜。

〔一九七〕「杭」字文義不諧，似繕誤或前後有脱文。增補本、繁本作「幼」。

〔一九八〕「見」，原作「見見」，一居行末，一居另行首，衍一字，從孟本删。

〔一九九〕「錢穀」，孟本作「錢塘」，下並空一字，當誤。錢穀，謂錢穀官。

〔二〇〇〕「歡」，原誤作「觀」，從孟本改。

〔二〇一〕「崇寧」，或爲「常寧」之誤，參見繁本校記〔一四八〕。

〔二〇二〕「己巳」，原誤作「巳己」，從繁本改；孟刻全本「己」「已」「巳」不分，俱作「巳」，此作「巳巳」，上並多「明年」二字。

〔二〇三〕「其」，原誤作「與」，孟本同，從繁本改。

〔二〇四〕「諫」，孟本作「鍊」。此劇繁本作「長孫皇后鼎鑊諫」，今人多以爲衍唐太宗文德皇后長孫氏事，《唐書》載其屢諫太宗，則「諫」字似是，但史未見有鼎鑊事。

〔二〇五〕「旦本」二字原無，從孟本增，《正音譜》作「二本」。

〔二〇六〕《正音譜》此目在「東窗事犯」前，「朝」作「漢」。

〔二〇七〕「夜郎」，原誤作「良夜」，從孟本改。

〔二〇八〕「一下」二字原互乙，從孟本乙正。

〔二〇九〕「來」字原無，孟本同，不合譜，從增補本、繁本增。「彈」，原誤作「輝」，從孟本改。

〔二一〇〕「優游」下孟本多「於」字。

〔二一一〕「褐夫」，孟本作「禍夫」，當誤。

〔二一二〕「遺」，孟本作「送」。

〔二三〕「詩」上原衍「語」字，蓋書誤字而未點去，從孟本删。

〔二四〕「兒童」，原作「兒章」，孟本作「童兒」，從增補本、繁本改。

〔二五〕「後」字孟本無。

〔二六〕此目原無，從孟本、《正音譜》補。「河陽」，《正音譜》作「阿陽」。

〔二七〕此下《正音譜》多「瀟湘八景」一目，蓋據傳文補者。據存曲，《瀟湘八景》實爲散曲。

〔二八〕「占」，原誤作「古」，從孟本改。

〔二九〕「有」，孟本作「善」，當誤。

〔三〇〕「是」，孟本作「顯」。

〔三一〕「當」，原作「常」，從孟本改。「事」，原作「字」，孟本同，從繁本改。

〔三二〕「子細思」兩句，孟本作「子細思量，不是當時」，不合譜，或脱「細思」二字，應如增補本「仔細思，細思量不是當時」。

〔三三〕「索古」，原作「索枯」，從孟本改。

〔三四〕「撰」，原誤作「傳」，從孟本改。

〔三五〕「多」，原誤作「名」，從孟本改。

〔三六〕「薄」，原誤作「簿」，從孟本改。

〔三七〕此目《正音譜》在「班超投筆」前。

〔二八〕此下《正音譜》多「比干剖腹」「楊震畏金」二目，當據别本增。

〔二九〕「榮華」，原誤作「英華」，從孟本改。

〔三〇〕「音」字原脱，孟本損闕，從增補本、繁本補。

〔三一〕「占」上原衍「上」字，從孟本删。

〔三二〕「輩」字孟本無。

〔三三〕「俱」，原誤作「供」，孟本損闕，從增補本、繁本改。

〔三四〕「誤」，原誤作「悟」；孟本作「悮」，異體，今用正字。

〔三五〕「公」下原有「之」字，從孟本删。

〔三六〕「嘗」上原衍「上」字，從孟本删。

〔三七〕「琴操」，孟本作「操琴」。

〔三八〕「有」字原脱，從孟本補。「文名」，孟本作「大名」。

〔三九〕「有」上原衍「人」字，從孟本删。

〔四〇〕「沈君美」，孟本損闕。繁本作「施君美」，並有「一云姓沈」四字。《正音譜・群英所編雜劇》無其名，范冰壺《鷫鸘裘》目下有「第二折施均美」小注；《樂府格勢》中有「施均美」。其他明人文獻，如《四友齋叢説》《藝苑巵言》等，述及戲文《拜月亭》作者，俱云「施君美」。

〔四一〕「世」字孟本無。

〔二四二〕「君卿」，原誤作「居卿」，從孟本改。君卿，即趙良弼。

〔二四三〕「暇」，原作「睱」，從孟本改。

〔二四四〕「亦」，孟本作「以」。

〔二四五〕「者」，孟本作「也」。

〔二四六〕「拾」字原脱，從孟本補。

〔二四七〕「且」，孟本作「但」。

〔二四八〕「三生」，原作「一生」，從孟本改。三生，釋家語。「三生夢」爲宋元詩家、曲家習用，「一生夢」則不經見。此前又有「一篇篇」句，「一」字亦不當重。

〔二四九〕「卿」，《正音譜》作「祥」，當誤。《録鬼簿》提及趙氏之字多次，各本俱作「卿」。

〔二五〇〕「良弼」上孟本衍「自」字。

〔二五一〕「閭」，原作「閺」，從孟本改。或爲「閑」之訛。

〔二五二〕「於」，原誤作「與」，從孟本改。

〔二五三〕「難」下原衍「於」字，從孟本删。

〔二五四〕「究竟」，孟本作「究意」。

〔二五五〕《正音譜》列趙氏劇目，作「春夜梨花雨」。

〔二五六〕「伎」，孟本作「技」。

〔二五七〕「袖手」，原作「描手」，從孟本改。

〔二五八〕「感」字孟本無；《崇禎嘉興縣志》卷十引，亦無。

〔二五九〕「夢」字孟本無；《崇禎嘉興縣志》卷十引，亦無。

〔二六〇〕「住人間能有多時」，孟本作「系住人間能幾時」，《崇禎嘉興縣志》卷十引同，句式不合曲譜，「幾」字在此讀若上聲，亦不合平仄。

〔二六一〕睢景臣小傳，孟本「七年」以上損闕，位置僅容五字，蓋無「後字景賢」四字。

〔二六二〕「揚」，原誤作「楊」，從孟本改。

〔二六三〕「套數」二字原互乙，從孟本乙正。

〔二六四〕「帳」，孟本作「被」。

〔二六五〕「折」，孟本作「插」，並小字注「或作『剩』」。

〔二六六〕「巧」，原誤作「功」，從孟本改。

〔二六七〕此下《正音譜》多「屈原投江」一目。

〔二六八〕「髯」，孟本作「髭」。

〔二六九〕「名」，孟本作「字」，不合慣例，誤。

〔二七〇〕「文章」，孟本作「文筆」。

〔二七一〕「餘」字孟本無。

〔二七二〕「吴江」，孟本作「吴門」。
〔二七三〕「止以爲」，原誤作「正乃爲」，從孟本改。
〔二七四〕「鳴」，原誤作「鳴」；「痛」，原誤作「病」，從孟本改。
〔二七五〕「余」，原誤作「於」，從孟本改。
〔二七六〕「亡友」，原誤作「七夜」，孟本誤作「七友」，從增補本、繁本改。
〔二七七〕「握手」，原誤作「掘手」，從孟本改。
〔二七八〕「痿憊」，孟本作「疾憊」。
〔二七九〕此目《正音譜》在「蘇武還鄉」後，作「孫武教女兵」，並有「二本」小字注。
〔二八〇〕「還鄉」，《正音譜》作「持節」。
〔二八一〕「未」，原誤作「永」，從孟本改。
〔二八二〕「雲」，原作「人」，從孟本改。下文有「料人生」語，「人」字不應重。
〔二八三〕「枉然」，孟本作「惘然」。
〔二八四〕「十全」，原誤作「一全」，從孟本改。
〔二八五〕「同」，原誤作「其」，從孟本改。
〔二八六〕「屑」，原誤作「稍」，從孟本改。
〔二八七〕「真」，原誤作「貞」，從孟本改。

〔二八八〕「委任」，孟本作「妄任」。

〔二八九〕「亨屯」，孟本作「其倫」。

〔二九〇〕「包巾」，孟本作「色巾」，當誤。包巾，即頭巾，林希逸《莊子鬳齋口義》卷九：「垂冠不高，其冠如今包巾也。」宋元戲曲小説習見。「色巾」則未經見。

〔二九一〕「打」字孟本無。「看」下原有「香」字，從孟本删。

〔二九二〕「黄」，原誤作「曹」，孟本損闕，傳文有「今續姓黄」語，因從增補本、繁本改。

〔二九三〕參見繁本校記〔三三〕。

〔二九四〕「目今」，孟本作「自今」。

〔二九五〕「皆」下孟本有「以」字。

〔二九六〕「名」，原誤作「字」，孟本同，從增補本改。參見繁本校記〔三七〕。

〔二九七〕此下《正音譜》多「手卷記」一目。

〔二九八〕「秦」，原誤作「奏」，從孟本、《正音譜》改。

〔二九九〕「玉」，孟本作「正」，當誤，他本俱作「玉」。案宋有玉溪館，在藍田縣，見宋宋敏求《長安志》卷十六，但已不見於元駱天驤《類編長安志》；金亦有玉溪館，在汴梁龍德宫，見《遺山文集》卷六《梁園春》小注、《明秀集》卷一【水調歌頭】其六小注。

〔三〇〇〕「久可」，孟本誤作「可久」。參見繁本校記〔三三〕。

〔三〇一〕「有今樂府」，原誤作「今有樂府」，從孟本改。參見繁本校記〔三四〕。

〔三〇二〕「名吉」，原誤作「多言」，從孟本改。

〔三〇三〕「玉」，原誤作「王」，孟本損闕，從《正音譜》改。

〔三〇四〕「善慶」，原作「孟慶」，從孟本改。參見繁本校記〔三〇〕。

〔三〇五〕「饒州」，原誤作「餘州」，從孟本改。

〔三〇六〕「以卜術」，原誤作「卜爲術」，從孟本改。

〔三〇七〕《正音譜》此目作「孫武教女兵」，小字注作「二本」。

〔三〇八〕「月夜」，孟本、《正音譜》作「夜月」；《正音譜》並無「杜秋娘」三字。

〔三〇九〕「宣慰司」，原誤作「宣德司」，從孟本改。

〔三一〇〕此目孟本在「党金蓮夜月瑶琴怨」後。《正音譜》無「包待制判斷」五字。

〔三一一〕《正音譜》無「党金蓮」三字。

〔三一二〕此行孟本無。

〔三一三〕「使往者」句，原誤作「使往復來生者力學」，從孟本改。

〔三一四〕「善之」，原誤作「善文」，從孟本改。善之，即鄧文原。

〔三一五〕「克明」，孟本誤作「克名」。克明，即曹鑒。

〔三一六〕「也」，原誤作「之」，從孟本改。

〔三七〕「等」字孟本無。

〔三八〕「後之」，孟本作「後人之」。

〔三九〕「九月吉日序」，孟本作「九月吉後序」。

〔三〇〕「側聽鍾先生」，孟本作「側聆繼先鍾先生」。

〔三一〕「鄮城」，孟本作「貿城」，誤。史無貿城之名。鄮城，謂鄞縣。

〔三二〕「詞章」下孟本多「有」字，或是「有詞章」之乙。

〔三三〕「可」字原脱，從孟本補。

〔三四〕「繼先」下孟本多「賢」字，則全句字數不合曲譜，當衍。

繁本録鬼簿

録鬼簿序

賢愚壽夭、死生禍福之理，固兼乎氣數而言，聖賢未嘗不論也。蓋陰陽之詘伸，即人鬼之生死，人而知夫生死之道，順受其正，又豈有岩墻桎梏之厄哉！雖然，人之生斯世也，但以已死者爲鬼，而不知未死者亦鬼也。酒罌飯囊、或醉或夢、塊然泥土者，則其人與已死之鬼何異？此固未暇論也〔一〕。其或稍知義理，口發善言，而于學問之道，甘于暴棄，臨終之後，漠然無聞，則又不若塊然之鬼爲愈也。予嘗見未死之鬼吊已死之鬼，未之思也，特一間耳。獨不知天地開闢，亘古及今，自有不死之鬼在。何則？聖賢之君臣、忠孝之士子，小善大功、著在方册者，日月炳焕，山川流峙，及乎千萬劫無窮已〔二〕，是則雖鬼而不鬼者也。余因暇日〔三〕，緬懷故人，門第卑微，職位不振，高才博識，俱有可録，歲月彌久，湮没無聞，遂傳其本末，吊以樂章，復以前乎此者，叙其姓名，述其所作，冀乎初學之士，刻意詞章，使冰寒于水，青勝于藍，則亦幸矣。名之曰《録鬼簿》〔四〕。嗟乎！余亦鬼也〔五〕，使已死未死之鬼，作不死之鬼，得以傳遠，余又何幸焉〔六〕！若夫高尚之士、性理之學，以爲得罪于聖門者，吾黨且噉蛤蜊，别與知味者道。

至順元年龍集庚午月建甲申二十二日辛未古汴鍾嗣成序。

新編録鬼簿卷上

前輩已死名公有樂府行于世者

董解元大金章宗時人〔七〕，以其創始，故列諸首〔八〕。

太保劉公秉忠

杜善夫散人

張子益平章

盍志學學士

胡紫山宣慰少凱〔九〕

姚牧菴參政

不忽木平章

張九元帥

陳草庵中丞

陳國賓憲使〔一二〕

商政叔學士

閻仲章學士

王和卿學士

楊西庵參政

盧疎齋學士處道

徐子方憲使

史中丞

荆幹臣參政〔一〇〕

張夢符憲使〔一一〕

劉中庵承旨

馬彦良都事　趙子昂承旨

鬬彦舉學士〔一三〕　白無咎學士〔一四〕

滕玉霄應奉　鄧玉賓同知〔一五〕

馮海粟待制〔一六〕　貫酸齋學士

曹光輔學士〔一七〕

方今名公

郝新齋左丞〔一八〕　曹以齋尚書克明〔一九〕

劉時中待制　薩天錫照磨

李溉之學士　曹子貞學士〔二〇〕

馬昂夫總管　班恕齋知州彦功

馮雪芳府判〔二一〕　王繼學中丞

右前輩公卿居要路者，皆高才重名，亦于樂府留心。蓋文章政事，一代典刑，乃平日之所學；而歌曲詞章，由于和順積中，英華自然發外。自有樂章以來，得其名者止于此。

蓋風流蘊藉，自天性中來；若夫村樸鄙陋，固不必論也。

前輩已死名公才人有所編傳奇行于世者

關漢卿大都人〔二二〕。太醫院尹〔二三〕。號已齋叟〔二四〕。

關張雙赴西蜀夢　董解元醉走柳絲亭
丙吉教子立宣帝　薄太后走馬救周勃
太常公主認先皇〔二五〕　曹太后死哭劉夫人
荒墳梅竹鬼團圓　劉夫人寫恨萬花堂〔二六〕
閨怨佳人拜月庭〔二七〕　呂蒙正風雪破窑記
風月狀元三負心　晏叔元風月鷓鴣天〔二八〕
没興風雪瘸馬記　錢大尹智寵謝天香〔二九〕
金銀交鈔三告狀　姑蘇臺范蠡進西施
蘇氏造織錦回紋〔三〇〕　開封府蕭王勘龍衣
介休縣敬德降唐　杜蕊娘智賞金綫池〔三一〕
昇仙橋相如題柱　金谷園緑珠墜樓

漢匡衡鑿壁偷光
柳花亭李婉復落娼
風雪狄梁公
望江亭中秋切鱠旦
甲馬營降生趙太祖[三二]
賢孝婦風雪雙駕車
屈勘宣華妃
雙提屍冤報汴河冤
月落江梅怨
老女婿金馬玉堂春
烟月救風塵[三三]
宋上皇御斷姻缘簿[三四]
管寧割席
崔玉簫擔水澆花旦[三五]
晉國公裴度還帶
隋煬帝牽龍舟
白衣相高鳳漂麥
唐明皇哭香囊
孫康映雪
唐太宗哭魏徵
鄧夫人哭存孝
關大王單刀會
温太真玉鏡臺
武則天肉醉王皇后
翠華妃對玉釵
漢元帝哭昭君
劉盼盼鬧衡州
劉夫人救啞子[三六]
呂無雙銅瓦記[三七]
風流孔目春衫記

萱草堂玉簪記

錢大尹鬼報緋衣夢〔三八〕

醉娘子三撇嵌

楚雲公主酹江月〔三九〕

詐妮子調風月

魯元公主三㗖赦〔四〇〕

高文秀東平人。府學生。早卒。

黑旋風鬥鷄會

黑旋風詩酒麗春園

黑旋風窮風月

黑旋風大鬧牡丹園

黑旋風喬教學

黑旋風敷演劉耍和〔四一〕

黑旋風雙獻頭

老郎君養子不及父

病樊噲打呂胥〔四二〕

黑旋風借屍還魂

劉先主襄陽會

禹王廟霸王舉鼎

窮秀才雙棄瓢

忠義士班超投筆

烟月門神訴寃

五鳳樓潘安擲果

須賈誶范睢〔四三〕

好酒趙元遇上皇

周瑜謁魯肅

木叉行者鎖水母

伍子胥棄子走樊城

豹子尚書謊秀才

豹子秀才不當差
豹子令史干請俸〔四四〕
相府門廉頗負荆
御史臺趙堯辭金
志公和尚開啞禪

鄭廷玉彰德人。

楚昭王踈者下船〔四五〕
齊景公駟馬奔陣
采石渡漁父辭劍
冷臉劉斌料到底
布袋和尚忍字記〔四六〕
孟縣宰因禍致福
風月郎君雙教化
冤報冤貧兒乍富
曹伯明復勘贓

太液池兒女並頭蓮
風月害夫人
鄭元和風雪打瓦罐
醉秀才戒酒論杜康
宣帝問張敞畫眉

宋上皇御斷金鳳釵
包待制智勘後庭花
吹簫女悔教鳳凰兒
尉遲公鞭打李道煥
子父夢秋夜欒城驛
賣兒女没興王公綽
一百二十行販揚州
看錢奴冤家債主
漢高祖哭韓信

風月七真堂　　蕭丞相復勘贓〔四七〕
孫恪遇猿　　孟姜女送寒衣
奴殺主因福折福〔四八〕

白仁甫文舉之子。名朴〔四九〕。真定人。號蘭谷先生。贈嘉議大夫、太常大卿〔五〇〕。

秋江風月鳳凰船　　唐明皇秋夜梧桐雨
鴛鴦簡墻頭馬上　　韓翠蘋御水流紅葉
唐明皇遊月宮　　董秀英花月東墻記
漢高祖斬白蛇　　祝英臺死嫁梁山伯
閻師道趕江〔五一〕　　楚莊王夜宴絶纓會
蕭翼智賺蘭亭記　　泗上亭長
崔護謁漿　　蘇小小月夜錢塘夢
薛瓊瓊月夜銀箏怨〔五二〕

庾吉甫名天錫。大都人。中書省掾，除員外郎、中山府判〔五三〕。

常何薦馬周　　隋煬帝江月錦帆舟
裴航遇雲英　　孟嘗君鷄鳴度關

列女青綾臺〔五四〕

玉女琵琶怨

秋夜淩波夢

英烈士周處三害

秋月蕊珠宮

楊太真華清宮

會稽山買臣負薪

薛昭誤入蘭昌宮

封騭先生罵上元〔五五〕

楊太真霓裳怨〔五六〕

蘇小卿麗春園〔五七〕

馬致遠〔五八〕大都人。號東籬〔五九〕。任江浙行省務官〔六〇〕。

劉阮誤入桃源洞

江州司馬青衫泪

呂洞賓三醉岳陽樓

太華山陳摶高卧

凍吟詩踏雪尋梅

大人先生酒德頌

呂太后人彘戚夫人

風雪騎驢孟浩然

王祖師三度馬丹陽

孟朝雲風雪歲寒亭

呂蒙正風雪齋後鐘〔六一〕

孤雁漢宮秋

李文蔚真定人，江州路瑞昌縣尹。

張子房圯橋進履

漢武帝死哭李夫人

謝安東山高卧趙公輔次本，監咸韻〔六二〕
蔡逍閑醉寫石州慢〔六三〕
謝玄破苻堅
盧亭亭擔水澆花旦〔六四〕
金水題紅怨
燕青射雁
秋夜芭蕉雨
報冤臺燕青撲魚〔六五〕
風雪推車記
濯錦江魚雁傳情

李直夫女直人。德興府住。即蒲察李五。

武元皇帝虎頭牌
潁考叔孝諫莊公〔六六〕
風月郎君怕媳婦
鄧伯道棄子留侄
宦門子弟錯立身
尾生期女渰藍橋
歹鬥娘子勸丈夫
念奴教樂府
俏郎君占斷風光好
晏叔原風月夕陽樓〔六七〕
謊郎君敗壞盡風光好

吴昌齡西京人。

唐三藏西天取經
張天師夜祭辰鈎月
浣紗女抱石投江
鬼子母揭鉢記

那吒太子眼睛記
浪子回回賞黄花
月夜走昭君
狄青撲馬
貨郎末泥

王實甫〔六八〕大都人。

東海郡于公高門
孝父母明達賣子
曹子建七步成章
才子佳人拜月亭〔七一〕
趙光普進梅諫
陸績懷橘
雙蕖怨〔七三〕
韓彩雲絲竹芙蓉亭
崔鶯鶯待月西廂記〔六九〕
蘇小卿月夜販茶船〔七〇〕
四大王歌舞麗春堂〔七二〕
呂蒙正風雪破窑記
詩酒麗春園
嬌紅記

武漢臣濟南府人。

抱侄携男魯義姑
虎牢關三戰呂布鄭德輝次本
女元帥挂甲朝天
趙太子創立天子班
鄭瓊娥梅雪玉堂春
謝瓊雙千里關山怨

曹伯明錯勘贓次本
窮韓信登壇拜將
四哥哥神助提頭鬼〔七四〕
散家財天賜老生兒

王仲文大都人。

淮陰縣韓信乞食
洛陽令董宣强項
感天地王祥卧冰
七星壇諸葛祭風〔七五〕
漢張良辭朝歸山
齊賢母三教王孫賈
諸葛亮秋風五丈原
趙太祖夜斬石守信
救孝子烈母不認屍〔七六〕
孟月梅寫恨錦香亭〔七七〕

李壽卿太原人。將仕郎，除縣丞〔七八〕。

說專諸伍員吹簫
月明三度臨岐柳
船子和尚秋蓮夢
呂太后定計斬韓信
呂太后祭滻水
鼓盆歌莊子嘆骷髏
司馬昭復奪受禪臺〔七九〕
呂太后夜鎮鑒湖亭
呂無雙遠波亭
辜負呂無雙與《遠波亭》關目同

尚仲賢真定人。江浙行省務官。

陶淵明歸去來詞〔八〇〕
鳳凰坡越娘背燈〔八一〕
洞庭湖柳毅傳書
没興花前秉燭旦
尉遲恭三奪槊〔八二〕
海神廟王魁負桂英
張生煮海
崔護謁漿十六曲次本
武成廟諸葛論功
漢高祖濯足氣英布

石君寶平陽人。

魯大夫秋胡戲妻
呂太后醢彭越
柳眉兒金錢記
窮解子紅綃驛
士女秋香怨
李亞仙詩酒曲江池
趙二世醉走雪香亭
張天師斷歲寒三友
東吳小喬哭周瑜
諸宮調風月紫雲亭〔八三〕

楊顯之〔八四〕大都人。與漢卿莫逆交，凡有珠玉，與公較之。

臨江驛瀟湘夜雨
醜駙馬射金錢
黑旋風喬斷案
蕭縣君風雪酷寒亭
蒲魯忽劉屠大拜門
大報冤兩世辨劉屠

劉泉進瓜　　借通縣跳神師婆旦

紀天祥〔八五〕大都人。與李壽卿、鄭廷玉同時。

趙氏孤兒冤報冤　　韓湘子三度韓退之

曹伯明錯勘贓　　信安王斷復販茶船

李元真松陰記　　驢皮記

于伯淵平陽人。

丁香回回鬼風月　　莽和尚復奪珍珠旗

呂太后餓劉友　　尉遲公病立小秦王

白門斬呂布　　狄梁公智斬武三思

戴善甫真定人。江浙行省務官。

陶秀實醉寫風光好〔八六〕　　關大王三捉紅衣怪

柳耆卿詩酒翫江樓　　伯瑜泣杖〔八七〕

諸宮調風月紫雲亭〔八八〕

王廷秀山東益都人。淘金千户。

秦始皇坑儒焚典　　周亞夫屯細柳營

石頭和尚草庵歌　　鹽客三告狀

張時起字才英〔八九〕。東平府學生。長蘆居〔九〇〕。

霸王垓下別虞姬　　昭君出塞

賽花月秋千記六折　　沉香太子劈華山

費唐臣大都人。君祥之子。

蘇子瞻風雪貶黃州　　斬鄧通

漢丞相韋賢籯金

趙子祥

太祖夜斬石守信〔九一〕次本　　崔和擔土〔九二〕

風月害夫人次本

姚守中洛陽人。牧庵學士侄。平江路吏。

褚遂良扯詔立東宫〔九三〕　　神武門逢萌挂冠〔九四〕

漢太守郝廉留錢〔九五〕

李好古保定人〔九六〕。

巨靈劈華岳　　張生煮海

趙太祖鎮凶宅

趙文殷〔九七〕彰德人。教坊色長。

張果老度脱啞觀音　　渡孟津武王伐紂

宦門子弟錯立身次本

張國寶大都人。即喜時營〔九八〕。教坊管勾〔九九〕。

相國寺公孫汗衫記　　漢高祖衣錦還鄉

薛仁貴衣錦還鄉

紅字李二京兆人。教坊劉耍和婿〔一〇〇〕。

折擔兒武松打虎　　病楊雄

板踏兒黑旋風

花李郎〔一〇一〕劉耍和婿〔一〇二〕。

莽張飛大鬧相府院　　㦡㦬判官釘一釘〔一〇三〕

趙天錫〔一〇四〕汴梁人〔一〇五〕。鎮江府判。

試湯餅何郎傅粉〔一〇六〕　　賈愛卿金釵剪燭〔一〇七〕

梁進之〔一〇八〕大都人。警巡院判，除縣尹，又除大興府判，次除知和州。與漢卿世交。

東海郡于公高門旦本

趙光普進梅諫

王伯成涿州人。有《天寶遺事》諸宮調行于世。

李太白貶夜郎

張翥泛浮槎

孫仲章大都人〔一〇九〕。

金章宗斷遺留文書

卓文君白頭吟

趙明道大都人。

韓湘子三赴牡丹亭

陶朱公范蠡歸湖

趙公輔平陽人。儒學提舉。

晉謝安東山高卧汴本〔一一〇〕

棲鳳堂倩女離魂

李子中大都人。知事除縣尹。

賈充宅韓壽偷香

崔子弑齊君

李進取〔一一一〕大名人。官醫大夫。

神龍殿欒巴噀酒

窮解子破傘雨〔一一二〕

司馬昭復奪受禪臺

岳伯川濟南人〔一一三〕。

羅光遠夢斷楊貴妃〔一一四〕　　呂洞賓度鐵拐李岳

康進之棣州人〔一一五〕。

梁山泊黑旋風負荆　　黑旋風老收心

顧仲清東平人。清泉場司令〔一一六〕。

滎陽城火燒紀信　　陵母伏劍

石子章大都人。

黃貴娘秋夜竹窗雨〔一一七〕　　秦翛然竹塢聽琴

侯正卿〔一一八〕真定人。號艮齋先生。

關盼盼春風燕子樓

史九散仙〔一一九〕真定人。武昌萬户〔一二〇〕。

花間四友莊周夢

孟漢卿亳州人。

張鼎智勘魔合羅

李寬甫大都人。刑部令史，除廬州合淝縣尹。

漢丞相丙吉問牛喘

李行甫絳州人。

包待制智賺灰欄記〔一二一〕

費君祥大都人。唐臣父。與漢卿交。有《愛女論》行于世。

才子佳人菊花會

江澤民真定人。

糊突包待制

陳寧甫大名人。

風月兩無功

陸顯之汴梁人。有《好兒趙正》話本。

宋上皇碎冬凌

狄君厚平陽人。

晋文公火燒介子推

孔文卿〔一二二〕平陽人。

秦太師東窗事犯〔一二三〕

張壽卿東平人。江浙省掾史〔一二四〕。

謝金蓮詩酒紅梨花

劉唐卿太原人。皮貨所提領〔一二五〕。在王彦博左丞席上曾咏「博山銅、細裊香風」者〔一二六〕。

李三娘麻地捧印〔一二七〕　　蔡順摘椹養母〔一二八〕

彭伯威保定人。

四不知月夜京娘怨〔一二九〕

李時中大都人。中書省掾，除工部主事。

開壇闡教黄糧夢〔一三〇〕第一折馬致遠，第二折李時中，第三折花李郎學士，第四折紅字李二

右前輩編撰傳奇名公，僅止于此。才難之云，不其然乎？余僻處一隅，聞見淺陋〔一三一〕，散在天下，何地無才？蓋聞則必達，見則必知。姑叙其姓名於右。其所編撰，余友陸君仲良，得之于克齋先生吴公，然亦未盡其詳。余生也晚，不得預几席之末〔一三二〕，不知出處，故不敢作傳以吊云。

新編録鬼簿卷下

方今已亡名公才人余相知者，爲之作傳，以【凌波曲】吊之

宫大用，名天挺。大名開州人。歷學官，除釣臺書院山長。爲權豪所中，事獲辯明〔一三三〕，亦不見用。卒于常州。先君與之莫逆交，故余常得侍坐，見其吟咏。文章筆力，人莫能敵；樂章歌曲，特餘事耳。

嚴子陵釣魚臺　　濟饑民汲黯開倉

宋上皇御賞鳳凰樓　　死生交范張鷄黍

宋仁宗御覽托公書　　會稽山越王嘗膽

豁然胸次掃塵埃，久矣聲名播省臺。先生志在乾坤外，敢嫌天地窄，更詞章壓倒元白。憑心地〔一三四〕，據手策，數當今無此英才〔一三五〕。

鄭德輝，名光祖。平陽襄陵人。以儒補杭州路吏。爲人方直〔一三六〕，不妄與人交，故諸公多鄙之，久則見其情厚，而他人莫之及也。病卒，火葬于西湖之靈芝寺。諸公吊送〔一三七〕，各有詩文。公之所作不待備述，名香天下〔一三八〕，聲振閨閣，伶倫輩稱「鄭老先生」，皆知其爲德

輝也。惜乎所作貪于俳諧，未免多于斧鑿，此又别論焉。

李太白醉寫秦樓月　醜齊后無鹽破連環
陳後主玉樹後庭花　放太甲伊尹扶湯
三落水鬼泛采蓮船〔一三九〕　秦趙高指鹿爲馬
傷梅香翰林風月　崔懷寶月夜聞箏
醉思鄉王粲登樓　輔成王周公攝政〔一四〇〕
王太后摔印哭孺子〔一四一〕　迷青瑣倩女離魂
虎牢關三戰吕布末旦頭折，次本　齊景公哭晏嬰
謝阿蠻梨園樂府　周亞夫細柳營
紫雲娘〔一四二〕

乾坤膏馥潤肌膚，錦繡文章滿肺腑。筆端寫出驚人句，解番騰〔一四三〕、今共古，占詞場老將伏輸〔一四四〕。《翰林風月》，《梨園樂府》，端的是曾下工夫。

金志甫，名仁傑。杭州人。余自幼時聞公之名〔一四五〕，未得與之見也。公小試錢穀，給由江浙〔一四六〕，遂一見，如平生歡。交往二十年如一日。天曆元年戊辰冬，授建康崇寧務官〔一四七〕，明年己巳正月叙别，三月，其二子護柩來杭，知公氣中而卒。嗚呼，惜哉！所述雖不駢麗，

而其大概多有可取焉。

玉津園智斬韓太師　秦太師東窗事犯喜春來按〔一四八〕

蕭何月夜追韓信　周公旦抱子設朝

長孫皇后鼎鑊諫　蔡琰還朝次本

蘇東坡夜宴西湖夢〔一四九〕

心交元不問親疎，契飲那能較有無。誰知一上金陵路，嘆亡之命矣夫！夢西湖何不歸歟？魂來處，返故居，比梅花想更清癯。

范子安，名康。杭州人。明性理，善講解，能詞章，通音律。因王伯成有《李太白貶夜郎》，乃編《杜子美遊曲江》，一下筆即新奇，蓋天資卓異，人不可及也。

陳季卿悟道竹葉舟　曲江池杜甫遊春

詩題雁塔寫秋空〔一五〇〕，酒滿觥船棹晚風〔一五一〕。詩籌酒令閑吟咏，占文場、第一功，掃千軍筆陣元戎。龍蛇夢，狐兔蹤，半生來彈指聲中。

曾瑞卿，名瑞。大興人。自北來南，喜江浙人才之多，羨錢塘景物之盛，因而家焉。神采卓異，衣冠整肅，優游于市井，灑然如神仙中人。志不屈物，故不願仕，自號褐夫。江淮之達者，歲時饋送不絶，遂得以徜徉卒歲。臨終之日，詣門吊者以千數。余嘗接見音容，獲承言話，勉勵之語，潤益良多。公善丹青，能隱語，小曲有《詩酒餘音》行于世。

才子佳人誤元宵

江湖儒士慕高名，市井兒童誦瑞卿。衣冠濟楚人欽敬，更心無寵辱驚，樂幽閑不解趨承。身如在，死若生，想音容猶見丹青。

沈和甫，名和。杭州人。能詞翰，善談謔，天性風流，兼明音律。以南北調合腔，自和甫始，如《瀟湘八景》《歡喜冤家》等曲，極爲工巧。後居江州，近年方卒。江西稱爲「蠻子關漢卿」者是也。

祈甘雨貨郎朱蛇記　徐駙馬樂昌分鏡記

鄭玉娥燕山逢故人　鬧法場郭興阿楊〔一五二〕

歡喜冤家〔一五三〕

五言嘗寫和陶詩，一曲能傳冠柳詞。半生書法欺顏字，占風流、獨我師，是梨園南北分司。當時事，仔細思，細思量不似當時。

鮑吉甫，名天祐。杭州人。初業儒，長事吏，簿書之役，非其志也。跬步之間，惟務搜奇索古而已。故其編撰，多使人感動咏嘆。余嘗與之談論節要，至今得其良法。才高命薄，今猶古也，竟止崑山州吏而卒〔一五四〕。

王妙妙死哭秦少游　史魚屍諫衛靈公
忠義士班超投筆　貪財漢爲富不仁
摘星樓比干剖腹　英雄士楊震辭金
漢丞相宋弘不諧　孝烈女曹娥泣江

平生詞翰在宫商，兩字推敲付錦囊。聳吟肩有似風魔狀，苦勞心、嘔斷腸，視榮華總是乾忙。談音律，論教坊，唯先生占斷排場。

陳存甫，名以仁。杭州人。以家務雍容，不求聞達。日與南北士大夫交遊，僮僕輩以茶湯酒果爲厭，公未嘗有難色，然其名因是而愈重。能博古，善謳歌。其樂章間出一二，俱有駢麗之句。

十八騎誤入長安　錦堂風月

錢塘風物盡飄零，賴有斯人尚老成。爲朝元恐負虛皇命，鳳簫寒、鶴夢驚，駕天風直上蓬瀛。芝堂静，蕙帳清，照虛梁落月空明。

范冰壺〔一五五〕，名居中，字子正，冰壺其號也〔一五六〕。杭州人。父玉壺，前輩名儒，假卜術爲業，居杭之三元樓前。每歲元夕，必以時事題于燈紙之上〔一五七〕，杭人聚觀，遠近皆知父子之名〔一五八〕。公精神秀異，學問該博。嘗出大言矜肆，以爲筆不停思，文不閣筆。諸公知其有才，不敢難也。善操琴，能書法。其妹亦有文名，大德年間被旨赴都，公亦北行。以才高不見遇，卒于家。有樂府及南北腔行于世〔一五九〕。

向歆傳業振家聲，羲獻臨池播令名。操焦桐只許知音聽，售千金、價未輕，有誰如父子才能。冰如玉，玉似冰〔一六〇〕，映壺天表裏澄清。

施君美〔一六一〕，名惠。杭州人。居吴山城隍廟前，以坐賈爲業。公巨目美髯，好談笑。余嘗與趙君卿、陳彦實〔一六二〕、顔君常至其家，每承接款〔一六三〕，多有高論。詩酒之暇，惟以填詞和曲爲事。有《古今砌話》，亦成一集〔一六四〕，其好事也如此。

道心清净絶無塵，和氣雍容自有春。吴山風月收拾盡，一篇篇、字字新，但思君賦盡停雲。三生夢，百歲身，到頭來衰草荒墳。

黄德潤，名天澤。杭州人。和甫沈公同母弟也。風流醞藉，不減其兄。幼年屑就簿書，先在漕司，後居省府，鬱鬱不得志。崑山聽補州吏，又不獲用，咄咄書空而已，然亦竟不歸而終。公有樂府，播于世人耳目，無賢愚皆稱賞焉。

一心似水道爲鄰，四體如春德潤身。風流才調真英俊，軼前車、繼後塵，謾蒼天委任斯文。岐山鳳，魯甸麟，時有亨屯。

沈拱之，名拱。杭州人。天資穎悟，文質彬彬，然惟不能俯仰，故不願仕。所編樂府最多。

以老無後，病無所歸，存甫館於家，不旬日而亡。存甫殯送之，重友誼也。

掀髯得句細推敲，舉筆爲文善解嘲。天生才藝藏懷抱，奈玉石相混淆，更多逢世事咬嚆[一六五]。蜂爲市，燕有巢，吊斜陽緩步西郊[一六六]。

趙君卿，名良弼。東平人。總角時與余同里閈，同發蒙，同師鄧善之、曹克明、劉聲之三先生，又于省府同筆硯。公經史問難、詩文酬唱，及樂章小曲、隱語傳奇，無不究竟。所編《梨花雨》，其辭甚麗。後補嘉興路吏，遷調杭州。天曆元年冬卒于家。公之風流醖藉，開懷待客[一六七]，人所不及，然亦以此見廢。能裁字，善丹青[一六八]，但以末技[一六九]，故不備録。

春夜梨花雨

閑中袖手刻新詞，醉後揮毫寫舊詩。兩般總是龍蛇字，不風流、難會此，更文才宿世天資。感夜雨梨花夢，嘆秋風兩鬢絲，住人間能有多時[一七〇]？

陳彦實，名無妄。東平人。與余及君卿同舍。性資沉重[一七一]，事不苟簡，以苛刻爲務，訐直爲忠。與人寡合，人亦難之。公于樂府、隱語無不用心。補衢州路吏，後遷婺州，陞浙東憲吏，調福建道。天曆二年三月，以憂卒，其弟彦正殯葬之[一七二]。樂府甚多，惜乎其不甚傳也。

府垣歲月露忠肝[一七三]，憲幕冰霜豈汗顔[一七四]。何其薏苡生讒間[一七五]，自甘心[一七六]、願就閑，轉回頭夢入槐安。後會何時再〔一七七〕，英靈甚日還，望東南翹首三山。

廖弘道，名毅。建康人。泰定三年丙寅春，因余友周仲彬與之會，即叙平生歡。時出一二舊作，皆不凡俗。如【越調】「一點靈光」，借燈爲喻；【仙吕・賺煞】曰：「因王魁淺情，將桂英薄幸，致令得潑烟花不重俺俏書生。」發越新鮮，皆非蹈襲。天曆二年春〔一七八〕，抱疾喪于友人江漢卿家。漢卿與黄焕章買棺具斂，召其親來，火葬城外寺中。公能書，善行文，不幸早卒〔一七九〕。題伍王廟壁有【折桂令】一曲，及有絶句〔一八〇〕：「浩浩凌雲志，巍巍報國心。忠魂與潮汐，萬古不消沉。」其感慨激烈，徒增悵怏。噫！天之生物也，裁成輔相以左右民〔一八一〕，奈何如是之偏戾也！人猶有所憾者，良以此夫！

人間未得注金甌〔一八二〕，天上先教記玉樓。恨蒼穹不與斯人壽，未成名、一土丘，嘆平生壯志難酬。朝還暮，春又秋，爲思君泪滿鷫裘。

喬夢符，名吉甫〔一八三〕。太原人。號笙鶴翁，又號惺惺道人。美容儀〔一八四〕，能詞章，以威嚴自飭，人敬畏之。居杭州太乙宫前。有《題西湖》【梧葉兒】百篇，名公爲之序。江湖間四十年欲刊所作〔一八五〕，竟無成事者。至正五年二月，病卒于家。

怨風月嬌雲認玉釵　　玉簫女兩世姻缘

杜牧之詩酒揚州夢　　死生交托妻寄子

馬光祖勘風情〔一八六〕　　荆公遺妾
唐明皇御斷金錢記　　節婦牌
賢孝婦　　九龍廟
燕樂毅黄金臺

平生湖海少知音，幾曲宫商大用心。百年光景還争甚，空贏得、雪鬢侵，跨仙禽路繞雲深〔一八七〕。欲挂墳前劍，重聽膝上琴，漫携琴載酒相尋。

睢景臣，後字景賢。大德七年，公自維揚來杭州，余與之識。自幼讀書，以水沃面，雙眸紅赤，不能遠視。心性聰明，酷嗜音律。維揚諸公俱作《高祖還鄉》套數，惟公【哨遍】製作新奇，皆出其下。又有【南吕·一枝花】《題情》云：「人閑燕子樓〔一八八〕，被冷鴛鴦錦，酒空鸚鵡盞，釵折鳳凰金。」亦爲工巧，人所不及也。

楚大夫屈原投江　　鶯鶯牡丹記
千里投人

吟髭撚斷爲詩魔，醉眼慵開爲酒酡。半生才便作三閭些，嘆番成、《薤露歌》，等閑間蒼鬢成皤〔一八九〕。功名事，歲月過，又待如何？

吴中立，名本〔一九〇〕。世爲杭州人。天資明敏，好爲詞章、隱語、樂府，有《本道齋樂府小稿》

及詩謎數千篇。以貧病不得志而卒。嗚呼，惜哉！

語言辯利掃千兵，心性聰明誤半生。萊蕪窮又染維摩病，想天公、忒世情，使英雄遺恨難平。寒泉净，碧藻馨，敢薦幽冥。

周仲彬，名文質。其先建德人，後居杭州，因而家焉。體貌清癯，學問該博，資性工巧，文筆新奇。家世儒業〔一九一〕，俯就路吏。善丹青，能歌舞，明曲調，諧音律。性尚豪俠，好事敬客。余與之交二十年，未嘗跬步離也。元統二年六月，余自吴江回，公已抱病。盛暑中止以爲癱瘓之毒，而不經意也。醫足踵門，病及五月，而無瞑眩之藥，十一月五日卒于正寢。嗚呼，痛哉〔一九二〕！始余編此集，公及見之，題其姓名于未死鬼之列。嘗與論及亡友，未嘗不握手痛惋，而公亦中年而殁，則余輩衰老萎憊者，又安可以久于人世也歟〔一九三〕！噫！往者不可追，來者不可期，已而！已而！此余深有感于公也。

鏡新磨戲諫唐莊宗〔一九四〕　孫武子教女兵

持漢節蘇武還鄉　春風杜韋娘

丹墀未叩玉樓宣，黄土應埋白骨冤。羊腸曲折雲千變，料人生、亦惘然，嘆孤墳落日寒烟。竹下泉聲細，柳邊月影圓〔一九五〕，因思君歌舞十全。

已死才人不相知者

胡正臣，杭州人。與志甫、存甫及諸公交遊。董解元《西厢記》，自「吾皇德化」至于終篇，悉能歌之。至于古之樂府慢詞、李霜涯賺令，無不周知。辭世已三十年矣，士大夫想其風流醖藉，尚在目前。其子存善，能繼其志，小山《樂府》、仁卿《金縷新聲》、瑞卿《詩酒餘音》〔一九六〕，至于《群玉》《叢珠》〔一九七〕，裒集諸公所作，編次有倫；及將古本□□，直取潭州易氏印行元文〔一九八〕，□讀無訛，盡于書坊刊行，亦士林之翹楚也。余嘗言之：「人孰無死，死而有子；人孰無子，如胡公之嗣，若敖氏之鬼不餒矣。」

李顯卿，東平人，以父爲浙省掾，因居杭焉。自幼粗涉書史，酷嗜隱語，遂通詞章。作【賺煞】成□□篇，總而計之，四百樂章稱是。至正辛巳，以廕父職錢穀官，由台州經慶元會余，别後遂無聞及，久之不禄矣。

王思順，有《題包巾》及《鏡兒縷帶》等套數〔一九九〕。

蘇彦文〔二〇〇〕，有「地冷天寒」【越調】及諸樂府。

屈英甫，名彦英。編《一百二十行》及《看錢奴》院本等〔二〇一〕。

李齊賢，與余同窗友，後不相聞。亦有樂府。

李用之，淞江人〔二〇二〕。有戲謔樂府極多。

劉宣子，字叔昭〔二〇三〕。與余同窗，後不相會，故不知其詳。所編樂府甚多。補淮東憲司書吏卒。

顧廷玉，淞江人〔二〇四〕。有樂府。

俞仁夫，杭州人。有樂府。

張以仁，湖州人。有樂府。

右所録若以讀書萬卷、作三場文〔二〇五〕，占奪巍科、首登甲第者，世不乏人；其或甘心岩壑、樂道守志者，亦多有之。但于學問之餘，事務之暇，心機靈變，世法通疏，移宮换羽，搜奇索怪，而以文章爲戲玩者〔二〇六〕，誠絶無而僅有者也。此哀誄之所以不得不作也。觀者幸無誚焉。〔二〇七〕

方今才人相知者，紀其姓名行實並所編

黄子久，名公望。乃陸神童之次弟也〔二〇八〕。係姑蘇琴川子游巷居。髫齡時螟蛉温州黄氏爲嗣〔二〇九〕，因而姓焉。其父年九旬時方立嗣〔二一〇〕，見子久乃云：「黄公望子久矣。」先充浙

西憲吏〔二二一〕，以事論經理田糧獲直〔二二二〕。後在京，爲權豪所中，改號一峰。原居淞江〔二二三〕，以卜術閑居。目今棄人間事〔二二四〕，易姓名爲苦行浄堅〔二二五〕，又號大癡翁〔二二六〕。公望之學問不待文飾，至于天下之事，無所不知；下至薄技小藝，無所不能；長詞短曲，落筆即成。人皆師尊之。尤能作畫。

吴仁卿，名弘道〔二二七〕，號克齋先生。歷仕府判致仕。有《金縷新聲》行于世。亦有所編傳奇。

楚大夫屈原投江　　火燒正陽門

子房貨劍　　醉遊阿房宮

秦簡夫，見在都下擅名，近歲來杭。□回〔二二八〕。

東堂老勸破家子弟　　天壽太子邢臺記〔二二九〕

義士死趙禮讓肥　　玉溪館

陶賢母剪髮待賓

趙文寶，名善慶〔二三〇〕。饒州樂平人。善卜術，任陰陽學正〔二三一〕。

孫武子教女兵　　唐太宗驪山七德舞

醉寫滿庭芳　　村學堂〔二三二〕

燒樊城糜竺收資

張小山，名久可〔二三三〕。慶元人。以路吏轉首領官。有《今樂府》盛行于世〔二三四〕，又有《吴鹽》《蘇堤漁唱》等曲，編於隱語中〔二三五〕。

錢子雲，名霖。淞江人。棄俗爲黄冠，更名抱素，號素庵。類諸公所作，曰《江湖清思集》。其自作樂府有《醉邊餘興》，詞語極工巧。

徐德可，名再思。嘉興人。好食甘飴，故號甜齋。有樂府行于世。其子善長，頗能繼其家聲。

顧君澤〔二三六〕，名德潤，道號九山。淞江人。以杭州路吏遷平江。自刊《九山樂府》《詩隱》二集，售于市肆。

曹明善〔二三七〕，衢州路吏。甘於自適。今在都下。有樂府，華麗自然，不在小山之下。即賦《長門柳》二詞者。

汪勉之，慶元人。由學官歷浙東帥府令史。鮑吉甫所編《曹娥泣江》，公作二折。樂府亦多。

屈子敬，英甫之侄。與余同窗。有樂府。所編有《田單復齊》等套數〔二三八〕。以學官除路教而卒〔二三九〕。樂章華麗，不亞於小山。

田單復齊　　孟宗哭竹

昇仙橋相如題柱　　宋上皇三根李師師

敬德撲馬〔二三〇〕

高敬臣〔二三一〕，名克禮，號秋泉。見任縣尹。小曲、樂府極爲工巧，人所不及。

王守中，名庸。歷任蘆花塲司令。其製作清雅不俗，難以形容其妙趣，知音者服其才焉。

蕭德祥，杭州人。以醫爲業。號復齋〔二三二〕。凡古文俱隱括爲南曲，街市盛行。又有南曲戲文等。

王翛然斷殺狗勸夫〔二三三〕　　四春園

四大王歌舞麗春園　　小孫屠

包待制三勘蝴蝶夢〔二三四〕

陸仲良〔二三五〕，名登善。祖父維揚人，江淮改江浙〔二三六〕，其父以典掾來杭，因而家焉。爲人沉重簡默，能詞能謳，有樂府、隱語。

張鼎勘頭巾　　開倉糶米〔二三七〕

朱士凱，名凱。自幼才立不俗，與人寡合。小曲極多。所編《昇平樂府》及隱語《包羅天地》《謎韻》，皆余作序。

孟良盗骨殖　黄鶴樓

王日華，名曄〔二三八〕。杭州人〔二三九〕。體豐肥而善滑稽。能詞章、樂府，臨風對月之際，所製工巧。有與朱士凱題《雙漸小卿問答》，人多稱賞。

破陰陽八卦桃花女　卧龍岡

雙賣華

王仲元，杭州人。與余交有年矣。所編《于公高門》等。

東海郡于公高門　袁盎却座

私下三關

吴純卿，名朴。平江人。余至姑蘇，與公相識。所作工巧。平江之自是者好貶人，故不多出，恐受小人之謗也。

孫子羽，儀真人。

杜秋娘月夜紫鸞簫

張鳴善〔二四〇〕，揚州人〔二四一〕。宣慰司令史。

包待制判斷烟花鬼〔二四二〕　党金蓮夜月瑶琴怨〔二四三〕

右當今名公，才調製作不相上下，蓋繼乎前輩者，半爲地下修文郎矣。其聲名藉藉乎當今者，後學之士，可不斂衽而敬慕焉？歲不我與，急爲勉旃。雖然，其或詞藻雖工而不欲出示，或妄意穿鑿而亟欲傳梓，政猶匿税之物不經批驗者，其何以行之哉！故有名而不録。

方今才人聞名而不相知者

高可道〔二四〕，有小曲，行于世者極多。

董君瑞，真定冀州人。隱語、樂府多傳于江南。

李邦傑，有隱語、樂府，人多傳之。

高安道，有《御史歸莊》【南吕】小曲。

已上有聞者止如此。蓋有一鄉之士、一國之士、天下之士，名譽昭然者，自鄉及國，可及天下矣。故無聞者不及録。

後序

文以紀傳，曲以吊古，使往者復生，來者力學。《鬼簿》之作，非無用之事也。大梁鍾君，名嗣成，字繼先，號醜齋，善之鄧祭酒、克明曹尚書之高弟。累試于有司，命不克遇；從吏則有司不能辟，亦不屑就。故其胸中耿耿者，借此爲喻，實爲己而發也。樂府小曲，大篇長什，傳之于人，每不遺稿，故未能就編焉。如《馮諼收券》《詐遊雲夢》《錢神論》《斬陳餘》《章臺柳》《鄭莊公》《蟠桃會》等，皆在他處按行，故近者不知，人皆易之。君之德業輝光，文行浥潤[二四五]，後輩之士，奚能及焉。噫！後之視今，亦猶今之視昔也，日居月諸，可不勉旃。

至順元年九月吉日朱士凱序[二四六]。

余僻居慈谿小縣，每嘆孤陋，側聆繼先鍾先生大名久矣，莫遂識荆[二四七]。丁丑孟秋一日，邂逅于東皋精舍，匆匆東之鄮城，至中秋復回谿上，示予以親編《録鬼簿》[二四八]，皆本朝顯宦名公詞章行于世者，恐後湮没姓名，故編排類集，記其出處才能於其前，度以音律樂章于其後，千萬載之下，知其爲何人，直欲俾其爲不死之鬼也。先生之用心，誠可嘉尚。

于其行，遂歌【湘妃曲】以贈：

高山流水少人知，幾擬黄金鑄子期。繼先既解其中意，恨相逢何太遲，示佳篇古怪新奇。想達士、無他事，録名公、半是鬼，嘆人生不死何歸。

慈谿邵元長德善頓首

想貞元朝士無多〔二四九〕，觸目江山，日月如梭。上苑繁華，西湖富貴，總付高歌。麒麟冢衣冠坎坷，鳳凰臺人物蹉跎。生待如何？死待如何？紙上清名，萬古難磨。

右【折桂令】　周誥題

何人千古風騷，如意珊瑚，弱水鯨鰲。紙上功名，曲中恩怨，話裏漁樵。嘆霧閣雲窗夢杳〔二五〇〕，想風魂月魄誰招。裏驪珠泪冷鮫綃〔二五一〕，續鵾絃指凍鸞膠，傳芳名玉兔揮毫〔二五二〕，譜遺音彩鳳銜簫。

至正庚子七月八日西清道士朱經仲義題〔二五三〕。

繁本録鬼簿校勘記

〔一〕「暇」，戴本作「易」。

〔二〕「劫」下戴本多「而」字。

〔三〕「余」，戴本作「予」。

〔四〕「簿」，原誤作「薄」，從曹本、戴本改。

〔五〕「余」，戴本作「予」。

〔六〕「余」，戴本作「予」。

〔七〕「大」字疑衍，增補本無。元人稱金爲「亡金」，此言「大金」，有悖於時。

〔八〕「列」，原作「别」，從曹本改。

〔九〕「少凱」當誤，案胡氏碑傳史料，俱云字紹開。

〔一〇〕「荆幹臣」，原作「荆漢臣」，從簡本改。案《梨園樂府》《正音譜》題其名，俱作「荆幹臣」；《陽春白雪·選中古今姓氏》作「京幹臣」；北京大學藏其所書《文廟瑞芝記》拓本，亦題「荆幹臣」；《寓庵集》卷四有《送荆幹臣詩序》，《秋澗集》卷二十三有《送荆書記幹臣北還詩》。

〔一一〕「夢符」，原誤作「夢得」，戴本同，從曹本改。夢符名孔孫，《元史》有傳。

〔一二〕「賓」，曹本作「賓」。「賓」字疑誤，簡本亦作「寳」。

〔一三〕「闞」，原作「闔」，從簡本改。《秋澗集》卷四十九《貟先生傳》、《道園學古録》卷五《田氏先友翰墨序》記有撤舉字彦舉者，當即此人。則其姓應作「撤」，但元人文獻多作「闞」，如《析津志·名宦傳》即是，他如《陵川集》卷十五有《同闞彦舉南湖晚步》，《艮齋詩集》卷六有《悼闞彦舉》。

〔一四〕「學士」二字疑誤。無咎仕履，最高爲從五品忻州知州，不久與監郡不合被革，蓋終官於文林郎南安路總管府經歷，去翰林學士甚遠。又，至順三年無咎尚在世，不當入「已死」之列，蓋鍾氏修訂所改。參見《附録·鍾嗣成年譜》至順三年。

〔一五〕戴本「鄧玉賓同知」與左「貫酸齋學士」互乙。

〔一六〕案馮海粟卒於至正間，此入「已死」之列，當出修訂。《愛日精盧藏書續志》卷三著録尚從善《本草元命苞》，有至順二年自序，後至元三年班惟志序、馮氏序，馮序不署年，當在班序後。《康熙唐山縣志》卷三，據馮氏所撰《闞王廟記》碑，稱馮氏「至正間館于邑人爲質夫家」。另《山田馮氏續修族譜》，記馮氏卒於至正八年二月（王毅《馮子振年譜》，《中國文學研究》一九九〇年第一期），則未盡可靠。

〔一七〕此下原尚有「張洪範宣慰」一條，實與前「張九元帥」重出，從簡本、增補本删。「洪範」應作「弘範」，即張柔第九子，至元十四年授江東道宣慰使，十五年授蒙古漢軍都元帥（李謙《張公墓誌銘》，《新中國出土墓誌·河北》），世稱張九元帥（《秋澗集》卷二十八《張九元帥哀辭》等）。

《録鬼簿》此類曲家大致以年代爲序，弘範行年較早，此列於篇末，不合序，直書名諱而非舉字號，亦不合例，當係他人竄入。

〔一八〕「新齋」，原誤作「新庵」，從簡本改。案新齋即郝天挺，撰有《注唐詩鼓吹》，姚遂序稱「參政郝公新齋」，盧摯後序稱「新齋郝公繼先」。《曹文貞詩集》卷五《呈郝新齋左丞》：「何時不踏紅塵路，閑侍新齋几研傍。」《雪樓集》卷二十九《緝熙殿御題紫薇花扇面壽郝中丞》：「烏府先生黄閣老，高敞新齋坐霜昊。」是「新齋」本室名。又，此條及以下曹以齋尚書、劉時中待制，簡本俱在「已死名公」類，此入「方今名公」，疑爲傳鈔之誤。其可考者，天挺卒於皇慶二年（《元史・本傳》）；曹以齋（鑒）後至元元年升禮部尚書，未幾卒（詳《附録・鍾嗣成年譜》），以《録鬼簿》修訂時間計，亦當入「已死名公」。

〔一九〕「克明」二字原無，據曹本補。

〔二〇〕案子貞名元用，天曆三年三月卒於京師（宋本《曹公墓誌銘》，《考古》一九八三年第九期），應入「已死名公」類。但以《録鬼簿》至順元年七月初稿計，爲時不過四月，或鍾氏未及聞，而修訂又未及改。

〔二一〕增補本無此條，而有「馬守芳府判」，應係一人，則二本當有一誤。

〔二二〕案，朱右《元史補遺》（《元明事類鈔》卷二十二引）、《雍正山西通志》卷一百三十九謂漢卿解州人，《乾隆祁州志》卷八則云祁之伍仁村人。

〔二三〕「院尹」，《説集》本、增補本作「院户」。胡侍《真珠船》卷四、顧起經《增編會真記序》、李開先《張小山小令序》、蔣一葵《堯山堂外紀》卷六十八、王驥德《新校注古本西厢記》卷六、《曲律》卷三、姚弘誼《樂府統宗序》(《嘉禾徵獻録》卷四引)、錢謙益《初學集》卷八十五《題徐陽初小令》等明代文獻，稱述漢卿俱云「太醫院尹」。醫户爲户籍，依《録鬼簿》例，只記職官，不録户籍；醫户雖屬太醫院管領，然未見稱「太醫院户」者。故「院户」當誤。但太醫院無「院尹」一職。案蒙古太宗十三年立太醫院，中統元年又別置一太醫院，至元十三年合二爲一。初設宣差，提點太醫院事，其職甚重，至元十五年冠以禮部尚書。下設院使，至元二十二年定二員，大德五年至至治二年漸增至十二員。詳《至正集》卷四十四《大都三皇廟碑》、《元史·百官志》。疑「院尹」爲「院使」俗稱，甚或即「院使」之訛。

〔二四〕案，《析津志·名宦傳》：「關一齋，字漢卿，燕人。」云云。若與曲家關漢卿同係一人，則或「已齋」爲「一齋」之訛，或漢卿又號「一齋」。

〔二五〕「太常」，增補本作「太長」，疑應作「大長」。唐制，皇姑爲大長公主。

〔二六〕「寫恨」，曹本作「書寫」。增補本《萬花堂》題目正名標「孫太守錯疑三虎將，徐夫人雪恨萬花堂」，知衍三國故事，「徐夫人雪恨」謂丹楊太守孫翊妻徐氏殺嬀覽等以報夫仇，本事出《三國志·孫韶傳》及裴注。後世有《萬花堂》彈詞，亦衍此，詳《元劇斟疑·黄花峪》。如此，「劉夫人寫恨」當爲「徐夫人雪恨」之訛。但增補本題目正名爲後人補，果係此劇否，無他證。

〔二七〕「庭」，簡本、增補本及存劇俱作「亭」，但元劇有「庭」「亭」借用之例，如諸書著録之《紫雲亭》，存劇元刊本作「紫雲庭」。

〔二八〕「叔元」，應作「叔原」，即宋詞人晏幾道。「鴣」戴本作「古」。

〔二九〕「大尹」，原誤作「太尹」，從曹本及存劇改。

〔三〇〕「造」，原寫作「造」，蓋誤鈔，今從戴本。曹本作「進」。

〔三一〕「智賞」，各本及存劇俱同，然與劇情不合。疑應作「志賞」，謂杜蕊娘於金綫池筵中作意不睬韓輔臣，以顯其志。《香囊怨》一折【寄生草】：「有一個志賞在金綫池。」

〔三二〕「甲馬營」，正史作「夾馬營」。

〔三三〕「救」，原作「舊」，從簡本、增補本及存劇改。救，謂趙盼兒救助宋引章事。

〔三四〕「姻缘」，戴本作「鴛央」，當誤。簡本、增補本俱作「姻缘」。孫季昌【正宮・端正好】《集雜劇名咏情》：「若是這《姻缘簿》上合該定。」沈璟【仙吕・八聲甘州】《集雜劇名》：「《因缘簿》冷，嘆《鴛鴦被》捲。」亦俱不作「鴛鴦」。「姻缘簿」爲元曲習語，「鴛鴦簿」則未經見。

〔三五〕「旦」字戴本無。

〔三六〕「啞子」，「亞子」之同音借字。亞子即後唐莊宗李存勗小名，關漢卿《哭存孝》提及者五處，一處作「亞子」，餘皆作「啞子」。

〔三七〕此目下曹本有小字注：「『瓦』一作『丸』。」當係後人校記。

〔三八〕「緋衣」，增補本作「非衣」。存劇中有「非衣兩把火」以析「裴」字詩，則「非衣」是。然存劇亦題「緋衣」，且「緋衣」有所本。《北夢瑣言》卷十六：「唐世嘗有『緋衣』之讖，或言將來革運，或姓裴、或姓牛，以爲『裴』字爲『緋衣』。」

〔三九〕「酹」，原作「酧」，從曹本改。

〔四〇〕「噉赦」，簡本、增補本各異，俱不可解。此劇似衍漢高祖魯元公主故事，公主嫁張敖，敖被疑反而繫獄，吕后曾以公主故勸高祖，見《史記・張耳傳》。故或謂「噉赦」乃「瞰赦」之誤，作「盼赦」解；或謂應作「噉嚇」，作「喊」「喝」解；或謂應作「赦敖」，「敖」謂張敖；或謂應作「噉蔗」，典出《世説新語・排調》所記顧愷之噉甘蔗事，意爲漸甘而美。

〔四一〕「耍」，戴本作「要」，當誤。《録鬼簿》述及劉氏之名多處，各本俱作「耍和」，惟戴本俱作「要和」。《太平樂府》卷九杜善夫【般涉調・耍孩兒】《莊家不識構闌》：「背後么末敷演劉耍和。」（《雍熙樂府》卷七録此曲，「劉」作「留」，是異體「鎦」之訛。）戲文《錯立身》【金蕉葉】有「我學那劉耍和行踪步迹」句，當亦形近鈔誤。

〔四二〕「吕胥」，原作「吕青」，從簡本改。正史作「吕須」，「胥」蓋同音借字。

〔四三〕「誶」，簡本作「誶」，《正音譜》作「譯」，增補本作「諢」，《永樂大典目録》作「諢」，存劇息機子《雜劇選》本、《元曲選》本作「誶」，《北詞譜・引用書目》作「醳」。惟存劇《古今名劇合選》本作「誶」。「誶」「諢」「譯」俱不見於字書；「諢」「誶」則「誂」之或字，「醳」與「釋」通，俱與劇情不合。當仍以「誶」爲是。「誶」有「詬」義，可釋爲須賈詬侮范睢。

〔四四〕「干」，戴本脱，空一格；《説集》本作「千」，誤；增補本作「乾」，通。干請俸，元曲習語，《漢宮秋》二折【牧羊關】：「你們干請了皇家俸。」《陳州糶米》三折【一枝花】：「也有那乾請俸的官人每怨。」

〔四五〕「昭王」，戴本作「莊王」，當誤。存劇元刊本作「昭王」。

〔四六〕「忍」，原誤作「認」，從曹本及存劇改。

〔四七〕此目與前《曹伯明復勘贓》名目相似，簡本、增補本俱只列一本《復勘贓》，增補本題目正名作：「蒲丞相大斷案，曹伯明復勘贓。」案明話本《雨窗集》有《曹伯明錯勘贓記》，中有蒲左丞重審案諸事，似與二劇本事同。故或謂此目與《曹伯明復勘贓》係一劇而重出，「蕭丞相」爲「蒲丞相」之誤，但小説入話稱事在至正年間，爲時已晚。

〔四八〕「因福折福」，暖紅室本作「因禍折福」。

〔四九〕「朴」，曹本作「樸」。仁甫有《天籟集》，清康熙間楊希洛刻本中俱作「朴」，舊鈔本多作「樸」。

〔五〇〕「太常大卿」，原作「掌禮儀院太卿」。案《元史》，至元九年立太常寺，至大元年升爲太常禮儀院，後屢復爲寺，又屢升爲院。寺設大卿，見《事林廣記》别集卷一（太常、光禄、武備、尚乘諸寺俱同），《元史》省作卿，秩正三品。院設院使，秩正二品（延祐七年至天曆二年降從二品）。白朴贈嘉議大夫，正三品，與太常寺合，故當以「太常大卿」或「太常卿」爲是。如趙孟頫《松雪齋文集》卷九《大元封贈吴興郡公趙公碑》言其祖「贈嘉議大夫、太常卿」，《吴文正公集》卷三十七《魯國太夫人王氏墓誌銘》：「嘉議大夫、太常卿回之繼母。」亦有贈從二品者，如《清容居士集》卷三十二《王公請謚事狀》，記王構之祖「贈正奉大夫、太常大卿」，蓋用「子孫升品，父祖隨遷」之例。若爲太常禮儀院使，則當贈正二品資德、資善、資政大夫，或從二品中奉大夫，此元人文獻中俱有例，不贅。因參照簡本、增補本改。蓋「掌」爲「太常」之訛，「禮儀院」三字爲衍文，「大卿」爲「太卿」之誤。此處各本俱有誤，惟增補本是，作「太常卿」，而另行多「禮院太卿」四字。似鍾氏原稿不清或有批改。

〔五一〕「閻」，或云應作「嚴」，謂與《醉翁談録》所記宋話本《嚴師道》衍同一故事，但無他證。

〔五二〕「薛瓊瓊」，曹本作「薛瓊」。此劇衍唐開元間宫中第一箏手薛瓊瓊與狂生崔懷寶故事，本事出張君房《麗情集・薛瓊瓊》，見曾慥《類説》卷二十九、《紺珠集》卷十一、《歲時廣記》卷十七引。後世亦省作「薛瓊」，如《緑窗新話》、《新話摭粹》（《繡谷春容》卷五）引，題《崔竇羡薛瓊彈箏》。

〔五三〕「判」，原誤作「利」，從曹本改。

〔五四〕「青綾臺」，應作「青陵臺」。劇衍戰國宋韓憑夫妻故事，李白詩《白頭吟》有「古時得意不相負，秖今唯見青陵臺」句（《李太白文集》卷四）。《太平寰宇記》卷十四謂臺在鄆城，引《郡國志》云：「宋王納韓憑之妻，使憑運土築青陵臺。」後世亦偶有作「青綾臺」者，如《輟耕録》卷二十三。

〔五五〕「封騭」，應作「封陟」。封陟事出裴鉶《傳奇·封陟》，見《太平廣記》卷六十八。《武林舊事·官本雜劇段數》有《封陟中和樂》，《輟耕録·院本名目》有《封陟》（成化刻本）。「先生」，原誤作「光生」，從曹本改。「上」，暖紅室本作「士」，誤。「上元」，即上元夫人。

〔五六〕戴本此目與左「蘇小卿麗春園」互乙。

〔五七〕「卿」，曹本作「春」，當誤。劇衍雙漸蘇卿故事，元曲中每以蘇小卿與麗春園相聯。

〔五八〕「馬致遠」，《金囦集》中《吊昭君》詩注其名，作「馬智遠」。

〔五九〕「東」，戴本作「象」，當誤。又，姚弘誼《樂府統宗序》（《嘉禾徵獻録》卷四引）記馬致遠，曰「字東籬」，似亦據《録鬼簿》。

〔六〇〕「任」，簡本、增補本作「老」，當是。《録鬼簿》卷上記曲家僅有一職者，職名前大抵不用動詞。參見簡本校記〔六三〕。

〔六一〕「齋」，曹本作「飯」。

〔六二〕「監咸」，原誤作「鹽咸」，從孟本改。案《中原音韻》，「鹽」屬「廉纖」部，「咸」屬「監咸」部，韻部不同。

〔六三〕「逍閑」，原誤作「逍遥」，從《説集》本改。史作「蕭閑」，即金蔡松年別號。

〔六四〕「旦」字戴本無。

〔六五〕「撲」，暖紅室本注一作「博」，存劇作「博」，義同，即撲賣、博賣，亦作關撲、關博。

〔六六〕「穎」，戴本作「潁」，與史同。

〔六七〕「叔原」，戴本作「元叔」，當是「叔元」之誤。

〔六八〕案，《詞林摘豔》卷三引《販茶船》劇，題作者「王世甫」。

〔六九〕「崔鶯鶯」，增補本作「張君瑞」，依劇情應作「張君瑞」。孫季昌【正宫・端正好】《集雜劇名咏情》：「則被這西厢待月張君瑞，送了這花月東墻董秀英。」但亦有作「崔鶯鶯待月」者，《香囊怨》一折《寄生草》：「有一個《崔鶯鶯待月西厢記》。」存劇亦或題「崔鶯鶯待月」，如明萬曆間王起侯刻本、香雪居刻本等。

〔七〇〕「小卿」，曹本作「小郎」，當誤。

〔七一〕「亭」，曹本作「庭」。參見校記〔二七〕。

〔七二〕「堂」，原作「臺」，從簡本改。《永樂大典目録》、存劇俱作「堂」。存劇四折白：「就在麗春堂大吹大擂，做一個慶喜的筵席。」【沽美酒】：「歡聲動一座麗春堂。」

〔七三〕「蕖」，原作「渠」，從暖紅室本改。孟本、增補本及《南濠詩話》引，俱作「蕖」。案此劇當衍金泰和間故事，本事見《遺山先生新樂府》卷一【摸魚兒】「問蓮根」小序，中有「是歲此陂荷花開，無不並蒂者」語。又，《正音譜》及《閑居集》卷六《南北插科詞序》作「題」，疑誤。

〔七四〕「提頭鬼」三字原闕，據增補本及《永樂大典目録》補。三字爲此句主詞，簡本以此標爲簡名，不當省；此劇左右又俱係八字劇目。

〔七五〕「諸葛」下戴本多「公」字。

〔七六〕「烈」，曹本及存劇俱作「賢」。

〔七七〕「香」，原作「江」，從簡本、增補本改。孫季昌【正宮·端正好】《集雜劇名咏情》：「《錦香亭》設誓盟。」沈璟【仙吕·八聲甘州】《集雜劇名》：「教人目斷《錦香亭》。」戲文有同名作，見《永樂大典目録》《南詞叙録》，俱作「香」；《增定南九宮曲譜》附録引此劇【尾聲】，有「錦香亭上賦新詩」句。

〔七八〕「除」，原寫作「徐」，朱筆改「除」，戴本作「除」。曹本作「徐」，當誤。元無徐縣名。

〔七九〕案，此劇當衍司馬篡魏事，依正史爲司馬炎事，但下文李進取同名劇，亦作司馬昭，則當是民間傳説與正史之異，非誤。

〔八〇〕「詞」，曹本、戴本作「辭」，簡本、增補本及《永樂大典目録》作「兮」。

〔八一〕「坡」，原誤作「波」，曹本同，從戴本改。其本事見《青瑣高議》別集卷三《越娘記》，原作「鳳樓坡」。

〔八二〕「恭」，戴本作「公」。

〔八三〕「亭」，存劇作「庭」。參見校記〔二七〕。

〔八四〕「楊」，《説部》本、上鈔本作「湯」。

〔八五〕「天」字疑誤，簡本、增補本俱作「君」。

〔八六〕「實」，原誤作「寶」，兹改。案劇衍陶穀事，穀字秀實，《宋史》有傳。存劇一折白：「小官姓陶名穀，字秀實。」「醉」，原誤作「辭」，從曹本及存劇改。

〔八七〕「伯瑜」，曹本作「伯俞」。其名兩歧，由來已久。

〔八八〕「諸」字原脱，從石君寶同名劇補。今存元刊本《諸宮調風月紫雲庭》，不悉戴、石誰作。

〔八九〕「字」，依例應作「名」，但簡本、增補本俱作「字」。「英」，簡本、增補本俱作「美」。

〔九〇〕「長蘆居」，戴本作「居長蘆」，暖紅室本作「長蘆居住」。

〔九一〕案，依前王仲文同名劇，此目「太祖」前脱「趙」字。

〔九二〕「土」字疑誤，簡本、增補本俱作「生」，賈仲明吊詞同，並以「生」押韻。

〔九三〕「扯」，原作「拉」，從曹本改。

〔九四〕「逄」，原作「逢」，從戴本改。逄萌，《後漢書》有傳，其姓誤爲「逢」，由來已久，今存北宋兩刻《後漢書》俱作「逢」，其一注：「劉攽曰：案，萌北海人。則當是逄，非逢也。」

〔九五〕「廉」，曹本作「連」，誤。其本事見《風俗通義》卷三《太原郝子廉》等。

〔九六〕此下原有「或云西平人」一句，各繁本同，當是後人校記，今删。增補本作「東平人」。

〔九七〕「文殷」，簡本、增補本各異，未知孰是。《紫山集》有趙文益：卷七有《贈伶人趙文益》詩、卷八有《優伶趙文益詩序》，《陽春白雪・選中古今姓氏》中有趙文一，不知同爲一人否。

〔九八〕「營」，疑爲「豐」之訛。賈仲明吊張國賓曲云：「教坊總管喜時豐，斗米三錢大德中，飽食終日心無用。」

〔九九〕「管勾」，原作「勾管」，《元史·百官志》載教坊司所屬興和署、祥和署皆置　管勾，無勾管；《元典章》卷七從九品諸職亦列教坊司管勾，因改。

〔一〇〇〕「要」，戴本作「要」。參見校記〔四一〕。

〔一〇一〕「花」字原無，據增補本、《正音譜》補。下文李時中《黄粱夢》目下，亦有「花李郎學士」語。

〔一〇二〕「要」，戴本作「要」，參見校記〔四一〕。又，此下原有「或云張國寶作」一句，各繁本同，當是後人校記，今删。案簡本脱花李郎之名，誤置其二劇於張國寶名下，參見簡本校記〔一六六〕。

〔一〇三〕「慠慄」，原作「慠慄」，戴本作「撇慄」，從曹本改。慠慄，元曲習語，多作「慠慄」，亦偶作「撇慄」。

〔一〇四〕案，天錫名禹圭，别作禹珪。《至順鎮江志》卷十六記鎮江府路總管府判官：「趙禹圭，字天錫，河南人，承直郎。至順元年七月二十七日至，三年十月致仕。」卷十七記行大司農司管勾：「趙禹珪，字天錫。」應同是一人。天錫至順元年致仕，依《録鬼簿自序》紀年，不當入「已死」類。

〔一〇五〕案，《至順鎮江志》記天錫爲河南人，當謂河南府路，治洛陽，與本傳異。天錫有散曲《美河南王》，似曾入河南王不憐吉歹幕。不憐吉歹家族與汴梁深有淵源，曾受賜第於汴梁（《秋澗集》卷五十《兀良氏先廟碑銘》）。天錫籍里，或因此生歧。

〔一〇六〕戴本此處錯簡，自此行至康進之「梁山泊黑旋風負荆」行，凡二十行，蓋一整頁，錯置陳寧甫「風月兩無功」行之後，下並脱「顧仲清」一行，以致趙天錫名下，直繫顧仲清「滎陽城火燒紀信」一行，並補書「又有顧仲清，東平人，亦有傳奇行世」十四字於「滎陽城火燒紀信」眉端。

〔一〇七〕「釵」，原作「錢」，從簡本、增補本改。孫季昌【正宫・端正好】《集雜劇名咏情》：「《金釵剪燭》人初静。」沈璟【仙吕・八聲甘州】《集雜劇名》同。

〔一〇八〕「梁進之」，簡本、增補本各異。《中州啓劄》卷一杜善夫《與楊春卿》書，記有杜氏妹夫梁進之，年代與此曲家相近，若同爲一人，則「進之」是。

〔一〇九〕此下原有「或云李仲章」一句，曹本同，戴本作「或云姓李」，當係後人校記，今删。增補本作「李仲章」。

〔一一〇〕「汴本」，疑應作「次本」，前李文蔚同名劇下注：「趙公輔次本。」

〔一一一〕「進取」疑誤，簡本、增補本俱作「取進」。

〔一一二〕「傘雨」疑誤，增補本、《正音譜》俱作「雨傘」，賈仲明吊詞同，並以「傘」押韻。

〔一一三〕此下原有「或云鎮江人」一句，當係後人校記，今删。存本無作「鎮江人」者。

〔一一四〕「羅光遠」，增補本作「羅公遠」。羅當即唐術士，野史小説如《開天傳信記》、《太平廣記》卷二十二引《神仙感遇傳》等，記爲玄宗時人，作「公遠」，惟《舊唐書》卷十七載，敬宗時曾下詔尋訪，作「光遠」。

〔一二五〕此下原有「一云陳進之」一句，曹本同，戴本作「一云姓陳」，當是後人校記，今删。存本無作「陳進之」者。

〔一二六〕「場」，曹本作「塲」，蓋其底本字殘。南京圖書館藏鈔本作「楊」，《説部》本、上鈔本作「陽」，《海寧王忠慤公遺書》本作「惕」，俱誤。清泉場，鹽場名，在定海縣，宋已有之，見《寶慶四明志》《延祐四明志》《元史・百官志》。

〔一二七〕「貴」，增補本及《永樂大典目録》《述古堂書目》《也是園書目》俱作「桂」。

〔一二八〕「侯」，原誤作「候」，從曹本、戴本改。

〔一二九〕「散仙」，原作「散人」，從簡本、增補本改。史氏名樟，自號散仙，史天澤次子，蓋以族中行九，因稱九公子、九萬户。《秋澗集》卷六十六《九公子畫像贊》小序：「史開府子名樟……有時麻衣草屨，以散仙自號。」卷十九《挽史九萬户》：「一傳散仙懷素叙，爲君珍惜比書評。」又，《正音譜》作「敬先」，今存脈望館鈔本《莊周夢胡蝶》，卷端題「元史九敬先」，字體與正文不一，當是收藏者據《正音譜》補標；另《寒山堂曲譜・譜選古今傳奇散曲集總目》著録《董秀英花月東墻記》，注云：「九山書會捷譏、史九敬先著。」《風風雨雨鶯燕争春記》，注云：「劉一捧著。史九敬先婿。」蓋敬先與散仙本無涉，一爲書會中人，一爲名宦，而《正音譜》誤爲一人。

〔一三〇〕案，王磐《中書右丞相史公神道碑》（《國朝文類》卷五十八）、《元史・史天澤傳》，記史樟爲真定、順天兩路新軍萬户，未及武昌。

〔二二〕「欄」，原誤作「襴」，從簡本及存劇改。

〔二三〕案，《金華黄先生文集》卷三十九《溧陽孔君墓誌銘》，記有孔學詩字文卿者，或以爲即此曲家。果如是，則文卿至正元年卒，不當入「已死」之列。但曲家文卿平陽人，學詩則溧陽人，籍里不合。另《七修類稿》卷二十三提及其名，作「孔文仲」。

〔二三〕此下曹本有「一云楊駒兒作」小注，當是後人校記。案簡本有「楊駒兒做者」小注。蓋校者見校本有「楊駒兒做」語，以爲有楊撰之説，遂標於此。實則「楊駒兒做」係區別金志甫同名劇之小注。「做」即表演、演出。《元典章》卷五十七「禁治妝扮四天王等」條：「雜劇裏休做者。」《藍采和》一折白：「我特來看你做雜劇。」《錯立身》白：「明日做甚雜劇？」增補本作「楊駒兒按」，義同。參見校記〔四八〕。

〔二四〕「江浙省」，原作「浙江省」，從簡本改。案明初方改江浙爲浙江，見《明史・地理志》。元人文獻雖偶稱「浙江省」「浙江行省」，但《録鬼簿》大抵用「江浙」。「掾史」，曹本、戴本作「掾吏」，誤。中書省有掾史，無掾吏。

〔二五〕「提領」，原作「提舉」，兹改。元制，「所」較「司」職品低，所設提領，司設提舉。據《元史・百官志》，工部轄有大都、通州兩皮貨所，各設提領一員。

〔二六〕「博」，原誤作「傅」，從曹本改。彦博名約，《元史》有傳。「左丞」，《元史・本傳》未及其左丞職，僅記曾任河南行省右丞。

〔二七〕「捧印」，簡本、增補本各異。劇衍劉知遠故事，印即九州安撫使金印。《劉知遠》諸宫調「知遠探三娘」節：「知遠恐他妻不信，懷中取一物尹觀……是九州安撫使金印。三娘接得，壞〔懷〕中搓了。」成化刻本《白兔記》劉知遠白：「我懷中有四十八兩黄金印，這個是：李三娘麻地捧印，劉知遠衣錦還鄉。」知「捧印」是，「傍印」似亦可通。

〔二八〕此目簡本、增補本俱無。唐卿前後曲家，皆僅有一本雜劇者，唐卿則二本，因疑此目爲後人所添。

〔二九〕此下原有「又云郭安道作」小注，各繁本同，當是後人校記，今删。案郭安道之名，各本《録鬼簿》皆無，疑校者之校本原標「郭安道做」，係區别同名劇之小注，而校者誤以爲此劇作者有異説，如同前《東窗事犯》誤標者然（參見校記〔二三〕）。惟今存各本《録鬼簿》俱無同名劇，《續編》另載一本無名氏《荆娘怨》，題目正名與此劇相近。

〔三〇〕「黄糧」，曹本作「黄粱」，依存劇及其本事，應作「黄粱」，然簡本、增補本及《永樂大典目録》俱作「黄糧」，蓋當時已用借字。

〔三一〕「聞見」，戴本作「見聞」。

〔三二〕「預」，戴本作「與」。

〔三三〕「辯」，曹本、戴本作「辨」。

〔三四〕「心」，戴本作「公」，當誤。

〔一三五〕「此」，曹本作「比」。

〔一三六〕「直」，節鈔本作「正」。

〔一三七〕「公」字原脱，據簡本補。

〔一三八〕「香」，戴本作「聞」。

〔一三九〕「船」，簡本、增補本俱作「舟」，疑「舟」是。孫季昌【正宫・端正好】《集雜劇名咏情》：「見一隻《采蓮舟》斜彎在蓼汀。」沈璟【仙吕・八聲甘州】《集雜劇名》：「《采蓮舟》斜纜蓼花汀。」據增補本，此劇題目正名上句末字爲「冤」，則下句末字作「船」即重韻，不合慣例。

〔一四〇〕此目原作「周公輔成王攝政」，簡本、增補本俱標簡名「周公攝政」，則「輔成王」三字嵌於簡名之間，不合題目正名句法慣例，從增補本及存劇元刊本改。

〔一四一〕「捽」，戴本作「碎」，當誤。此劇本事見《漢書・元后傳》，原文有太后「出漢傳國璽，投之地以授舜」語。

〔一四二〕案，《玉几山房聽雨録》引，稱德輝有「《細柳營》等二十本」，較此多三本。

〔一四三〕「解」，原誤作「鮮」，曹本脱，從戴本改。

〔一四四〕「占」，原作「名」，從曹本改。

〔一四五〕「時」字戴本無。

〔一四六〕「給由」，戴本誤作「經由」。案「給由」爲元代官吏任滿考核之制，詳《元典章》卷十一、《通制條格》卷六。

〔一四七〕「建康崇寧務官」，各本同，案建康路（天曆二年改集慶路）屬縣無崇寧，《至正金陵新志》卷四載句容縣有常寧鎮，並設有税務，或「崇寧」爲「常寧」之誤。

〔一四八〕「喜春來按」四字，原在左「周公旦抱子設朝」目下，各繁本同，當是錯行誤置，兹改。案，小字注爲區别前孔文卿同名劇而添，與簡本「楊駒兒做者」同，喜春來當是藝人名。「按」與「做」同，謂表演、演出。《青樓集·小玉梅傳》：「新雜劇能迭生按之。」《高太史大全集》卷八《聽教坊舊妓郭芳卿弟子陳氏歌》：「當筵按罷謝天恩，捧賜纏頭蜀都綺。」亦作「按行」「按試」。參見校記〔一三〕。

〔一四九〕《玉几山房聽雨録》引，稱志甫有「《西湖夢》等八本」，較此多一種。

〔一五〇〕「寫」，節鈔本作「尋」，不合平仄，當誤。

〔一五一〕「觥」，曹本作「觥」，孟本同，不見於書，當誤。

〔一五二〕「阿楊」，曹本作「何楊」，戴本作「阿陽」。

〔一五三〕此目戴本無。《曲録》著録此劇及《瀟湘八景》云：「二本見《正音譜》，然《録鬼簿》不録，疑散曲也。」依傳文，此説是，但簡本、增補本俱已有之。

〔一五四〕「卒」，曹本作「止」，與前「竟止」字重，當誤。

〔一五五〕「范」，原寫作「范」，墨筆改爲「花」，戴本作「花」，從曹本。《書史會要》卷七：「范居中，字子正，武林人，亦工筆札。」《中庵集》卷十九有《贈范冰壺》詩，《山居新話》有范玉壺《上都》詩。

〔一五六〕《玉几山房聽雨録》引，云范氏「號冰壺徵士」。

〔一五七〕「燈紙」，戴本作「紙燈」。

〔一五八〕「知」下節鈔本多「其」字。

〔一五九〕「樂府」，節鈔本作「南樂府」。

〔一六〇〕「似」，節鈔本作「如」。

〔一六一〕此下原有「一云姓沈」一句，各繁本同，當是後人校記，今删。《説集》本作「沈君美」。

〔一六二〕「實」，原作「寶」，從曹本改。彦實，即下文陳無妄。

〔一六三〕「接款」，戴本作「款接」。

〔一六四〕「亦」，戴本作「編」。

〔一六五〕「咬嗃」，戴本作「嗽嗽」，俱不可解。疑應作「嗃嗃」，謂世事嚴酷。《易・家人》：「九三，家人嗃嗃。」《疏》云：「嗃嗃，嚴酷之意也。」

〔一六六〕「步」，曹本作「走」。

〔一六七〕「待客」，原作「侍客」，從曹本、戴本改。

〔一六八〕《崇禎嘉興縣志》卷十一，謂良弼「能揩［楷］書，善丹青」，當亦出《録鬼簿》。

〔一六九〕「技」，原作「枝」，從曹本、戴本改。

〔一七〇〕「多」，《説部》本作「几」，上鈔本作「幾」，不合平仄，當誤。

〔一七一〕「性資」，戴本作「資性」。

〔一七二〕「彦正」，增補本作「彦文」，未知誰是。《九靈山房集》卷七《陳府教壙記》記陳士貞字彦正，生於大德六年，卒於至正六年，年代與彦實近，或以爲即此彦正，則「彦文」誤。然陳士貞婺之浦江人，籍里不合。

〔一七三〕「歲月」，原作「幾月」，曹本同，戴本作「幾日」，從增補本改。

〔一七四〕「汗」，曹本作「汙」，不合平仄，當誤。

〔一七五〕「何其」二字原脱，全句五字，不合譜，文義亦不順，從增補本補。

〔一七六〕「自」字原脱，從增補本補。

〔一七七〕「後」，《説部》本、上圖藏清鈔本作「復」。

〔一七八〕「二年」，《同治上江兩縣志》卷十六引，作「三年」。

〔一七九〕「不幸早卒」，曹本作「不草率」，當誤。吊詞有「恨蒼穹不與斯人壽」語。

〔一八〇〕「及有絶句」，戴本作「及絶句云」。

〔一八一〕「裁」，增補本作「財」。典出《易・泰》，原書傳本即兩歧。

〔一八二〕「未」，原作「來」，從曹本、戴本改。

〔一八三〕案喬氏之字，《輟耕録》作「孟符」。「甫」字簡本、增補本俱無，疑衍。《輟耕録》卷八：「喬孟符吉，博學多能。」《七修續稿》引《千文虎序》：「太原喬吉。」李開先輯本《喬夢符小令》，卷端題「太原喬吉著」，《序》云：「夢符名吉。」《堯山堂外紀》卷七十一：「喬吉，字夢符。」皆無「甫」字。

〔一八四〕「容」，節鈔本作「丰」。

〔一八五〕「刊」下戴本多「行」字。

〔一八六〕「風情」，原作「風塵」，從簡本改。此劇本事見《三朝野史》及《誠齋雜記》，馬光祖所勘者，乃「士人逾墻偷人室女」，非風塵妓女。沈璟【仙吕·八聲甘州】《集雜劇名》：「何處《勘風情》？」

〔一八七〕「繞」，節鈔本作「遥」，不合平仄，當誤。

〔一八八〕「閑」，原作「間」，曹本、戴本同，暖紅室本作「閒」。依以下對仗句，此字爲動詞，則「閒」字是，「間」爲異體，兹用規範字。

〔一八九〕「蒼鬢」，「蒼」字平聲，不合平仄，疑誤。增補本作「鬢髪」，與譜合。

〔一九〇〕「吴中立名本」五字，曹本題作「吴本世」，傳文作「本世字中立」，誤以下句首「世」字爲名，是後人改易者斷句之誤。若中立名「本世」，則下句「爲」字無著落。增補本無「世」字，亦可證。

〔一九一〕「儒業」，節鈔本作「業儒」。

〔一九二〕「痛」，節鈔本作「傷」。

〔一九三〕「安」字原無，從節鈔本增。

〔一九四〕「鏡」，曹本作「敬」。史作「敬」，然依《五代史記·伶官傳》「若殺敬新磨，則同無光矣」語，「鏡」亦可通，後世多有用「鏡」者。馬致遠【南吕·一枝花】《咏莊宗行樂》：「鏡新磨無端，把李天下題名兒唤。」《正音譜》：「自古娼夫，如黄番綽、鏡新磨、雷海青之輩。」

〔一九五〕「柳」，曹本作「梅」，與簡本、增補本同。

〔一九六〕「詩酒餘音」，前《曾瑞卿傳》亦云其「小曲有《詩酒餘音》」，而李開先《張小山小令後序》、《閑居集》卷六《南北插科詞序》俱提及有曲選《詩酒餘音》，非别集，蓋别是一書。

〔一九七〕「群玉叢珠」，依文義斷爲書名。存世有元人曲選《類聚名賢樂府群玉》五卷，或即此《群玉》，參見《附録·鍾嗣成年譜》至正五年。《叢珠》則未見影響，增補本記吴仁卿「有所編《曲海叢珠》」。又，「叢珠」，戴本作「叢林」，當誤。

〔一九八〕上句闕字處原空二格，各繁本同。《海日樓札叢》卷七「長沙書坊刻百家詞」：「『古本』下闕二字，今疑是『樂府』字，『潭州易氏印行元文』，疑即《直齋書録解題》所録長沙書坊刻《百家詞》也。」可備一説。案《直齋書録解題》卷二十一著録詞集九十二家，謂：「自南唐二主詞而下，皆長沙書坊所刻，號百家詞。」潭州治長沙，故《札叢》疑潭州易氏刻本即長沙書坊刻本。

〔一九九〕「包巾」，原誤作「包申」，從曹本、戴本改。參見簡本校記〔二九〇〕。王思順套數已不存，「鏡兒縷帶」或應標作《鏡兒》《縷帶》。

〔二〇〇〕案，《雲陽集》卷三有《送蘇彦文歸金華序》，若與此蘇彦文同爲一人，則蘇氏爲金華人。

〔二〇一〕「等」字戴本無。

〔二〇二〕「淞江」，戴本作「松江」。

〔二〇三〕「字」，依例應作「名」。

〔二〇四〕「淞江」，戴本作「松江」。

〔二〇五〕「文」下戴本多「字」字。

〔二〇六〕「戲玩」，戴本作「玩戲」。

〔二〇七〕案，此段中有「哀誄之所以不得不作」語，則應在「方今已亡名公才人余相知者，爲之作傳，以【凌波曲】吊之」類末。姑仍舊。增補本錯置卷下末。

〔二〇八〕「童」，原作「堂」，從曹本改。《正德姑蘇志》卷五十六：「本常熟陸神童之弟。」《正德松江府志》卷三十一同。

〔二〇九〕「齡」，曹本作「齔」。

〔二一〇〕「年」字戴本無。

〔二一一〕「憲吏」，原誤作「憲令」，從簡本、增補本改。至元中徐琰掌浙西憲司，辟子久爲書吏，參見《附録·鍾嗣成年譜》至元三十年。

〔二一二〕此處語不甚明，疑有訛奪。子久曾以經理田糧事被罪，詳《附録·鍾嗣成年譜》延祐二年。增補本此句脱,賈仲明吊詞有「經理錢糧獲罪歸」語,則原句有「獲罪」之意。若「獲直」不誤,則「直」可作「值」解,謂中飽私囊;亦可斷至下句,作「枉直」解,謂事獲辨明。即使如此兩解,此句語意不完,終不愜。

〔三三〕「淞江」,戴本作「松江」。

〔三四〕「目今」,戴本作「自命」。

〔三五〕「堅」,原作「竪」,蓋「竪」之異體;曹本作「豎」,從簡本及《茶餘客話・書畫》引改。增補本作「墅」,則又「豎」音同之訛。《平生壯觀》卷九記黄氏至元四年所繪《子明畫》,署「大癡道人静堅」,「堅」字雖同而「净」又異作「静」。《茶香室叢鈔》卷二指此云:「堅與久義相應,名静堅故字子久也。」又,《成化杭州府志》卷四十五、《西湖遊覽志餘》卷十七等,稱子久棄浙西憲吏後,更名堅,號一峰,自稱大癡道人。爲時與此略異。

〔三六〕《西湖竹枝集》謂公望「自號大癡哥」。

〔三七〕「名」,原誤作「字」,各繁本同,從增補本改。大德五年許善勝《中州啓劄序》:「仁卿名弘道,金臺蒲陰人也。」亦可補其籍里。

〔三八〕闕字處原空一格,曹本不空,似所脱不止一字。戴本並「回」字脱去。

〔三九〕「邢臺」,《永樂大典目録》同,《續編》無名氏目作「刑臺」。

〔三〇〕「文寶」,原作「文賢」。案傳末原有「又别作趙文寶名孟慶」一句,各繁本同,當是後人校記,今删，並改「文寶」入正文。簡本、增補本俱作「文寶」。《類聚名賢樂府群玉》卷一有「趙文寶樂府」二十九首，中多寓杭之作，應即此人。「善慶」，他本俱同，惟《説集》本作「孟慶」。

〔三一〕「學正」，增補本作「教授」。案《元史》之《百官志》《選舉志》，諸路陰陽學止設教授一員，無學正。但《延祐四明志》卷十四載：「至大元年，命天下郡邑設陰陽教授司，立教授、學正、録以主之。」《至正金陵志》《至順鎮江志》亦有陰陽學教授、學正、學録。則傳文「學正」「教授」之異，或非傳鈔之訛，而係作者之改。

〔三二〕「學」，或云應作「樂」，謂此目即存劇《海門張仲村樂堂》，但無確證。

〔三三〕「久可」，原作「可久」，各繁本同，從《説集》本改。案桐廬桐君山今存小山摩崖石刻題記兩處，自稱「句章小山張久可」「四明張久可」；天一閣舊藏鈔本《小山樂府》有小山跋，署「至正丁亥良月張久可」；《師山集》卷六《修復任公祠記》：「四明張久可可久監税松源。」《篁墩集》卷三十九《跋西門汪氏所藏名公翰墨》記「小山張公久可」遺墨，謂「小山四明人，别號醒吟居士，以樂府名當世。」蓋小山名久可，字可久，號小山。明中葉以後始見歧説。李開先《張小山小令序》謂「小山名可久」，《閑居集》卷六《南北插科詞序》以張久可、馬致遠、喬夢符並稱，是以「久可」爲字。至於《堯山堂外紀》卷七十一謂「張伯遠，字可久，號小山」；《四庫全書總目》卷二百著録《張小山小令》，稱「可久字仲遠，號小山」，誤之益遠。又，「張小山，名可久」句，曹本作「張可久，可久字小山」，則是改易舊制者臆斷。

〔二四〕「今」字原脱，從孟本、增補本補。案《今樂府》爲小山散曲集，今存於《張小山北曲聯樂府》中。

〔二五〕此句疑有脱文。

〔二六〕「顧君澤」，《正音譜》列其人並選其曲，題名俱作「顧均澤」。《江月松風集》卷八有《送顧君澤遷平江》，《瓢泉吟稿》卷五有《顧君澤真贊》，則「君澤」是。

〔二七〕據增補本，此下當脱「名德」二字。又，明善松江人，元陸厚《幼壯俚語》有詩，題「泰定丙寅正月穀日雲間錢存畊、吴門李士廉、松江曹明善泛舟西湖……」（《永樂大典》卷二千二百六十四）。

〔二八〕「套數」二字或衍，或爲「傳奇」之誤。後列《田單復齊》爲劇目。又或劇目爲誤列，或屈氏有同名散曲套數及劇作。

〔二九〕「路教」，增補本作「教授」。案元人每以「路教」稱諸路儒學教授。

〔三〇〕「撲」，原誤作「樸」，從曹本、戴本改。

〔三一〕「敬臣」，曹本作「敬德」，誤。又，高氏籍里可補，《金華黄先生文集》卷二十八《濟南高氏先塋碑》云：「高氏世居棣州無棣縣之辛禮村」；《西湖竹枝集》則謂「河間人」。案《元史・地理志》，元初析無棣爲東西二縣，西無棣隸河間路滄州，東無棣仍屬濟南路棣州。當依《濟南高氏先塋碑》，以棣州無棣爲是。參見《附録・鍾嗣成年譜》至正八年。

〔三二〕「號復齋」，《玉几山房聽雨録》引，作「一字復齋」，恐誤。「齋」字宋元多用於號，名、字中則少見。

〔三三〕「然」字曹本無。案脩然名脩，《金史》有傳，則無「然」字亦通，但劇目中大抵用人物字號，不用名。存劇不署撰人，脈望館鈔本題目正名末句作「王脩然斷殺狗勸夫」，《元曲選》本劇中亦作「王脩然」。

〔三四〕「夢」，原作「舞」，從曹本、戴本改。案關漢卿有同名雜劇，著録、存劇俱無作「舞」者。

〔三五〕此下原有雙行小字「一云姓陳」，各繁本同，當是後人校記，今删。案「陳」字當誤，卷上鍾跋有「余友陸君仲良」語；增補本賈氏吊詞「貞元始祖謚宣公」云云，亦指唐陸贄爲其祖。

〔三六〕「江浙」，原作「浙江」，兹改。江淮行省至元二十六年自揚州徙杭，改爲江浙行省，「江淮改江浙」即謂此。參見《附録·鍾嗣成年譜》至元二十六年。

〔三七〕「糶」，或云應作「糴」，謂此目即存劇《包待制陳州糶米》，劇中屢言「開倉糶米」，且開倉大抵皆賑濟，非糴入。可備一説。

〔三八〕「暐」，戴本寫作「暉」，即「暉」字異寫，當誤。《輟耕録》卷十一記日華子繹，謂「其尊人日華」，下並小字注「暈」（從成化刻本，明初刻本省作「晕」），即「暐」異體。

〔三九〕案，《輟耕録》卷十一記王繹曰：「其先睦人，居杭之新門。」《樂府群玉》卷二録其曲，注云「錢塘南齋」；《七修續稿》引《千文虎序》，稱「錢唐王日華」。

〔四〇〕案，鳴善名擇，號頑老子，其《青樓集叙》署「頑老子張擇鳴善」。又，其字「鳴善」，《輟耕録》卷二十八、《松陵文獻》卷十二小傳引《同里先哲記》等作「明善」。或據韓愈《送孟東野序》「擇其善鳴者而假之鳴」句，謂名擇字鳴善是；但朱子釋《中庸》有「必擇善然後可以明善」説，則「明善」亦未必誤。

〔二四一〕鳴善籍里，諸書記述不一，《元曲家考略》《元曲十九家行狀考辨》考證綦詳，大抵祖貫平陽，家於湖南，流寓揚州，晚寓吴江。

〔二四二〕「鬼」，戴本作「魂」，當誤。

〔二四三〕「党」，戴本作「黨」。

〔二四四〕「道」，曹本作「通」。

〔二四五〕「浥潤」，原作「絶潤」，從曹本改。

〔二四六〕案，序文中有「克明曹尚書」語，曹克明升禮部尚書在後至元元年（詳《附録・鍾嗣成年譜》），序署至順元年，乃在其前。或序文後經修改，或「至順」有誤。

〔二四七〕「識荆」，原作「荆識」，元以前用「荆識」絶少，因從簡本、增補本改。

〔二四八〕「親編」，戴本作「新編」。「録鬼簿」，原作「鬼簿録」，則「録」字斷至下句亦可通，他本俱作「録鬼簿」，因改。

〔二四九〕「貞元」，原作「開元」，從增補本改。此句典出劉禹錫《聽舊宫中樂人穆氏唱歌》：「休唱貞元供奉曲，當時朝士已無多。」張可久【越調・寨兒令】《鑒湖即事》：「問太平風景如何？嘆貞元朝士無多。」

〔三五〇〕「霧閣」，戴本作「露閣」。

〔三五一〕「裹驪珠」，戴本作「驪龍珠」，失對，當誤。

〔三五二〕「兔」，原寫作「鬼」，即「鬼」之異寫，從曹本、戴本改。

〔三五三〕「朱經」，應作「邾經」。《蟻術詩選》卷八《舟中聯句》，邵亨貞續仲義句，有「及莀繼邾盟」語，用《春秋》典，知「邾」字是。其自署亦作「邾」，詳增補本校記〔四五八〕。但元明間文獻記其姓，亦有作「朱」者。

增補本録鬼簿

録鬼簿序

賢愚壽夭、死生禍福之理，固兼乎氣數而言，聖賢未嘗不論也。蓋陰陽之屈伸，即人鬼之生死，人而知夫生死之道，順受其正，又豈有岩墻桎梏之厄哉！雖然，人之生斯世也，但知以已死者爲鬼，而未知未死者亦鬼也。酒罌飯囊、或醉或夢、塊然泥土者，則其人雖生，與已死之鬼何異？此曹固未暇論也。其或稍知義理，口發善言，而於學問之道，甘爲自棄，臨終之後，漠然無聞，則又不若塊然之鬼之愈也。余嘗見未死之鬼吊已死之鬼，未之思也，特一間耳。獨不知天地闔闢，亘古迄今，自有不死之鬼在。何則？聖賢之君臣、忠孝之士子，小善大功、著在方册者，日月炳煌，山川流峙，及乎千萬劫無窮已，是則雖鬼而不鬼者也。余因暇日，緬懷古人，門第卑微，職位不振，高才博藝，俱有可録，歲月彌久〔一〕，湮没無聞，遂傳其本末，吊以樂章，復以前乎此者，叙其姓名，述其所作，冀乎初學之士，刻意詞章〔二〕，使冰寒乎水〔三〕，青勝於藍，則有幸矣。名之曰《録鬼簿》。嗟乎！余亦鬼也，使已死未死之鬼，得以傳遠，余有何幸焉！若夫高尚之士、性理之學，以爲得罪於聖門者〔四〕，吾黨且噉蛤蜊，别與知味者道。

至順元年龍集庚午廿有二日古汴鍾繼先自序。

録鬼簿序

文以紀傳，曲以吊古，使往者復生，來者力學。《鬼簿》之作，非無用之事也。大梁鍾君繼先，號醜齋，乃善之鄧祭酒、克明曹尚書高弟也。累試於有司，命不克遇；從吏則有司不能辟〔五〕，亦不屑就。故其胸中耿耿者，借此爲喻〔六〕，實爲己而發之。樂府小曲，大篇長什〔七〕，傳之於人，每不遺稿，故未能就編焉。如《馮驩焚券》《僞遊雲夢》《斬陳餘》《蟠桃會》等詞，皆在他處按行，故近者不知，人皆易之。君之德業輝光，文行温潤，後輩奚能及焉。噫！後之視今，亦猶今之視昔，日居月諸，可不勉旃。

至順元年九月吉日朱凱士凱序。

録鬼簿序

余僻居慈溪小縣〔八〕，每嘆孤陋，側聽繼先鍾先生大名久矣，莫遂識荆。丁丑孟秋，邂逅於東皋精舍，匆匆東之鄮城，中秋復回溪上，示余以新編《録鬼簿》，皆當今顯宦名公詞章行于世者，恐後湮没姓名，故編次成集，紀其出處才能於其前，度以音律樂章於其後，千萬載之下，知其爲何如人，直欲俾其爲不死之鬼也。先生之用心，誠可嘉尚。於其行，遂歌【湘妃曲】以别：

高山流水少人知，幾擬黄金鑄子期。繼先既解其中意〔九〕，恨相逢何太遲，示佳編古怪新奇。想達士、無他事，録名公、半是鬼，嘆人生不死何歸。

慈溪邵元長序。

【折桂令】

想貞元朝士無多，滿目江山，日月如梭。上苑繁華，西湖富貴，總付高歌。麒麟冢衣冠坎坷，鳳皇城人物蹉跎。生待如何？死待如何？紙上清名，萬古難磨。

題録鬼簿【蟾宮曲】

何人千古風騷〔一〇〕，如意珊瑚，蒼水鯨鰲。紙上功名，曲中情思，話裏漁樵。嘆霧閣雲窗夢窈，想風魂月魄誰招？裏驪珠泪冷鮫綃。續冰弦指凍鸞膠，傳芳名玉兔揮毫，譜遺音彩鳳銜簫。

至正庚子七月八日西清道士郗經仲誼識。

書録鬼簿後

余因雨窗逸興，觀其前代故元夷門高士醜齋繼先鍾君所編《録鬼簿》，載其前輩玉京書會、燕趙才人、四方名公士夫，編撰當代時行傳奇、樂章、隱語、北詞源諸公卿大夫士〔一一〕，自金之解元董先生，並元初漢卿關已齋叟已下〔一二〕，前後凡百五十一人，編集于簿。前有董解元等，皆省院、臺部、翰苑、路府要路公卿大夫者四十四人，未紀挽詞爲吊；又編集傳奇名公，自關先生等五十六人，惟紀其所編傳奇，亦未吊之；與鍾君相知者，自宫大用已下一十八人，皆作其傳，各各以【凌波仙】曲吊挽；已後才人與先生不相識者，王思順等三十三人，止列其姓名，書其學問，俱無詞吊之。余雖才淺名輕，不捨先生盛文高韻，美乎前輩諸賢大夫名公士出處文學列于簿，凡宫大用等已吊之餘者，皆無文焉〔一三〕。余今暮年衰耄，首先公卿大夫四十四人，未敢相挽；自關先生至高安道八十九人〔一四〕，各各勉强次前曲以綴之。嗚呼！未敢於前輩中馳騁，未免拾其遺而補其缺，以此言之，正所謂附驥續貂云也，愧哉！

永樂二十年壬寅中秋淄川八十雲水翁賈仲明書于怡和養素軒。

録鬼簿卷上

前輩名公樂章傳於世者

董解元金章宗時人。以其創始，故列諸首云。

太保劉公夢正〔一五〕

張子益平章

商政叔學士

杜善甫散人〔一六〕

王和卿學士

閻仲章學士

盍士常學士〔一七〕

胡紫山宣慰〔一八〕

盧疎齋憲使

姚牧菴參政〔一九〕

史中書丞相天澤〔二〇〕

徐子芳憲使〔二一〕

不忽木平章

楊西庵參政〔二二〕

張九元帥弘範〔二三〕

荊幹臣參軍〔二四〕

陳草菴中丞

馬彥良都事〔二五〕

劉中庵承旨〔二六〕

闞彥舉學士

趙子昂承旨〔二七〕
滕玉霄應奉
白無咎學士
鄧玉賓同知
馮海粟學士〔二八〕
曹克明尚書〔二九〕
張夢符憲使
曹光輔學士名元用〔三〇〕
貫酸齋學士
張雲莊參議〔三一〕
奧敦周卿侍御〔三二〕
趙伯寧中丞
郝新齋左丞〔三三〕
劉時中待制
李溉之學士〔三四〕
薩天錫照磨
曹子貞學士
馬昂夫總管
班恕齋知州〔三五〕
王元鼎學士〔三六〕
馬守芳府判〔三七〕
劉士常省掾
虞伯生學士〔三八〕

右前輩公卿大夫居要路者，皆高才重名，亦於樂府用心。蓋文章政事，一代典刑〔三九〕，乃平昔之所學；而歌曲辭章〔四〇〕，由乎和順積中，英華自然發外者也。自有樂章以來，得其名者止於如此。蓋風流蘊藉，自天性中來；若夫村樸鄙陋，固不足道也。

前輩才人有所編傳奇行於世者五十六人〔四一〕

關漢卿大都人。太醫院户〔四二〕。號已齋叟。

珠璣語唾自然流，金玉詞源即便有，玲瓏肺腑天生就。風月情、忒慣熟，姓名香、四大神洲〔四三〕。驅梨園領袖，總編修師首〔四四〕，捻雜劇班頭。

哭香囊唐明皇啓瘞哭香囊

玉堂春小夫人玉輦金花誥 老女婿金馬玉堂春

進西施請退軍句踐進西施

詐妮子雙鶯燕暗爭春 詐妮子調風月

三告狀金花交鈔三告狀〔四七〕

哭存孝

三負心烟花妓女雙逃走 風流郎君三負心〔四五〕

認先皇太長公主認先皇〔四六〕

萬花堂孫太守錯疑三虎將 徐夫人雪恨萬花堂

趙太祖甲馬營降生趙太祖

鬧荊州

鬼團圓舞榭烟花生間阻 荒墳梅竹鬼團圓

澆花旦 盧亭亭挑水澆花旦

救周勃 薄太后救周勃

胡蝶夢 開封府單問後姚婆〔四八〕 包待制三勘胡蝶夢

銅瓦記

雙駕車 花酒郎君單捻怪 風雪賢婦雙駕車

哭魏徵 唐太宗哭魏徵

單刀會 魯子敬索荆州 關大王單刀會

汴河冤 鬼報汴河冤

救風塵 虚脾瞞俏倬 烟月救風塵

金綫池 杜蕊娘智賞金綫池〔五二〕

三撇嵌

劉夫人 死哭劉夫人

姻缘簿

三嚇嚇〔四九〕

狄梁公

復落娼 風月街妓女雙告狀 柳花亭李琬復落娼〔五〇〕

鷓鴣天

破窑記 糟糠妻四馬七香車〔五一〕 吕蒙正風雪破窑記

勘龍衣

拜月亭 閨怨佳人拜月亭

雙赴夢 荆州牧閬州牧二英魂 關雲長張翼德雙赴夢

牽龍舟

切膾旦　夜半賺金牌　中秋切膾旦〔五三〕

玉鏡臺　晉公子水墨宴　温太真玉鏡臺

江梅怨

宣花妃〔五四〕

王皇后　肉醉王皇后〔五五〕

哭昭君

非衣夢　王閨香夜鬧四春園　錢大尹智勘非衣夢〔五六〕

立宣帝

酹江月

對玉釵

竇娥冤　湯風冒雪没頭鬼　感天動地竇娥冤

敬德降唐　武周將敬德降唐

救啞子

緑珠墜樓　石崇妾緑珠墜樓

謝天香　柳耆卿錯怨開封宰　錢大尹智寵謝天香

鑿壁偷光　夜讀書鑿壁偷光〔五七〕

瘸馬記

織錦回文　竇滔妻織錦回文

柳絲亭

高鳳漂麥

春秋記〔五八〕

管寧割席　終南山管寧割席

藏鬮會
裴度還帶 香山廟裴度還帶〔五九〕

惜春堂 韓梅英歌舞鳴珂巷〔六〇〕 秦少游花酒惜春堂
孫康映雪

玉簪記
陳母教子 翰林院學士加官〔六一〕 狀元堂陳母教子

白仁甫 文舉之子。真定人〔六二〕。號蘭谷先生。贈嘉議大夫、太常卿〔六三〕。

峨冠博帶太常卿，嬌馬輕衫館閣情。拈花摘葉風詩性〔六四〕，得青樓、薄幸名。洗襟懷、剪雪裁冰。閑中趣，物外景，蘭谷先生。

絶纓會
赴江江〔六五〕

東墻記 馬君卿寂寞看書齋 董秀英花月東墻記〔六六〕
梁山伯 馬好兒不遇呂洞賓 祝英臺死嫁梁山伯

賺蘭亭
銀箏怨

斬白蛇 漢高祖澤中斬白蛇
梧桐雨 唐明皇秋夜梧桐雨

幸月宮
崔護謁漿 四不知佳人訴恨 十六曲崔護謁漿

錢塘夢 司馬槱詩酒蝶戀花 蘇小小月夜錢塘夢
高祖歸莊

鳳皇船〔六七〕

墻頭馬上 千金女眼角眉尖 裴少俊墻頭馬上〔六八〕

流紅葉 于祐之金溝送情詩 韓翠顰御水流紅葉

庾吉甫名天福〔六九〕。大都人。省部員外郎，除中山府判〔七〇〕。

語言脱灑不粗疎，翰墨清新果自如，胸懷倜儻多清楚。戰文場、一大儒，上紅筆、没半點塵俗。尋章摘句，騰今换古，噀玉噴珠。

罵上元

琵琶怨

蘭昌宮

錦帆舟 隋煬帝遊幸錦帆舟〔七一〕

凌波夢

清陵臺〔七二〕

霓裳怨

遇雲英 裴航遇雲英

蕊珠宮

買臣負薪

華清宮 楊太真浴罷華清宮

鷄鳴度關 孟嘗君鷄鳴度關

麗春園 宋公明火伴梁山泊 黑旋風詩酒麗春園〔七三〕

周處三害 善蓋厲周處三害〔七四〕

薦馬周常何薦馬周

高文秀東平府學生員。早卒。都下人號「小漢卿」。

花營錦陣統干戈，謝館秦樓列舞歌〔七五〕，詩壇酒社閑談嗑。編《敷演劉耍和》。早年卒〔七六〕、不得登科。除漢卿一個，將前賢踈駁，比諸公么末極多。

並頭蓮兒女並頭蓮

不及父養子不及父

窮風月黑秀才窮風月〔七八〕

雙獻頭孫孔目上東岳　黑旋風雙獻頭

牡丹園黑旋風大鬧牡丹園

乾請俸朝子令史乾請俸〔八一〕

趙堯亂金〔八二〕

班超投筆志封侯班超投筆

襄陽會

鎖水母木叉行者降妖怪　泗州大聖鎖水母〔七七〕

打瓦罐鄭元和風雪打瓦罐〔七九〕

論杜康

謁魯肅孫權娶大喬〔八〇〕　周瑜謁魯肅

遇上皇好酒趙元遇上皇

喬教子黑旋風喬教子〔八三〕

走樊城伍子胥棄子走樊城〔八四〕

潘安擲果

廉頗負荊 相如完璧〔八六〕 廉頗負荊

張敞畫眉 京兆尹張敞畫眉

霸王舉鼎

借屍還魂 黑旋風借屍還魂

誶范雎 須賈誶范雎〔八七〕

雙棄瓢

不當事 朝子秀才不當事〔八五〕

麗春園 宋公明火伴梁山泊 黑旋風詩酒麗春園

四坐禪 志公和尚四坐禪

害夫人 狠鴇兒厭宅眷 妝旦色害夫人

神訴冤 烟月心神訴冤

打呂胥 病樊噲打呂胥

鬥鷄會 黑旋風鬥鷄會

馬致遠 大都人。號東籬。老江浙省務提舉〔八八〕。

萬花叢裏馬神仙，百世集中説致遠，四方海内皆談羨。戰文場、曲狀元，姓名香、貫滿梨園。《漢宮秋》、《青衫泪》，《戚夫人》、《孟浩然》，共庾白關老齊肩。

踏雪尋梅 春獻賦蟾宮攀桂 凍吟詩踏雪尋梅〔八九〕

歲寒亭

陳摶高臥 西華山陳摶高卧

誤入桃源 晉劉阮誤入桃源

戚夫人 吕太后人彘戚夫人

齋後鍾 寇萊公主案三考卷 吕蒙正風雪齋後鍾

孟浩然

馬丹陽 王祖師重創七真堂 馬丹陽三度任風子[九〇]

酒德頌 劉伯倫酒德頌

漢宫秋 孤雁漢宫秋

青衫泪 潯陽商婦琵琶行 江州司馬青衫泪[九一]

岳陽樓 郭上灶雙赴靈虚殿 吕洞賓三醉岳陽樓

薦福碑 三封書謁揚州牧 半夜雷轟薦福碑[九二]

王實甫名德信[九三]。大都人。

風月營密匝匝列旌旗，鶯花寨明颩颩排劍戟[九四]，翠紅鄉雄糾糾施謀智[九五]。作詞章、風韻美，士林中、等輩伏低。新雜劇[九六]，舊傳奇，《西厢記》天下奪魁。

西厢記 鄭太君開宴北堂春[九七] 張君瑞待月西厢記

麗春園

明達賣子 義烈母員外送兒[九八] 賢孝士明達賣子

雙蕖怨

進梅諫

販茶船 馮員外誤入神仙種 信安王斷没販茶船[九九]

于公高門厚陰德于公高門

麗春堂四大王歌舞麗春堂〔一〇〇〕

七步成章曹子建七步成章

多月亭

陸績懷橘作賓客陸績懷橘

芙蓉亭韓彩雲絲竹芙蓉亭

汪澤民名德潤。真定人。

汪公德潤字澤民，趙燕北南真定人。盛時人物多才俊，編《糊突包正臣》。上《鬼簿》、可羨鍾君。生前姓，死後身，名不沉淪。

包待制糊突包待制

揚顯之〔一〇一〕大都人。關漢卿莫逆之交，凡有文辭，與公較之，號「揚補丁」是也。

顯之前輩老先生，莫逆之交關漢卿。么末中補缺加新令〔一〇二〕，皆號爲、「揚補丁」。有傳奇樂府新聲。王元鼎〔一〇三〕、師叔敬，順時秀、伯父稱，寰宇知名。

師婆旦

大拜門劉屠大拜門

小劉屠風風魔魔呆趙大報冤二世小劉屠

瀟湘夜雨秦川道烟寺晚鍾〔一〇四〕臨江驛瀟湘夜雨

喬斷案黑旋風喬斷案〔一〇五〕　　劉泉進瓜

酷寒亭蕭縣君托夢泰川道　鄭孔目風雪酷寒亭〔一〇六〕　　射金錢醜駙馬射金錢〔一〇七〕

陳寧甫大名人。

先生寧甫老前賢，名著將來二百年。《兩無功》錦繡風流傳，關目奇、曲調鮮，自按闔、天下皆傳。嗟衰骨，嘆野園，故冢高原。

兩無功子弟雙推磨　風月兩無功〔一〇八〕

李壽卿太原人。

南華莊老嘆骷髏，船子秋蓮夢裏遊，月明三度臨岐柳〔一〇九〕。播閻浮、四百州，姓名香、贏得青樓。黄沙漫，塞草秋，白骨荒丘。

斬韓信呂太后使計斬韓信　　遠波亭呂無雙遠波亭

臨岐柳風光獨占出墻花　月明三度臨岐柳〔一一〇〕　　嘆骷髏南華仙不朝趙天子　鼓盆歌莊子嘆骷髏〔一一一〕

秋蓮夢船子和尚秋蓮夢　　受禪臺復奪受禪臺〔一一二〕

呂無雙 辜負呂無雙 呂無雙遠波亭〔一一三〕　　祭瀍水 呂太后祭瀍水

鑒湖亭 夜鎖鑒湖亭　　伍員吹簫

王伯成 涿州人。有《天寶遺事》諸宫調行于世〔一一四〕。

伯成涿鹿俊豐標，么末文詞善解嘲〔一一五〕。《天寶遺事》諸宫調，世間無、天下少。《貶夜郎》、《闘目風騷》。馬致遠、忘年友，張仁卿、莫逆交，超群類一代英豪。

貶夜郎 李太白貶夜郎　　泛浮槎 張騫泛浮槎

李仲章 大都人。

只聞《鬼簿》姓名香，不識前賢李仲章。《白頭吟》喧滿鳴珂巷。咏詩文、勝漢唐，

詞林老筆軒昂。江湖量，錦繡腸，也有無常。

白頭吟 卓文君白頭吟　　遺雨文書〔一一六〕

趙明道 大都人。

鍾公《鬼簿》應清朝，《范蠡歸湖》手段高。元貞年裏昇平樂，□□章、歌汝曹〔一一七〕，喜豐登、雨順風調。茶坊中嗑，勾肆裏嘲，明明德道泰歌謡。

牡丹亭 韓湘子三赴牡丹亭　　范蠡歸湖 滅吴王范蠡歸湖

劉唐卿 太原人。皮貨所提領〔一一八〕。在王彦博左丞席上咏「博山銅、細裊香風」者〔一一九〕。

劉卿唐老太原公，生在承平大德中〔一二〇〕。王左丞席上相陪奉，有歌兒舞女宗，咏博山、細裊香風。鶯花隊，羅綺叢，倚翠偎紅。

李三娘 李三娘麻地裹傍印〔一二一〕

趙公輔 平陽人。儒學提舉。

儒學提舉任平陽，公輔先生天水郎。元貞大德乾元象，宏文開，寰世廣，闡玉京〔一二二〕、燕趙壇場。尋新句，摘舊章，按譜依腔。

東山高卧 晋謝安東山高卧〔一二三〕　　倩女離魂 調素琴書生寫恨 迷青鎖倩女離魂

李子中 大都人。知事遷縣尹〔一二四〕。

先除知事顯其才，後轉郎官爲縣宰。鍾君《鬼簿》清名載，播文風、流四海。承盛時，洗蕩吟懷。三場藝，七步才，音律和諧。

弑齊君 崔子弑齊君〔一二五〕　　韓壽偷香 會賓堂青春訴恨 賈充宅韓壽偷香

武漢臣濟南人。

先生清秀濟南人，風調才情武漢臣。《登壇拜將》窮韓信，《老生兒》、關目真。新傳奇、十段皆聞。聽泉水，看暮雲，如此黄昏。

曹伯明曹伯明錯勘贜　魯義姑棄子全侄魯義姑

天子班李後主君臣會趙太子天子班〔一二六〕　三戰吕布元帥府單氣張飛虎牢關三戰吕布

老生兒指絶地苦勸糟糠婦散家財天賜老生兒〔一二七〕　挂甲朝天女元帥挂甲朝天

關山怨柳天瑞千里誤佳期楚江樓月夜關山怨〔一二八〕　登壇拜將窮韓信登壇拜將

提頭鬼仁安殿正果追魂使四哥哥神助提頭鬼〔一二九〕　玉堂春梅雪玉堂春

王仲文大都人。

仲文踪迹住京華〔一三〇〕，才思相兼關鄭馬。出群是《三教王孫賈》，《不認屍》、關目嘉，《韓信遇漂母》、曲調清滑。《五丈原》、《董宣强項》，《錦香亭》、《王祥》到家。伴夕陽白草黄沙。

五丈原諸葛亮軍屯五丈原

董宣强項洛陽令董宣强項

不認屍僉義軍清官大斷案〔一三一〕救孝子烈母不認屍

王祥卧冰孝繼母王祥卧冰〔一三二〕

錦香亭

張良辭朝從赤松張良辭朝

王孫賈三教王孫賈

韓信乞食遇漂母韓信乞食

石守信夜斬石守信

諸葛祭風破曹瞞諸葛祭風

陸顯之汴梁人。有《好兒趙正》話本〔一三三〕。

河南獨步汴梁城〔一三四〕，隱語詞源闡姓名。編《好兒趙正》鑽空，應使多人敬。宋上皇有《碎冬凌》〔一三五〕。滑稽性，敏捷情，再出世的□精靈〔一三六〕。

碎冬凌宋上皇碎冬凌〔一三七〕

李取進大名人。醫大夫。

《難經》《素問》不相干，表裏陰陽實意懶，叔和仲景無心翰，捻《欒巴》、《破雨傘》。稱涼風不顧傷寒。鍾父留芳簿，老夫詞吊挽，著大名散滿人間。

破雨傘 窮子孫破雨傘　　受禪臺〔一三八〕次本

欒巴噀酒 離火宮熒惑降灾 神龍殿欒巴噀酒

于伯淵平陽人。

集成《鬼簿》老鍾仙，録上名公列衆賢。先生寫上文華選〔一三九〕，是平陽于伯淵。

翠紅鄉、風月無邊。花前醉，柳下眠，命掩黄泉。

珍珠旗 復奪珍珠旗　　斬吕布 白門斬吕布

鬼風月 關西驛刺借通傳 丁香回回鬼風月　　餓劉友

小秦王 病立小秦王　　武三思 狄梁公智殺武三思〔一四〇〕

李文蔚真定人。江州瑞昌縣尹。

《石州慢》醉寫蔡蕭閑〔一四一〕，《芭蕉雨》秋宵周素蘭，《澆花旦》才並《推車旦》，破符堅〔一四二〕、淝水間，晋謝安、高卧東山〔一四三〕。瑞昌縣、爲新令，真定府、是故關，月落花殘。

題紅怨

李夫人漢皇帝死哭李夫人

澆花旦盧亭亭挑水澆花旦

東山高卧次本

破符堅謝玄淝水破符堅

圯橋進履張子房圯橋進履〔一四四〕

石州慢蔡蕭伯醉寫石州慢〔一四五〕

魚雁傳書

芭蕉雨秋夜芭蕉雨

燕青射雁長東院宋江接應□□□燕青射雁〔一四六〕

推車旦風雪推車旦

侯正卿真定人，號艮齋先生。作「授鞍和袖挽絲繮」〔一四七〕。有「良夜迢迢露華冷」【黄鍾】行于世〔一四八〕。

史侯心友艮先生，詩酒相酬老正卿。挽絲繮和袖雕鞍凴〔一四九〕，隨王孫、並馬行。《燕子樓》、么末全赢〔一五〇〕。黄鍾令，商調情，千載標名。

燕子樓春風燕子樓

岳伯川

老夫共汝不相知〔一五一〕，《鬼簿》鍾公編上伊。《度鐵拐李岳》新雜劇〔一五二〕，更《夢斷

《楊貴妃》。玉京燕趙名馳。言詞俊，曲調美，衰草烟迷。

楊貴妃 羅公遠夢斷楊貴妃　鐵拐李岳 韓魏公讚抱病曹司 呂洞賓度鐵拐李岳〔一五三〕

康進之

編集《鬼簿》治安時，收得賢人康進之。偕朋携友鶯花市。編《老收心》李黑廝，《負荆》是小斧頭兒。行于世，寫上紙，費騷人和曲填詞。

老收心 黑旋風老收心　杏花莊 杏花莊老王林告狀 梁山泊黑旋風負荆

王廷秀 益都人。淘金千户。

淘金千户甚風流，寶馬金鞍稱俊遊。益都人物王廷秀，將《坑儒焚典》修，《草菴歌》和尚石頭。馳花陣〔一五四〕，奪錦籌，百世芳留。

細柳營 二本　坑儒焚典 秦始皇坑儒焚典〔一五五〕

草菴歌 石頭和尚草菴歌　三告狀 鹽客三告狀

費唐臣 大都人。君祥之子。

雙歌鶯韻配鴛鴦，一曲鸞簫品鳳凰。醉鞭誤入平康巷，在佳人〔一五六〕、錦瑟旁〔一五七〕。

《漢韋賢》、闕目輝光。《斬鄧通》、文詞亮，《貶黄州》、肥普香[一五八]，父是君祥。

貶黄州 蘇東坡貶黄州　　韋賢黨金

斬鄧通

石子章

子章横槊戰詞林，尊酒論文喜賞音。踈狂放浪無拘禁。展□腹[一五九]、施錦心。《竹窗雨》、《竹塢聽琴》。高山遠，流水深[一六〇]，戛玉鏘金。

竹窗雨 韓伯元春日草堂吟 黄桂娘秋夜竹窗雨　　竹塢聽琴 鄭彩鸞茅菴悟道 秦修然竹塢聽琴[一六一]

趙子祥

一時人物出元貞，擊壤謳歌賀太平。傳奇樂府時新令，錦排場、起玉京。《害夫人》、《崔和檐生》[一六二]。白仁甫、關漢卿，麗情集天下流行。

害夫人 旦本二本　　崔和檐生

石守信 次本 夜斬石守信

李好古 東平人。

芳名紙上百年圖，錦繡胸中萬卷書，標題塵外三生簿。《鎮凶宅》、趙太祖，《劈華山》、用工夫。煮海張生故〔一六三〕，撰文李好古，暮景桑榆。

張生煮海 二本

鎮凶宅 趙太祖鎮凶宅

劈華岳 巨靈神劈華岳

狄君厚 平陽人。

元貞大德秀華夷，至大皇慶錦社稷，延祐至治承平世，養人才、編傳奇，一時氣候雲集。有平陽狄君厚〔一六四〕，捻《火燒介子推》，只落得三尺孤堆〔一六五〕。

介子推 火燒介子推

孔文卿 平陽人。

先生准擬聖門孫，析住平陽一葉分〔一六六〕。好學不恥高人問，以子稱、得謚文，論綱常、有道弘仁。捻《東窗事犯》，是西湖舊本，明善惡勸化濁民。

東窗事犯 二本　楊駒兒按　何宗立勾西山行者
地藏王證東窗事犯

姚守中

挂冠解印漢逢萌〔一六七〕，掃筆成章姚守中。布關串目高吟咏，《牛訴冤》〔一六八〕、巧用工，扯詔諫、扶立中宗。麒麟閣，狐兔冢，怨雨愁風〔一六九〕。

立中宗 扯詔立中宗

逢萌挂冠 東都門逢萌挂冠〔一七〇〕

張壽卿東平人〔一七一〕。浙江省掾〔一七二〕。

浙江省掾祖東平，蘊藉風流張壽卿。《紅梨花》一段文筆盛，花三婆、獨自勝。論才情、壓倒群英。敲金句，擊玉聲，振動神京。

紅梨花 詩酒紅梨花

吴昌齡西京人。

西京出屯俊英傑〔一七三〕，名姓題將《鬼簿》寫。《走昭君》《東坡夢》《辰鈎月》〔一七四〕，《探狐洞》《賞黄花》、色目倈〔一七五〕，《西天取經》、行用全別。《眼睛記》〔一七六〕、《狄青撲馬》，《抱石投江》、《貨郎末泥》，十段錦、段段和協。

眼睛記 哪吒太子眼睛記〔一七七〕

西天取經 老回回東樓叫佛
唐三藏西天取經

東坡夢 雲門一派老婆禪
花間四友東坡夢〔一七八〕

狄青撲馬

賞黄花 浪子回回賞黄花

抱石投江

辰鈎月 文曲翁搭救太陰星 張天師夜祭辰鈎月〔一七九〕

貨郎末泥

走昭君 夜月走昭君〔一八〇〕

探狐洞 老回回探狐洞

石君寶平陽人。

《紫雲亭》《秋香怨》《曲江池》〔一八一〕，《醖彭越》《哭周瑜》佳句美〔一八二〕，《斷歲寒三友》《紅綃驛》〔一八三〕，《雪香亭》、《秋胡戲妻》〔一八四〕。共吴昌齡么末相齊〔一八五〕。柳眉兒《金錢記》，石君寶□黑迹〔一八六〕，禾黍離離。

哭周瑜 孫權哭周瑜

秋胡戲妻 采桑女梅英訴恨 魯大夫秋胡戲妻〔一八七〕

醖彭越 漢高祖肉醖彭越

秋香怨 士女秋香怨

曲江池 鄭元和風雪悲田院 李亞仙花酒曲江池

金錢記 李太白匹配金錢記

紅綃驛 窮解子紅綃驛〔一八八〕

雪香亭 趙二世醉走雪香亭〔一八九〕

紫雲亭 韓秀才詩禮青雲路 諸宫調風月紫雲亭〔一九〇〕

歲寒三友 張天師斷歲寒三友

張時起東平人。府學生員。字才美。

霸王垓下别虞姬，出塞昭君胡馬嘶，牡丹事花月秋千記[一九一]。與高文秀同閈里[一九二]，同齋同筆抄冠[一九三]。新雜劇，舊傳奇[一九四]，都一般風慘烟迷。

鞦韆記賽花月秋千記　　昭君出塞

别虞姬楚霸王别虞姬

李時中

元貞書會李時中，馬致遠、花李郎、紅字公[一九五]，四高賢合捻《黄粱夢》。東籬翁、頭折冤，第二折、商調相從，第三折、大石調，第四折、是正宫，都一般愁霧悲風。

黄粱夢鍾離單化吕純陽　開壇闡教黄粱夢　一折馬致遠　一折花李郎　一折紅字李二　一折李時中[一九六]

李寬甫大都人。合淝縣尹。

西臺令史合肥官[一九七]，局量胸襟懷抱寬。銀鞭紫馬驛𧎥竄[一九八]，宴秦樓、宿謝館，肉屏風、錦簇花攢[一九九]。金叵羅醉斟瓊釀[二〇〇]，青定甌茶烹鳳團，紅燒羊碼碯犀盤。

問牛喘漢丞相丙吉問牛喘

彭伯成保定人。

筵前酒海紫金罍，席上籌行白玉簪，碧螺七寶玲瓏嵌。□□□□□□，□□□□□□〔二〇一〕。惜花心，做怪膽，絲柳陰府地潭潭。

金娘怨月夜金娘怨〔二〇二〕

李行甫絳州人。名潛夫〔二〇三〕。

絳州高隱李公潛〔二〇四〕，養素讀書門鎮掩。青山緑水白雲占，净紅塵、無半點纖〔二〇五〕，小書樓、插架牙籤〔二〇六〕。研珠露，《周易》點，恬淡虀鹽〔二〇七〕。

灰欄記張海棠屈死下陰牢 包待制智勘灰欄記〔二〇八〕

費君祥大都人。唐臣父〔二〇九〕。與關漢卿交。有《愛女論》行於世〔二一〇〕。

君祥前輩傚圖南，關已相從看老耽，將楚雲湘雨親把勘。《愛女論》〔二一一〕、語句嚴，《菊花會》、大石調監咸。珊瑚檐，翡翠監〔二一二〕，風月輕擔。

菊花會

紀君祥大都人。李壽卿、鄭廷玉同時。

壽卿廷玉在同時，三度藍關韓退之〔二一三〕，《松陰夢》裏三生事。《驢皮記》、情意資〔二二四〕，《冤報冤趙氏孤兒》。編成傳〔二二五〕，寫上紙，表表於斯。

驢皮記　販茶船〔二二六〕二本

松陰夢 李元貞正果碧雲庵 陳文圖悟道松陰夢〔二二七〕　趙氏孤兒 義逢義公孫杵臼〔二二八〕 冤報冤趙氏孤兒

韓退之 韓湘子三度韓退之

趙天錫汴梁人。鎮江府判。

曹公湯餅試何郎〔二二九〕，大德名公家汴梁〔二三〇〕，《金釵剪燭》音清亮。爲府判、任鎮江，出臺閣、官樣文章。顯新句，貯錦囊，金玉鏗鏘。

試玉郎 試餅湯玉郎〔二三一〕　金釵剪燭

梁退之大都人。警巡院判，除知州。與漢卿友。

警巡院職轉知州，闕叟相親爲故友。行文高古尊韓柳，詩宗李杜流，填詞師蘇柳秦周〔二三二〕。翠裙紅袖〔二三三〕，搿羊糯酒，肥馬輕裘。

進梅諫二本　于公高門旦本

史九散仙真定人。武昌萬户〔二三四〕。

武昌萬户散仙公，闔國元勛廕祖宗。雙虎符三顆明珠重，受金吾、元帥封。碧油幢、和氣春風。編《胡蝶莊周夢》，上麒麟圖畫中，千古英雄。

莊周夢　去酒色財氣漆園春　破鶯燕蜂蝶莊周夢

益漢卿〔二二五〕亳州人。

已齋老叟播聲名，表字相同亦漢卿。《魔合羅》一段題張鼎，運節意脉精，有黄鍾商調新聲〔二二六〕。喧燕趙，響玉京〔二二七〕，廣做多行。

魔合羅　曹司屈推貨郎漢　張鼎智勘魔合羅〔二二八〕

尚仲賢真定人。江浙省務提舉〔二二九〕。

棄官歸去捻《淵明》，工巧《王魁負桂英》。四務提舉江浙省〔二三〇〕，與戴善夫相輔行。較論功諸葛闔成〔二三一〕。《三奪槊》、《謁漿崔護》，《秉燭旦》、《越娘背燈》，《洞庭湖柳毅傳情》。

三奪槊　齊元吉兩争鋒　尉遲恭三奪槊

諸葛論功　受顧命諸葛論功

陶淵明　王太守白衣送酒　陶淵明歸去來兮

柳毅傳書　錢塘江火龍認女　洞庭湖柳毅傳書

秉燭旦　饑寒雪裏讀書人　没倖花前秉燭旦

越娘背燈　龍虎榜楊生點額　鳳凰坡越娘背燈

負桂英海神活取命 王魁負桂英　崔護謁漿次本

張生煮海次本

戴善夫真定人。江浙省務官〔二三二〕。

江浙提舉任皇宣，同里同僚尚仲賢。《伯瑜泣杖》皆稱善，《翫江樓》、周月仙，《風光好》、一夜姻緣。《三捉紅衣怪》，善夫用意堅，湖海流傳。

紅衣怪三捉紅衣怪　伯瑜泣杖

翫江樓周月仙風波明月渡 柳耆卿詩酒翫江樓〔二三三〕　風光好秦若蘭新配鳳鸞吟 陶學士醉寫風光好

顧仲清東平人。清泉場司令。

唐虞之世慶元貞，高士東平顧仲清，泉場掌印爲司令。見傳奇、舉世行，向雨窗、

托興怡情〔二三四〕。撰《陵母伏劍》，編《紀信火蒸》，府州縣按試留名〔二三五〕。

火焚紀信楚霸王火焚紀信　陵母伏劍知漢興陵母伏劍〔二三六〕

鄭廷玉彰德人。

《金鳳釵》《打李煥》《後庭花》，《忍字記》《欒城驛》《雙教化》，《鳳凰兒》《料到

底》偷閑暇。《因禍致福》關目冷，《貶揚州》《債主冤家》。《漁父辭劍》才情壯，《孫恪遇猿》節□佳〔二三七〕，《踈者下船》安頓精華。

金鳳釵

後庭花 宋仁宗御賜翠鸞女 包待制智勘後庭花〔二三八〕

忍字記 筍板乞兒硬化看錢奴〔二四〇〕 布袋和尚醉屈忍字記

貶揚州 百二十行貶揚州

鳳凰兒 幽墻花恰生棟梁材 吹簫女悔教鳳凰兒

雙教化 烟花子弟説虛脾 風月郎君雙教化

打李煥 小秦王秉政問王柔 老敬德鐵鞭打李煥

復勘贓 蒲丞相大斷案 曹伯明復勘贓

踈者下船

冤家債主 貪財漢空使倖勞神 看錢奴買冤家債主〔二三九〕

孫恪遇猿

因禍致福 趙長者見家歸京 益伯禄因禍致福〔二四一〕

漁父辭劍〔二四二〕

欒城驛 兄妹情風雨短長亭 子父夢秋夜欒城驛〔二四三〕

料到底 劉賦料到底〔二四四〕

李直夫德興人。女直。即蒲察李五。

蒲察李五大金族〔二四五〕。《鄧伯道》《夕陽樓》《勸丈夫》，《虎頭牌》《錯立身》《怕媳婦》。《諫莊公》穎考叔〔二四六〕，《俏郎君》、《謊郎君》，各自乘除。《渰藍橋》、尾生子，教天樂、黄念奴，是德興秀氣直夫。

勸丈夫 歹門娘子勸丈夫〔二四七〕

怕媳婦 風月郎君怕媳婦

鄭莊公 孝諫鄭莊公

虎頭牌 行院相公大斷案 武元皇帝虎頭牌〔二五〇〕

錯立身 莊家付净學踏爨 宦門子弟錯立身〔二五一〕

夕陽樓 風月夕陽樓

伯道棄子 晋將軍胡石勒興兵 吴太守鄧伯道棄子〔二四八〕

占斷風光 俏郎君占斷風光〔二四九〕

水渰藍橋 尾生子水渰藍橋

壞盡風光 謊郎君壞盡風光

念奴教樂

趙文敬〔二五二〕彰德人。教坊官。

教坊色長有學規，文敬超群衆所推，樂星謫降來彰德。編《萊檜兒仙》傳奇，撰《武王伐紂》精微〔二五三〕。秀華夷〔二五四〕，風物美，樂章興南北東西。

錯立身 次本

武王伐紂 夷齊諫武王伐紂

張果老

張國賓大都人。教坊管勾〔二五五〕。

教坊總管喜時豐，斗米三錢大德中，飽食終日心無用〔二五六〕，捻漢高、《歌大風》。

薛仁貴、衣錦崢嶸。《七里灘》、臣辭主〔二五七〕，《汗衫記》、孫認公，朝野興隆。

七里灘 嚴子陵垂釣七里灘　　高祖還鄉 歌大風高祖還鄉

汗衫記 金山院父子再團圓〔二五八〕 相國寺公孫汗衫記　　衣錦還鄉 張仕貴賴功治罪〔二五九〕 薛仁貴衣錦還鄉

花李郎劉耍和婿。

《鄭孔目欒子酷寒亭》，《相府院曹公勘吉平》〔二六〇〕，《判官懒燥釘一釘》。劉耍和、

贅爲婿卿，花李郎、風月才純〔二六一〕。樂府詞章性，傳奇么末情〔二六二〕，考興在大德元貞。

勘吉平 相府院曹公勘吉平〔二六三〕　　酷寒亭 壯士宋兵遭迭配 像生欒子酷寒亭〔二六四〕

釘一釘

紅字李二京兆人。

梁山泊壯士病楊雄，板達兒搊搜黑旋風〔二六五〕，打虎的英俊天生勇，窄袖兒猛武松。

是京兆紅字李二文風。才難盡，興未窮，再編一段《全火兒張弘》〔二六六〕。

病楊雄〔二六七〕　武松打虎

黑旋風 板踏兒黑旋風　全火兒張弘〔二六八〕

窄袖兒武松

右前輩編撰傳奇名公，僅止於此。才難之云，不其然乎？余僻處一隅，聞見淺陋，散在天下，何地無人？蓋聞則必達，有則必知矣。姑叙其姓字於右。其所編撰，余友陸君仲良，得之於克齋先生吴公，然亦未知其詳。余生也後，不得與几席之末，不知出處，故不敢作辭作傳以吊云。

録鬼簿卷下

方今才人相知者，爲之作傳，以【凌波仙】曲吊之

宮大用名天挺。大名人。釣臺書院山長。爲權豪所中，卒不見用。先君與之莫逆，故余常得侍坐，見其吟咏。文筆人莫能敵；樂府歌曲，特餘事耳。

豁然胸次掃塵埃，久矣聲名播省臺。先生志在乾坤外，敢嫌他、天地窄，辭章壓倒元白。憑心地，據手策，是無比英才。

釣魚臺

汲黯開倉 使河内汲黯開倉

托公書 范天章親書賢母表 宋仁宗御覽托公書

范張鷄黍 第五倫舉善薦賢 死生交范張鷄黍

鳳凰樓 宋上皇御賞鳳凰樓

越王嘗膽 棲會稽越王嘗膽

鄭德輝名光祖。平陽人。以儒補杭州路吏。爲人方直，不妄與人交。名聞天下，聲徹閨閣，伶倫輩稱「先生」者，皆知爲德輝也。

乾坤膏馥潤肌膚，錦繡文章滿肺腑。筆端寫出驚人句，解翻騰、今是古，詞壇老將輸

伏。《翰林風月》，《梨園樂府》〔二六九〕，端的是曾下功夫。

哭孺子〔二七〇〕

秦樓月 李太白醉寫秦樓月

紫雲娘

采蓮舟 二陰魂屈死汴河冤 三落水鬼泛采蓮舟〔二七一〕

細柳營 次本〔二七二〕

哭晏嬰

後庭花 陳後主玉樹後庭花

三戰吕布 元帥府單氣張飛 虎牢關三戰吕布

醜無鹽破環

伊尹扶湯 耕莘野伊尹扶湯

指鹿道馬 秦趙高指鹿道馬

月夜聞箏 高力士成合鶯燕 崔懷寶月夜聞箏

王粲登樓 不納賢蔡公閉閣 醉思鄉王粲登樓

周公攝政 輔成王周公攝政

翰林風月 挺學士傲晋國烟花 㑳梅香騙翰林風月〔二七三〕

倩女離魂 次本

梨園樂府

金志甫名仁傑。余幼時聞公之名，江浙一見，如平生交。天曆戊辰，授建康崇寧務官〔二七四〕。所作雖不駢麗，而大概多有可取。

心交元不問親踈，契飲那能較有無。誰知一上金陵路，嘆亡之命矣夫！夢西湖何不歸歟？魂來處，返故居，比梅花想更清癯。

追韓信 蕭何月下追韓信

東窗事犯 次本

鼎鑊諫

抱子攝朝 周公旦抱子攝朝

西湖夢 蘇東坡夜宴西湖夢

蔡琰還朝

韓太師 智斬韓太師

范子英〔二七五〕杭州人。明性理，善講論，能辭章，通音律。因王伯成《李太白貶夜郎》〔二七六〕，乃編《杜甫遊春》。筆下新奇，蓋天姿卓異，人不及也。

詩題雁塔寫秋空〔二七七〕，酒滿觥船棹晚風。詩籌酒令閑吟咏〔二七八〕，占文場、第一功，掃千軍筆陣元戎〔二七九〕。龍蛇夢，狐兔踪，半生來彈鋏聲中。

杜甫遊春 曲江池杜甫遊春〔二八一〕

竹葉舟 呂洞賓顯化滄浪夢〔二八〇〕 陳季卿悟道竹葉舟

曾瑞卿大興人。喜江浙人才之多〔二八二〕、景物之盛，因家焉。公豐采卓異，衣冠整肅，悠遊市井，儼然如神仙中人。志不屈物，故不願仕〔二八三〕，因號褐夫。余嘗接見音容，獲聞言論，勉勵之語，潤益良多。公善丹青，能隱語〔二八四〕，小曲有《詩酒餘音》行于世〔二八五〕。

江湖儒士慕高名，市井兒童誦瑞卿。衣冠濟楚人欽敬，更心無寵辱驚，樂優閑不解趨承[二八六]。身如在，死若生，想音容獨見丹青[二八七]。

誤元宵 才子佳人誤元宵

沈和甫錢塘人。能辭翰，善談謔，天性風流，兼明音律。以南北詞調合腔[二八八]，自和甫始，如《瀟湘八景》[二八九]、《歡喜冤家》等，極爲工巧。後居江州[二九〇]，卒。江西稱爲「蠻子漢卿」。

五言常寫和陶詩，一曲時傳冠柳詞。半生書法欺顔字，占風流、獨我師，是梨園南北分司。當時事，仔細思，細思量不是當時[二九一]。

朱蛇記　樂昌分鏡

逢故人燕山逢故人　歡喜冤家

鮑吉甫[二九二]名天祐。杭州人。幼業儒，長事吏[二九三]。簿書之役，非其志也。跬步之間，唯務搜古索奇而已[二九四]。故其編撰，多使人感動咏嘆。余嘗與之談論節要，至今得其良法。才高命薄，今猶古也，止作崑山州吏而卒[二九五]。

平生詞翰在宫商，兩字推敲付錦囊。聳吟肩有似風魔狀，苦勞心、嘔斷腸，視榮華總是乾忙[二九六]。談音律，論教坊，占斷排場。

宋弘不諧次本[二九七] 重糟糠宋弘不諧　史魚屍諫薦伯玉史魚屍諫

楊震辭金　東萊守楊震辭金〔二九八〕

曹娥泣江　賢府宰太守□表〔二九九〕孝順女曹娥泣江

比干剖腹　諫紂惡比干剖腹

班超投筆　志封侯班超投筆

爲富不仁　貪財漢爲富不仁

秦少游　死哭秦少游

陳存父〔三〇〇〕名以仁〔三〇一〕。杭州人。以家務雍容，不求聞達，日與南北士大夫交游〔三〇二〕。能博古〔三〇三〕，善謳歌。其樂章間出一二〔三〇四〕，俱有駢麗之句云。

錢塘人物盡飄零，幸有斯人尚老成。爲朝元恐負虚皇命〔三〇五〕，鳳簫閑〔三〇六〕、鶴夢驚，駕天風直上蓬瀛。芝堂静，蕙帳清，照虚梁落月空明〔三〇七〕。

誤入長安　十八騎誤入長安〔三〇八〕

錦堂風月

范冰壺名居中，冰壺其號也。杭人。父玉壺，前輩名儒，遠近皆知父子之名〔三〇九〕。公精神秀爽，學問該博〔三一〇〕。嘗出大言於肆，以爲筆不停思，文不閣筆。人知其有才，不敢難也。善操琴，能書法。其妹亦有文名，大德年間被召赴都，公亦偕行。以才高不見遇，卒於家。有樂府南北腔行于世〔三一一〕。

向歆傳業振家聲，羲獻臨池播令名。操焦桐只許知音聽，售千金、價不輕，有誰如父子才能〔三一二〕。冰如玉，玉似冰，比壺天表裏澄清〔三一三〕。

施君承〔三一四〕錢唐人。世居吴山，以賈爲業。公巨目美髯，好談笑。余嘗與趙君卿、陳彦實至其家，多承接納，多有高談。詩酒之暇，唯以填詞和曲爲事。所著有《古今詩話》〔三一五〕，亦成一集，其好事如此。

道心清净絶無塵，和氣雍容自有春。吴山風月收拾盡，一篇篇、字字新〔三一六〕，思君賦盡行雲。三生夢，百歲身，空只有衰草荒墳。

黄德潤名天澤。仁和人。沈和甫同母弟。風流醖藉，不減於兄。幼年屑就簿書，鬱鬱不得志。後不獲用，咄咄書空而已，然亦竟不歸而終。公有樂府，播於人口〔三一七〕，無賢愚皆稱賞〔三一八〕。

一心似水道爲鄰，四體如春德潤身。風流才調真英俊〔三一九〕，軼前車、繼後塵。漫蒼天委任斯人。岐山鳳，魯甸麟，時有亨屯。

沈珙之杭州人。天姿穎悟，文質彬彬，然性不仰俯，故不願仕〔三二〇〕。所編樂府甚多。老而無後，病無所歸，存父館於家而卒，盡禮殯送之，亦有友朋之義也〔三二一〕。

掀髯得句細推敲，舉筆爲文善解嘲。天生才藝藏懷抱，嘆玉石相混淆，更多逢世事磽砎。蜂爲市，燕有巢，吊夕陽幾度荒郊。

趙君卿名良弼。東平人。與余同里閈，同師鄧善之、曹克明二先生〔三二二〕，於省府同筆硯。公討論經史，酬唱詩文，及樂章小曲、隱語傳奇，無不究意。所編《梨花雨》，其詞甚麗。能楷書，善丹青，但以末枝〔三二三〕，故不備録云。

閑中展手刻新詞，醉後揮毫寫舊詩。兩般總是龍蛇字，不風流、難會此〔三二四〕，更文才夙世天姿。感夜雨同窗夢，嘆秋風兩鬢絲，住人間能有多時？

春夜梨花雨

陳彥實名無妄。東平人。性質沉重，事不苟簡。與人寡合，人亦難之。公於樂府、隱語無不用心。衢州務官陞浙東憲吏，調福建道。天曆間卒，其弟彥文殯葬之。樂府甚多，惜不得其傳。

府垣歲月露忠肝，憲幕冰霜豈汗顏〔三二五〕。何其薏苡生讒間，自甘心、願就閑，轉回頭夢入槐南。後會何時再，英魂甚日還，望東南翹首三山。

康弘道〔三二六〕名毅。建康人。因周仲彬與之會，即叙平生歡。時出一二舊作，皆不凡俗。【仙呂·賺煞】有曰〔三二七〕：「因王魁淺情，將桂英薄幸，致令潑烟花不重俏書生〔三二八〕。」發越新奇，皆非蹈襲。公能書字，善行文。不幸早卒。題伍王廟壁有和【折桂令】一曲〔三二九〕，爲人稱賞。及有絶句云：「浩浩凌雲志，巍巍報國心。忠魂與潮汐，萬古不銷沉。」其感慨激烈，徒增悵悵。噫！天之生物也，財成輔相以左右民，何其如是偏戾也！猶有所感者，良以此夫！

人間未得注金甌，天上先教記玉樓。恨穹蒼不與斯文壽，未成名〔三三〇〕、土一丘，嘆平生壯志難酬。朝還暮，春又秋，爲思君泪滿鷫裘。

睢景臣〔三三一〕後字嘉賢〔三三二〕。自維揚來杭〔三三三〕，余與之識。心性聰明，嗜音律。維揚諸公俱作《高祖還鄉》套數，公【哨遍】製作新奇，諸公者皆出其下。又有【南吕】《題情》云：「人歸燕子樓，帳冷鴛鴦錦，酒空鸚鵡盞〔三三四〕，釵斷鳳皇金。」亦爲工巧，人所不及也。

吟髭撚斷爲詩魔，醉眼慵開被酒酡。半生才便作三間些，嘆翻成《薤露歌》。等閑間鬢髮成皤〔三三五〕。功名事，歲月過，又待如何？

牡丹記鶯鶯牡丹記　　千里投人

屈原投江 楚大夫屈原投江

吴中立名本。杭州人。天資明敏，好爲詞章〔三三六〕、隱語，樂府有《本道齋小稿》及詩謎數十篇〔三三七〕。以貧病不禄而終。

語言辨利掃千兵，心性聰明誤半生。萊蕪窮又染維摩病〔三三八〕，想天公、忒世情，使英雄遺恨難平。寒泉浄，碧草馨，爲發幽冥。

周仲彬名文質。其先建德人〔三三九〕。體貌清癯，學問該博，資性工巧，文筆新奇。家世儒門。善丹青，能歌舞〔三四〇〕，明曲調，諧音律〔三四一〕。性尚豪俠，好事愛客。余與之交二十餘年〔三四二〕，未嘗跬步離也。抱病五月，雖醫足踵門，而無瞑眩之藥，遂卒。嗚呼，惜哉！余編此集，公及見，贅其姓名於未死鬼之列。嘗與論及亡友，未嘗不握手痛惋〔三四三〕，而公亦中年而卒，則余輩衰老萎儽者〔三四四〕，又何以久於世也。噫！往者不可追，來者不可期〔三四五〕，此余深有感於公也。

丹墀未叩玉樓宣〔三四六〕，黄土應埋白骨冤。羊腸曲折雲千變〔三四七〕，料人生、亦惘然，嘆孤墳落日寒烟。竹下泉聲細，梅邊月影圓，因思君歌舞十全。

杜韋娘

蘇武還朝 持漢節蘇武還朝〔三四八〕

教女兵 孫武子教女兵

唐莊宗 戲諫唐莊宗

已死才人不相知者[三四九]

王思順有《題包巾》及《鏡兒摟帶》套數[三五〇]，皆出人意表。

李齊賢[三五一]與余同窗，後不相聞。有樂府播傳。

蘇彦文[三五二]有「地冷天寒」【越調】及諸樂府，極佳。

屈英甫[三五三]編《一百二十行》、《打看錢奴》院本等。

李用之松江人。戲謔樂章極多。

顧廷玉松江人。

俞姚夫[三五四]杭州人。有樂府。

張以仁湖州人。有樂章，甚麗。

李齊賢樂府咏包巾[三五五]，編「地冷天寒」蘇彦文[三五六]，作《鏡兒摟帶》王思順[三五七]，捻靈怪湖州張以仁。李用之戲劇多聞。顧廷玉雲間出類[三五八]，俞純夫錢塘越群，屈英甫編《一百二十行》《看錢奴》院本絶倫[三五九]。

方今知名才人〔三六〇〕

吴仁卿名弘道，號克齋。歷官至府判致仕。有《金縷新聲》行于世，亦有所編《曲海叢珠》。

克齋弘道老仁卿，衣紫腰金府判升。銀鞍紫馬敲金鐙，錦鄉中、過一生，老來也致仕心寧。《手卷記》、《子房貨劍》，錦樂府、天下盛行，《曲海叢珠》、《金縷新聲》。

手卷記　　正陽門火燒正陽門

子房貨劍

劉宣子〔三六一〕字昭叔。與余同舍，後不得會，故不知詳。所編樂府極多。亦以高才見棄，補淮東憲吏卒〔三六二〕。

鍾君昭叔昔同居，□後分離各自處〔三六三〕。筆端多有香奩句，填詞章、作樂府，登仕途〔三六四〕、吏部遷除。熬年月，聽選補，淮東吏身卒〔三六五〕。

秦簡夫〔三六六〕元都人〔三六七〕。近歲在杭。

文章官樣有繩規，樂府中和成墨迹。燈窗捻出新雜劇，《玉溪館》、煞整齊，晉陶母剪髮筵席。《破家子弟》，《趙禮讓肥》，壯麗無敵。

趙禮讓肥宜秋山馬武施恩〔三六八〕孝義士趙禮讓肥　　剪髮待賓范學士薦賢舉善〔三六九〕晉陶母剪髮待賓

破家子弟 西鄰友生不孝兒男　東堂老勸破家子弟〔三七〇〕　　玉溪館

喬夢符名吉。太原人。號笙鶴翁，又號惺惺道人。美容儀，能辭章〔三七一〕。有《天風環珮》〔三七二〕、《撫掌》二集。

《天風環珮》玉敲金，《撫掌》文集花應錦〔三七三〕，太平歌吹珠璎滲。《金錢記》、《揚州夢》、振士林，《荆公遺妾》、文意特深〔三七四〕。《認玉釵》〔三七五〕、珊瑚沁，《黄金臺》、翡翠林，《兩世姻缘》、賞音協音。

認玉釵 香閨佳人認玉釵　　揚州夢 李夢娥花月洞房春　杜牧之詩酒揚州夢〔三七六〕

黄金臺　　兩世姻缘 韋元帥百年風月　玉簫女兩世姻缘

金錢記 韓飛卿敕賜錦花袍〔三七七〕　唐明皇御斷金錢記　　荆公遺妾

趙文寶〔三七八〕名善慶。饒州樂平人〔三七九〕。以卜術爲業，陰陽教授。

《姜肱共被》弟兄情，《糜竺收資》貨幣盈〔三八〇〕，褚良北詔忠直性〔三八一〕。居饒州、住樂平，爲陰陽教授經營。《驪山七德舞》，《孫武教女兵》，德在明明。

七德舞 周幽王驪山七德舞〔三八二〕　　負親沉子

擲笏諫 褚遂良擲笏諫　　糜竺收資

教女兵旦本　姜肱共被敦友愛姜肱共被

屈子敬名恭之。英甫侄。與余同舍。有樂府。以學官除教授卒〔三八三〕。樂章華麗自然，不在小山之下〔三八四〕。

學官子敬屈恭之，本路新除教授資。樂章灑落通街市〔三八五〕，便小山、何到此。宋

上皇三恨師師〔三八六〕。漢司馬、題橋柱，齊田單、復舊時，各辨妍媸。

李師師三恨李師師　相如題柱昇仙橋相如題柱

田單復齊縱火牛田單復齊

王仲元杭州人。余與之交有年矣。所編者皆佳〔三八七〕。

于公爲陰德起高門，袁盎因夫人却漢文〔三八八〕。歷像演史全忠信，將賢愚善惡分，

戲臺上考試人倫〔三八九〕。大都來一時事，搬弄出千載因，辨是非好歹清渾。

于公高門厚陰德于公高門　袁盎却座郎中令袁盎却座

張小山名久可〔三九〇〕。慶元人。路吏轉陞民首領官〔三九一〕。有《今樂府》盛行于世，近有《吴鹽》《蘇堤漁唱》〔三九二〕。

水光山色愛西湖，照耀乾坤《今樂府》，《蘇堤漁唱》文相助，又《吴鹽》餘意續，

《新樂府》驚動林蘇。荆山玉，合浦珠，壓倒群儒。

錢子雲名霖。松江人。棄俗爲黄冠，更名抱素，號素庵。類諸公所作，名曰《江湖清思集》；自作樂府爲《醉邊餘興》。詞話極多。

棄俗中路戴黄冠〔三九三〕，草履麻絛袖袍寬。《江湖清思》三千段，屢清風明月當〔三九四〕，集《醉邊餘興》多端〔三九五〕。白雪黄茅煅，坎離頻倒般，素庵中穩坐蒲團。

黄子久名公望。松江人。先充浙西憲吏〔三九六〕，後在京，爲權豪所中，改號一峰，以卜術閑居。棄人間事，易姓名爲苦行凈堅〔三九七〕，又號大癡。公之學問不在人下，天下之事無所不知，薄技小藝亦不棄。善丹青，長詞短曲〔三九八〕，落筆即成。人皆師事之〔三九九〕。

浙西憲吏性廉直〔四〇〇〕，經理錢糧獲罪歸〔四〇一〕。號一峰卜術將人間棄，易姓名爲凈堅號大癡〔四〇二〕。天下事無不周知，學問深不加文飾。一家丹青妙筆，與人爲宗主時習〔四〇三〕。

徐德可名再思，好食甘飴，號甜齋。嘉興路吏。多有樂府行于世。爲人聰敏秀麗。與小山同時。其子善長亦有才，頗能繼其宗風。

甘飴良好咂甜時，自號甜齋名再思。交游高上文章士，習經書、看鑒史。青出藍、善長文詞。名下無虚士，高門出貴子，根基牢發旺宗枝。

顧君澤名德潤，道號九仙〔四〇四〕。松江人。杭州路吏。自刊《九仙樂府》《詩隱》二集〔四〇五〕，售于市肆。

君澤德潤住雲間，路吏杭州稱九仙，遷平江當領驅公案〔四〇六〕。樂府共詩集開板刊，售文籍市肆停安。情恬淡，心懶坦，九仙在塵寰。

曹明善名德。衢州路吏〔四〇七〕。甘於自適。在都下賦《長門柳》二詞者〔四〇八〕，乃先生也。

曹公路吏任衢州〔四〇九〕，奪立文章第一籌〔四一〇〕，神京獨賦《長門柳》。士林中、逞俊流，萬人內、占了鰲頭。風連月，花伴酒，肥馬輕裘。

汪勉之慶元人。由學官歷浙東帥府令史〔四一一〕。鮑吉甫所編《曹娥泣江》，內有先生兩折；其餘樂府極多。

名雖傳道職學官，風韻清標貌勝潘，胸中星斗文章煥。心貫通、體廣胖〔四一二〕，尊瞻視〔四一三〕、楚楚衣冠。歷帥府浙東令史，補《曹娥泣江》兩端，伴黃沙白草漫漫。

高敬臣名克禮，號秋泉。任縣尹。小曲、樂府極多，其工巧人所不及。

碧桃紅杏説高蟾，黃閣風流誇士廉，銓衡權準宗行儉。文章習子瞻，任縣宰才勝江淹。生子學雙漸，娶妻如蔡琰，秋泉公歸去陶潛。

王守中名位〔四一四〕。任蘆花場司令〔四一五〕。其製作清雅不俗，難以形容其妙趣〔四一六〕，知音者服其才焉。

庭前盛茂種三槐，紙上芳名播九垓。畫中詩詩中畫傳宗派。蘆花場司令該。有玄微妙趣吳才。通街市，知稼穡，躲不了深土培埋。

蕭德祥名天瑞。杭州人。以醫爲業。號復齋。凡古文俱檃括爲南曲〔四一七〕，街市盛行。又有南戲文。

武林書會展雄才，醫業傳家號復齋。戲文南曲衠方脉，共傳奇樂府諧。治安時何地無才。人間著，《鬼簿》載〔四一八〕，共弄玉同上春臺。

陸仲良名登善。維揚人。江淮省改江浙〔四一九〕，其父以典掾來杭，因而家焉〔四二〇〕。爲人沉重簡默，能詞能歌〔四二一〕，有樂府、隱語成集。

貞元始祖謚宣公〔四二二〕，嗜著《茶經》桑苧翁。父維揚典掾清名重〔四二三〕，改淮南〔四二四〕、江浙同，住杭城、家道鬆□〔四二五〕。詞詩歌唱，詩禪貫通，一代文風。

朱士凱自幼意不俗，與人寡合。小曲極多，所編《昇平樂府》甚工。類集群公隱語，標曰《包羅天地》，又有《謎韻》一集。

梨園樂府永昇平〔四二六〕，沉默敦篤念信誠。《包羅天地》曹娥鏡，詩禪隱語精，振江淮獨步杭城。王彦中弓身侍，陳元贇拱手聽，包賢□持拜先生〔四二七〕。

王日華〔四二八〕名曄。杭州人。體肥而善滑稽。能詞章、樂府〔四二九〕，臨風對月之際〔四三〇〕，所作工巧〔四三一〕。有與朱凱題《雙漸小卿問答》，人多稱賞。

詩詞華藻語言佳，獨有西湖處士家，滑稽性格身肥大。《金斗遺事》厮問答，與朱士凱來往登達〔四三二〕。珠璣梨繡〔四三三〕，日精月華，免不得命掩黄沙。

吴純卿名朴。平江人。余至姑蘇，與公相識。所作皆工巧，人多不及。

行兵遠祖習韜書，挂劍徐君信矣夫。文章光耀天之賦，生而知、爲上乎。杜衡門養志姑蘇。有學問多人貶妒，通性理甘貧晏居，天！天！其道何如〔四三四〕。

方今才人聞名而不相知者〔四三五〕

高可道小曲極多，皆行于世。

董君瑞冀州人。隱語、樂府多傳江南。

李邦傑〔四三六〕有隱語〔四三七〕、樂府，人多傳之。

高安道有《御史歸莊》【南吕】、《破布衫》【哨遍】等曲行于世。

乘除加減有盈虧，用舍行藏有道理，賢愚善惡合天地。四名公、行上紙筆，將高賢、文學出處標題。《鬼簿》上分開名姓，繼先翁定了事迹，老夫將頭尾挽吊收拾。

已上諸公卿大夫、高賢逸士鴻儒總括一篇：

鍾君《鬼簿》集英才〔四三八〕，聲價雲雷震九垓。衣襟金玉名仍在，著千年、遺萬載。勾肆中般演詼諧。彈壓著鶯花寨，憑凌著烟月牌，留芳名紙上難揩。

右所録若以讀萬卷書、作三場文，上奪巍科〔四三九〕、首登甲第者〔四四〇〕，世不乏人；其或甘心岩壑、樂道守志者，亦多有之。但於學問之餘，事務之暇〔四一〕，心機靈變，世法通疎，移宫換羽，搜奇索怪，而以文章爲戲玩者，誠絶無而僅有也。此哀誄之所以不得不作也。觀者幸勿誚焉。古汴鍾繼先誌。〔四二〕

録鬼簿續編

鍾繼先名嗣成。古汴人。號醜齋。以明經累試于有司，數與心違，因杜門養浩然之志。著《録鬼簿》，實爲己而發之。其德業輝光，文行温潤，人莫能及。善音律，能隱語〔四四三〕，有文集若干卷，藏于家。所編小令、套數極多，膾炙人口。惜其傳奇皆在他處按行，故近者不知，人皆易之。後之君子，讀其《鬼簿》則知其爲人也。

章臺柳 寄情韓翊章臺柳〔四四四〕

錢神論 譏貨賂魯褒錢神論

蟠桃會 宴瑶池王母蟠桃會

鄭莊公 孝諫鄭莊公

斬陳餘 韓信泜水斬陳餘

詐遊雲夢 漢高祖詐遊雲夢

馮驩燒券

羅貫中〔四四五〕太原人〔四四六〕。號湖海散人。與人寡合，樂府、隱語極爲清新。與余爲忘年交，遭時多故，各天一方。至正甲辰復會，别來又六十餘年，竟不知其所終。

風雲會 趙太祖龍虎風雲會

蜚虎子 三平章死哭蜚虎子

連環諫 忠正孝子連環諫

汪元亨〔四四七〕饒州人。浙江省掾，後徙居常熟〔四四八〕。至正間與余交于吴門〔四四九〕。有《歸田録》一百篇行于世，見重於人。

斑竹記 娥皇女英斑竹記〔四五〇〕

仁宗認母

桃源洞 二人誤入武陵溪
劉晨阮肇桃源洞

谷子敬金陵人。樞密院掾史。洪武初戍源時〔四五一〕。明《周易》，通醫道，口才捷利，樂府、隱語盛行于世。嘗下堂而傷一足〔四五二〕，終身有憂色，乃作【耍孩兒】樂府十四煞以寓其意，極爲工巧。

城南柳 西池母重會天上桃〔四五三〕
呂洞賓三度城南柳

枕中記 終南山呂公雲外遊
邯鄲道盧生枕中記

鬧陰司 昌孔目雪恨鬧陰司

借屍還魂 司牡丹借屍還魂〔四五四〕

一門忠孝 卞將軍一門忠孝

丁野夫〔四五五〕西域人。故元西監生。羡錢塘山水之勝，因而家焉。動作有文，衣冠濟楚，善丹青，小景皆取詩意。套數、小令極多，隱語亦佳，馳名寰海。

俊憨子

賞西湖 月夜賞西湖

清風領 寫畫清風領〔四五六〕

浙江亭 遊賞浙江亭

雙鸞棲鳳 碧梧堂雙鸞棲鳳

郲仲誼[四五七]名經。隴右人[四五八]。號觀夢道人[四五九]，又號西清居士[四六〇]。以儒業起爲浙江省考試官[四六一]，權衡允當，士林稱之。僑居吴山之下，因而家焉。豐神瀟灑，文質彬彬。爲文章未嘗停思[四六二]，八分書極高，善琴操，能隱語[四六三]。交余甚深，日相游覽湖光山色於蘇堤、林墓間，吟咏不輟於口。有《觀夢》等集行於世，名重一時。所作樂府，特其餘事云。

三塔記　西湖三塔記

鬼推門　胭脂女子鬼推門

鴛鴦冢　死葬鴛鴦冢

陸進之嘉禾人。福建省都事。與余在武林會于酒邊花下。好作詩，善文，多有樂府、隱語于時。

升仙會　陳半街得悟到蓬萊　韓湘子引度升仙會

百花亭　血骷髏大鬧百花亭

李士英錢塘人。以醫道著名于時。天資明敏，秉性剛烈，人難犯之。所作隱語極妙[四六四]，樂府亦多。

折征衣

群花會

詩禪記　金章宗御賽詩禪記

須子壽杭州人。錢塘縣吏。襟懷灑落，隱語精通，以事卒於金陵。

渰水母　泗州大聖渰水母[四六五]

碧梧堂　雙鸞棲鳳碧梧堂

金文質〔四六六〕湖州人。性純雅，於鄉黨恂恂如也，鄉人皆重之。平生未嘗輕諾。惜乎命薄，生不遇時。有樂府行于世。

松陰記

嬌紅記　判仙凡彩筆木蘭詞　誓死生錦片嬌紅記

三官齋

湯舜民〔四六七〕象山人。號菊莊。補本縣吏，非其志也。後落魄江湖間。好滑稽。與余交久而不衰〔四六八〕。文皇帝在燕邸時，寵遇甚厚；永樂間，恩賚常及。所作樂府，套數、小令極多，語皆工巧，江湖盛傳之。

瑞仙亭

嬌紅記　次本

楊景賢〔四六九〕名暹，後改名訥，號汝齋。故元蒙古氏。因從姐夫楊鎮撫，人以楊姓稱之。善琵琶，好戲謔，樂府出人頭地。錦陣花營，悠悠樂志。與余交五十年，永樂初與舜民一般遇寵。後卒于金陵。

天台夢　盧時長老天台夢

生死夫妻

翫江樓　周月仙風波明月渡〔四七〇〕　柳耆卿詩酒翫江樓

偃時救駕〔四七一〕

西湖怨　月夜西湖怨

爲富不仁　貪財漢爲富不仁

待子瞻　牡丹嬌風魔禪衲　佛印燒猪待子瞻〔四七二〕

三田分樹　動神祇兄弟團圓　感天地田真泣樹

西遊記

紅白蜘蛛

巫娥女　楚襄王夢會巫娥女〔四七三〕

保韓莊　一箭保韓莊〔四七四〕

劉行首　王祖師三化劉行首〔四七五〕

盜紅綃　魔勒盜紅綃〔四七六〕

鴛鴦宴　陶秀英鴛鴦宴

東岳殿　大鬧東岳殿

海棠亭　月夜海棠亭〔四七七〕

兩團圓　次本

李唐賓　廣陵人。號玉壺道人。淮南省宣使。與余交久而敬。衣冠濟楚，人物風流〔四七八〕，文章、樂府俊麗。

梨花夢

梧桐葉　李雲英風送梧桐葉

陳伯將〔四七九〕無錫人。元進士。累官至河南參政，遷中書參知政事〔四八〇〕。至正辛卯，授行軍司馬參將〔四八一〕。文章政事，一代典刑；和曲填詞，乃其餘事；打毬蹴踘，舉世服之。卒于軍前，營中將士無不慟哭。

誤入桃源　晉劉阮誤入桃源

張鳴善〔四八二〕北方人。號頑老子。有《英華集》行于世。蘇昌齡、楊廉夫拱手服其才。

草園閣　十八公子大鬧草園閣

高茂卿　涿州人。

兩團圓 鴛鴦村夫妻雙拆散〔四八三〕 翠紅鄉兒女兩團圓

劉君錫燕山人。故元省奏。性差方介，人或有短，正色責之。隱語爲燕南獨步，人稱爲「白眉翁」。家雖甚貧，不屈節。時與邢允恭友讓暨余輩交。風流懷抱，又自題一種〔四八四〕。所作樂府，行于世者極多。

三喪不舉 范堯夫全付麥舟 石夢卿三喪不舉〔四八五〕

東門宴 賢大夫疏廣東門宴

來生債 靈昭女顯化度丹霞 龐居士誤放來生債〔四八六〕

陶國瑛晋陵人。

森羅殿 四鬼魂大鬧森羅殿

唐以初名復。京口人。號冰壺道人。以後住金陵。吟卜詩，曉音律。

四女争夫 陳子春四女争夫

夏伯和〔四八七〕號雪簑釣隱〔四八八〕。松江人。喬木故家。一生黄金買笑，風流蘊藉。文章妍麗，樂府、隱語極多。有《青樓集》行于世。楊廉夫先生，其西賓也。世以孔北海、陳孟公擬之。

周德清〔四八九〕江右人〔四九〇〕。號挺齋。宋周美成之後〔四九一〕。工樂府，善音律。病世之作樂府有逢雙不對、襯字尤多、文律俱謬者〔四九二〕，有韻脚用平上去不一而唱者，有句中用入聲、拗而不能歌者，有歌其字、音非其字者，令人無所守，乃自著《中州韻》一帙，以爲正語之本、變雅之端。其法以聲之清濁，定字爲陰陽，如高聲從陽、低聲從陰，使用字者隨聲高下〔四九三〕，措字爲詞〔四九四〕，各有攸當；以聲之上下，分韻爲平仄〔四九五〕，如入聲直促〔四九六〕，難諧音調〔四九七〕，故以韻之入聲悉派三聲，誌以黑白，使用韻者隨字陰陽，各有所協，則清濁得宜，上下中律，而無淩犯逆物之患矣。奎章虞公叙之以傳於世〔四九八〕。又自製爲樂府甚多，回文、集句〔四九九〕、連環、簡梅、雪花諸體〔五〇〇〕，皆作當世之人不能作者〔五〇一〕，有古樂府之風〔五〇二〕。《咏紅指甲》云〔五〇三〕：「朱顔如退却，白首恐成空。」有言外之意；切對有「殘梅千片雪，爆竹一聲雷」，雪非雪，雷非雷，皆佳作也。長篇短章，悉可爲人作詞之定格。故人皆謂：「德清之韻，不但中原，乃天下之正音也；德清之詞，不惟江南，實天下之獨步也。」信哉！信哉！

劉廷信〔五〇四〕先名廷玉〔五〇五〕。行五，身長而黑，人盡稱「黑劉五舍」。與余先人至厚。風流藴藉，超出倫輩。風晨月夕，唯以填詞爲事。有「枕痕一綫印香腮」【雙調】〔五〇六〕，和者甚衆，莫能出其右。又有「絲絲楊柳風」、「金風送晚凉」【南吕】等作，語極俊麗，舉世歌之。兄廷幹，任湖藩大參〔五〇七〕，因之，卒于武昌。

蘭楚芳〔五〇八〕西域人。江西元帥，功績多著。豐神秀英，才思敏捷。劉廷信在武昌，賡和樂章，人多以元白擬之。時有名姬劉婆惜，筵間切膾，公因隨口歌【落梅風】云〔五〇九〕：「金刀利〔五一〇〕，錦鯉肥，更那堪玉葱纖細。」劉接云：「得些醋來風韻美〔五一一〕，試嘗俺這家滋味〔五一二〕。」才子佳人，誠不多見也。

全子仁名普庵撒里〔五一三〕。高昌家禿兀兒氏。元贛州路監郡。資性聰敏，風流瀟灑，時人莫能及也。其居官聲名赫然。

詹時雨隨父宦遊福建，因而家焉。爲人沉静寡言，才思敏捷。樂府極多，有《補西厢弈棋》並「銀杏葉凋殘鴨脚黄」諸【南吕】行于世〔五一四〕。

劉士昌宛平人。中書省掾〔五一五〕，授府庫院經歷。洪武初與余相識。所作樂府，語極駢麗。有《四季》【黄鍾】及「嬌馬輕衫」【中吕】傳于世〔五一六〕。

花士良高郵人。至正末從張士誠住吴下，爲省都鎮撫。天兵下浙西，洪武初擢知鳳翔府事，引年歸老，家于錢塘。公天資高邁，學術過人，孫吴之書、樂府隱語，靡不究意。善丹青，吹鳳簫，彈紫檀槽，歌《白苧》詞，萬其佳趣〔五一七〕，天下知名，時人戲呼爲「花巧兒」。後以事死非命，士林中深痛惜之。

宣庸甫晋陵人。元末避兵居吴江。爲人誠信質樸，善與人交。後還晋陵，日與詩人墨客討論經史、商確古今，或賦詩飲酒、填詞歌曲、蹴踘吹簫，誠一代人物也。

金元素〔五一八〕康里人氏〔五一九〕，名哈剌。故元工部郎中，陞參知政事。風流醖藉，度量寬洪，笑談吟咏，别成一家。嘗有《吟雪》【塞鴻秋】，爲世絶唱。後隨元駕北去，不知所終。

金文石〔五二〇〕元素之子也。至正間，與弟武石俱父廕補國子生。因其父北去，憂心成疾，卒于金陵。幼年從名姬順時秀歌唱，其音律調清巧，無毫厘之差，節奏抑揚或過之。及作樂府，名公大夫、伶倫等輩，舉皆嘆服。

金堯臣〔五二一〕淮東人，住吴門。左司郎中。豐神秀拔，文有華藻，時人不及者多矣。樂府有【金人捧露盤】【沉醉東風】等行于世焉。

盛從周〔五二二〕

劉元臣

龔敬臣〔五二三〕任經歷。

龔國器敬臣侄。

趙元臣〔五二四〕任都事。俱淮南人。各有樂府、隱語行於世。

臧彦洪〔五二五〕

莊文昭〔五二六〕名麟。

王文新〔五二七〕淮東人。兵亂居京江，杜門養素，不求聞達。《五經》博覽，善詩，寫羲獻草。年八十餘終于家。

張伯剛京口人。宋統制硬弓張之後。洪武初任臨洮太守，政績著聞。老歸鄉里，日與鄉之士大夫登山臨水，寄情詩酒〔五二八〕，樂其餘年。有文集行于世。樂府隱語亦多，特其餘事耳。二子士倫、士開，俱有才名。

王景榆女真人。完顔氏。故元時其事鎮江貳牧，因而家焉。公爲人厚重，工詩嗜學，時人多不及。善樂府。嘗被徵至京，時厚得而歸〔五二九〕。與伯剛輩終日買舟載酒〔五三〇〕，吊古尋幽。與余交久而敬。惜乎乏後。後卒，婿唐士宇以子送終之。

陳敬齋

月景輝也里可温氏。居京江。與陳敬齋同接官，至令尹。公人物俊偉，襟懷灑落。吟詩和曲，筆不停思，尤善於隱語。與人交始終不渝其節。其視功名如敝履，蓋時人多不及也。

賽景初西域人。大父，故元中書左丞〔五三一〕；考，浙省平章政事。公天性聰明〔五三二〕，姿狀豐偉。幼從巙文忠公學書法〔五三三〕，極爲工妙，文忠深嘉之〔五三四〕。後授常熟判官。遭世多故，老於錢塘西湖之濱〔五三五〕。

沐仲易〔五三六〕西域人。故元西監生〔五三七〕。讀書敏捷〔五三八〕，工於詩，尤精書法，樂府、隱語皆能窮其妙，一時大夫士交口稱嘆。公貌偉雋，有自賦《大鼻子》【哨遍】〔五三九〕，又有《破布衫》【耍孩兒】〔五四〇〕，盛行于世。

虎伯恭西域人。與弟伯儉、伯讓以孝義相友愛，日以考經行史爲事，發明性理之學。詩學韋、柳，字法獻、羲，至於樂府、隱語，靡不究意〔五四一〕。與余爲忘年交，不時買舟載酒，作湖山之遊。當時錢塘風流人物，咸以君之昆仲爲首稱云。

魏士賢高郵州人[五四二]。元末避兵渡江，隱于蘇門。充淮南省宣使。工樂府，善隱語。洪武初入國朝，占藉于句容白土，遂居然。

王彦中諱庸。武林人。通音律，善詩詞。有《百梅稿》三百篇行于世。士林中皆推公爲詩禪宗主云。

徐景祥錢塘人。與王彦中齊名。善樂府，工隱語。有詩謎一卷，曰《包羅天地》，傳于世[五四三]。

丁仲明[五四四]徐景祥門弟子。極工於隱語，時人皆稱「丁猜」。樂府小令亦多。此三先生與余交往五十年，今皆已矣。臨風對月，老懷不無所感也，噫！

沈士廉名廉。錢塘縣學生。治《毛詩》，工選詩；能小楷書，善畫梅花，不下王元章，名重當時。洪武中拜監察御史[五四五]，爲事戍遼陽。永樂中徙金陵，爲人所累而死，惜哉！

俞行之名用。臨江人。博極群書，長於詞詩，臨池灑翰，一掃滿軸。樂府小令極其工巧。善琴操，亦能寫竹。時人不及者多矣[五四六]。永樂中嘉其才[五四七]，官以營膳大使。後家金陵。

賈伯堅[五四八]名固。山東沂州人。任揚州路總管。善樂府，諧音律[五四九]。有「硃砂漬玉鼎」【慶元貞】盛行于世[五五〇]。至初任滿時，新太守到任[五五一]，僚屬設席於路後堂，慶新送舊[五五二]。席間，新指上高竿爲題，求公樂府，公不停思，咏【水仙子】一闋，滿座稱賞。後拜中書左參政事[五五三]。其文章政事[五五四]，載諸列傳可考。

倪□□[五五五]諱瓚。錫峰人。自號風月主人，又號雲林子[五五六]。先大父爲道録官[五五七]，嘗於常州玄妙觀塑老君並七子聽經。先生自幼讀書，過目不忘。暨長，群書博極。愛作詩，不事雕琢；善寫山水小景，自成家，名重海内。姑蘇陸道判以子素鬻妻之[五五八]。先生清眉秀目，丹口鬚髯，吴越人皆稱爲神仙中人。平居所用手帕、汗衫、衣襪、裹脚，俱以蘭烏香薰之。善琴操，精音律。所作樂府有《送行》【水仙子】二篇，膾炙人口。後卒于荆溪[五五九]。

孫行簡金陵人。洪武初以才行任上元縣縣丞，急流勇退〔五六〇〕，變衣冠卜商，遊湖海名山，勝處探覽殆遍。足迹所至〔五六一〕，俱有詞章紀述。有十數險韻【滿庭芳】〔五六二〕，底板皆「無夢到金鑾」，盛行于世。尤善隱語。交余甚厚，與余子言、周仲彬、達古今、張碧山、魏文質、繆唐臣輩爲詩禪友。後不相聞。

徐孟曾〔五六三〕蘭陵人。號愛夢。世業醫。幼而穎悟，書史涉獵，醫家諸書背誦〔五六四〕。治人之疾，一診視間決死生，猶燭照龜卜〔五六五〕，士大夫多稱譽之。平居好吟咏，樂府尤工。然其氣岸高峻，時人以爲矜傲，呼爲「戇齋」。日與東廓唐永銘先生輩更唱迭和，淺斟低唱，以適其所樂而終焉。

楊彦華名賁。滁陽宦族也。自號春風道人〔五六六〕。八歲能屬文，甫弱冠明《五經》。酷好吟咏，嘗訪桂潭和尚，一茶之頃，賡和百篇。洪武辛巳，以明經擢濮陽令〔五六七〕。永樂初，改除趙府紀善。凡有著述，舉皆右讓〔五六八〕，親王亦禮重。然終不遂所志，怏怏成疾而逝。

郗啓文〔五六九〕仲誼之子。任中書宣使。文學過人，克繼其父。亦善樂府、隱語。

劉東生〔五七〇〕名兑〔五七一〕。作《月下老定世間配耦》四套〔五七二〕，極爲駢麗，傳誦人口。

賈仲明〔五七三〕山東人。天性明敏，博究群書。善吟咏，尤精於樂章、隱語，嘗侍文皇帝於燕邸〔五七四〕，甚寵愛之，每有宴會，應制之作無不稱賞。公豐神秀拔，衣冠濟楚，量度汪洋，天下名士大夫咸與之相友。自號雲水散人。所作傳奇、樂府極多，駢麗工巧，有非他人之所及者。一時儕輩，率多拱手敬服以事之。後徙居蘭陵，因而家焉。所著有《雲水遺音》等集行于世。

裴度還帶長安市璚涯報恩〔五七五〕
山神廟裴度還帶

梅杏争春金鑾殿夫妻成配
上林苑梅杏争春

雙坐化行童尼士兩歸元
紫竹瓊梅雙坐化

玉梳記顧玉香雙美錦堂歡
荆楚臣重對玉梳記〔五七六〕

調風月 脱香風令風情〔五七七〕
花柳仙姑調風月

七世冤家 死女云付三生惡夢
癩曹司七世冤家〔五七八〕

碧桃花 玉重巧謗青雲竹
丘長三度碧桃花〔五七九〕

菩薩蠻 張雲傑飽存君子志
蕭叔華寄情菩薩蠻〔五八〇〕

玉壺春 玉壺春敕賜金花誥
李素蘭風月玉壺春

雙獻頭 淫心和尚早虧心命〔五八一〕
正性佳人雙獻頭

燕山怨 劉建中夢出手字記
湯汝梅秋夜燕山怨〔五八二〕

英山夢 甄秋峰詩酒漆園春
順時秀月夜英山夢〔五八三〕

節婦牌 清廉太守行公案
志烈夫人節婦牌

雙告狀 棄心婦雙負心〔五八四〕
屈死鬼雙告狀

陳子一 號太朴生。

薛伯安

董原庸

陳益初

馮彦恭

劉時中

成彦存

趙元重

陳大用名棏。江陵人。

張碧山

戴伯可

諸公傳奇失載名氏，並附于此

妳乾兒 賢達婦誤失房下子 踈財漢天賜妳乾兒（五八五）

勘頭巾 望京店莊家索冷債 開封府張鼎勘頭巾

翫江亭 牛員外花下平康巷 瘸李岳詩酒翫江亭（五八八）

王公綽 王公綽破家財恨婆 賣兒女没倖王公綽（五八九）

血手記 盧孔目智勘啞厮兒（五九〇） 馬均祥没倖血手記

劉行首 王祖師單化鄧夫人 馬丹陽三化劉行首（五九一）

桃花女 祭北斗七星老籛鏗（五九二） 破陰陽八卦桃花女

花下子 明散財天賜妳乾兒（五八六） 暗團圓智藏花下子

漁樵記 王道安水陸會賓友（五八七） 王鼎臣風雪漁樵記

相國寺 秦長老創蓋會賓堂 秦從僧大鬧相國寺

啞觀音 西王母歸元華陽女 張古老度脱啞觀音

鬧陰司 看經善友歸佛教 冤家債主鬧陰司

貨郎旦 拋家棄業李彦和 風雨像生貨郎旦

雲窗夢 張君卿奮登龍虎榜 鄭月蓮秋夜雲窗夢（五九三）

三負心　烟花妓女雙逃走　風月郎君三負心

大報讎　恨毒繼母生奸計　没倖呆驢大報讎〔五九四〕

荆娘怨　三不知損石江　四不知荆娘怨〔五九六〕

村樂堂　長法司吏大斷案　海門張仲村樂堂〔五九八〕

鬼擘口　王員外身死錯安頭　張小屠智賺鬼擘口

流星馬　左賢王招百載桂枝節　黄廷道走千里流星馬

紙扇記　淋淋漓漓水布衫　風風魔魔紙扇記

鴛鴦被　黄金殿名題龍虎榜　玉清庵錯送鴛鴦被

森羅殿　窮才子不幸死囚牢　阮提舉鬼鬧森羅殿〔六〇二〕

還牢旦　月下朱公大報恩　鎮山夫人還牢旦〔六〇三〕

小孫屠　清官長智勘荒淫婦　犯押獄盆吊小孫屠

梧桐樹　□秀才獨折丹桂技　屎鴛鴦雙鎮梧桐樹〔五九五〕

盆兒鬼　張㦤骨訴哀哀怨怨瓦窑神　包待制斷丁丁當當盆兒鬼〔五九七〕

浮漚記　鐵幡竿致命暗圖財　硃砂擔滴水浮漚記〔五九九〕

生金閣　龐衙内打點没頭鬼　包待制智賺生金閣

鬧元宵　猛烈士搶賊漢　村姑兒鬧元宵

鬼提牢　明政官人大斷案〔六〇〇〕　清廉司吏鬼提牢

四國旦　八十知風流五變妝〔六〇一〕　十樣配像生四國旦

馬陵道　孫臏悔下雲夢山　龐涓夜走馬陵道

明昌夢　陸正官分豁是非場　孫孔目智賺明昌夢〔六〇四〕

送寒衣　范杞良一命亡沙塞　孟江女千里送寒衣〔六〇五〕

留鞋記　郭明卿燈宵誤佳期　王月英元夜留鞋記〔六〇七〕

替殺妻　賢明待制翻疑獄　刎頭張千替殺妻〔六〇八〕

撾怨鼓　病秦瓊打奸臣　老敬德撾怨鼓

盜骨殖　殺人和尚退敵兵　放火孟良盜骨殖

後姚婆　賢妳娘單教前家子　女學士三勸後姚婆

雲臺觀　各分離配匹復團圓　人不知大鬧雲臺觀〔六一二〕

鬧法場　五十九因兄配荆州　孝王貴救□鬧法場〔六一三〕

婢生子　動人情天賜妳乾女〔六一四〕　感藥王神救婢生子

消灾寺　宋公明復打祝家莊　魯智深大鬧消灾寺

托妻寄子　大丈夫重義踈財　死生交托妻寄子〔六〇六〕

衣錦還鄉　秦張儀爲官忘舊　凍蘇秦衣錦還鄉

孟光舉案　義烈士梁鴻作歌　賢達婦孟光舉案

合同文字　伯娘妒親生侄兒〔六〇九〕　清官斷合同文字

心猿意馬　漢鍾離赴紫府瑶池〔六一〇〕　藍采和鎖心猿意馬

殺狗勸夫　王脩然屏邪歸正〔六一一〕　賢達婦殺狗勸夫

磨刀勸婦　生分婦合藥害姑　孝順子磨刀勸婦

永不分别　令史檢户婚文書　清官斷永不分别

荆娘盜果　義烈夫士廉休妻　賢達婦荆娘盜果

蔡順分椹　起義心樊崇助粟　行孝道蔡順分椹

衣襖車　劉慶重征延安府　狄青復奪衣襖車〔六一五〕

獨角牛　諸直社火初獻仁安殿　劉千和尚病打獨角牛

括罟旦　風雪當站兀剌赤　像生番語括罟旦〔六一七〕

開封府　包龍圖威振汴梁城　神奴兒鬼鬧開封府

鬧法場　雙不孝逆子遭刑憲　四顆頭任千鬧法場

延安府　衆宰相聚集待漏院　十探子大鬧延安府〔六二一〕

黄花峪　黑旋風救搭李幼奴　魯智深大鬧黄花峪〔六二二〕

杜鵑啼　楚金仙月夜杜鵑啼

兩團圓　金斗郡夫妻雙拆散　豫章城人月兩團圓〔六二三〕

刑臺記　天壽太子刑臺記〔六二五〕

水裏報冤　宋江岸上加兵　張順水裏報冤

目連救母　發慈悲觀音度生〔六一六〕　行孝道目連救母

博望燒屯　關雲長白河放水〔六一八〕　諸葛亮博望燒屯

仁義禮智　陶伯齡賺甲袍馬令　拂塵子□仁義禮智〔六一九〕

飛刀對箭　薛仁貴三定天山　莫離支飛刀對箭〔六二〇〕

三虎下山　好結義一身繫獄　争報恩三虎下山

私下三關　王樞密知流二國　楊六郎私下三關

存孝打虎　雁門關存孝打虎

四聖歸天　皮場廟四聖歸天〔六二四〕

興兵完楚　申包胥興兵完楚

叁件寶 宋仁宗御斷六花王 包待制智賺三件寶

斬蔡陽

盜虎皮 人頭峰崔生盜虎皮

相國寺 賽曾參險釘遠鄉牌〔六二六〕 羅李郎大鬧相國寺

增補本録鬼簿校勘記

〔一〕「彌久」，原作「縻久」，從繁本、舃本改。

〔二〕「復以」以下五句二十四字原本脱，據簡本補。蓋因前句末及此五句末俱爲「章」字，聯帶脱去一行。

〔三〕「冰寒乎水」，原誤作「水寒乎冰」，從孟本改。

〔四〕「以爲」，原作「余有」，從簡本改。

〔五〕「則有」，原誤作「工府」，從簡本、舃本改。

〔六〕「此」字原脱，從簡本、舃本補。

〔七〕「什」，原誤作「詩」，從簡本、舃本改。

〔八〕「小縣」，原誤作「山縣」，從簡本改。

〔九〕「繼先」下原有「賢」字，則全句字數與曲譜不合，從《説集》本、繁本删。

〔一〇〕「何人」，原作「可人」，從繁本改。

〔一一〕「北」，或斷爲「比」，非。原鈔二字幾不分，細審全本，「北」字横起筆，左出頭，仍可明辨。「北詞源」不可解，疑有衍奪訛誤。元代及明初未見有用「北詞」者。「詞源」則賈仲明吊陸顯之曲有「隱語詞源闡姓名」句，與隱語並列；戲文《張協狀元》有「酬酢詞源諢砌聽，談論四座皆驚」

語，與諢砌並舉。

〔一二〕「已齋」，原誤作「已齊」，據下文關漢卿小傳改。

〔一三〕「無」，疑是「爲」之訛。

〔一四〕「關」，原誤作「聞」，兹改。關先生，謂關漢卿。「八十九人」，原誤作「八十二人」，據正文實有之數改，相加後與前「百五十一人」合。

〔一五〕「夢正」，疑是「文正」之訛。繁本作「秉忠」，是其名；「文正」則爲謚號，見《牧庵集》卷一《劉秉忠贈趙國文正公制》。或「文」字與上「公」字草書相聯，形與「夢」字草書近，因而致誤。又《北詞譜·凡例》：「劉太保，在楊用脩《詞品》，亦信爲劉秉忠，于其【乾荷葉】詞多所譏彈。及查《録鬼簿續集》，其名夢臣，與劉秉忠無涉。」所謂《録鬼簿續集》，應即附《續編》之《録鬼簿》。而有元一代領太保銜而又姓劉者，非秉忠莫屬。蓋此「臣」字又係「正」字草書形近之誤。

〔一六〕「杜」，原誤作「社」，從簡本改。善甫爲杜仁傑字，亦作善夫。

〔一七〕「盍士常」，疑是「盍志學」之誤。案簡本、繁本俱無盍士常，而有盍志學，此本則無盍志學。元明曲選亦未見盍士常名，《陽春白雪》録有盍志學曲。「志學」二字草書連寫，易誤爲「士常」。

〔一八〕「宣慰」，原誤作「宣尉」，從繁本改。

〔一九〕「參政」，原誤作「參軍」，從繁本改。牧菴即姚燧，大德八年拜江西行省參政，見劉致《牧庵年譜》。

〔二〇〕此條當經後人改竄，簡本、繁本俱作「史中丞」。史天澤雖歷官中書左丞、右丞，但行年早於太保劉公（秉忠），若係其人，則應列本類之首；又，中書省丞相，不得簡稱中丞。史中丞應是天澤第八子彬，至元間授御史中丞，見《秋澗集》卷四十八《史公家傳》等；其與曲家、藝人，亦有過往，見《青樓集・張怡雲傳》。

〔二一〕「子芳」，簡本、繁本俱作「子方」。子方即徐琰，歷官江南浙西道肅政廉訪使，故稱憲使，參見《附録・鍾嗣成年譜》至元三十年。元人文獻記其字，皆作「子方」，惟《陽春白雪》題作「子芳」。

〔二二〕「參政」，原誤作「參軍」，從簡本改。西庵即楊果，中統二年拜參知政事，見《元史・本傳》。

〔二三〕「元帥」，原誤作「元師」，從簡本改。

〔二四〕「參軍」，簡本、繁本俱作「參政」。幹臣生平已不詳，《秋澗集》卷二十三《送荆書記幹臣北還詩》，稱幹臣爲「參議」，詩及幹臣曾預東征日本，故以「參軍」爲是，可備一説。

〔二五〕「都事」，原誤作「孝事」，從簡本改。案彦良應即馬天驥，曾職御史臺都事，胡祗遹有《寄彦良都事》詩，見《紫山集》卷五。

〔二六〕「承旨」，原誤作「丞旨」，從簡本改。

〔二七〕「承旨」，原誤作「丞旨」，從簡本改。

〔二八〕「學士」疑誤，簡本、繁本俱作「待制」。海粟即馮子振，元人記其職官，僅見集賢院待制，未有稱學士者，故宫藏海粟《展子虔遊春圖卷跋》等，自署「前集賢待制」。明中葉以後始見「學士」之説，或謂集賢院學士，或謂翰林院學士，已不盡可信：其鄉長沙湘鄉知縣吴瑛，弘治八年作《鄉賢祠記》，稱海粟「授翰林學士」（《嘉靖湖廣圖經志書》卷十五）；嚴州淳安有晋方操墓，《萬曆嚴州府志》卷五載，「集賢學士馮子振爲記」；姜南《風月堂雜識》稱與趙孟頫爲「同院學士」；《佩文齋書畫譜》卷三十八稱「官至翰林學士」。

〔二九〕「曹克明」，原誤作「暫克明」，兹改。克明，曹鑒字，簡本、繁本作「曹以齋」，乃舉其號。

〔三〇〕「名元用」三字簡本、繁本俱無，當係誤植。下文有曹子貞學士名元用，或謂光輔、子貞係同一人而重出，但《天籟集》卷上，《西巖集》卷三、卷七，《蘭軒集》卷十四，俱記有曹光輔，曾任揚州路儒學教授，以其友人年代計，行年早於曹子貞。

〔三一〕「参議」，原誤作「参漾」，兹改。雲莊即張養浩，曾授参議中書省事。参見《附録·鍾嗣成年譜》延祐三年。

〔三二〕「奥敦周卿」，原誤作「奥殷周」，兹改。《陽春白雪·選中古今姓氏》《正音譜·群英樂府格勢》俱有奥敦周卿。「奥敦」爲女真姓，亦作「奥屯」。奥敦周卿名希魯，字周卿，見《元史》卷一五一、《嘉靖新安志補》卷三等，《西巖集》卷七有《贈奥屯僉事周卿》詩。蓋「敦」「殷」草書形近致誤，末又脱「卿」字。

〔三三〕「新齋」，原誤作「新庵」，從簡本改。参見繁本校記〔一八〕。

〔三四〕「溉」，原作「沈」，草書形近之誤，從簡本改。溉之即李泂，《元史》有傳。

〔三五〕「知州」，原誤作「知縣」，從簡本改。元無知縣之稱，恕齋即班彦功，後至元三年除常熟知州，詳《附録・鍾嗣成年譜》。

〔三六〕「鼎」，原作「貞」，右上角又小字書「鼎」字，蓋示原字誤而補書正字。元鼎，《太平樂府・姓氏》等有其名。

〔三七〕繁本無此條，而有「馮雪芳府判」，應係一人，則二本當有一誤。

〔三八〕此條下原本尚有「元遺山好問」一條，據簡本、繁本删。案賈仲明《書録鬼簿後》稱此類作家凡四十四人，今實多一人，知有後人添入者。此類人物，大致依年代爲序，則遺山至少應在太保劉公之前，而今居末；又依前慣例，人物姓字之後，標其職官，無官稱「散人」，此則姓字之後書其名，故後人添者必係此條。

〔三九〕「一代」，原誤作「一伐」，從簡本改。

〔四〇〕「歌」，原誤作「舞」，從簡本改。

〔四一〕「行」字原脱，從簡本補。

〔四二〕「户」，疑爲「尹」之訛，二字形近易誤，後《非衣夢》題目正名中「錢大尹」即誤爲「錢大户」。參見繁本校記〔三〕。

〔四三〕「洲」，原作「物」，失韻，臆改。「四大神洲」係釋家語，元曲習用。《緋衣夢》二折【梁州】：「一片心搜尋遍四大神洲。」《黄花峪》二折【尾聲】：「四大神州〔洲〕捉逆賊。」賈氏吊詞多用釋家語，吊李壽卿有「播閻浮、四百州」，亦同此義。

〔四四〕「師首」，疑爲「帥首」之訛。「帥首」，元曲習語。張久可【折桂令】《席上有贈》：「上廳角烟花帥首。」《雙獻功》四折【滿庭芳】：「奉哥哥元戎帥首。」又，關漢卿【南吕・一枝花】《不伏老》：「我是個錦陣花營都帥頭。」亦同義。惟「師首」亦偶有見者，如《踈者下船》元刊本二折【鬥鵪鶉】：「孫武子爲師首。」明鈔本則作「帥首」。

〔四五〕「烟」，原作「胭」，形近之誤，從《續編》無名氏同名劇改。「風流」，《續編》作「風月」，對仗更工。

〔四六〕「太長」二字疑有誤，參見繁本校記〔三五〕。「公」，原作「宫」，從繁本、昜本改。

〔四七〕「花」，簡本、繁本俱作「銀」，或謂金、銀、交鈔合而爲三，故云「三告狀」，可備一説。

〔四八〕「單」，原作「卑」，臆改。或謂「逼」之誤，則與下句失對。

〔四九〕「嚇嚇」，昜本作「赫赫」。參見繁本校記〔四〇〕。

〔五〇〕此目題目正名上下句原互乙，案簡名依例取自末句，因改。又，「亭」，原誤作「高」，「琬」字原脱，從繁本改並補。喬吉【水仙子】《李琬卿》：「滹沱河亶了府判，柳花亭留下大姐，李琬也也。」《玉壺春》二折卜兒云：「李婉兒爲甚復落娼？皆因爲李府尹的兒子也姓李的緣故。」

〔五一〕「四馬」，依文意當作「駟馬」。

〔五二〕「娘」，原作「如」，從繁本及存劇改。

〔五三〕「中秋切膾旦」五字原無，依例含簡名者爲主句，不應省略，當爲傳鈔之脱，據存劇補。

〔五四〕「花」字疑誤，簡本、繁本俱作「華」。劇似衍隋文帝宣華夫人事，然無確證。

〔五五〕「醉」，原誤作「生」，從繁本改。此謂武則天投高宗廢后王氏於酒甕事，出新、舊《唐書》。

〔五六〕「閨」字或誤，存劇作「閏」。「鬧」，原作「昂」，草書形近之誤，從存劇《古雜劇》本改；脈望館鈔本作「月」，失對。「尹」，原作「户」，草書形近之誤，從繁本及存劇改。

〔五七〕「書」，原誤作「孝」，茲改。劇衍匡衡故事，本事出《西京雜記》卷二，中有「衡乃穿壁引其光，以書映光而讀之」語。下文白仁甫《東墻記》題目正名，「書」亦誤作「孝」。

〔五八〕簡本、繁本無「春秋記」而有「春衫記」，疑「秋」爲「衫」之誤。

〔五九〕「廟」，原作「扇」，草書形近之誤，茲改。存劇作「山神廟」。此劇本事出《唐摭言》卷四，原作「香山佛寺」。

〔六〇〕「歌」，原作「影」，草書形近之誤，茲改。

〔六一〕「翰林院」，原脱「院」字，茲補。存劇作「待漏院」。

〔六二〕「真定」二字原脱，從簡本補。

〔六三〕此下原另行有大字「儀院太卿」四字，茲删，參見繁本校記〔五〇〕。

〔六四〕「風詩」，疑爲「風流」之誤。

〔六五〕「赴」字疑誤，簡本、繁本俱作「趕」。

〔六六〕「書齋」，原作「孝齋」，與劇情不合，兹改。書齋，即存劇中馬文輔讀書授徒之花木堂。前關漢卿《鑿壁偷光》劇題目正名，「書」亦誤作「孝」。「花月」，原脱「月」字，據繁本補。孫季昌【正宫・端正好】《集雜劇名咏情》：「送了這花月東墻董秀英。」。

〔六七〕「船」，原作「松」，「船」俗字「舩」形近之誤，從簡本、繁本改。

〔六八〕「少俊」，原作「小俊」，據存劇改。湯舜民【天香引】《友人客寄南閩》其七：「裴少俊才上馬滴溜的颺了玉鞭」。

〔六九〕「福」，繁本作「錫」，二者有一誤。

〔七〇〕「省部」句有脱訛，繁本作「中書省掾，除員外郎、中山府判」，是。案中書省掾爲吏，考滿出職爲從六品官。員外郎爲官，故曰「除」。中書省及六部俱有員外郎，中書者正六品，六部者從六品，庚氏所除，當爲六部。亦或「省部」爲六部中某部之訛。

〔七一〕「隋」，原誤作「隨」，從繁本改。

〔七二〕「清」，應作「青」。參見繁本校記〔五四〕。

〔七三〕此劇題目正名係增補者誤標。繁本此目作《蘇小卿麗春園》，知衍雙漸蘇卿故事，與黑旋風無涉。蓋增補者所見《麗春園》衍黑旋風故事，因簡名相同，誤標於此，而不知其所見實高文秀或王實甫之作。「公明」，原誤作「明公」，據勗本及高文秀名下劇目改。

〔七四〕「善蓋厲」三字不可解，或有誤，繁本作「英雄士」。

〔七五〕「謝館」，原誤作「謝管」，兹改。謝館秦樓，曲中習用之語。賈仲明吊李寬甫曲：「宴秦樓，宿謝館。」

〔七六〕「卒」，原誤作「六十」，傳文有「早卒」語，據改。

〔七七〕「聖」，原誤作「經」，朱筆改「聖」，今從。泗州大聖即僧伽，詳《泗州大聖明覺普照國師傳》。《輟耕録》卷二十九：「泗州塔下，相傳泗州大聖鎖水母處，繆也。」末「鎖」字原作「降」，雖通，但與上句字重，又與簡名異，不合慣例，從簡名改。

〔七八〕「窮」，原作「窌」，不見於字書，從繁本改。蓋「躬」「打」草書形近致誤。

〔七九〕「雪」，原誤作「雲」，從繁本改。劇衍鄭元和故事，風雪，謂大風雪天。

〔八〇〕「孫權娶大喬」，據《三國志·周瑜傳》，娶大喬者乃孫策，非孫權，但民間有孫權之説，見無名氏雜劇《周公瑾得志娶小喬》。「喬」，史作「橋」。

〔八一〕二「俸」字原俱作「陳」，草書形近之誤，從繁本改。參見繁本校記〔四〕。「朝」，疑是「豹」字草書形近之誤，簡本、繁本俱作「豹」。

〔八二〕「亂」字疑誤，簡本、繁本俱作「辭」。

〔八三〕「子」字疑誤，簡本、繁本俱作「學」。

〔八四〕題目正名中「走」字原脱，從簡名及簡本補。

〔八五〕「朝」，疑是「豹」字草書形近之誤，簡本、繁本俱作「豹」。

〔八六〕「壁」，原誤作「壁」，兹改。

〔八七〕二「誶」字原俱作「誶」，從繁本改。參見繁本校記〔四三〕。

〔八八〕「務提舉」，簡本、繁本俱作「務官」。參見《附録·鍾嗣成年譜》至元二十六年。

〔八九〕「蟾宫攀桂」，原作「攀蟾宫桂」，失對，兹改。「踏雪尋梅」，原誤作「踏尋雪梅」，從簡名及簡本改。

〔九〇〕此劇題目正名疑爲增補者誤標。案，繁本此目作《王祖師三度馬丹陽》，依題，王重陽度馬丹陽爲主要關目。而《馬丹陽三度任風子》今有存本，馬丹陽上場自述生平，雖及被王重陽祖師化度事，但全劇以度任風子爲主要關目，其簡名元刊本尾題「三度任風子」，明刻本作「任風子」，故此與簡名作「馬丹陽」者非同一劇。「王祖師重創七真堂」，存劇元刊本作「王祖師雙赴玉虚宫」。「師」，原作「特」；「真」，原作「香」，草書形近之誤，兹改。「七真」謂全真七子，《任風子》一折【寄生草】中，有「七真堂」之説。「任風子」，原誤作「任風亭」，據存劇改。

〔九一〕「商」字原脱，據存劇補。「州」，原誤作「湘」，從繁本及存劇改。

〔九二〕末「碑」字原誤作「裨」，從簡名改。

〔九三〕「名德信」，原作「德名信」，臆改。案《傳奇彙考標目》中有王德仲，注云：「大都人。一云即王實甫。」

〔九四〕「颮颮」，原作「颷颷」，不通，臆改。明颮颮，元曲俗語，明亮貌。《梧桐雨》三折【慶東原】：「明颮颮掣劍離匣。」《氣英布》一折【油葫蘆】：「有如他明颮颮斧鉞叢中坐。」

〔九五〕「鄉」，原作「卿」，兹改。

〔九六〕「新雜」二字原互乙，兹乙正。

〔九七〕「太君」，原誤作「太后」，兹改。鄭太君，即鶯鶯母鄭氏，存劇作「老夫人」。

〔九八〕「義」，原作「家」，失對，詞意亦不當，臆改。蓋草書形近之誤。

〔九九〕此劇題目正名疑增補者誤標。案《販茶船》有二本，一王實甫作，一紀君祥作，據繁本，二本全名不同，王作爲「蘇小卿月夜販茶船」，紀作爲「信安王斷復販茶船」，故此當是紀作。「種」字不通，亦失對，當是「洞」「院」「境」等之訛。

〔一〇〇〕二「堂」字原俱作「園」，從簡本改，參見繁本校記〔七二〕。「四」，原誤作「十」，從繁本改。「四大王」，即存劇中四丞相徒單克寧。

〔一〇一〕「揚」字疑誤，簡本、繁本俱作「楊」，然此本傳文、吊詞俱作「揚」。

〔一〇二〕「么末」，原誤作「公末」，兹改。么末，謂雜劇，亦作「幺末」，賈仲明吊詞中屢用之。此言顯之常於漢卿劇中補缺添曲，故下句云「皆號爲揚補丁」。

〔一〇三〕「元」字原脱，臆補。王元鼎見「前輩名公樂章傳於世者」類中，生平與下句之順時秀過往甚密，傳爲一時佳話，見《青樓集·順時秀傳》。

〔一〇四〕「秦川道」，原作「泰川道」，據存劇劇情改，謂發配張翠鸞離秦川縣之道。存劇翠鸞發配途中投宿臨江驛，有「纔撞罷響璫璫山寺晚鐘，且避這浙〔淅〕零零瀟湘夜雨」（《古雜劇》本）語。

〔一〇五〕二「案」字原俱寫作「按」，從繁本改。

〔一〇六〕二「亭」字原俱誤作「高」，從簡本改。「蕭」字原脱；「縣君」，原誤作「孫君」，茲補、改。繁本作「蕭縣君風雪酷寒亭」。蕭縣君，即存劇中鄭孔目妻，但劇中無托夢事。

〔一〇七〕二「射」字原俱誤作「列」，從簡本改。鍾嗣成【南吕・一枝花】《自序醜齋》：「一個射金錢武士爲夫婿。」

〔一〇八〕末「兩」字原誤作「雙」，從簡名改。

〔一〇九〕「臨岐柳」，原作「臨岐舞」，失韻，亦不通，從劇目改。

〔一一〇〕「風光」，原作「風月」，義不諧，亦與下句「月明」重字，據存劇息機子本改。

〔一一一〕「南華仙」，原誤作「南仙華」，茲改。「歌」字原脱，據繁本補。

〔一一二〕二「臺」字原俱誤作「老」，從簡本、繁本改。劇衍司馬篡魏事，「臺」即正史所謂「壇」。

〔一一三〕「吕無雙遠波亭」一句當係誤植，據簡本、繁本，其與「辜負吕無雙」實爲二劇。且此本《遠波亭》目下已注「吕無雙遠波亭」。

〔一一四〕「寶」字原脱，從簡本補。

〔一一五〕「么末」，原誤作「公末」，茲改。參見校記〔一〇二〕。

〔二六〕「雨」，疑是「留」草書形近之誤，簡本、繁本俱作「留」。

〔二七〕此句依曲譜應爲五字，賈氏慣加襯作六字，故應脱二字，姑置缺字於此。或將此四字聯屬上句，作「元貞年裏昇平樂章歌汝曹」，則與曲譜不合。

〔二八〕「提領」，原作「提舉」，兹改。參見繁本校記〔三五〕。

〔二九〕「咏」，原作「賦」，從吊詞及繁本改。「博山銅」係名曲，一句兩韻，號曰「短柱」，見《輟耕録》卷四；據《陽春白雪》，曲爲姚燧作，非劉唐卿「賦」。「咏」謂歌咏，未必即作者。「者」字原脱，從繁本補。

〔三〇〕「大德」，原作「志德」，不可解，賈仲明吊詞每以「大德」標舉人物，因改。考唐卿生平，約在大德前後。案《元史·百官志》，大都皮貨所至元二十九年置，通州皮貨所延祐六年置。唐卿職皮貨所若在大都，則必至元二十九年以後事，距大德不遠。傳中王彦博，名約，亦大德前後人，《元史》有傳。

〔三一〕「印」，原誤作「郎」，從簡本、繁本改。參見繁本校記〔三七〕。

〔三二〕「闈」，原作「闈」，即「闈」俗字，見《龍龕手鑒》。後《黄糧夢》題目正名「開壇闈教」亦寫作「闈」。

〔三三〕「謝安」，原誤作「德安」，從繁本改。

〔三四〕「遷」字當誤，繁本作「除」。案元知事，各道廉訪司正八品，其餘監、寺、司、路等，俱從八品，而下縣縣尹已從七品。故由知事任縣尹，不得曰「遷」，而當用「除」「升」。吊詞曰「轉」，亦不妥。

〔二五〕二「齊」字原俱誤作「齋」，從簡本改。

〔二六〕「子」字原疊寫「祖」字，係誤書一字而重寫正字於其上，然不可辨孰爲上下，今從劻本，繁本同。

〔二七〕「財」，原誤作「才」；「賜」，原誤作「得」。從繁本及存劇改。

〔二八〕此劇繁本作「謝瓊雙千里關山怨」，因疑題目正名上句「月夜」與下句「千里」互乙。

〔二九〕「哥哥」，原誤作「歌」，則全句少一字，從繁本改。

〔三〇〕「京華」，原作「金華」，蓋音近之誤，臆改。京華，謂大都，乃敷衍傳文「大都人」。

〔三一〕「義」，原作「家」，草書形近之誤，據存劇劇情改。義軍，即劇中之「義細軍」。

〔三二〕「繼」，原誤作「斷」，劻本已改正。

〔三三〕「本」字原脱，從繁本補。「話本」一詞見於《夢粱録》《都城紀勝》及《水滸傳》。

〔三四〕「梁」字原無，則全句不合曲譜字數，傳文有「汴梁人」，據補。

〔三五〕「宋」，原誤作「宗」；「碎」，原作「醉」，茲改。參見校記〔三七〕。「有」字似不通，疑誤或衍。

〔三六〕缺字處原不空，此句依曲譜脱一字，據文義在「的」字下，疑是「是」字。

〔三七〕二「碎」字原俱作「醉」，草書形近之誤，從簡本、繁本改。沈璟【仙吕・八聲甘州】《集雜劇名》：「今日裏也似《碎冬凌》。」「宋」，原誤作「宗」，從繁本改。宋上皇，元劇常以之爲題，或爲宋徽宗，或爲宋高宗。

〔一三八〕「臺」，原誤作「堂」，從簡本改。參見校記〔一三〕。

〔一三九〕「先生」下原衍「邊無花」三字，係隔行誤書而又未點去者，兹删。

〔一四〇〕「梁」，原誤作「思」，從繁本改。狄梁公，即狄仁傑。

〔一四一〕「慢」，原誤作「情」，兹改，參見校記〔一四五〕。「閑」，原作「間」，兹改。蕭閑，金蔡松年别號，下文劇目作「蔡蕭伯」，是舉其字。

〔一四二〕「苻堅」，應作「苻堅」。下文劇目同，不另出校。

〔一四三〕「謝」下原衍「得」字，兹删。

〔一四四〕「房」字原脱，從繁本補。

〔一四五〕二「慢」字原俱誤作「情」，從簡本改。「石州慢」，詞牌名。案劇衍金蔡松年事，所作【石州慢】詞，係元「大樂」之一，見《陽春白雪》前集卷一。

〔一四六〕題目正名下句原脱，據簡名補後四字。案《水滸傳》容與堂本第九十回有「雙林渡燕青射雁」，袁無涯本系統在一百十回，作「燕青秋林渡射雁」，似衍同一故事，果如是，則此句前三字爲「雙林渡」或「秋林渡」。

〔一四七〕案正卿名克中，幼喪明（《清容居士集》卷二十一《大易通義序》）。《草木子》卷四載：「韃靼啞御史春日與一瞽者並馬出遊晉陽，因戲贈以詩：『就鞍和袖綰絲繮，也逐王孫出晉陽。』」瞽者當即正卿。則詩句乃啞御史戲贈正卿，非正卿「作」。或小傳此處有脱文，或《草木子》爲歧說。

〔一四八〕《樂府新聲》收此曲，本句作「凉夜厭厭露華泠」。
〔一四九〕「和袖」，原誤作「味裹」，從傳文改。蓋「和」異體「咊」與「味」形近，「裹」異體「裡」與「袖」形近，因而致誤。後吊梁退之曲「袖」亦誤作「裹」。
〔一五〇〕「贏」，原寫作「嬴」，古通假，今改本字。
〔一五一〕「老夫」，原作「老父」，兹改。老夫，賈仲明吊曲中每用以自稱。
〔一五二〕「李岳」，原誤作「李兵」，兹改。參見次條校記。
〔一五三〕二「李岳」原俱誤作「李兵」，從簡本及存劇改。「讚」，原作「譛」，即「譖」異體，據存劇劇情改。「托病曹司」謂岳受，劇中韓魏公曾讚他「是個能吏」。
〔一五四〕「陣」，原誤作「陳」，兹改。
〔一五五〕「始」，原誤作「妃」，從繁本改。又，二「典」字勗本俱作「書」。
〔一五六〕「佳人」，原誤作「住人」，兹改。
〔一五七〕「旁」，原作「傍」，古通假，今改本字。
〔一五八〕「肥普」二字不可解，疑有誤。
〔一五九〕此處依文意脱一字，疑是「繡」字。
〔一六〇〕「流水」二字原互乙，不合平仄，兹乙正。
〔一六一〕「然竹」二字原互乙，從繁本乙正。

〔一六二〕「和」字原在行末「仁」字下，蓋漏書而補於行末，據下文劇目改。

〔一六三〕「煮」下原有「全」字，文義不通，亦失對，臆删。曷本作「金」，亦不通。

〔一六四〕「平陽」，原誤作「平易」，據傳文改。

〔一六五〕「孤」，原作「何」，不可解，蓋草書形近之誤，臆改。孤堆，元曲習語，土堆。《李逵負荆》二折【一煞】：「平地上起孤堆。」《老生兒》三折白：「嫁的孤堆坐的守。」此謂墳堆。

〔一六六〕「平陽」，原誤作「平易」，據傳文改。

〔一六七〕「逄」，原作「逢」，兹改。參見校記〔一七〇〕。

〔一六八〕「訴」，原誤作「訢」，《牛訴冤》爲姚守中所作散曲，見《太平樂府》卷八，從改。

〔一六九〕「怨雨愁風」，原誤作「怨風雨愁」，兹改。

〔一七〇〕兩處「逄萌」，原俱作「逢萌」，從《説集》本改。參見繁本校記〔九四〕。

〔一七一〕「東平」，原誤作「東都」，從吊詞及簡本改。

〔一七二〕「浙江」，應爲「江浙」之乙，簡本作「江浙」，參見繁本校記〔三四〕。惟吊詞亦作「浙江」，姑仍其舊。

〔一七三〕「屯」字不合平仄，似爲「世」草書形近之誤。賈氏吊陸顯之曲：「再出世的□精靈。」亦用「出世」。案昌齡西京人，元時初設西京路，至元二十五年改大同路。《元史・兵志》：「忠翊侍衛屯田：世祖至元二十九年十一月，命各萬户府摘大同、隆興、太原、平陽等處軍人四千名，於燕只哥赤斤地面及紅城周迴，置立屯田，開耕荒田二千頃，仍命西京宣慰司領其事，後改立大同等處屯儲萬户府以領之。」或謂「出屯」指此，但無旁證。

〔一七四〕「鈎」，原作「勾」，從下文劇目改。

〔一七五〕「倈」，原作「俫」，蓋俗寫。或斷爲「佳」，失韻。「倈」屬車遮韻，正合，元曲習語有「杓倈」「倈兒」等。

〔一七六〕「眼」，原誤作「服」，兹改。參見次條校記。

〔一七七〕「眼睛」，簡名原誤作「服睛」，題目正名誤作「眼晴」，從繁本改。

〔一七八〕「一派」，原作「五派」，據存劇改。案禪宗五派，雲門爲其一。題目正名下句原脱，據存劇補。

〔一七九〕簡名「辰鈎」原誤作「鋠勾」，據題目正名及繁本改。「搭」，原誤作「荅」，兹改。「師」，原作「呩」，草書形近之誤，從繁本改，明朱有燉有同名劇，亦作「師」。

〔一八〇〕「夜月」，原誤作「官月」，從《正音譜》改，繁本作「月夜」。蓋「夜」「官」草書形近致誤。

〔一八一〕「紫雲亭」，原誤作「柴雲亭」；「曲江池」，原誤作「曲池江」。據下文劇目改。

〔一八二〕「佳」，原誤作「住」，兹改。

〔一八三〕「斷」，原誤作「新」，據下文劇目改。

〔一八四〕「亭」字原脱，據劇目補。

〔一八五〕「齊」，原誤作「齋」，兹改。

〔一八六〕缺字處原空一格。

〔一八七〕「梅英」，原誤作「按英」，據存劇改。「魯大夫」，原作「賢大夫」，與劇情相背，從繁本及存劇改。

〔一八八〕「解子」，原作「鈔子」，不可解，從簡本改。解子，元人俗語，謂解押流徒之公人。

〔一八九〕簡名「香」原作「香香」，衍一字，從題目正名删。兩「亭」字原俱作「車」，草書形近之誤，從繁本改。沈璟【仙吕・八聲甘州】《集雜劇名》：「誰憐寂寞《雪香亭》。」「走」字原脱，從繁本補。

〔一九〇〕二「亭」字原俱作「寺」，草書形近之誤；「宫」，原誤作「公」，從繁本改。

〔一九一〕此句較曲譜多一字，疑「事」字衍。

〔一九二〕「閈里」，原誤作「開里」，兹改。

〔一九三〕此句失韻，亦不可解，必有誤。或以「抄冠」屬下句，謂「妙冠」之誤，則兩句皆不合譜，文亦不通。

〔一九四〕「舊」，原誤作「雁」，兹改。賈仲明吊王實甫曲：「新雜劇，舊傳奇，《西廂記》天下奪魁。」

〔一九五〕「紅字公」，原誤作「紅宇公」，兹改。紅字公，即紅字李二。

〔一九六〕「黄糧」，應作「黄粱」。「闉教」，原作「闉姦」，從繁本改。參見校記〔三三〕。「一折紅字李二」，原誤作「一析經字李二」，兹改。第一、三、四「折」字略草，亦似誤作「析」。另據簡本、繁本，此處紅字李二與李時中位置顛倒，但既未標折次，亦不爲誤。

〔一九七〕「西臺」，原作「西煮」，不可解，臆改。蓋「臺」「煮」草書形近致誤。西臺，刑部别稱，繁本本傳有「刑部令史」語。

〔一九八〕「竄」，原作「⿰公竄」，不見於字書，臆改。但「驛輩竄」三字不可解，或有誤。

〔一九九〕「肉」，原作「内」，兹改。《錦繡萬花谷》卷二十四：「唐宰相楊國忠家富……冬月則令妓女圍之，號肉屏風。」王仲元【越調・門鵪鶉】《咏雪》：「肉屏風羅列女嬌娃，開宴競奢華。」

〔二〇〇〕「金叵羅」，原作「金叵一醉」，不可解，且失對，臆改。「羅」草書似「一醉」二字，蓋因而致誤。金叵羅，酒器。《北齊書・祖珽傳》：「神武宴寮屬，於坐失金叵羅。」湯舜民【對玉環帶清江引】《四景題詩》：「酒空金叵羅。」「醉」字疑亦誤，應作「酒」，方與下句工對，或由誤書之「醉」字聯帶誤來。

〔二〇一〕缺字處原不空，依曲譜此處脱五字一句、六字一句，而賈氏慣於二句各加一襯字，因空六字一句、七字一句。

〔二〇二〕二「金」字疑誤，《正音譜》、繁本俱作「京」。案孫季昌【正宫・端正好】《集雜劇名咏情》：「《京娘怨》殺成孤另。」《錯立身》【排歌】叙傳奇名，有《京娘四不知》；《南詞叙録》有《京娘怨燕子傳書》；《九宫正始》引有《京娘怨》。但「金」亦或爲借字。《續編》無名氏目著録此劇，作「荆」，《正音譜》無名氏目有《月夜荆娘墓》，疑亦此劇之訛。「月夜」，原作「月宫」，從繁本改，蓋「夜」「官」草書形近，因誤爲「官」，又由「官」誤爲「宫」。前吴昌齡《夜月走昭君》「夜」即誤作「官」。

〔二〇三〕「潛夫」，原作「潛天」，臆改。案「潛天」無義意，「潛夫」含隱逸之意，故吊詞云「絳州高隱」。

〔二〇四〕「絳州」，原誤作「降州」，據傳文改。

〔二〇五〕此句依賈氏慣例多一字，疑「纖」字衍。或斷「纖」字入下句，既不通，亦不合譜。

〔二〇六〕「架」字原在行末次句「研」字下，則兩句皆不通，且不合曲譜，臆改。蓋係漏書「架」字而補於行末，如前吊趙子祥曲同例。插架牙籤，謂書樓所藏。韓愈《送諸葛覺往隨州讀書》：「鄴侯家多書，插架三萬軸，一一懸牙籤，新若手未觸。」

〔二〇七〕「恬淡」，原誤作「括淡」，兹改。《栲栳山人詩集》卷中《勉宋無逸向學》：「下帷恬淡虀鹽宜。」

〔二〇八〕「待」下原衍「御」字，從繁本删。

〔二〇九〕「唐臣父」，原誤作「字聖與父」，從繁本改。蓋「唐」草書似「名」，因誤爲「名」（《説集》本即如此），又由「名」誤爲「字」；「臣」「聖」草書形近之誤；「與父」則是互乙，「與」乃下句首字。前文費唐臣傳有「君祥之子」語，亦可證。

〔二一〇〕「愛女論」，原誤作「受子論」，從吊詞及簡本改。

〔二一一〕「論」字原與下句「語」字互乙，兹改。

〔二一二〕「監」，疑是「檻」之訛。

〔二一三〕「藍關」，原誤作「監關」，兹改。

〔二一四〕「資」，疑是「恣」之訛。

〔二五〕「編成傳」，原作「編成成傳」，衍一「成」字，兹删。

〔二六〕「船」，原誤作「舩」，蓋由俗寫「舩」誤來，從簡本及王實甫同名劇改。

〔二七〕「悟」，原誤作「悮」，兹改。

〔二八〕「義逢義」，原作「象公逢」，不可解，亦失對，據存劇元刊本改。

〔二九〕「曹」，原誤作「暫」，兹改。曹公，謂魏明帝。前「曹克明」亦誤作「暫克明」。

〔三〇〕「大德」，原作「天德」，不可解，臆改。賈仲明吊詞每以大德標舉曲家，趙天錫亦確爲大德前後人（參見《附録・鍾嗣成年譜》至順元年）。

〔三一〕此目疑有誤，簡本作「何郎傅粉」，繁本作「試湯餅何郎傅粉」。劇衍魏明帝以熱湯餅試何平叔事，本事出《世説新語・容止》。此與簡本、繁本全異，或是增補題目正名者所見本不同，增補時連同簡名改去。「試餅湯玉郎」，應作「湯餅試玉郎」，方與簡名合。

〔三二〕「師」，原作「休」，不可解，臆改。蓋草書形近之誤。前吴昌齡《辰鈎月》題目正名「師」誤作「咻」，亦同此類。「柳」，原作「舞」，不可解，臆改。柳，謂柳永。前吊李壽卿曲「柳」亦誤作「舞」。

〔三三〕「翠裙紅袖」，原作「翠群紅裏」，語不諧，亦失韻，臆改。賈仲明《度金童玉女》三折【尾聲】：「拜辭了翠裙紅袖簇。」元刊本《氣英布》三折【滚繡球】：「列兩行翠裙紅袖。」蓋「群」「裙」音同形近致誤；「裏」異體「裡」與「袖」形近，因而致誤，前吊侯正卿曲「袖」亦誤作「裏」。

〔二二四〕「武昌」，原誤作「至昌」，從吊詞及繁本改。

〔二二五〕「益」，疑爲「孟」草書形近之誤，簡本、繁本俱作「孟」。下文鄭廷玉劇目中「益伯禄因禍致福」之「益」，似亦同此之誤。

〔二二六〕「黄鍾」，原誤作「黄金」，兹改。「黄鍾商調」，謂《魔合羅》劇中用有【黄鍾】、【商調】曲。證之存劇，第二折爲【黄鍾】，第三折爲【商調】。

〔二二七〕「玉京」，原作「玉音」，失韻，失對，兹改。賈氏吊詞每以「玉京」「燕趙」連用，吊趙公輔：「闡玉京、燕趙壇場。」吊岳伯川：「玉京燕趙名馳。」

〔二二八〕二「合」字原俱作「盒」，從吊詞改。簡本、繁本、孫季昌【正宫・端正好】《集雜劇名咏情》、《永樂大典目録》及存劇，俱作「合」。案「魔合羅」乃梵語 Mahoraga 音譯，用字有任意性，然今所見元曲及其他典籍，「合」字之外，有用「睺」「喝」「訶」諸字，未見有作「盒」者。

〔二二九〕「江浙」，原誤作「湘江」，從吊詞及繁本改。

〔二三〇〕「四」，或是「省」之訛，但句末又有「江浙省」，字不當重。

〔二三一〕「論功」，原誤作「論巧」，據下文劇目改。

〔二三二〕「江浙」，原作「浙江」，從簡本、繁本改。

〔二三三〕「風波」，原誤作「風破」，兹改。「明月渡」，原誤作「明月度」，《清平山堂話本》有同名小説，中周月仙詩有「羞歸明月渡」句，據改。「耆卿」，原誤作「耆香」，從繁本改。

〔二三四〕「窗」，原誤作「總」，兹改。蓋「窗」異體「牕」與「總」形近，因而致誤。

〔二三五〕「試」上原衍「詃」字，兹删。蓋書「試」誤爲「詃」而未點去。「留名」，原誤作「流名」，兹改。

〔二三六〕末「伏劍」二字原互乙，從簡名及吊詞乙正。

〔二三七〕缺字處原不空，依曲譜脱一字，應在「節」字前後，姑置於此。蓋「關節」「節脉」「節奏」之類。

〔二三八〕此劇題目正名原誤書於右《金鳳釵》劇下，兹改。「包待制」，原誤作「包侍御」，從繁本改。

〔二三九〕「奴」，原誤作「女」；題目正名「家」原誤作「佳」，據繁本及存劇改。

〔二四〇〕「奴」，原誤作「女」，據存劇改。

〔二四一〕兩處「因禍致福」原俱作「因福致禍」，從吊詞及簡本、繁本改。「益」，疑爲「孟」草書形近之誤，繁本作「孟縣宰」；前文「益漢卿」之「益」，似亦同此之誤。

〔二四二〕「辭」，原誤作「舞」，從吊詞及《説集》本改。參見簡本校記〔一五三〕。

〔二四三〕簡名「欒」原誤作「灤」，從題目正名及簡本改。戲文有同名作，《寒山堂曲譜》《九宫正始》引，俱作「欒」。「情」，原作「倩」，不通，亦失對，臆改。

〔二四四〕「賦」字疑誤，簡本、繁本俱作「斌」。

〔二四五〕「族」，原作「旋」，不通，亦失韻，臆改。蓋草書形近之誤。

〔二四六〕「穎」，應作「潁」。

〔二四七〕此劇題目正名原誤書爲左《怕媳婦》劇上句，依簡本、繁本改。末「勸」字原誤作「斷」，從簡名及簡本改。

〔二四八〕末「棄」字原誤作「弁」，從簡名改。

〔二四九〕簡名「風光」原誤作「風月」，從題目正名及簡本改。

〔二五〇〕「行院」，存劇作「樞院」，俱通，謂行樞密院。「元」，原誤作「文」，從繁本改。武元皇帝，《四友齋叢説》卷二十六謂金武元皇帝，即金太祖阿骨打。今人或以爲指成吉思汗。

〔二五一〕「宧門」，原誤作「空門」，從繁本及同名戲文存劇改。

〔二五二〕「文敬」，原作「敬夫」，當誤。其名各本不一，而「文」字俱同，吊詞作「文敬」，與《正音譜》同，因據改。蓋「文敬」互乙爲「敬文」，又以形近誤「文」爲「夫」。

〔二五三〕「精微」，原作「精徵」，不可解，臆改。湯舜民【南吕·一枝花】《贈草聖》：「有陰陽偃仰精微。」《襄陽會》楔子白：「天文地理講精微。」

〔二五四〕「華夷」，原作「華治」，不可解，臆改。賈仲明吊狄君厚曲：「元貞大德秀華夷。」關漢卿【南吕·一枝花】《杭州景》：「亡宋家舊華夷。」馬致遠【中吕·粉蝶兒】「寰海清夷」：「錦繡簇華夷。」

〔二五五〕「管勾」，原作「勾管」，兹改。參見繁本校記〔九九〕。

〔二五六〕「飽」上原衍「餽」字，蓋書誤字而未點去，兹删。

〔二五七〕「臣」，原作「頭」，不通，亦失對，與曲譜不合，臆改。臣，謂嚴子陵。

〔二五八〕「院」字原脱，據存劇脈望館鈔本補。

〔二五九〕「張仕貴」，正史及存劇元刊本俱作「張士貴」。

〔二六〇〕「曹公」，原誤作「曹功」，據下文劇目改。

〔二六一〕「才純」失韻，案賈仲明慣用「才情」一詞，如吊武漢臣「風調才情武漢臣」，吊張壽卿「論才情、壓倒群英」等，故或是「才情」之訛，但下句已用「情」字，亦不當重。

〔二六二〕「么末」，原誤作「么未」，兹改。參見校記〔一〇二〕。

〔二六三〕案簡本、繁本俱無「勘吉平」一目，而簡本有《相府院》，繁本作《莽張飛大鬧相府院》。疑此目原同簡本作「相府院」，增補者見《相府院曹公勘吉平》劇，以爲即《相府院》，遂標其下，並連同簡名改過。而《勘吉平》當係另一劇，今存有殘曲，《正音譜》引其【鎮江回】，注出無名氏《勘吉平》，不題花李郎《相府院》。然《北詞譜》引《勘吉平》【攪箏琶】，標花李郎撰。抑或《相府院》《勘吉平》同爲一劇，而傳本題目正名不同。

〔二六四〕「迭配」，原誤作「失配」，據楊顯之同名劇劇情改。「欒子」二字不可解，或是「孿子」之誤，在楊劇中謂鄭孔目一雙兒女，但劇中未言二子爲孿生。

〔二六五〕「達」，劇目作「踏」，同音借字，參見簡本校記〔一六七〕。「搊」，原作「掐」，不見於字書，蓋「搊」俗寫作「掐」，與「掐」形近，因而致誤，兹改。搊搜，元曲習語，謂凶狠、魯莽、勇敢。《陳者下船》二折【天净紗】：「俺只道他兩個都一般狀貌搊搜。」《襄陽會》三折白：「豹頭環眼逞搊搜。」

〔二六六〕「弘」，原作「松」，朱筆改作「弘」，下文劇目作「弘」，今從。參見校記〔二六八〕。

〔二六七〕「楊」下原衍「妃」字，朱筆圈去，兹删。

〔二六八〕「全」字疑誤。案紅字李二雜劇五種，此目之外皆水滸故事，疑此亦水滸劇，即衍《癸辛雜識·宋江三十六贊》中「船火兒張横」事。果如是，則「全」是「船」音近（或方言音同）之誤，「弘」係「横」音同之借。

〔二六九〕「梨園」，原誤作「黎園」，據下文劇目及簡本改。

〔二七〇〕「孺」，原作「綿」，草書形近之誤，從繁本改。劇衍漢元后故事，「孺子」謂孺子嬰。

〔二七一〕此劇題目正名原誤標於左「細柳營」下，兹改。

〔二七二〕「次本」二字原誤標於左「哭晏嬰」下，兹改。案增補本《録鬼簿》同名劇目標注，大抵前一本注「二本」，後一本注「次本」，如李好古《張生煮海》與尚仲賢《張生煮海》、孔文卿《東窗事犯》與金志甫《東窗事犯》。而《哭晏嬰》並無别本，《細柳營》則前文有王廷秀一本，注有「二本」。蓋右「采蓮舟」題目正名誤置此目下，致本目「次本」向左錯位一行。

〔二七三〕「挺」，原作「樞」，蓋草書形近之誤，據存劇改。「烟花」二字疑誤，存劇作「婚姻」。劇中女主角小蠻，晉國公裴度之女，非烟花妓女。但元劇傳本多經後人更改，原本或有流落烟花事，亦未可知。「傷」，原誤作「芻」；「騙」，原誤作「駒」。從繁本及存劇改。

〔二七四〕「建康」，原誤作「建禄」，從簡本改。「崇寧」，或爲「常寧」之誤，參見繁本校記〔一四七〕。

〔二七五〕「英」，疑是「安」草書形近之誤，簡本、繁本俱作「安」。案范氏名康，義與「安」相關聯。

〔二七六〕「伯成」，原誤作「伯求」；「李」，原誤作「其」；「貶」，原誤作「泛」。從簡本改。

〔二七七〕「題」，原誤作「顯」；「空」，原誤作「香」。從簡本改。

〔二七八〕「閑」，原作「間」，從簡本改。

〔二七九〕「千軍」，原作「千里」，不合平仄，簡本、繁本俱作「千軍」，從改。典出杜甫詩《醉歌行》：「詞源倒流三峽水，筆陣獨掃千人軍。」

〔二八〇〕「化」字原脱，據存劇補。

〔二八一〕「曲江池」，原誤作「池曲江」，從繁本改。

〔二八二〕「多」，原誤作「名」，從簡本改。

〔二八三〕「願」，原誤作「敢」，從簡本改。

〔二八四〕「能」，原誤作「德」，從簡本改。

〔二八五〕「小曲」，原誤作「曲小」，從簡本改。

〔二八六〕「閑」，原作「間」；「解」，原作「能」。從簡本改。

〔二八七〕「獨見丹青」，原誤作「獨丹青見」，從繁本改。

〔二八八〕「詞」字疑衍，簡本、繁本皆無，或書「調」而誤爲「詞」，補書正字後未點去。「腔」，原作「孤」，草書形近之誤，從簡本改。

〔二八九〕「瀟」，原誤作「消」，從簡本改。

〔二九〇〕「江州」，原誤作「江縣」，從簡本改。元代無江縣。

〔二九一〕「細思」二字原脱，從繁本補。

〔二九二〕「鮑」，原作「錢」，從簡本、繁本改。後《汪勉之傳》有「鮑吉甫所編《曹娥泣江》」語，亦可證。蓋「鮑」草書略似「錢」，因而致誤。

〔二九三〕「事」字原脱，從繁本補。

〔二九四〕「唯務搜古索奇」，原誤作「咄務披拈索奇」，茲改。簡本、繁本俱作「惟務搜奇索古」。

〔二九五〕「州吏」，原誤作「縣史」，從簡本、繁本改。案《元史·地理志》，崑山元貞元年已升州。

〔二九六〕「視」上原衍「氣」字，從簡本删。

〔二九七〕「次本」二字疑爲誤置。案各本俱無另一本《宋弘不諧》。後《班超投筆》則另有高文秀一本。或二字原標《班超投筆》下，輾轉傳録誤置於此。

〔二九八〕二「辭」字原俱誤作「畏」，從繁本改。案劇衍東漢故事，辭金，即楊震辭王密所遺之金，事見《後漢書·楊震傳》。「東萊守」，原誤作「東策守」，茲改。時震爲東萊郡太守。

〔二九九〕此句脱一字，姑置「表」字上，或是「旌」字。

〔三〇〇〕「存父」，疑爲「存甫」之誤。簡本、繁本俱作「存甫」。《弘治常熟縣志》卷四稱黄公望遊錢塘，「與陳存甫論性命之理」，蓋即此存甫。

〔三〇二〕「仁」，原作「伏」，蓋書「仁」字而誤爲「人」，而後描改如此，從簡本改。曷本誤作「人」。

〔三〇二〕「北」「大」二字原脱，從簡本補。

〔三〇三〕「能」，原誤作「獨」，從簡本改。

〔三〇四〕「一二」，原誤作「三」，從簡本改。

〔三〇五〕「虚皇」，原誤作「虚星」，從簡本改。虚皇，道家太虚之神。

〔三〇六〕「閑」，原作「間」，從簡本改。

〔三〇七〕「照」，原作「怨」，文義不諧，蓋草書形近之誤，從簡本改。

〔三〇八〕「十八騎」，原誤作「大哥」，從繁本改。案劇衍五代故事，十八騎，謂李存孝所領兵將。

〔三〇九〕「皆知」，原誤作「知皆」，從簡本乙正。

〔三一〇〕「該博」二字原脱，從簡本補。

〔三一一〕「腔」，原誤作「仗」，從簡本改。

〔三一二〕「如」，原誤作「知」，從簡本改。傳文云：「遠近皆知父子之名。」

〔三一三〕「澄」，原作「流」，詞義不諧，從簡本改。

〔三一四〕「承」，疑是「美」字草書形近之誤。簡本、繁本俱作「美」。明人文獻提及其名，亦無作「承」者。

〔三一五〕「詩話」二字當誤，簡本、繁本俱作「砌話」。砌話即諢砌笑話，笑話集《笑苑千金》卷四題《新編古今砌話笑苑千金》，可證。《古今砌話》當是笑話集，故下文稱其「好事如此」，若「詩話」，則不至於云「好事」。

〔二一六〕「字」上原衍「一」字，從簡本删。

〔二一七〕「播」字原脱，從簡本補。

〔二一八〕「賢」上原衍「間」字，從簡本删。

〔二一九〕「流」，原作「㶁」，「流」本字「㳅」形近之訛，從簡本改。

〔二二〇〕「願」，原誤作「取」，從繁本改。

〔二二一〕「有友」，原作「友有」，從勗本改。

〔二二二〕「師」，原誤作「呵」，從簡本改。

〔二二三〕「但以」，原誤作「他似」，從繁本改。

〔二二四〕「難」，原誤作「淘」，從簡本改。

〔二二五〕「顔」，原誤作「却」，從繁本改。

〔二二六〕「康」字疑誤，繁本及《正音譜·樂府格勢》俱作「廖」。

〔二二七〕「吕」，原誤作「侣」；「煞」，原誤作「然」。從繁本改。

〔二二八〕「潑」，原誤作「滿」，從繁本改。

〔二二九〕「廟」，原誤作「彰」，從繁本改。

〔二三〇〕「名」字原脱，從繁本補。

〔三一〕「景臣」，原作「舜臣」，從簡本、繁本改。《太平樂府·姓氏》《正音譜》題名，俱作「景臣」，《嘉靖惟揚志》卷十二著録《睢景臣詞》一卷，注：「元大德間惟揚睢景臣撰。」

〔三二〕「後」字原脱，則以「景臣」爲名，不合《録鬼簿》先書字而後舉名之例，從簡本、繁本補。「嘉」，簡本、繁本俱作「景」。

〔三三〕「揚」，原誤作「楊」，從繁本改。

〔三四〕「盞」，原誤作「枝」，從繁本改。

〔三五〕「等閑間」，原作「等間間」，從簡本改。

〔三六〕「詞章」，原誤作「舞章」，從繁本改。

〔三七〕「有本」二字原互乙，從繁本改。

〔三八〕「染維摩病」，原誤作「該摩□病」，從繁本改。「維摩病」，典出《維摩詰所説經》。

〔三九〕「其」字原脱，從簡本補。

〔四〇〕「能」，原誤作「醉」，從簡本改。

〔四一〕「諧」，原誤作「佳」，從簡本改。

〔四二〕「與」字原脱，「之」字原誤作「文」，從簡本補並改。

〔四三〕「握手」，原誤作「掩乎」，從繁本改。

〔四四〕「萎憊」，原誤作「蕃倘」，從繁本改。

〔三四五〕「期」，原誤作「其」，從簡本改。

〔三四六〕「叩」，原誤作「知」，從簡本改。

〔三四七〕「千」，原作「更」，不合平仄，從簡本改。

〔三四八〕題目正名中「蘇」字原脱，從簡名補。

〔三四九〕原本無此行類目，類中八人小傳在下文吴純卿傳後、高可道傳前，並王思順、李齊賢二傳位置顛倒。案賈仲明《書録鬼簿後》，宫大用以下十八人之後，爲「才人與先生不相識者王思順等三十三人」。十八人即宫大用至周仲彬，今周仲彬傳後接吴仁卿傳，因知存本脱類目並有錯簡。核之簡本、繁本，宫大用一類作家後，正是「已死才人不相知者」類，簡本以王思順始，繁本以張以仁終；且此本王思順至張以仁八人，順序相聯，賈仲明爲之合作吊詞一首。因移八人小傳於此，並補類目。

〔三五〇〕「摟帶」，原誤作「樓帶」，兹改。摟帶，元人習語，亦作「縷帶」。《北詞譜》雙調卷引尚仲賢《負桂英》【雙調·鴛鴦煞】：「譬如做摟帶園兒鬼。」王實甫【中吕·十二月過堯民歌】《别情》：「香肌瘦幾分，摟帶寬三寸。」簡本、繁本作「縷帶」。

〔三五一〕「齊賢」，原作「齋賢」，吊詞同，從繁本改。齊賢，當取「見賢思齊」之義。

〔三五二〕「彦文」，原作「彦父」，吊詞同，失韻，從繁本改。蓋草書形近致誤。

〔三五三〕「英甫」，原作「英夫」，吊詞同，簡本、繁本俱作「英甫」，此本屈子敬傳又有「英甫侄」語，因改。

〔三五四〕「姚」，原用異體「姚」，吊詞作「純」，勗本作「兆」，繁本作「仁」，未知孰是。

〔三五五〕「齊賢」，原誤作「齋賢」，兹改。參見校記〔三五一〕。又，此句以《題包巾》爲李齊賢撰，誤。據傳文，《題包巾》王思順作。

〔三五六〕「冷」字原脱，據傳文補。「彦文」，原誤作「彦父」，兹改，參見校記〔三五二〕。

〔三五七〕「摟」，原誤作「樓」，兹改。參見校記〔三五〇〕。

〔三五八〕「雲間」，原誤作「靈間」，兹改。案傳文稱廷玉松江人，雲間爲松江别稱。

〔三五九〕「英甫」，原作「英夫」，兹改。參見校記〔三五三〕。

〔三六〇〕此行類目原無，則以下諸傳皆爲「已死才人不相知者」類目所統，而其中多鍾嗣成相知且在世者，因據簡本補類目。案賈仲明《書録鬼簿後》，已稱王思順等三十三人皆在「與先生不相識者」類中，知類目脱在賈仲明所見本之前。又，此類作家，簡本、繁本俱自黄子久始，此本則吴仁卿始，其中當仍有錯簡。

〔三六一〕案，此條傳文有「後不得會，故不知詳」語，並紀其卒，依例應同繁本，入「已死才人不相知者」類。但此類下文又有屈子敬，屬相似情況，繁本亦在本類中。蓋鍾氏修訂之稿，前後有所調整。

〔三六二〕「吏」，原誤作「史」，從吊詞及繁本改。「卒」，原作「六十」，吊詞同，失韻，從繁本改。

〔三六三〕缺字處原空一格，勗本作「會」。

〔三六四〕「仕」，原誤作「任」，玆改。

〔三六五〕「卒」，原誤作「六十」，玆改。參見校記〔三六二〕。

〔三六六〕「蕳」，「蕑」之異體，亦「簡」之異體，簡本、繁本俱作「簡」。

〔三六七〕「元都人」當有訛誤，繁本作「見在都下擅名」。此或明代傳録者删改，故云「元都」；或「元都」爲「大都」之訛。

〔三六八〕「宜」字原脱，據存劇補。

〔三六九〕「舉」，原作「氣」，草書形近之誤，據存劇改。

〔三七〇〕「不孝」二字不切劇情，疑誤，存劇息機子本作「不肖」。「勸」字原脱，從繁本及存劇補。

〔三七一〕「能」，原誤作「醉」，從繁本改。

〔三七二〕「天」下原衍「氣」字，從吊詞删。天風環珮，謂天風吹環珮之聲。《後村居士集》卷十二《次黄殿講鳴珮亭》：「天風何許珮環響。」《金淵集》卷二《送劉鍊師歸》：「天風環珮滄江東。」《正音譜》：「薩天錫之詞，如天風環珮。」

〔三七三〕「撫」字原脱，據傳文補。「文」，原作「父」，不可解，臆改；此本「文」多誤作「父」，蓋草書形近之故。

〔三七四〕「文意」，原作「父意」，不可解，臆改。參見前條校記。

〔三七五〕「玉釵」二字原互乙，從劇目乙正。

〔三七六〕「李夢娥」，存劇作「張好好」，蓋傳本不同。「花月」，原誤作「花目」，據存劇改。題目正名「揚州」原誤作「楊州」，從簡名改。

〔三七七〕「飛」，原作「老」，據存劇改。蓋草書形近之訛。

〔三七八〕「寶」，勗本作「善」。

〔三七九〕「樂平」上原衍「人」字，從簡本删。

〔三八〇〕「竺」，原誤作「笠」，從下文劇目改。

〔三八一〕「北詔」，依句意或是「背詔」，則「北」爲「背」之古字。又或是「扯詔」，前姚守中有《扯詔立中宗》劇，亦衍褚遂良事，則「北」爲「扯」草書形近之誤。

〔三八二〕簡名「舞」原誤作「武」，從題目正名改。「周幽王」三字疑誤，繁本作「唐太宗」。案《唐書・樂志》，《七德舞》乃唐太宗時所製，與周幽王無涉。此或因「驪山」而誤與周幽王相聯。

〔三八三〕「卒」，原作「六十」，「十」下旁添「卒」字。此可作二解：其一，漏書「卒」字而添於旁，則文應作「六十卒」；其二，誤書「卒」字爲「六十」二字，而未點去，另於旁書正字。第二解與繁本合，因據改。

〔三八四〕「下」，原作「門」，不通，依文義改。蓋草書形近之誤。

〔三八五〕「灑」，原作「酒」，蓋「灑」異體「洒」形近之誤，兹改。

〔三八六〕「宋」，原誤作「宗」，從繁本改。「師師」，原誤作「時時」，從下文劇目改。

〔三八七〕「皆佳」，原誤作「佳皆」，兹乙正。

〔三八八〕「漢文」，原誤作「漢父」，兹改。漢文，謂漢文帝，「却漢文」事出《史記》。

〔三八九〕「人倫」，原誤作「人論」，兹改。

〔三九〇〕「久可」，原誤作「可久」，從《説集》本改，參見繁本校記〔三三〕。

〔三九一〕「首領官」，原誤作「收領官」，從簡本、繁本改。首領官，即經歷、知事、照磨等，詳《師山集》卷四《送鄭照磨之南安序》。《真珠船》卷四：「張小山首領官。」李開先《張小山小令序》：「小山名可久，以路吏轉首領。」

〔三九二〕「漁」，原誤作「魚」，從吊詞及簡本改。

〔三九三〕「冠」字原脱，據傳文補。

〔三九四〕「當」字失韻，亦不可解，當誤。或謂「寒」之訛，亦不協韻。

〔三九五〕「邊」字原脱，據傳文補。

〔三九六〕「充」，原誤作「克」，從簡本改。

〔三九七〕「净」上原有「號」字，從簡本、繁本删。吊詞亦云「易姓名爲净堅」。「堅」，原作「墅」，從簡本改。參見繁本校記〔三五〕。

〔三九八〕「短曲」二字原脱，據繁本補。

〔三九九〕「師」，原誤作「時」，從簡本改。

〔四〇〇〕「吏」，原誤作「史」，從傳文改。

〔四〇一〕「錢糧」，應作「田糧」。案簡本、繁本傳文俱有「以事論經理田糧」語，其事參見《附録·鍾嗣成年譜》延祐二年。惟事涉輸税，「錢糧」亦勉强可通。

〔四〇二〕「堅」，原誤作「墅」，兹改。參見校記〔三九七〕。

〔四〇三〕此曲原以小字書，接傳文末，前有「」」符號示當另起行，今析出。全曲與譜不盡合，末二句文義亦不暢，當有脱訛。

〔四〇四〕「道號九仙」四字原在傳文末「售于市肆」後，不合慣例，從繁本改。蓋漏書而補於傳末。「九仙」，繁本作「九山」。案君澤家松江九山下，《江月松風集》卷八《送顧君澤遷平江》：「君家九峰下，作吏擅時名。」或謂顧氏即以此爲號，則「九仙」誤。惟「九仙」爲道號，則未必取自地名。

〔四〇五〕「詩隱」二字原無，則與後二集之數不合，從曷本、繁本補。吊詞亦稱「樂府共詩集開板刊」。

〔四〇六〕或謂「當」係「首」之誤，「驅」係「趨」之誤，可備一説。

〔四〇七〕此句原作「衢州人路吏」，衍「人」字，從繁本删。案明善松江人，參見繁本校記〔三二七〕。吊詞亦明言「公曹路吏任衢州」。

〔四〇八〕「二詞」，原作「之詞」，從繁本改。《長門柳》二詞，即曹氏所作【岷江緑】二曲，參見《附録·鍾嗣成年譜》至元五年。

〔四〇九〕「曹公」，原作「公曹」，兹改。

〔四一〇〕「籌」上原有「詩」字，則全句字數不合曲譜，文義亦不甚通，因删。

〔四一一〕「令史」，原誤作「令吏」，從吊詞及繁本改。浙東道宣慰司都元帥府設令史二十四名，無令吏，見《延祐四明志》卷二。

〔四一二〕「胖」字失韻，疑爲「寬」之訛。

〔四一三〕「尊瞻視」三字不可解，疑有誤。

〔四一四〕「位」字疑誤，繁本作「庸」。王氏字「守中」，義與「庸」相關聯。

〔四一五〕「司」字原脱，從吊詞及繁本補。蘆花場，鹽場名，在慶元路。鹽場設司令，見《元史・百官志》。

〔四一六〕「難以形容」，原誤作「雅以不俗形」，從繁本改。

〔四一七〕「古文」，原誤作「古人」；「隳」，原誤作「概」；「爲」，原誤作「有」。從繁本改。

〔四一八〕「載」，原作「裁」，臆改。

〔四一九〕「江浙」，原誤作「浙江」，兹改。

〔四二〇〕「其父」兩句原無，則上句無著落，據繁本補。

〔四二一〕「能歌」，原誤作「醉歌」，兹改。繁本作「能謳」。

〔四二二〕「宣公」，原誤作「宜公」，兹改。宣公，謂唐名臣陸贄。

〔四二三〕「維揚」，原作「維楊」，兹改。

〔四二四〕「淮南」，應作「江淮」。此鋪叙傳文「江淮省改江浙」一句，即至元二十六年江淮行省更名江浙行省、治所由揚州遷杭州事，參見《附録·鍾嗣成年譜》。惟揚州在宋爲淮南東路治所，見《宋史·地理志》，則此可視爲沿用舊稱，然語義終不切。

〔四二五〕缺字處原書一偏旁「扌」。

〔四二六〕「永」，似應作「咏」。

〔四二七〕缺字處原不空格，全句依曲譜爲四字，賈氏慣添三襯字，則今本脱一字；據曲意當是人名中脱字，姑置此，或脱在「賢」字上。

〔四二八〕「日華」，原作「日新」，從繁本改。案王氏名曄，析而爲「日華」，當即以此取字。《樂府群玉》題其名，亦作「王日華」；《輟耕録》卷十一記其子繹云：「其尊人日華。」

〔四二九〕「能」字原脱，從繁本補。

〔四三〇〕「際」，原誤作「祭」，從繁本改。

〔四三一〕「巧」上原衍「卜」字，從繁本删。

〔四三二〕「士凱」二字原互乙，兹乙正。

〔四三三〕「梨繡」二字不可解，當有誤。

〔四三四〕「何如」，原作「如何」，失韻，兹改。

〔四三五〕此行類目原無，從繁本補。

〔四三六〕此傳原在高安道傳後，賈仲明《書録鬼簿後》有「自關先生至高安道八十二人」語，知原本高安道居末，與繁本同，因改。

〔四三七〕「隱語」，原誤作「語隱」，從繁本改。

〔四三八〕「鬼簿」，原誤作「鬼薄」，兹改。

〔四三九〕「巍」，原作「嵬」，通假，從繁本改正字。

〔四四〇〕「甲第」上原衍「黄」字，從繁本删。

〔四四一〕「暇」，原誤作「睱」，從繁本改。

〔四四二〕案，此段應在「方今才人相知者，爲之作傳，以【凌波仙】曲吊之」類末。繁本錯置「已死才人不相知者」類末。姑仍舊。參見繁本校記〔二〇七〕。

〔四四三〕「能」，原作「德」，草書形近之誤，兹改。前曾瑞卿傳「能隱語」亦誤作「德隱語」。

〔四四四〕「情」下或脱「詞」字。「韓翊」，史作「韓翃」，但《太平廣記》卷四八五《柳氏傳》中，已作「韓翊」。

〔四四五〕羅貫中，《詞謔》作「羅貫忠」，謂：「《宋太祖龍虎風雲會》，出於羅貫忠之筆。」此劇萬曆以後刻本，卷端仍署羅貫中。

〔四四六〕案，小説《三國演義》作者，明代有「東原羅貫中」説，始見弘治七年蔣大器《三國志通俗演義序》，此後刻本多署東原羅貫中，如萬曆二十年余象斗雙峰堂刻本《新刻按鑒全像批評三國志傳》，題「東原貫中羅道本編次」等。《水滸傳》作者，明人亦或署羅貫中作，如萬曆二十二年余象斗雙峰堂刻本《京本增補校正全像忠義水滸志傳評林》，題「中原貫中羅道本名卿父編集」；清初德聚堂、文星堂刻本《新刻出像京本忠義水滸傳》，標「東原羅貫中編輯」。故論者或謂本傳「太原」係「東原」或「中原」之訛。但指此羅貫中即《三國》《水滸》作者，尚無確證。

〔四四七〕「元亨」，原誤作「元享」，兹改。明代散曲選集題其名，俱作「元亨」。《百川書志》卷十八著録《雲林清賞》，注「元汪元亨著」。《寒山堂曲譜·譜選古今傳奇散曲集總目》著録戲文《欒城驛》，注：「浙江省掾、常熟汪元亨著。字協貞，有《歸田録》名于世。」「元亨」蓋取《易》首句，故字曰「協貞」。

〔四四八〕「徙」，原誤作「從」，兹改。

〔四四九〕「間」，原誤作「門」；「交」，原誤作「友」。兹改。

〔四五〇〕二「斑」字原俱誤作「班」，兹改。

〔四五一〕「源時」，依文義應爲地名，今未見有此地名，當有誤。

〔四五二〕「甞」，原作「蒙」，草書形近之誤，兹改。

〔四五三〕「會」，原作「令」，草書形近之誤，兹改。存劇作「餐」。

〔四五四〕二「魂」字勗本俱作「陽」。

〔四五五〕案，野夫名東，字野夫，號梅村。傳世王季遷舊藏元豁識達《贈丁野夫詩帖》，中有「西域詩人字野夫，身與梅花俱清癯」句；《平生壯觀》卷四著録李祁書《丁野夫傳》，謂：「《梅村説》：野夫名東，號梅村，西域人。」

〔四五六〕二「領」字疑應作「嶺」。

〔四五七〕「誼」，他書或作「義」，字通，見次條校記。

〔四五八〕「右」字原脱，茲補。郝經《青樓集序》自署「觀夢道人隴右郝經仲義」（《説集》本），《蟻術詩選》卷八《舟中聯句》詩郝氏小序亦署「隴右郝經仲誼」。郝氏書畫題跋，明以來如《珊瑚網》等著録甚多，俱署「隴右郝經」。

〔四五九〕「道人」，原作「道士」，從曷本改。上引《青樓集序》自署「觀夢道人」。《書畫題跋記》卷二著録馬遠《四皓奕棋圖》，有郝經跋，鈐朱文「觀夢道人」印。

〔四六〇〕「號」字原脱，茲補。

〔四六一〕「浙江省」，原誤作「浙省江」，從曷本改。

〔四六二〕「爲」下原衍「章」字，朱筆圈去，茲删。

〔四六三〕「能」，原作「德」，草書形近之誤，茲改。

〔四六四〕「作」字原無，臆補。

〔四六五〕「滰」，或應作「搒」。「泗」，原作「四」，從曷本改。前文高文秀有「泗州大聖鎖水母」劇。參見校記〔七七〕。

〔四六六〕案，文質號聽雪翁。《乾隆長興縣志》卷八引《嘉靖長興縣志》：「金文質，號聽雪翁。性豪蕩，力學好吟，善恢諧，隱居不仕。」亦見《天啓吴興備志》卷之十二引《長興志》。

〔四六七〕案，湯氏之名，《今樂考證》云：「舜民名式，號菊莊，元末明初四明人。」《曲録》卷三亦云：「式字舜民，號菊莊，寧波人。」未詳所據。又，趙府紀善唐文鳳《梧岡詩稿》有《題古鄞湯潤珉菊莊》詩（《唐氏三先生集》卷二十三），疑潤珉即舜民。

〔四六八〕「衰」，原誤作「哀」，兹改。

〔四六九〕「景賢」，或作「景言」。《正音譜》兩及楊氏，皆作「景言」；《西湖遊覽志餘》卷二十五：「永樂初，錢唐楊景言以善謎名，成祖時重語禁，召景言入直以備顧問。」李開先《詩禪後序》亦作「楊景言」。但楊氏友人湯舜民有【雙調·夜行船】《送景賢回武林》，則「景賢」或是又字，而非誤。另，其籍里又有錢塘説，《西湖遊覽志餘》外，朱有燉《烟花夢傳奇引》亦稱「錢塘楊訥」。

〔四七〇〕「風波明月渡」，原誤作「鳳破日明度」，兹改。參見校記〔三三〕。

〔四七一〕「偃時」，或謂「偃師」之訛，即周穆王樂師，「救駕」即救周穆王。案原本「師」確多誤作「時」，然「救駕」事無影響可考。「偃師」另可作地名解，亦無史實可攀指。

〔四七二〕此目題目正名上下句失對，似有誤。其下句出蘇軾詩《戲答佛印》（見《竹坡詩話》卷二），誤當在上句。

〔四七三〕簡名中「娥」原誤作「蛾」，從題目正名改。

〔四七四〕「箭」，原作「前」，從曷本改。

〔四七五〕「化」，原誤作「代」，兹改。

〔四七六〕「魔勒」，應作「磨勒」。劇衍《崑崙奴》事，出裴鉶《傳奇》，見《太平廣記》卷一百九十四，原文作「磨勒」。戲文有同名劇，《九宮正始》引，亦作「磨勒」；《增定南九宮曲譜》卷四引無名氏散套《集古傳奇名》【前腔换頭】：「寧王府磨勒通神。」

〔四七七〕「月夜」，《正音譜》作「風月」。

〔四七八〕「流」上原衍「物」字，朱筆圈去。

〔四七九〕案，伯將名肅，字伯將，《弘治無錫縣志》卷十七、《萬曆無錫縣志》卷十四、《錫山遺響》卷二、《元詩選》三集等有傳。《弘治無錫縣志》記其仕履云：「舉博學宏才，爲蘭溪州判，累官翰林學士、兵部尚書、河南行省左丞，元季歿于王事。」與本傳略異。

〔四八〇〕「遷中書參知政事」一句疑有脱訛，諸書俱未記其官至中書參政，《元史·宰相年表》亦不載其名。

〔四八一〕「授」，原誤作「受」，兹改。

〔四八二〕案，鳴善名擇，簡本、繁本《録鬼簿》俱有傳，參見繁本校記〔三四〇〕。

〔四八三〕「拆」，原作「折」，從題楊文奎撰之存劇改。

〔四八四〕此句疑有訛奪，或「題」爲「是」之誤。

〔四八五〕「麥舟」，原誤作「麥丹」，兹改；「石夢卿」，應作「石曼卿」。其本事見《冷齋夜話》卷十。

〔四八六〕「靈昭」，存劇作「靈兆」，此劇本事出《景德傳燈録》卷八及《釋氏稽古略》卷三，原作「靈照」。「顯化」，原誤作「顯花」，據存劇關目改。

〔四八七〕案，伯和名庭芝，雅雨堂刻本《封氏聞見記》，末有夏氏跋，署「雲間夏庭芝伯和父」。

〔四八八〕「隱」字原脱，清趙魏鈔本《青樓集》卷前有至正庚子夏氏《青樓集誌》，自署「雪蓑釣隱」；《古今説海》本《青樓集》卷端題「雪簑釣隱輯」，據補。

〔四八九〕案，德清字日湛，見民三十五年《暇堂周氏重修宗譜》（《中原音韻表稿》引）。

〔四九〇〕案，德清瑞州高安人，見《中原音韻自序》。

〔四九一〕案，此説當誤。據《暇堂周氏重修宗譜》，德清宋周敦頤六世孫，道州營道人，曾祖京遷高安暇堂，與錢塘周邦彦無涉。此説蓋誤解歐陽玄《中原音韻序》而來，《序》云：「孫吴有周公瑾，宋季有周清真，今德清兼二者之能，而皆本於家學如此」。此泛謂周姓，非實指同宗。

〔四九二〕「文律」，原誤作「失律」，此語抄自周德清《中原音韻自序》，從原《序》改。

〔四九三〕「者」，原誤作「之」，此語抄自虞集《中原音韻序》，從原《序》改。

〔四九四〕「措」，原誤作「情」；「字」字原脱。同前改並補。

〔四九五〕「仄」，原誤作「分」，同前改。

〔四九六〕「入聲」二字原脱，同前補。

〔四九七〕「難諧」，原誤作「雜諧」，同前改。

〔四九八〕「叙之」，原誤作「之叙」，兹乙正。

〔四九九〕「回文集句」，原誤作「爲文集勺」，此語抄自瑣非復初《中原音韻序》，從原《序》改。

〔五〇〇〕「雪」「諸」二字原脱；「體」，原作「軆」。同前補並改。

〔五〇一〕「皆」，原誤作「此」，同前改。

〔五〇二〕「之風」二字原脱，同前補。

〔五〇三〕「紅」，原誤作「頭」，同前改。

〔五〇四〕「廷信」，他書或作「庭信」，如《正音譜·古今群英樂府格勢》、《誠齋樂府·咏風月擔兒》小序等。其兄廷幹，亦有作「庭幹」者，如元刊本《吕氏春秋》鄭元祐序。又，廷信益都人，《玩齋集》卷十有《劉公壙誌銘》，爲其兄廷幹作，謂其先世本彭城人，曾大父居益都，遂爲益都人。

〔五〇五〕「名」，應作「字」。廷信兄名貞，字廷幹。鄭元祐《吕氏春秋序》：「嘉興公名貞，字庭幹。」《劉公壙誌銘》：「公諱貞，字廷幹。」則「廷信」亦當爲字，惟不詳「名」者係作者之誤，抑傳鈔之誤。

〔五〇六〕「痕」上原有「頭」字，則全句較曲譜多一字，此曲見《盛世新聲》戌集、《詞林摘艷》卷五、《北宫詞紀》卷六，俱無「頭」字，從删。其句本周邦彦【滿江紅】詞「枕痕一綫紅生肉」。《雍熙樂府》卷十一、十二收【雙調·新水令】套曲，以「枕痕一綫」起句者甚多，中當有和劉氏曲者，俱無「頭」字。

〔五〇七〕此句前後疑有脱訛。案《青樓集·般般醜傳》，廷信乃廷幹（原書誤爲「廷翰」）族弟。又，據前引《吕氏春秋序》《劉公壙誌銘》及《梧溪集》卷四《劉公挽辭》等劉氏碑傳，廷幹一生仕迹未至湖廣。其家族與「湖藩大參」相關者，《輟耕録》卷二十三載，廷幹從祖復新及夫人田氏，曾有恩於上都令史亢子春，復新卒，無子，止一女，「後亢官湖廣參政，迎夫人母子歸，没齒敬養不怠。」

〔五〇八〕「蘭楚芳」，《正音譜》作「藍楚芳」。

〔五〇九〕「風」，原誤作「花」，兹改。

〔五一〇〕「利」，原作「細」，義不通，又與後「纖細」重韻，此曲李壽卿作，見《陽春白雪》前集卷三，據改。

〔五一一〕「來」，原作「成」，草書形近之誤；「韻」，原作「味」，與後「滋味」字重，同前改。

〔五一二〕「試嘗」，原誤作「誠當」，同前改。

〔五一三〕案，子仁漢名晋，《元史》有傳。《澹游集》卷上：「全晋，字子仁，北庭人。」

〔五一四〕「弈棋」，原誤作「变棋」，兹改。明清《西厢記》刻本多附鶯鶯紅娘對弈一折，標題各不同，均不署撰人，最早見明弘治刻本，應即此《補西厢弈棋》。「銀杏葉」，原作「銀杏花」，此爲【南吕·一枝花】套曲首句，明清曲集多收録，次句爲「玉樹花冷淡鷄冠紫」，「花」字不當重，因據諸曲集改。此曲《盛世新聲》《雍熙樂府》不署撰人，《詞林摘豔》署貫酸齋作；《詞謔》《南北詞廣韻選》引，謂劉庭信作。

〔五一五〕「書」字原無，臆補。

〔五一六〕「輕」字原無，臆補。「嬌馬」「輕衫」，俱元曲習用語。賈仲明吊白仁甫曲：「嬌馬輕衫館閣情。」

〔五一七〕「萬」字疑誤。

〔五一八〕案，元素有《南遊寓興集》一卷，日本内閣文庫藏有鈔本，前有至正二十年趙由正、劉仁本二序。趙序謂：「公苐林人，名哈剌，字元素，乃祖有功於國，賜姓金氏，葵陽其自號也。」劉序謂：「君雍古人，名哈剌，其先賜姓金氏，世居燕山，自號葵陽老人。」（從《漢學研究》第十三卷第二期蕭啓慶《元色目文人金哈剌及其〈南遊寓興詩集〉》引）可補其號。

〔五一九〕「康里人氏」，案元素族屬諸説不一。歐陽玄《刑部主事廳題名記》（《析津志》引）、趙由正《南遊寓興集序》、《澹游集》卷上哈剌小傳等謂苐林人，劉仁本《南遊寓興集序》謂雍古人，《書史會要》《成化中都志》謂也里可温人。今人考證以苐林爲是，詳蕭啓慶《元色目文人金哈剌及其〈南遊寓興詩集〉》、楊鐮《元詩史》。

〔五二〇〕案，劉仁本《南遊寓興詩序》謂金元素「有子名瑶同、元同者，能詩」，則文石名瑶同，弟武石名元同。

〔五二一〕案，元末明初與本傳中「淮東」「吴門」「左司」相關而又負文名者，有余堯臣，因疑「金堯臣」爲「余堯臣」之訛。余堯臣，字唐卿，永嘉人，元末寓會稽，入張士誠幕，保越有功，已而移居吴門北郭，與高啓等酬唱，名盛一時，世稱「北郭十友」「十才子」。至正二十七年蘇州破，隨例詣金陵，謫徙臨濠鍾離（地處淮東），洪武二年放還，授新鄭丞。《明史》有傳甚簡，其事見《高太史大全集》卷九《答余新鄭》、《列朝詩集》甲集前編卷十一、甲集卷十考證甚詳。高啓贈詩，屢稱余司馬、余左司，錢謙益謂：「曰司馬，又曰左司，必東越鎮將版授之職銜，而今不可考矣。」《明詩綜》卷十云：「左司之稱，本於越鎮將版授，而司馬之銜，疑唐卿曾仕于淮張。」另《保越録》記其至正十八年守越時爲浙江等處行樞密院都事。

〔五二〕案，元末明初有盛文郁者，字從周，錢塘人，元進士，洪武初知武寧，卒於官，後人遂家焉。文郁長於聲詩，有《東民遺稿》，佚。事具《嘉靖武寧縣志》等地志、嘉靖十六年裔孫盛騰《東民公遺集序》（《乾隆武寧縣志》卷二十六引）、萬曆元年顧應禎《知縣盛文郁公祀名宦記》（同前卷二十四引）。此文郁或即曲家從周，但本傳下文稱文郁淮南人，此文郁則未見有淮南行踪，姑記以備考。又，小明王韓林兒之丞相亦名盛文郁，以《東民公遺集序》有「知時不可爲，遂絶意仕進，遁迹草莽」語，今武寧邑人指爲同一人，無他證。

〔五三〕案，《元詩選癸集》有龔瑾，收其《題溪山環翠樓爲月潭印師賦》一首，注云「瑾字敬臣」。詩出洪武初徐達左輯《金蘭集》，是集所録皆元末吴門雅集酬贈之作，則龔瑾時居吴中。《嘉靖海寧縣志》卷八《忠烈》：「龔瑾，海寧人，曾任知州，死元節，葬安國寺後，詩稿散逸不傳。」《保越録》記至正十八年守越，有浙江等處行樞密院掾史龔瑾。諸書所記，似同是一人，但未見其有居淮南記載。

〔五四〕案，元末有趙承宣，字元臣，臨安人，至正末辟昌化教諭，升崇德同知，調餘姚，未幾歸隱。洪武初，邑令袁思謙復辟爲臨安教諭。見《乾隆臨安縣志》引嘉靖舊志。録以備考。

〔五二五〕案，胡用和【南吕・粉蝶兒】《題金陵景》述能詩曲者，有「臧彦弘筆力强」語，或即此彦洪。果如是，則彦洪金陵人。

〔五二六〕案，莊氏以書畫名，其籍里自署淮南，《大觀録》卷十八、《墨缘彙觀・名畫》卷下、《石渠隨筆》卷四記有莊氏《翠雨軒圖》，自題詩落款「江表莊麟」，鈐「淮南莊麟」印。《畫史會要》卷四：「莊麟字文昭，京口人，官縣尉。」《康熙鎮江府志》卷四十：「莊麟字文昭，江東人，元末移居京口。」《光緒丹徒縣志》卷三十三引《正德志》略同。

〔五二七〕案，《萬曆丹徒縣志》卷三：「王有壬，字文新，號白雲山人。……元季兵起，獨能以高尚自全，足不出户者十餘年。其學尤邃於《易》。卒，門人私謚之曰節孝先生。」或即此曲家。

〔五二八〕「寄情」，原作「寒情」，臆改。

〔五二九〕「時」，或係「師」之誤，則屬上句。「歸」，原作「爲」，臆改，蓋草書形近之誤。

〔五三〇〕「伯剛」，原作「伯前」，臆改，蓋草書形近之誤。伯剛應即前張伯剛，傳文云：「日與鄉之士大夫登山臨水。」與此相合。

〔五三一〕案，景初祖父納速剌丁，歷官至陝西行省平章政事，卒贈中書左丞相，非正授。事具《元史・納速剌丁傳》。

〔五三二〕「天性」，原誤作「天姓」，兹改。

〔五三三〕「巙文忠」，應作「巙文忠」，即康里巙巙。其存世法書，如普林斯頓大學藝術博物館藏《梓人傳》，故宫藏《張旭筆法卷》《謫龍説卷》等，題款俱作「康里巙」。《字彙》：「巙，奴刀切，音猱。山名，在齊。從夒，俗作夔，誤。」但《元史》、《書史會要》本傳，俱作「巙巙」。

〔五三四〕「深」，原作「源」，草書形近之誤，兹改。

〔五三五〕「濱」，原誤作「賓」，兹改。

〔五三六〕「沐仲易」，《正音譜》作「穆仲義」，《梧溪集》卷五題贈詩作「木仲毅」。蓋回回人，音譯無定準。

〔五三七〕「元」，原誤作「无」，兹改。

〔五三八〕「敏捷」，原作「教括」，從《元曲家考略》説改，蓋草書略近之誤。或謂應作「教授」，則文義不通。

〔五三九〕「子」，原誤作「于」，兹改。

〔五四〇〕「衫」，原誤作「杉」，從勗本改。

〔五四一〕「究意」，原誤作「宼意」，兹改。

〔五四二〕「州人」二字原互乙，兹乙正。

〔五四三〕案，據《録鬼簿・朱士凱傳》及《七修續稿》引《千文虎序》，《包羅天地》爲朱凱編，徐景祥乃「分類品題、作詩包類」者之一，此云徐作，當誤。

〔五四四〕「仲明」，李開先《詩禪又序》及其名，作「仲名」。

〔五四五〕「洪武中」，曷本作「洪武初」。

〔五四六〕「及」字原無，臆補。

〔五四七〕「永」字原已殘，不可識，曷本補作「永」，今從之。

〔五四八〕「賈」，原作「賈」，即「暗」異體，又「晚」異體，從曷本改。喬夢符有小令《手帕呈賈伯堅》《席上賦李楚儀歌以酒送維揚賈侯》《賈侯席上贈李楚儀》，與傳文「揚州路總管」合。又，《青樓集·金鶯兒傳》記有賈伯堅，山東簽憲，除西臺御史。《至正集》卷八十【望月婆羅門引】詞小序：「偕王仁甫左丞、賈伯堅左司朝罷過李廷秀參議。」《柳待制文集》卷六有詩《因杜掾遷江東奉簡賈伯堅廉使，時方自淮東轉運移節宣城》。所記職官雖不同，仍似同爲一人。

〔五四九〕「諧」，原誤作「皆」，兹改。

〔五五〇〕「硃砂」，原誤作「珠砂」，兹改。

〔五五一〕「太守」，原誤作「大守」，兹改。

〔五五二〕「新」，原作「堂」，不可解，臆改。蓋由前句「後堂」聯帶致誤。

〔五五三〕「中書左參政事」當有誤。元中書省、行中書省俱設參知政事二員，無左右之分；僅明布政司有左右參政。又，「參知政事」簡稱「參政」，但無簡作「參政事」者，「事」字當衍。

〔五五四〕「事」字原無，臆補。

〔五五五〕缺字處原空二字，依傳文應爲「元鎮」。元鎮，倪瓚字，見《清閟閣遺稿》卷十四周南老《雲林先生墓誌銘》。或據此推測《録鬼簿續編》作者爲倪氏後人，因避諱而空闕。曷本作「元璐」，誤。元璐崇禎間人。

〔五五六〕案，倪氏有雲林堂，因自號雲林，其存世法書繪畫或署「雲林子」，如《静寄軒詩文》《筠石喬柯圖》等，或署「雲林生」，如《枯木幽篁圖》《林亭遠岫圖》等。

〔五五七〕案，據《道園學古録》卷五十《倪文光墓碑》，元鎮兄文光至大二年授常州道録，故或謂「先大父」係「兄文光」之訛。

〔五五八〕「䨼」字寫法不見於字書，《字彙補》有「鷊」字，當是異寫；抑或是「鶯」「鸞」之訛寫。《雲林先生墓誌銘》記倪瓚娶蔣氏，未及陸氏。蔣氏泰定四年適瓚，至正二十三年卒，倪瓚有《題寂照蔣君遺像》，見《清閟閣遺稿》卷八。

〔五五九〕案倪瓚卒地，文獻記載不一，可信者在江陰長涇習禮村夏顴家，旅葬習禮，後歸葬無錫祖塋。《清閟閣遺稿》卷十四王賓《倪先生旅葬誌銘》：「旅葬江陰習禮。」《涇里誌》卷九《倪雲林傳》：「素與里人夏雪洲交好，晚年雪洲延於家……後遂卒於此。」《道光江陰縣志》卷十八：「洪武七年殁於長涇夏顴家。」顴字叔度，號雪州，亦作雪洲，名醫，一九七〇年代長涇出土有《雪州處士夏叔度壙誌》（見江陰縣文化館《江陰縣出土的明代醫療器具》，《文物》一九七七年二期）。又，《南濠詩話》則謂卒於故里（無錫）：「洪武甲寅，元鎮年六十八，秋七月始還鄉里，時已無家，寓其姻鄒惟高所……不久，竟以脾疾卒於鄒氏。」《清閟閣遺稿》卷十四亦節録此言，

《列朝詩集》《元詩選》小傳等並承此説。

〔五六〇〕「勇」，原誤作「湧」，兹改。

〔五六一〕「至」，原作「立」，不通，臆改。

〔五六二〕「十數」，舃本作「數十」。「庭」，原誤作「廷」，兹改。

〔五六三〕案，孟曾當即武進徐述，其字或作「孟曾」，或作「孟魯」。《康熙江南通志》卷五十九：「徐孟曾，武進人，善詩，以醫世其家，治疾多驗。永樂間召至京，賜襲衣以歸。弟孟恂，砭法尤妙，時稱二仙。」《萬曆武進縣誌》卷七載，徐氏世業醫，兄弟皆有名：長述，字孟魯；次迪，字孟恂；次選，字孟倫。「述診决人生死，旦夕歲月若神」，著有《難經補注》。《萬曆常州府志》卷十五略同。洪武二十二年，武進謝應芳有《跋經訓啓蒙》，見《龜巢稿》卷十四，謂刻是書者「郡人徐孟容、孟曾」，疑亦此人。傳文謂蘭陵人，蓋武進舊稱。

〔五六四〕「背」字上半原寫作「比」，疑爲「皆」之訛。

〔五六五〕「照」下原衍「一」字，兹删。「燭照龜卜」，宋元人習用。

〔五六六〕案，彦華又號湖海豪，晚號春菴，有《春菴集》，見張瑄弘治六年《滁陽志序》及《萬曆滁陽志》卷十二《楊賁傳》。

〔五六七〕「濮陽令」當誤。案洪武辛巳即建文三年，濮陽原爲開州屬縣，亦州治所在，洪武二年四月併入州（《明太祖實録》）。《康熙滁州志》卷二十二謂賁薦授大名令。大名縣附郭，與開州並屬大名府，蓋以地理相近，遂傳聞致誤。

〔五六八〕「右讓」，原作「古讓」，兹改。明洪武二十年定，官員道路相遇，品秩低者趨右避讓，見《禮部志稿》卷十七。《思軒文集》卷十六《户部郎中張君墓表》：「一時同遊，咸右讓焉。」

〔五六九〕案，啓文名旼，見《宋學士文集》卷三十八《贈朱啓文還鄉省親序》。

〔五七〇〕案，丘汝乘宣德十年《嬌紅記序》，記東生爲越人。

〔五七一〕「免」，原字書寫似「兑」，但左上爲一撇，非點，原鈔「免」字俱如此，如吊王日華曲「免不得白草黄沙」等；他如「冤」字下半、「勉」字左半亦皆同。後出校本多斷作「兑」，惟勗本不誤。

〔五七二〕「耦」，原誤作「耕」，兹改。《正音譜》《詞謔》提及此曲，俱作「偶」。

〔五七三〕「仲明」，《正音譜》及賈氏存劇、存曲題名等，俱作「仲名」。賈氏《書録鬼簿後》題署則作「仲明」。

〔五七四〕「侍」，原作「傳」，蓋草書形近之誤，兹改。

〔五七五〕「璠涯」二字不可解，今存署關漢卿之同名劇，關目有瓊英嫁裴度以報還帶之恩，與此相合，則二字或爲「瓊英」之訛。

〔五七六〕「對」，原誤作「學」，從存劇改。

〔五七七〕此句較下句少一字，失對，且「風」字重，當有訛脱。

〔五七八〕此目題目正名上下句字數有差，失對，必有誤。或上句衍一字，似「云付」二字爲「魂」之誤；或下句脱一字，則似「曹司」下脱「斷」字。

〔五七九〕「玉重巧」「丘長三」，或謂係「王重陽」「丘長生」之訛；或謂「重」下脱「陽」字，「長」下脱「生」字，可備一説。

〔五八〇〕「志」，曷本作「心」。「蕭叔華」，不似女子名，存劇作「蕭淑蘭」。「寄情」，存劇作「情寄」。

〔五八一〕此句較下句多一字，當有衍文。其「心」字重出，疑第二「心」字衍。

〔五八二〕「湯汝梅」，馬廉《録鬼簿新校注》改作「馮汝梅」；《中國古典戲曲論著集成》本校記亦云「湯」字誤，應作「馮」，未言所據。宋話本有《馮玉梅記》，《寶文堂書目》《述古堂書目》等著録，今存《京本通俗小説》本，叙宋馮玉梅、范希周事，但與此劇劉建中及燕山無涉。

〔五八三〕二「英」字疑爲「燕」草書形近之誤。劇衍順時秀故事，順時秀爲文宗朝教坊藝人，長期活動於大都，與「燕」密切。《高太史大全集》卷八《聽教坊舊妓郭芳卿弟子陳氏歌》：「燕國佳人號順時，姿容歌舞總能奇。」《正音譜・無名氏雜劇》目有《燕山夢》，或即此劇。

〔五八四〕「雙」，與下句字重，疑誤，其字原寫作「双」，又有描改而似「奴」。

〔五八五〕「誤失」二字原已蛀殘，略存輪廓。前一字曷本作「悮」，從補，用正字。後一字曷本作「夫」，今斷爲「失」。「財」，原作「才」，俗字之省，兹改。

〔五八六〕「財」，原作「才」，同上改。

〔五八七〕「道安」，存劇作「安道」。「賓友」，存劇作「賓朋」。

〔五八八〕「瘸李岳」，原誤作「病李兵」，據存劇改。

〔五八九〕此劇題目正名上下句失對，當有誤。「没倖」，原作「從倖」，草書形近之誤，此劇鄭廷玉作，從繁本《録鬼簿》改。没倖，元曲習語，亦作没幸、没興。

〔五九〇〕「廝兒」，原作「斯兒」，臆改。廝兒，元曲習語，謂男童。《魯齋郎》一折白：「一雙兒女，廝兒叫做喜童，女兒叫做嬌兒。」

〔五九一〕「師」，原作「時」，草書形近之誤，兹改。王祖師，即王重陽。案楊景賢有《王祖師三化劉行首》劇。下句「三化」與上句「單化」字重，疑是「三度」之誤。

〔五九二〕「鏗」，原寫作「鏗」，不見於字書，據存劇改。籛鏗，即彭祖。

〔五九三〕「君卿」，存劇中作「均卿」。「蓮」，原作「連」，據存劇改。

〔五九四〕「恨毒」，疑是「狠毒」之訛。案「恨毒」意爲「忿恨」，「狠毒」則爲「歹毒」，似更切。但此劇關目不詳，無以證實。

〔五九五〕此題目正名上句脱一字，原無空格，依句法空於「秀才」上；亦或下句衍「屎」字。

〔五九六〕「損石江」，似應作「摸石江」。《九宫正始》【仙吕】過曲引同名戲文【勝葫蘆】曲，有「不知錦州，模〔摸〕石江邊」語。《輟耕録・院本名目》有《摸石江》（成化刻本）。又，《陶山集》卷三《依韻和穀夫即事》：「弄珠灘漲平侵岸，摸石江深抹盡洲。」《樂章集》卷中【一寸金】：「當春畫，摸石江邊、浣花溪畔、景如畫。」

〔五九七〕「㩲骨」，存劇脈望館鈔本作「撇古」，俗語無定字。「窑」字原脱，據存劇補。

〔五九八〕「長法」，依存劇關目應作「掌法」。掌法司吏，即劇中令史張本。

〔五九九〕「滴水」，原誤作「涪水」，據《正音譜》及存劇改。

〔六〇〇〕「明政」，似應作「明正」。

〔六〇一〕「八十知」，疑應作「八不知」。

〔六〇二〕「不」「舉」二字原已殘，從曷本補。

〔六〇三〕二「牢」字原俱作「守」，據《正音譜》《北詞譜·引用書目》改。戲文有《鎮山朱夫人還牢旦》，見《永樂大典目録》；雜劇另有《還牢末》，存本題目正名有「山兒李逵大報恩，鎮山孔目還牢末」語，與此相類，可爲旁證。

〔六〇四〕「孔」字原已殘，從曷本補。

〔六〇五〕「孟江女」，應作「孟姜女」。

〔六〇六〕「交」下原衍「入」字，此劇喬夢符作，從繁本《録鬼簿》、《永樂大典目録》删。

〔六〇七〕「卿燈」二字原已蛀殘，據曷本及存劇補。

〔六〇八〕「翻」，原省作「番」，從存劇改。「疑」，原作「終」，草書形近之誤，據存劇改。「刎頭」，存劇作「鯁直」。

〔六〇九〕「妒」，原作「姑」，蓋異體「妬」形近之誤，從存劇劇情改。

〔六一〇〕「瑶」，原寫作「滛」，朱筆改爲「瑶」，曷本作「瑶」。

〔六一一〕「王倏然」，原誤作「王脩然」，兹改。參見繁本校記〔三三〕。

〔六一二〕「人不知」，疑應作「八不知」。此目依題目正名所示關目，似即關漢卿《魯齋郎》劇異名，果如是，則「八」謂李四及張珪夫婦子女八人。

〔六一三〕此題目正名下句脱一字，依句法空於「救」字下。此目與下文《四顆頭任千鬧法場》簡名同，劇情似亦有關聯。《正音譜·無名氏雜劇》目有《任千四顆頭》《任貴五顆頭》；《寶文堂書目》著録有話本《任珪五顆頭》，今存於《古今小説》卷三十八，題《任孝子烈性爲神》，中有「孝子」「法場」諸事。若本劇果衍同一故事，則「王貴」係「任貴」之訛，「救□」似爲「救父」。但話本中無「五十九因兇配荆州」及《四顆頭任千鬧法場》之「雙不孝」等情節，故殊難確指其故事相同。

〔六一四〕「天賜」，原作「天得」，臆改。案前文武漢臣《散家財天賜老生兒》，「天賜」即誤作「天得」。無名氏劇目有與此劇相類者，如《妳乾兒》，題目正名末句作「踈財漢天賜妳乾兒」；《花下子》，題目正名上句作「明散財天賜妳乾兒」。

〔六一五〕二「車」字原俱誤作「軍」，從存劇改。

〔六一六〕「悲」，原作「照」，蓋草書形近之誤，兹改。

〔六一七〕「括罟」，《正音譜·無名氏雜劇》《永樂大典目録》《寶文堂書目》著録，及《詞林摘艷》《北詞譜》録其佚曲題名，俱作「罟罟」，蓋蒙語譯音，無定準。

〔六一八〕「放水」，原誤作「放火」，據存劇改。

〔六一九〕此題目正名下句脱一字。《正音譜·無名氏雜劇》《永樂大典目録》著録，俱作「拂塵子仁義禮智信」，故或以爲脱「信」字。但劇之簡名，依例取自題目正名末尾，此簡名無「信」字。又，依上句句法，下句脱動詞，因空於「仁」字上。

〔六二〇〕「莫離支」，存劇作「摩利支」，蓋高麗語譯音，無定準。

〔六二一〕「相」「大」二字原已蛀殘，從勗本補。存劇作「八府相聚集樞密院，十探子大鬧延安府」。

〔六二二〕「搭」，原作「荅」，從存劇劇情改。又，「救」「深」「大」三字原已蛀殘，從勗本補。

〔六二三〕「拆散」，原作「折散」，從勗本改。

〔六二四〕「皮」字原已蛀殘，茲補。皮場廟即惠應廟，北宋汴梁已有之，後各地多有建造，見《夷堅三志》卷四《皮場護葉生》等。勗本作「友」，誤。

〔六二五〕「太子」二字原已殘，從勗本、《永樂大典目録》補。

〔六二六〕「釘遠鄉牌」，原脱誤作「打李卿」，據存劇改並補。

附録

題跋輯録

余自幼性好抄録書，字雖不端楷，然見一奇書異典，務必求假而録之，雖大寒暑中亦不憚勞。此本者見于核庵王老先生處，即就假録焉，藏之書篋，以見前輩之風流雅趣耳。近一友人借去，至于取索，則再四不肯相復。余謂斯行實非君子之所爲，其得罪於聖賢、玷累于德行多矣，第不欲顯其姓字耳。今偶得鄉人太常陳生藏本，又重録之。假書君子當以《顔氏家訓》爲戒，毋學斯人之行也歟。

洪武戊寅歲端陽越三日吴門生識。

明吴門生跋，録自尤貞起鈔本，繁本俱載

案，「此本者」，「者」字戴本作「偶」，曹本作「昔」。「核菴王老先生」，戴本作「核菴先生王公」。

余雅欲觀元人傳奇詞曲，偶得是帙，中多載其名，因不計妍醜，聊爲録之。間有不成語處，幾欲輟筆，爲所録且半，遂卒業焉。牛溲馬浡，醫者不棄，亦竊附此義云。

萬曆甲申陽月甲子夢覺子漫識。

明夢覺子跋，録自尤貞起鈔本，繁本俱載

案，「因」字曹本作「目」，蓋異體「曰」形近之誤。

余于丁亥孟冬候友某，撿書案，得《録鬼簿》一册，計卅餘頁，問所從來，知某老先生囑録也。因竊假抄手録。時有友某者，觀之掩口笑。叩之，則曰：「録書難，録無益書更難。子何録無益書乎？故笑之。」余曰：「書之有益無益，存乎人之好與不好耳。好則無益亦有益，不好有益亦無益也。茲《簿》縱無益乎，余心竊好之，故録焉，有益無益姑勿論。」友亦唯唯。録畢，聊誌問答。

冉里棘人尤貞起書於鮮照齋。

清尤貞起跋，録自尤貞起鈔本

元人鍾醜齋，集當時顯宦名公製曲行世者若干人，爲《録鬼簿》。其《自序》有云：「人之生斯世也，但以已死者爲鬼，而不知未死者亦鬼也，特一間耳。」其言痛矣。慈溪邵元長題【湘妃曲】於後曰：「高山流水少人知，幾擬黄金鑄子期。繼先既解其中意，恨相逢何太遲。示佳篇古怪新奇。想達士無他事，録名公紛紛如鬼，嘆人生不死何歸。」讀至末句，如三更魚鼓、半夜霜鐘，唤醒癡人不少。繼先，醜齋字也。

孫毓修《録鬼簿題詞》，録自《小説月報》民國元年第三卷第六期《緑天清話》，署「緑天翁」。《曲海揚波》卷一、《曲諧》卷三收録

明鈔《説集》第十六册收此書，而次第多不同，詳略亦迥異，當是别行本也。今取茲刻勘之，鈔本所

無者，於曲目不加朱點；人名所無者，更以朱角別之。

戊辰燕九節沅叔手記。

傅增湘跋，録自傅增湘批校本（《版本叙録》第〔一七〕種）。戊辰爲民十七年

《録鬼簿》二卷，元鍾嗣成撰。嗣成字繼先，一字醜齋。蓋杭州人，其稱古汴者，元時士夫多好著舊望，猶曰「巴西鄧文原」「蜀郡虞集」云耳。朱士凱云，繼先爲鄧善之高弟。按《元史》，善之其先綿州人，宋末徙錢唐，至元二十七年辟爲杭州儒學正，至大間授江浙儒學提舉。繼先學於善之，當在其爲儒學時也。繼先序其所交游，幾盡爲杭人，如金志甫、范子安、沈和甫、鮑吉甫、陳存甫、范冰壺、施君美、黄德潤、沈拱之、吳中立、周仲彬皆是；宮大用、鄭德輝、曾瑞卿、趙君卿、喬孟符悉流寓杭州者也；又，其紀范冰壺、施君美，里巷甚悉；《睢景臣傳》云：「大德七年，公自維揚來杭州，余與之識。」其爲杭州人無疑矣。此書成於至順庚午，凡金元雜劇名人仕履，考訂綦詳，可爲談曲本之助。近時通行者，止《曹楝亭叢書》本，而舛訛特甚。嗣得尤貞起鈔本，紙墨似國初人，方知原書兩排，用漢碑例横讀。曹本作一排，又以原本先上後下，則全數不合。後又得明人鈔本，方知明人已誤，楝亭仍之。兩本同出萬曆甲申，一仍原式，一變原式，其優劣如此。今取尤本重刊，以存本書真相，慎弗再據曹本訂此本也。宣統紀元龍集己酉秋七月貴池劉世珩識於天津行館。

劉世珩跋，録自暖紅室本

丁卯孟夏，以大雲書庫藏舊抄尤貞起本校一過，知藝風雖以影鈔尤本寄示，觀堂未及校也。羅振常記。

尤本有序，爲此本所無，別録之。

羅振常跋二則，録自王國維鈔本（《版本叙録》第〔七〕種）

此書觀堂校本已刊入其全集中，但彼乃以楝亭刻爲底本，而以明鈔本、尤貞起本校者。此則迻録明鈔本，而以楝亭刻、尤貞起本校者，與此互有異同詳略。余得見觀堂手抄本，即以楝亭本過録，其原本即歸扶桑。方編全集時，此本不在遺稿之内，故未能合兩校本而一之也。羅振常記。

羅振常跋，録自羅振常批校曹本（《版本叙録》第〔一二〕種）

此本王觀堂以五十金得之董授經。觀堂有《録鬼簿》校本，刊之《觀堂遺書》中，所據以校訂者有數本，此爲其一。羅振常記。

羅振常跋，録自繆荃孫影鈔尤本（《版本叙録》第〔四〕種）

黄陂陳士可參事新得明鈔《録鬼簿》，精妙可喜，因手鈔一過，七日而畢。原本間有訛字，悉爲訂正。此爲第一善本矣。光緒戊申冬十月國維記。

此書一刻于《澹生堂餘苑》，再刻于《楝亭十二種》。《餘苑》本今不可見，《楝亭》本行款雖異，然亦有吴門生及覺夢［夢覺］子二跋，蓋與此同一祖本也。越四月又記。

宣統元年冬十二月小除，以《楝亭》本比勘一過。

宣統庚戌，藝風先生影鈔尤貞起手鈔本見寄，益見此本之佳。

王國維跋四則，録自王國維鈔本

宣統改元冬十二月小除夕，以明季精鈔本對勘一過。國維。

鈔本亦有夢覺子跋，與此本同出一源。二本各有佳處，鈔本上卷有脱落，然此本下卷已改易體例。字之異同，亦以鈔本爲長。校勘既竟，並以《太和正音譜》《元曲選》覆校一過，居然善本矣。除夕又記。

宣統二年八月，復影鈔得江陰繆氏藏國初尤貞起手鈔本，知此本即從尤鈔出，而易其行款，殊非佳刻。若尤鈔與明季鈔本，則各有佳處，不能相掩也。冬十一月，病眼無聊，記此。

王國維跋三則，録自王國維批注曹本（《版本叙録》第〔一一〕種）

《録鬼薄［簿］》二卷、《續編》一卷，原書爲明藍格抄本，每葉十八行，行二十字，今藏寧波某氏，本天一閣故物，後歸四明沈德壽，序前有「亞東沈氏抱經樓鑒賞圖書印」「五萬卷藏書樓」「授經樓藏書印」及「浙東沈德壽家藏之印」諸印章，世極罕見。民國二十年秋，趙斐雲、鄭西諦、馬渪［隅］卿三氏訪書寧波，得睹原書，至爲驚喜，因商諸某氏假歸，人各一卷，手自抄繕，盡一夜之力抄成。數年以來，矜爲懷[瓌]寶，不輕示人，馬氏且據之撰爲《新校注》焉。今三氏合抄之本業由北京大學出版組影印行世，《新校注》亦由本刊印成，二書互可參考也。《鬼薄[簿]》一書得大顯于世，實賴三氏之力，坩[惜]馬氏墓木已拱，不及見其書之行世，至可慨也。二十五年十月趙孝孟識。

趙孝孟跋，録自《國立北平圖書館館刊》十卷五號，原附馬廉校本末

《録鬼簿》一[二]卷，元鍾繼先撰，揚州詩局刻本，吾友謝無量得之金陵以見示者，因録一過藏之。篇中後序題辭，皆綴下卷首，復系洪武戊寅吴門生、萬曆甲申夢覺子二跋，下有印曰「楝亭藏本，丙戌九月重刻於揚州使院」。按丙戌爲康熙十七[四十五]年，楝亭者兩淮鹽課御史曹寅也。是書爲《楝亭十二種》之一，蓋依明寫本重刻，故序跋次第悉仍其舊，不復審易耳。明萬曆間，山陰祁承㸁刻《澹生堂餘苑》，中有《録鬼簿》一卷，未知與此本有無異同。《餘苑》傳世絶稀，未得見也。三年前得臧晋叔《元曲選》殘本，有馬致遠撰劇數種，心好其辭；及讀《説郛》涵虚子《詞品》一篇，始略識元時撰曲者名氏；已得見程明善《嘯餘譜》，録元劇名目甚備；兼涉沈德符《顧曲雜言》、王元美《藝苑卮言》，於是元曲門户，粲然可尋矣。丙午居湖上，從錢唐丁修甫借明寧王權《太和正音譜》寫本讀之，乃知陶宗儀、程明善所録，盡出於此。稍稍求得《元曲選》完帙，楊朝英《陽春白雪》《太平樂府》，陳所聞《北宫詞紀》，無名氏《雍熙樂府》，徐渭《南詞叙録》，《康熙敕定曲譜》《九宫大成譜》，吕士雄《南詞定律》，而後南北宫調

之同異，雜劇散曲之家數，始可言焉。鄭漁仲曰：「古之詩，今之詞曲也。」予謂三百篇之變爲騷，騷之變爲樂府五言，樂府五言之衍爲唐律，唐律之降爲五代宋詞，五代宋詞之流蕩爲元曲，斯豈特文章之極變，抑亦國俗民志升降消息之符也。君子觀樂以知政，予讀元曲，未嘗不嘆中土文章之運，至元而歇，國政之所漸，群志之所趨，所由來遠矣！明興後五百餘年，曠無文焉。非無文，其志衰，其制無變爾矣。至於今日益蕩然，傾國迷鶩於利，亡論六藝之喪，吾未見能解元曲者也。予悲元曲家身詘胡虜之下，志高江湖之上，憂愁哀思，無所托意，乃遠稱神仙，盛慕婦人，諧謔誹譏，歸致於解脱。其詞巧，其志隱，其稱物嵬瑣而托指幽眇，有足多者。此可爲智者論，未易一二爲流俗人説也。茲編所録作者百五十四人，劇目四百五十二本，間爲《太和正音譜》所未載。蓋丹丘當時，僅就所見著録，易世稍遠，傳本散落不可知矣。明李開先編《張小山樂府》，跋云：洪武初諸王之國，必以詞曲千七百本賜之。憲廟好聽雜劇，搜海内詞本殆盡。武宗亦好之，敕臣下采進，賞賚甚厚。其時楊循吉、徐霖、陳符輩，所進不止數千本，悉歸内府。臧晋叔刻《元曲選》，亦云從劉伯延借二百餘種，録之御戲監。由此觀之，明内府所收，當更有出茲編外者。今所存但有《元曲選》，餘本淪没盡矣。即明曲自周憲王有燉所刊外，亦尟有傳者，可爲重太息也。元曲家鄉里事實，紀者無徵，獨見斯編。又如王日華《桃花女》、蕭德祥《殺狗勸夫》，臧晋叔刻入《元曲選》，而遺作者名字，茲獨有之，知爲晋叔所未睹。《太和正音譜》録無名氏雜劇百餘本，茲編亦多載其名，如《邢臺記》爲秦簡夫作、《孟良盗骨殖》爲朱士凱作，《托妻寄子》《賢孝婦》爲喬孟［夢］符所作、《馮諼收券》《詐游雲夢》《錢神論》《斬陳餘》《章臺柳》《蟠桃會》盡繼先作，見朱士凱序，皆足補丹邱之闕，信考元曲者之秘笈也。繼先蓋杭州人，其稱古汴者，元時士夫多好著其舊望，猶曰「巴西鄧文原」「蜀郡虞集」云耳（今《水滸傳》有施耐庵序，亦署東都。施亦杭人，亦此例）。朱士凱云，繼先爲鄧善之高弟。按《元史》，善之其先綿州人，宋末徒錢唐，至元二十七年辟爲杭州儒學正，至大間授江浙儒學提舉。繼先學於善之，蓋在其爲儒學時也。繼先自序所交遊，幾盡爲杭人，如金志甫、范子安、沈和甫、鮑吉甫、陳存甫、范冰壺、施君美、黄德潤、沈拱之、吴中立、周仲彬皆是；宫大用、鄭德輝、曾瑞卿、喬孟［夢］符，悉流寓杭州者也。又其紀范冰壺、施君美里巷甚悉，睢景臣傳云：「大德七年，公自維揚來杭州，予與之識。」其爲杭州人無疑矣（其曰東平趙君卿幼與同里閈，同師鄧先生，又謂與東平陳彦實同舍者，或皆著其舊望，或東平産而流寓杭州者也）。惟郎瑛《七修類稿》云：「《三國》《水滸》，杭人羅本貫中編。或曰《水滸》施耐庵作。得鍾繼先《録鬼簿》抄本，載宋元傳記之名甚備，而於二書之事尤多。」今詳覽兹編無羅貫中，所録止於曲劇，未及章回。篇帙首尾完具，又非斷缺，不詳瑛所見爲何本。錢希言《戲瑕》復云：「《點鬼簿》具有宋江三十六人事迹，鍾繼先所編。」然則繼先蓋别有《點鬼簿》，與此各自爲書，轉寫訛混，瑛所見是《點鬼簿》，非此編耳。今《點鬼簿》不可得見，而兹編獨存，可寶也。戊申人日寫訖，聖湖居士記。

馬一浮《跋録鬼簿》，録自玉海堂鈔本，戊申爲光緒三十四年。亦見《獨立週報》二卷六號，並收入《馬一浮集》

案，《獨立週報》題《跋元鍾繼先録鬼簿》，署「被褐」。《馬一浮集》據抄稿收録，注原稿有馬氏眉批「删」云云。二者俱有缺句，今從鈔本録，據二者補個别脱字。

莊謹按：《王忠慤公遺書》中有校注《録鬼簿》二卷，乃以曹楝亭刻爲底本，而以明抄本及《元曲選》《太和正音譜》等書校之。此本則以明抄爲底本，而以楝亭刻及尤貞起本與他書校之，家大人嘗過録校楝亭本上。《遺書》目録初編訂，見有此書校本，以爲即此本也；及印出互校，校語、考證互有詳略，方知爲兩本。編《遺書》時僅就所存本付刊，而未與此本合而爲一。推原其故，蓋公既據明抄本手録一本，取各書校之，同時又以楝亭刻校一本，觀兩本跋語日月相同，可知爲同時所校。以後有所得，則或記手録本之上，或記楝亭本之上，不復分别。辛亥後，公及伯父、家大人避地東瀛，嘗爲伯父編大雲書庫藏書目，見經部經説、小學之書重本甚多，而集部中詞曲竟無一種，以爲偏枯。時公欲研究經學、小學，乃悉取其重本去，而以所藏之詞曲補其缺。《録鬼簿》既有兩本，乃以手録者歸大雲書庫，而自留楝亭刻本，此兩本分離之所由也。《遺書》校注既未能合兩本爲一，今更録此本校語附《校詞雜記》之後。明抄及尤本均非恒見，通行者爲楝亭本，故仍以曹刻爲底本，俾讀者得就曹本改正其訛誤；其與《遺書》校注本同者，悉汰之不録焉。

羅莊《録王國維鈔本〈録鬼簿〉批注題記》，録自陳鴻祥《王國維傳》（二〇一〇年江蘇文藝出版社版）

案，此題記亦見陳氏《王國維與近代東西方學人》（一九九〇年天津古籍出版社版）節引。原無題，今擬題如此，參見《版本叙録》第三一種。陳注從羅莊手稿録，文中原夾有陳氏按語，從《王國維與近代東西方學人》删。其標點斷句偶有誤，今改正。

十七八年前，趙斐雲先生自北平南下訪書，時馬隅卿先生方歸四明杜門讀書，我輩偶發豪興，欲至甬訪之，藉以登天一閣觀未見書，海上颱風適大作，未能成行，便先至杭州，轉紹興，至寧波。中途趕車，獨雇大汽車一，飛馳而去，西湖、鑒湖之勝，皆不暇攬之矣。至則與隅卿先生日夕歡談，意興豪甚。隅卿出札記數册相視，皆有關小説戲曲之掌故與史料也。予與斐雲大喜過望，競鈔數十則。又有《明代版畫刻工姓氏録》一册，予睹之如獲異寶。隅卿云：此《録》創始於陳大鐙氏，王孝慈得之，復加增補若干人，隅卿從孝慈處鈔出，又就所知補入若干。予請於隅卿，窮半日之力，復傳録之，就所憶及者又補入若干。隅卿更就予所補者補入焉。此數日放誕高論，旁若無人，自以爲樂甚。夜寓隅卿老宅東厢，屋頂作半穹形，大似明代版畫中之圖式，古趣盎然。予嘗笑謂二君曰：「是入王伯良校注《西厢記》之畫中矣。」隅卿日奔走，謀一登天一閣，而終格於范氏族規，不得遂所願。蓋范氏嘗相約，非曝書日即子孫亦不得登閣也。於是我輩乃謀訪鄞地各藏書家，盡數日之力，於馮孟顓、朱酇卿、孫蝸廬諸氏所藏，皆得睹其精英焉。孟顓所藏姚梅伯稿本甚多，予抄得姚氏《今樂府選》全目，殊爲得意。酇卿藏曲子亦不少。蝸廬於書深藏秘錮，而於我輩則盡出其佳品：《女貞觀重會玉簪記》，是白綿紙本，劫中曾出現於滬市，予無力收之，爲徐君伯郊所得；而爲余輩所最驚心動魄、相視莫逆於心者，乃是明藍格抄本《録鬼簿》

一書，後附無名氏《續録鬼簿》一卷，爲研究元明間文學史最重要之未發現史料。余輩丐求携歸細閱一過，蝸廬慨然見允，他書遂亦無心相賞矣。立携書歸，竭三人之力，於燈下一夕抄畢。後此抄本北大曾付之影印。又於大酉山房見姚氏之《今樂考證》，亦矜爲秘笈，後爲隅卿所得，北大亦嘗爲之覆印。此行所獲良多，歸裝固不儉也。今者世事大變，隅卿墓木已拱，蝸廬亦已下世。隅卿藏書盡散，蝸廬所藏，頃亦爲杭賈挾之滬上求售。予見此明藍格抄本《録鬼録［簿］》，不能不動心，索六十萬金，乃舉債如其數得之。亟函告斐雲，斐雲云將爲一跋以記之，予乃述我輩訪書經過，以視斐雲。嗚呼！當時少年氣盛，豪邁不可一世，今友朋之樂盡矣，誰復具好書之癖如我輩者？而斐雲與予亦垂垂老矣。三十五年十月廿八日，鄭振鐸。

鄭振鐸跋，録自明天一閣鈔增補本，亦見《文藝春秋》三卷五期，文字稍異

事情已經過去整整三十年了，現在回想起來，還恍如目前。

一九三一年夏天，我計劃去寧波參觀范氏天一閣的藏書，並會晤那時在原籍養病的馬隅卿先生。約鄭西諦先生同行，西諦一諾無辭。我們乘了一輛大汽車從杭州對岸西興直開曹娥，再轉火車去寧波。到後，就和西諦同寓隅卿月湖老宅東厢房中，良友重逢，歡喜逾常。其時我别西諦已一年，别隅卿且二年矣。一日，往訪孫祥熊先生，孫先生正在庭前曝書，我們在書堆中發現《録鬼簿》和《續録鬼簿》一册，明抄藍格，一望而知爲范氏天一閣故物。借歸以校康熙間曹楝亭刻本，始知無名氏編《録鬼簿續編》確

爲孤本，向所未見，並發現明抄本《録鬼簿》之特點有三：

一、兩本人數多寡不一。明抄本卷上前輩名公四十五人，曹本四十一人；明抄本卷下方今才人五十一人，曹本則增至五十五人。

二、卷下方今才人【凌波仙】吊曲，曹本僅有宫天挺等十九人，明抄本吊曲不缺。【凌波仙】，就是北雙調【水仙子】曲牌的别名。

三、兩本著録不僅雜劇多寡、名稱、次序不同，文字亦多不同。例如王實甫名德信，曹本就脱去「名德信」三字。劇目下題目正名，非常重要，曹本全脱。

粗粗對校一過，我們很快就發現了這些特點，大家高興得跳起來。隅卿特地叫人在樓下裝了一只一百支光的大燈泡，我們三人立即動手影抄，我抄上卷，西諦抄下卷，隅卿抄《録鬼簿續編》，費了一夜和一個上午的時間，終於抄成了。那次我們在寧波，除了抄得明抄本《録鬼簿》外，還在林集虚大西山房發現姚梅伯手稿《今樂考證》六册。這二書，都是研究中國戲曲史的重要參考文獻。

一九三七年五月，距隅卿去世已經兩年多，北京大學爲了悼念他，特地把《録鬼簿》影印出來，這就是我們三人合抄的本子。

一九四六年十月，明抄本《録鬼簿》從寧波孫祥熊先生家散出，西諦舉債得之，大喜過望，寫信給我報告這件事，我覆信爲他得一奇書致賀，並云願爲一跋以記我三人訪書因緣。一九四九年，西諦北來，行篋中携有此書，我們朝夕聚首，晴窗展讀，其樂無窮。

去年十月，正届西諦墜機遇難一周年，我和徐森玉先生聯名向中華書局上海編輯所建議將此書影印流通，供研究古典戲曲工作者的參考，並對西諦示悼念之意。今書已套印竣工，因記此書流傳始末，以告世人之得讀此書者。

趙萬里，一九六〇年二月十日。

趙萬里跋，録自中華書局上海編輯所影印明天一閣鈔增補本

書目著録

此列諸家目録著録《録鬼簿》情况。凡叢書目録、方志經籍志(如《彙刻書目》《雍正江都縣志》)著録之《澹生堂餘苑》本、《楝亭藏書十二種》本《録鬼簿》,不再收録。

明晁瑮《晁氏寶文堂分類書目》卷中

《録鬼簿》。

明王驥德《新校注古本西廂記·引證書目》

《録鬼簿》。

明祁承㸁《澹生堂藏書目》子部三叢書類

《澹生堂餘苑》,共六百零四卷,共壹百四十六册,十八套,計一百八十八種:

……

《録鬼簿》二卷。

《録鬼簿》。二卷，一册。鍾嗣成。又載《澹生堂餘苑》，抄本。

明祁承㸁《澹生堂藏書目》集部上餘集

《樂府彙》：

《梨雲寄傲》《江東白苧》《王西樓選》《史通樂府》《五經樂府》《馮海浮樂府》《碧山樂府》《對山樂府》《録鬼簿》，乙套，九本。

清祁理孫《奕慶藏書樓書目》子之十樂府家

鍾嗣成《録鬼簿》二卷一本。秦酉岩手抄。

清錢曾《錢遵王述古堂藏書目録》卷十

鍾嗣成《録鬼簿》二卷。

清錢曾《也是園藏書目》卷十

《録鬼簿》。抄本，元古汴鍾嗣成序著，二卷。所録皆元名人能詞而已故者。一册。

清曹寅《楝亭書目》曲類

《録鬼簿》。鍾嗣成。　　清王原祁等《佩文齋書畫譜·纂輯書籍》

鍾嗣成《録鬼簿》二卷。　　清張錦雲《元史藝文志補》曲類

鍾嗣成《録鬼簿》二卷。　　清倪燦、盧文弨《補遼金元藝文志》詞曲類

《録鬼簿》。一本。　　清盧址《抱經樓書目》子部

鍾嗣成《録鬼簿》二卷。字繼先，汴梁人。　　清錢大昕《元史藝文志》卷三小説家類

《録鬼簿》。元鍾嗣成。　　清焦循《劇説·引用書目》(誦芬室刻本)

《録鬼簿》一本。

清許宗彦《鑒止水齋書目》集部

鍾嗣成《録鬼簿》。卷缺。

《嘉慶丹徒縣志》卷三十二《藝文志》子類

鍾嗣成《録鬼簿》二卷。字繼先，汴梁人。

清魏源《元史新編》卷九十三《藝文志》子類

鍾嗣成《録鬼簿》二卷。

清姚燮《大梅山館藏書目》卷十六

《説部新書》十册。舊鈔本。海昌許純醇夫氏手輯。……八册：鍾嗣成《録鬼簿》。……醇夫名焞，字純也，通籍木天，即乞養歸里。田園所入悉以買書，人有善本必爲借録。所得書鈐以小印曰「个是醇夫手種田」，闢學稼軒藏之。此書十册，雜録歷朝小品三十有二種，皆家僮所寫也。吾友許壬伯廣文人杰，爲公之元孫，有跋綴於後。

清丁丙《善本書室藏書志》卷十九

案《説部新書》又見《八千卷樓書目》《江南圖書館善本書目》《江蘇第一圖書館覆校善本書目》著録，均不列子目。

《録鬼簿》二[二]卷。明尤貞起手鈔本。前有緣起，字迹近松雪翁。收藏有「尤貞起印」朱文方印、「溪南尤氏所藏」白文長方印。

繆荃孫《藝風藏書記》卷八

《録鬼簿》三卷，明抄本。元古汴鍾繼先撰。

沈德壽《抱經樓藏書志》卷四十八小説類

案，此即天一閣鈔本，其下並録鍾嗣成自序及朱凱、賈仲明題跋等，略。

鍾嗣成《録鬼簿》二卷。字繼先，汴梁人。

曾廉《元書》卷二十三《藝文志》小説類

羅振玉《羅氏藏書目録》集部詞曲類

《録鬼簿》二卷。元鍾嗣成。影明尤貞起鈔本。一本。

又，過録明鈔本。一本。

又，《楝亭十二種》本。三本。

案，依此目之例，「本」即「册」，「三本」疑爲「二本」之訛。楝亭本二卷，連序跋封面不過四十六頁，不至於裝爲三册。

徐乃昌《積學齋藏書記》子部詞曲類

《録鬼簿》（子部小説類）。元鍾嗣成繼先撰。舊鈔本。繼先號醜齋，大梁人。此編皆本朝顯宦名公詞章行于世者，恐後湮没姓名，故編排類集，記其出處才能于其前，度以音律樂章于其後，使已死、未死之鬼作不死之鬼，得以傳遠，此即命名之義也。首有至順元年自序。末有朱士凱後序，邵元長序並題詞，周誥、末［朱］經題詞，洪武戊寅吴門生跋，萬暦甲申夢覺子跋。有「古香樓」朱文圓印、「休寧汪季青家藏書籍」朱文方印、「抱經樓」白文方印。

案，此從《中國歷代書目題跋叢書》所收本録，其本源自稿本。「朱文圓印」原作「朱文圖印」，從國圖藏鄭振鐸舊藏鈔本改。今所知汪氏有朱文「古香樓」圓印。

《録鬼簿》二卷。元鍾嗣成撰。舊寫本，十行二十字。前有尤貞起序（尤氏手書，有印記）。後有萬曆甲申夢覺子跋。其餘序跋與曹刻同。（繆藝風書。）

傅增湘《藏園群書經眼録》卷十九

《録鬼簿》二卷。元鍾嗣成撰。○明藍格鈔本，九行二十字。范氏天一閣佚出之書。○明鈔《説集》本，十一行二十四字，白口，四周雙闌。訂二十册，此書在第十六册。○清寫本，十行二十字。有萬曆甲申夢覺子跋。

《新編録鬼簿》二卷。元鍾嗣成撰。○清康熙四十五年曹寅揚州使院刊《楝亭十二種》本，十一行二十一字。余據明鈔《説集》校。

傅增湘《藏園訂補郘亭知見傳本書目》卷十六

《録鬼簿》二卷。元鍾嗣成撰。舊抄本。王觀堂藏書。二册。三十元。

羅振常《蟫隱廬舊本書目》十六期

《録鬼簿》二卷。元鍾嗣成撰。舊抄本。王觀堂藏書。二册。二十五元。

羅振常《蟫隱廬舊本書目》二十期等

案，此所載即影鈔尤貞起鈔本，參見《版本叙録》。

《録鬼簿》二卷。《楝亭十二種》本。元鍾嗣成撰。嗣成字里見卷二。此書上卷録已死名公所製雜劇；下卷則録其相知之人所製曲，每人繫以小傳，且作【凌波曲】以吊之。今嗣成所撰雜劇不傳，其曲之存於今者，僅《雍熙樂府》中所選一小套、《北詞廣正譜》中小令一闋及此書中小令十九闋耳。然此書以録曲爲主，故列於此。

王國維《曲録》卷六（《晨風閣叢書本》）

案，鄭振鐸藏本《曲録》，於《録鬼簿》《楝亭十二種》本下，手書補《暖紅室》本、《酹江集》本、《曲品》本、《王忠慤公遺書》本四種。

《録鬼簿》。手鈔本，一册。

王國維《静庵藏書目》，原稿附國圖藏稿本《人間詞話》後，從《王國維全集》録

《録鬼簿》二卷。元鍾嗣成撰。王國維手抄校本。有跋。

日本文求堂《海寧王静菴（國維）手抄手校詞曲書目》

《别本録鬼簿》二卷、《録鬼簿續編》一卷、附録一卷，范氏天一閣藏抄本。

按此鈔本《録鬼簿》二卷，以通行刊本校之，其上卷第一篇録董解元以下至元遺山凡四十五人，標題總目曰「前輩名公樂章傳於世者」；刊本則自董解元至張洪範三十一人，目爲「前輩已死名公」，自郝新庵至王繼學十人，目爲「方今名公」，凡四十一人，分作二類，與此本異。又考其人名，此本較刊本多張雲莊、奥殷周、趙伯寧、王元鼎、劉士常、虞伯生、元遺山七人，而少陳國賓、王繼學二人。刊本所録，如劉時中、馬昂夫皆非元末之人，目爲「方今名公」，亦不可曉，疑此本泛稱「前輩名公」者是矣。此本上卷第二篇，録關漢卿至紅字李二凡五十六人，目曰「前輩才人」，所録與刊本皆同，唯前後次第間有出入。又此本下卷自宫大用至李邦傑五十一人爲總録，其前有序云：「方今才人相知者爲之作傳，以【凌波曲】吊之。」刊本則下卷分立四目，自宫大用至周文質十九人，目爲「方今已亡名公才人相知者」（按：前序與抄本同，唯「方今才人」作「方今已亡名公才人」）；自胡正臣至張以仁十一人，目爲「已死才人不相知者」；自黄子久至張鳴善二十一人，目爲「方今才人相知者」；自高可通至高安道四人，目爲「方今才人聞名而不相知者」，凡四類。其人名較抄本多胡正臣、李顯卿、孫子羽、張鳴善四人。又刊本分録諸人尚有後序，如「方今已亡名公才人相知者」十九人及「已死才人不相知者」十一人後有序云：「右所録，若讀書萬卷，作三場文，占奪巍科者，世不乏人，而以文章爲戲玩者，誠絶無而僅有，此哀誄之所以不得不作也。」云云。「方今才人相知者」二十一人後序云：「右當今名公才子才調製作不相上下，蓋繼乎前輩者半爲地下修文郎矣。」云云。「方今才人聞名而不相知者」後序云：「已上有聞者止如此。」云云。凡後序三首。以本書體例推之，上卷所録爲前輩，下卷所録爲並時之人，然其中關係不同，故以四類别之。其後序第一首所贊爲已亡之人，包相知及不相知二類。其相知者有誄詞，不相知者無之（按：此所謂不相知，包不識其人而〔與〕其後疏闊者言之，如李齊賢、劉宣子皆同窗，而在不相知類中是也）。其後序第二首所贊，有存者，如傳秦簡夫云「近歲來杭」，曹明善云「今在都下」；有已亡者，如屈子敬云「以學官除路教卒〔亡〕」。緣或存或亡，故曰「繼乎前輩〔者〕，半爲地〔下〕修文郎」也。至同時聞名而不相〔知〕者，則別録附於後。其體例可測者如此。今此抄本下卷於諸人不加分別，但末有標注一行，曰：「已上諸公卿大夫、高賢逸士鴻儒總括一篇。」其刊本之後序三首，則僅存第一首在此標注之後，爲下卷諸人總贊，與刊本大異。豈刊本所録爲鍾嗣成稿本，而此抄本所録乃後人改定之本，其時諸人皆已亡，故只存此一序不加區別歟？至諸家小傳及所録曲目，互有詳略，大抵小傳文字，此本較刊本爲簡，而曲目入此出彼，其例甚多。以二本互補，於元曲目録之學極有裨益。其小傳文字之勝，如王實甫名德信（原文作「德名信」，疑「德」字誤置「名」字之上）、汪澤民名德潤、李行甫名潛夫（以上上卷），曹明善名德、屈子敬名恭之、蕭德祥名天瑞（以上下卷），皆刊本所無。至《續編》七十一人，如羅貫中、谷子敬、邾仲誼、湯舜民、楊景賢、賈仲名〔明〕等，皆名家巨手，世人於其始末不盡詳悉，其行迹及所撰戲曲全目亦賴此本知之。所附失姓名傳奇七十八本中，如《勘頭巾》，《元曲選》作孫仲章撰；《冤家債主》（按：作《看財〔錢〕奴》），《元曲選》作鄭廷玉撰；《生金閣》，《元曲選》作武漢臣撰；《留鞋記》，《元曲選》作曾瑞卿撰；《相國寺》，《元曲選》作張國賓撰。徵以諸本《録鬼簿》及《太和正音譜》，諸人名下皆無其本，則《元曲選》所書未必可據。又如《桃花女》，刊本《録鬼簿》作王曄撰；《盗骨殖》，刊本《録鬼簿》作朱凱撰;《殺狗勸夫》,刊本《録鬼簿》作蕭德祥撰,此本下卷諸人名下皆不附所撰曲,而在續編者所附失姓名傳奇目中。蓋續編者本不知其撰人,亦未參考他本《録鬼簿》,因據此一本附書之。今刊本録王曄曲三本,朱凱曲二本,蕭德輝〔祥〕曲五本,甚爲詳贍,必非妄書也。《録鬼簿》今通行《楝亭十〔二〕種》本,尚非善本。此本傳寫補綴,俱出明人之手,其所録本書足以校正異同,續編、附録皆他本所無,尤足以補舊目之缺。且書中每一曲多注其正名題目,凡不存之本,賴此注尚可稍知其故事。是此本之善,斷非諸本《録鬼簿》所及。近時人以此本卷首載永樂二十年賈仲明《書録鬼簿後》一文,遂謂《續編》即仲明所爲。然考其文,則仲明但於上卷闕漢卿五十六人、下卷王思順等三十三人、鍾嗣成未作吊詞者,爲補其詞,無續編《録鬼簿》之言。且《續編》有《賈仲明傳》在陳子〔一〕等十一人之前,玩其詞意,亦不出仲明之手,疑作《續編》者另是一人,似不可遽以仲明當之也。

孫楷第《續修四庫全書總目提要·録鬼簿提要》

《録鬼簿校注》二卷,《王忠慤公遺書》第四集本。

清王國維撰。元至正間汴人鍾嗣成字醜齋,録前輩名公及方今才人有樂府雜劇傳於世者,得若干人,詳著其所著樂府名目,及其一生事實,爲《録鬼簿》上下卷。自後其書遂爲考金元樂曲者所不廢。王君所撰《宋元戲曲史》及《曲録》中雜劇一部分原料,幾全憑此書爲之。後於暇日札録寧獻王《太和正音譜》、錢遵王《也是園書目》及《元史》、《山房隨筆》、鳳林書院《草堂詩餘》與此書可互證者爲箋注,又以所見明抄本及江陰繆氏藏清初尤貞起抄本以校通行《楝亭十二種》刻本，著其異字於行間，朱墨爛然，可稱家塾善本。稿本後歸上虞羅氏振玉許，羅氏兒子輩録爲《校注》二卷，入《遺書》四集中刊之，實則殊失作者之本意矣。按此書曹楝亭本與尤貞起本殆同出一源，均非鍾氏原本面目。原本之與曹本、尤本，幾如孫强改本《玉篇》之與古寫本，判若霄壤。原本劇名下多著正名一行或二行，曹本、尤本全删，一不同也；原本於每一作家仕籍後必繫小令一支以寓意，曹本、尤本大抵脱去，不留一字，二不同也；原本卷首有永樂二十年淄［溜］川賈仲名［明］序文，賈氏明初以北曲鳴，嘗著《續録鬼簿》一卷，以繼鍾氏未竟之緒，曹本、尤本既失載《續録》全文，又不收賈序，故於賈氏續作之旨及鍾氏一生事迹，均無由考見，三不同也。鍾氏原本及賈氏《續録》，明萬曆後已罕見，故孟稱舜《酹江集》中附刊本（此本亦王君所未見），亦與曹本内容相若，三年前忽於四明范氏天一閣遺書中得見此書明正德間抄本，於是鍾氏原本與賈氏《續録》之面目始大白於世，恨不得起王君於九京以告之。附書於此，以諗讀此書者。

趙萬里《續修四庫全書總目提要・録鬼簿校注提要》

《新編録鬼簿》二卷。元鍾嗣成撰，舊鈔本。

《新編録鬼簿》二卷。元鍾嗣成撰，清尤貞起鈔本。

《北京人文科學研究所藏書簡目》史部傳記類

《録鬼簿》。舊鈔本。

《涵芬樓原存善本草目》

《録鬼簿》二卷(元鍾嗣成撰)《續編》一卷。明抄本，二册，西諦跋。

《録鬼簿》二卷(元鍾嗣成撰)《續編》一卷。抄本，一册。

鄭振鐸《西諦書目》卷五

資料彙編

案，此編輯録鍾氏生平及《録鬼簿》相關資料，凡評品鍾氏散曲篇句者略。

王玉梅，善唱慢調[詞]，雜劇亦精致。身材短小而聲韻清圓，故鍾繼先有「聲似磬圓，身如磬槌」之誚。

元夏庭芝《青樓集·王玉梅傳》。《奩史》卷三十二、《青樓小名録》卷五等曾轉引

夫謎者，隱語也。……元至正間浙省掾朱士凱編集萬類，分爲十二門。何以爲類？引《孟子》曰：「麒麟之於走獸，鳳凰之於飛鳥，泰山之於丘垤，河海之於行潦，類也。」摘選天文、地理、人物、花木等門四般一同者，故爲之類也。號曰「揆叙萬類」。四明張小山，太原喬吉，古汴[汴]鍾繼先，錢唐王日華、徐景祥，犖犖諸公，分類品題，作詩包類，凡若干卷，名曰《包羅天地》。惜乎兵燹之餘，板集皆已淪没，無一字可存。予友賀宗[從]善者，世居錢唐，幼好讀書，醫藥以自給，亦能隱語。凡有詩謎若干篇，後習者家之。翌日踵門，袖出一集。……觀其用心之處，抽黄對白，諧聲假意，轆轤拆白，街談市語，千奇百怪，應帶款曲，燦然靡所不備。予爲從善曰：「胡不鋟梓即行，以補將來之學者，得不泯絶此家之風味也？」從善曰：「恐儒者之所薄。」予曰：「薄此者，腐儒也。東坡之才，博學宏詞，無所不覽，尚留心于此，何况于後人乎？雖曰得罪于聖門，亦不害于大義，啖蛤蜊自與知味者道，抑亦可以發一時之懷抱

爾。」從善曰：「諾。」于是書此以識之。

明無名氏《千文虎序》，從明郎瑛《七修續稿》詩文類「謎序文」條引。《陔餘叢考》卷二十二曾節引

案，此序爲明初人作，序末之論出《録鬼簿自序》。《千文虎》爲謎社之書，久佚。作者錢塘賀從善，《正音譜》列入「知音善歌者三十六人」中，注云「杭州醫人」。又，文中誤「從善」爲「宗善」者，清乾隆間耕烟草堂刻本已改正。

鍾繼先之詞，如騰空寶氣。

明朱權《太和正音譜》卷上《古今群英樂府格勢》。《藝苑卮言》附録一、《問奇類林》卷十八、《藝藪談宗》卷五等多有轉引

近時北詞以《西廂記》爲首，俗傳作於關漢卿，或以爲漢卿不竟其詞，王實甫足之。予閱《點鬼簿》，乃王實甫作，非漢卿也。實甫，元大都人，所編傳奇有《芙蓉亭》《雙蕖怨》等，與《西廂記》凡十種，然惟《西廂》盛行於時。

明都穆《南濠詩話》

《三國》《宋江》二書，乃杭人羅本貫中所編，予意舊必有本，故曰「編」。《宋江》又曰「錢塘施耐庵

的本」。昨於舊書肆中得抄本《録鬼簿》，乃元大梁鍾繼先作，載元宋傳記之名，而於二書之事尤多。據此尤見原亦有迹，因而增益編成之耳。

明郎瑛《七修類稿》卷二十三「《三國》《宋江》演義」條。《國憲家猷》卷二十五、《居易録》卷二十四、《通俗編》卷三十七、《劇話》卷下、《簷曝雜記》卷六、《曲園雜纂》卷三十八《小浮梅閑話》等多有徵引

蓋當時臺省元臣、郡邑正官及雄要之職，盡其國人爲之，中州人每每沉抑下僚，志不獲展。如關漢卿乃太醫院尹，馬致遠江浙行省務官，宫大用釣臺山長，鄭德輝杭州路吏，張小山首領官，其他屈在簿書、老於布素者，尚多有之。於是以其有用之才，而一寓之乎聲歌之末，以紓其怫鬱感慨之懷，蓋所謂不得其平而鳴焉者也。

明胡侍《真珠船》卷四「元曲」條。李開先《張小山小令序》、《劇説》卷一曾轉引

案，所述未言依據，當出《録鬼簿》。

漢之蔡中郎，繼而簡、孝二文帝，宋之王荆公、蘇東坡、黄山谷、秦淮海，元之王日華、喬夢符、鍾繼先、徐景祥，我朝丁仲名、江朝元、谷子敬、楊廉夫、唐以初、王惟善，是皆詩禪之人也。

明李開先《詩禪又序》，見《詩禪》卷末，原無題，署嘉靖四十一年，收入《閑居集》卷五

《録鬼簿》謂：人生斯世，但以已死爲鬼，而不知未死者亦鬼也。身後無聞，則又不若塊然之鬼爲猶愈。……小山詞既爲仙，迄今殆死而不鬼矣。世雖慕之，未有見其全詞者。予爲之編選成帙，亦有一二删去者，存者皆如《録鬼》及《太和》二書所稱許。

明李開先《張小山小令序》，見李開先輯刻本《張小山小令》卷首，署嘉靖四十五年，收入《閑居集》卷五

予少時，綜理文翰之餘，頗究心金元詞曲，凡《中原》《燕山》《瓊林》《務頭》四韻書，《太和正音》《詞話》《録鬼》《十譜格》《漁隱》《太平》《陽春白雪》《詩酒餘音》二十四散套，張久可、馬致遠、喬夢符、查德卿等八百三十二名家，《芙蓉》《雙題》《多月》《倩女》等千七百五十餘雜劇，靡不辨其品類，識其當行。

明李開先《南北插科詞序》，見《閑居集》卷六

詞與詩意同而體異。詩宜悠遠而有餘味，詞宜明白而不難知。以詞爲詩，詩斯劣矣；以詩爲詞，詞斯乖矣。其法備於《中原韻》，其人詳於《録鬼簿》，其略載於《正音譜》。

明李開先《西野春遊詞序》，見《閑居集》卷六

予獨怪夫金元晚代，肇填曲子，故校士多題崔張事。時董學士、關院尹輩，爨美元《記》而記之，悉

署其揃曰《西厢》。其嘲風弄月之思，釘壁投梭之態，咸自《會真》始。特樂府者流，知《西厢》作於關、董，而不知《録鬼簿》疏云王實甫作。豈實甫、漢卿俱家大都而遂誤耶？抑關本有别行者耶？

明顧起經《增編會真記序》，署嘉靖四十一年

北雜劇有《點鬼簿》，院本有《樂府雜録》，曲選有《太平樂府》，記載詳矣。惟南戲無人選集，亦無表其名目者。

明徐渭《南詞叙録》

逮至金元，馬（致遠，字東籬，大都人，江浙行省務官）、王（實甫，大都人）、關（漢卿，號已齋叟，大都人，太醫院尹）、白（樸，號蘭谷先生，文舉之子，掌禮儀院太卿，贈嘉議大夫），鑄辭鎔意迥出人表，琅琅如天馬行空、神鰲鼓浪。

明姚弘誼《樂府統宗序》，從《嘉禾徵獻録》卷四引

案，《樂府統宗》十五卷，已佚。所述未及出處，亦當出《録鬼簿》。

世所傳《宣和遺事》極鄙俚，然亦是勝國時閭閻俗説。中有「南儒」及「省元」等字面。又所記宋江三十六人，盧俊義作李俊義，楊雄作王雄，關勝作關必勝，自餘俱小不同，並花石綱等事，皆似是《水滸》事本。

儻出《水滸》後，必不更創新名。又郎瑛《類稿》記《點鬼簿》中，亦具有諸人事迹，是元人鍾繼先所編。

明胡應麟《筆叢》正集卷二十五《莊岳委譚》下

《録鬼簿》以董解元《西厢記》壓卷，不著名字，但云仕金章宗朝，爲翰林學士。時鍾嗣成以前輩名士呼之。其《記》實爲王、關之祖。

明蔣一葵《堯山堂外紀》卷六十八

《點鬼簿》中具有宋江三十六人事迹，是元人鍾繼先所編。《宣和遺事》亦載宋江並花石綱等事，施氏《水滸》蓋有所本耳。一云施氏得宋張叔夜擒賊招語，因潤飾以成篇者也。

明錢希言《戲瑕》卷一「水滸傳」條

按元大梁鍾嗣成《録鬼簿》，載王實甫、關漢卿，皆大都人。漢卿，號已齋叟，爲太醫院尹。……《正音譜》係國朝寧藩臞仙所輯，實本之《録鬼簿》。

明王驥德《新校注古本西厢記》卷六《王實甫關漢卿考》

世傳《拜月》爲施君美作，然《録鬼簿》及《太和正音譜》皆載在漢卿所編八[六]十一本中，不曰君美。君美名惠，杭州人，吴山前坐賈也。

明王驥德《曲律》卷三《雜論》第三十九上

金元雜劇甚多，《輟耕録》載七百餘種，《録鬼簿》及《太和正音譜》載六百餘種。

同前卷四《雜論》第三十九下

《録鬼簿》有關漢卿《昇仙橋相如題柱》，當不是此册。四十五年丁巳十二月十八日，清常又題。

明趙琦美《司馬相如題橋記雜劇跋》，見《脈望館鈔校本古今雜劇》

《録鬼簿》有《劉先主襄陽會》，是高文秀所作，意者即此詞乎？當查。清常道人，丁巳十二月十九日。

明趙琦美《劉玄德醉走黄鶴樓雜劇跋》，見《脈望館鈔校本古今雜劇》

弱侯先生入舟中小話，見予舟曰：「此亦泛家，浮宅何遠？」出一册，名《録鬼簿》，蓋元人詞曲諸名家也。

明袁中道《珂雪齋外集》卷三《游居柿録》

《點鬼簿》目録（與周憲王本合）：

王實甫

張君瑞鬧道場

崔鶯鶯夜聽琴

張君瑞害相思

草橋店夢鶯鶯

關漢卿

張君瑞慶團圞

明凌濛初刻本《西廂記》卷首《西廂記舊目》

闕疑：……即撰人姓名，亦不敢苟且。如劉太保，在楊用脩《詞品》，亦信爲劉秉忠，于其【乾荷葉】詞，多所譏彈。及查《録鬼簿續集》，其名夢臣，與劉秉忠無涉，《元史》亦無考。

明徐迎慶《北詞譜・凡例》

《録鬼簿》載：鄭德輝，名光祖，以儒補杭州路吏。病卒，葬于西湖靈芝寺。其爲人方正，不妄交。

明孟稱舜《古今名劇合選・翰林風月》眉評

《録鬼簿》載：宫大用，名天挺，大名開州人。胸次豁然。吟咏文章，人莫能敵。

明孟稱舜《古今名劇合選·范張鷄黍》眉評

案，孟稱舜《古今名劇合選》之《青衫泪》《墻頭馬上》《秋夜瀟湘雨》眉評，又曾述馬致遠、白仁甫、楊顯之三氏生平，雖未明言，語亦出《録鬼簿》，不具録。

趙良弼，字君卿，東平人。延祐中爲嘉興路吏，遷嘉興縣尉，屢著善政，調杭州，天曆元年卒于家。初師鄧善之、曹克明二先生，經史問難，詩文酬唱，最爲一時稱賞。其風流醖藉，開懷待客，人所不及，然亦以此見廢。能揩［楷］書，善丹青，文章雋逸，樂府小曲、隱語傳奇，無不究意。所編《梨花雨》，辭甚藻麗。（汴京鍾嗣成以【凌波仙】詞記之云：「閑中袖手刻新詞，醉後揮毫寫舊詩，兩般總是龍蛇字。不風流，難會此，更文才夙世天資。夜雨同窗志，秋風兩鬢絲，系住人間能幾時？」見《録鬼簿》。）

《崇禎嘉興縣志》卷十一《趙良弼傳》

或稱《西厢》爲王實甫作，此本涵虚子《太和正音譜》也。涵虚子爲明寧王朧仙，其《譜》又本之元時大梁鍾嗣成《録鬼簿》。

或稱《西厢》爲王實甫作、後四折爲關漢卿續。此見明周憲王所傳本；又《點鬼簿》目，標王實甫名則云：「張君瑞鬧道場，崔鶯鶯夜聽琴，張君瑞害相思，草橋店夢鶯鶯。」標關漢卿名則云：「張君瑞慶

清毛甡論定本《西廂記》卷一

團圞。」

元人鐘[鍾]嗣成《録鬼簿》載有傳奇行於世者，白人甫（號蘭谷）、李文蔚、侯正卿（號艮齋先生）、尚仲賢、戴善甫、江澤民，俱真定人，才學之士也。今郡邑誌無傳焉，記之以俟考。

清梁清遠《雕丘雜録》卷十《過庭暇録》，亦見《乾隆正定府志》《光緒正定縣志》等方志轉引

沈氏多才，自詞隱生璟訂正《九宫譜》，爲審音者所宗，而君庸亦善填詞，所撰《鞭歌伎》《灞亭秋》諸雜劇，慨當以慷，世有續《録鬼簿》者，當目之爲第一流。

清朱彝尊《静志居詩話·沈自徵》，從《明詩綜》卷八十一引，亦見姚輯本卷二十二。後世如《劇説》《明詞綜》等多有轉引

趙良弼，字君卿，東平人（見《畫家傳》）。補嘉興路吏，遷調杭州。能書。（鍾嗣成《録鬼簿》）

清王原祁等《佩文齋書畫譜》卷三十九《書家傳》十八

曾瑞，字瑞卿。大興人，羡錢唐景物之盛，因而家焉。志不屈物，故不願仕，自號褐夫。善丹青。（鍾嗣成《録鬼簿》）。

周文質，字仲彬。其先建德人，後居杭州。學問該博，文章新奇。善丹青。（《録鬼簿》）

趙良弼，字君卿。東平人。補嘉興路吏，遷調杭州。善丹青。（《録鬼簿》）

清王原祁等《佩文齋書畫譜》卷五十四《畫家傳》十

元樂府諸家：金仁傑（字志甫），范康（字子安），曾瑞（字瑞卿，大興人，徙錢塘），沈和（字和甫），鮑天祐（字吉甫），陳以仁（字存甫），范居中（字子正），施惠（字君美，一云姓沈），黄天澤（字德潤），沈拱（字拱之），吴本世（宋[字]中立），周文質（字仲彬，建德人，徙杭），胡正臣（子存善，亦精樂府），李顯卿（東平人，徙杭），俞仁夫，秦簡夫，蕭德祥（號復齋），陸登善（字仲良，一云姓陳，維揚人，徙杭），王曄（字日華），王仲元。（以上見鍾嗣成《録鬼簿》）

《康熙錢塘縣志》卷之三十二《經籍》

《游曲江》（一名《曲江池》）：元范子安作。子安，名康，杭州人，明性理，善講解，能詞章，通音律。因王伯成有《李太白貶夜郎》，乃編《杜子美遊曲江》。下筆即新奇，蓋天資卓異，人不可及也。又名《曲江池杜甫遊春》。鍾嗣成咏范子安詞云：「詩題雁塔寫秋空，酒滿觥船棹晚風，詩籌酒令閑吟咏。占文場、第一功，掃千軍筆陣元戎。龍蛇夢，狐兔踪，半生來彈指聲中。」

北嬰《曲海總目提要補編》卷上

案，《曲海總目提要》及《補編》中，《鬬盼盼》《問牛喘》《遇雲英》《孝諫莊公》《翫江樓》《三赴牡丹亭》《分鏡記》諸劇提要，尚述及侯克中、李寬甫、庾天錫、李直夫、戴善甫、趙明道、沈和甫七人生平，亦用《録鬼簿》各傳，惟未注出處。

清陳撰《玉几山房聽雨録》

元鍾嗣成《録鬼簿》，所載元時杭人之以樂府名者，有金志甫名仁傑，建康崇寧務官，《西湖夢》等八本；范子安（康），沈和甫（和），後居江州；鮑吉甫（天祐），崑山典吏；陳存甫（以仁），范子正（居中），號冰壺徵士；施君美（惠），黄德潤（天澤），沈和甫同母弟；沈拱之（拱）；吴中立（本世）；胡□□（正臣）；俞□□（仁夫）；蕭□□（德祥），一字復齋；王日華（曄）；王□□（仲元），《金錢記》等本[五字應在下文「居杭州」後]；喬夢符（吉甫），太原人，號笙鶴翁，又號惺惺道人，居杭州；周仲彬（文質），建德人，家杭州；李□□（顯卿），東平人，以父爲浙省掾，居杭；黄子久（公望），琴川人，居杭；陸仲良（登善），維揚人，父以典掾來杭，因家焉；鄭德輝（光祖），平陽襄陵人，以儒補杭州路吏，《細柳營》等二十本，卒葬西湖靈芝寺。

案，此所引《録鬼簿》，誤吴中立之名爲「本世」，是曹本之訛，所據當爲曹本系統。又葉廷琯《鷗陂漁話》卷二「黄子久别名」條：「憶陳楞山撰《春江聽雨録》云：『子久居錢塘時，常棄人事，易姓名爲苦行静堅。』未知又别一名，抑『静堅』即『静堅』傳寫之誤也。」《春江聽雨録》今未見，或即别本《玉几山房聽雨録》。此説亦出《録鬼簿》。

按鍾嗣成云：「喬吉甫，字夢符。太原人。號笙鶴翁，又號惺惺道人。美容儀，能詞章。以威嚴自飭，人人敬畏之。居杭州太乙宫前。有《題西湖》【梧葉兒】百篇，名公爲之序。江湖間四十年欲刊所作，竟無成事者。至正五年二月，病卒於家。」所著有《怨風月嬌雲認玉釵》《杜牧之詩酒揚州夢》《玉簫女兩世姻緣》《死生交托妻寄子》《馬光祖勘風塵》《荆公遺妾》《唐明皇御斷金錢記》《節婦牌》《賢孝婦》《九龍廟》《燕樂毅黄金臺》行于世。

清厲鶚《喬夢符小令跋》，見清刻本《喬夢符小令》卷末，署雍正三年

喬吉甫寓居杭州太乙宫，見《録鬼簿》。

《西湖志》卷四十六《志餘》二

鍾嗣成《録鬼簿》，王實甫有《蘇小郎月夜販茶船》傳奇。

清陸廷燦《續茶經》卷下《七之事》

鍾嗣成《點鬼簿》：吴昌齡有《斷風花雪月雜劇》。（卷一「風花雪月」條）

鍾嗣成《點鬼簿》：沈和甫撰《歡喜冤家》曲本，極爲工巧。（卷十三「冤家」條）

按，《點鬼簿》鄭廷玉有《一百二十行販揚州》樂府，又屈彦英有《一百二十行》院本。元人但云一百二十，增多爲三百六十，乃明人言耳。（卷二十一「三百六十行」條）

今戲曲合用南北腔調，又始于杭人沈和甫，見鍾氏《點鬼簿》。（卷三十一「南戲」條）

按，今以移屬吕文穆，乃自元人馬致遠始。《點鬼簿》云，致遠樂府有《吕蒙正風雪飯後鐘》。（卷三十七「飯後鐘」條）

鍾嗣成《點鬼簿》：康進之樂府有《梁山泊黑旋風負荆》《黑旋風老收心》。（卷三十七「續水滸傳」條）

鍾嗣成《點鬼簿》有《月明三度臨岐柳》傳奇，乃元李壽卿撰。（卷三十七「月明度柳翠」條）

清翟灝《通俗編》。「南戲」條亦見《劇話》卷上引。

鍾嗣成作《録鬼簿》，載其相知工詞曲者，稱黄子久乃陸神童之次弟，在姑蘇琴川子游巷居，幼時螟蛉温州黄氏，因而嗣焉。其父年九旬時方嗣，見子久曰：「黄公望子久矣。」先充浙西憲令，以事論經理田糧獲直。後在京爲權豪所中，改號一峰。原居松江，以卜術閑居。目今棄人間事，易姓名爲苦行浄堅，又號大癡翁。公望學問不待文飾，至于天下之事，無所不知；下至薄技小藝，無所不能；詞曲落筆即成，人皆師尊之。尤能作畫。

清阮葵生《茶餘客話》第八册《書畫》

《默庵記》，泰定四年立，趙良弼撰文並集唐顏真卿正書，在咸寧楊萬坡。元有兩趙良弼，皆非此人：韓國文正公，字輔之，卒於世祖至元二十三年；又有一人，字君卿，東平人，爲嘉興路史［吏］，遷杭州，亦能書，出鍾嗣成《録鬼簿》。

清畢沅《關中金石記》卷八

君美元時一賈人，詼諧談笑坐生春。填詞譜曲無虚日，《砌話》編成亦絶倫。

元尚詞曲，至順間古汴鍾嗣成編《録鬼薄［簿］》上下兩卷，下卷杭人最多。其施惠小傳云：「施惠，一云姓沈，字君美。杭州人。居吴山城隍廟前，以坐賈爲業。公巨目美髯，好談笑。余常與趙君卿、陳彦實、顧君常至其家，每逢款接，多有高論。詩酒之暇，惟以填詞和曲爲是。有《古人砌話》，亦成一集。其好事如此。」

清朱彭《抱山堂集》卷十八《湖山遺事詩》

《太和正音譜》及《點鬼簿》載元劇千餘本，陶九成《輟耕録》自云見元劇七百餘本，而録中所列名目，半不可解。

清陳棟《北涇草堂集》卷二

鄙語未全虚，稗官家有董狐，何人録鬼編成簿？同樂院燕青博魚，景陽岡武松打虎，摘星樓殷紂誅賢處。笑狂夫，醯鷄甕裏，嗤點古人書。

清凌廷堪【南商調·黄鶯兒】《讀録鬼簿》，見《梅邊吹笛譜補録》

考元人劇中，其題目正名有云「還牢末」者，則正末當場也；有云「貨郎旦」者，則正旦當場也。《録鬼簿》關漢卿有《擔水澆花旦》《中秋切鱠旦》，吴昌齡有《貨郎末泥》，尚仲賢有《没興花前秉燭旦》，楊顯之有《跳神師婆旦》，其義亦同。（卷一）

《裴少俊墻頭馬上》，白仁甫作，《點鬼簿》作《鴛鴦簡墻頭馬上》。《便宜行事虎頭牌》，李直夫作，《點鬼簿》作《武元皇帝虎頭牌》。《李素蘭風月玉壺春》，武漢臣作，《點鬼簿》有《鄭瓊娥梅雪玉堂春》，無此目。《陶學士醉寫風光好》，戴善夫作，《點鬼簿》無此目。《翠紅鄉兒女兩團員》，楊文奎作，《點鬼簿》無此人。《半夜雷轟薦福碑》，馬致遠作，《點鬼簿》無此目。《包待制三勘胡蝶夢》，關漢卿作，《點鬼簿》無此目。《河南府張鼎勘頭巾》，孫仲章作，《點鬼簿》陸登善有此目，孫仲章無此目。《李太白匹配金錢記》，喬孟符作，《點鬼簿》題爲《唐明皇御斷金錢記》；别有《柳眉兒金錢記》，平陽人石君寶作。

《楊氏女殺狗勸夫》，不傳作者名氏，《點鬼簿》題有《王翛斷殺狗勸夫》，爲蕭德祥作；今此劇孤自稱王翛然，當即蕭作。《張天師斷風花雪月》，吴昌齡作，《點鬼簿》作《張天師夜祭辰鈎月》。《趙盼兒風月救風塵》，關漢卿作，《點鬼簿》作《烟月舊風塵》，「舊」蓋「救」之訛。《同樂院燕青博魚》，李文蔚作，《點鬼簿》題有《報冤臺燕青撲魚》及《燕青射雁》二目，無《燕青博魚》。（卷一）

《録鬼簿》載，白仁甫所作劇目，有《祝英臺死嫁梁山伯》。（卷二）

鍾嗣成作《録鬼簿》，以董解元居首，云：「以其創始，故列諸首。」又云：「胡正臣，杭州人。董解元《西廂記》，自「吾皇德化」至于終篇，悉能歌之。」（卷二）

《西廂記》始于董解元，固矣。乃《武林舊事》雜劇中有《鶯鶯六么》，則在董解元之前。《録鬼簿》王實甫有《崔鶯鶯待月西廂記》，同時睢景臣有《鶯鶯牡丹記》。（卷二）

《録鬼簿》高文秀雜劇《黑旋風雙獻頭》外，又有《黑旋風詩酒麗春園》《黑旋風大鬧牡丹園》《黑旋風敷衍劉耍和》《黑旋風鬥鷄會》《黑旋風窮風月》《黑旋風喬教學》《黑旋風借屍還魂》；楊顯之有《黑旋風喬斷案》；紅字李二雜劇有《病楊雄》《板踏兒黑旋風》《折擔兒武松打虎》三種；康進之《李逵負荆》外，又有《黑旋風老收心》一種。（卷五）

《點鬼簿》孔文卿有《秦太師東窗事犯》劇，金仁傑亦有之，惜不傳。（卷五）

清焦循《劇說》

《録鬼簿》關漢卿有《擔水澆花旦》《中秋切鱠旦》，吴昌齡有《貨郎末泥》，尚仲賢有《没興花前秉燭旦》，楊顯之有《跳神師婆旦》。

清焦循《易餘籥録》卷十七

《殺狗勸夫》，不題作者姓氏，《點鬼簿》有《王翛然斷殺狗勸夫》，爲蕭德祥作，今此曲中孤自稱王翛然，蓋即蕭作。《裴少俊墻頭馬上》，白仁甫作，《點鬼簿》作《鴛鴦簡墻頭馬上》。《便宜行事虎頭牌》，李直夫作，《點鬼簿》作《武元皇帝虎頭牌》。《李素蘭風月玉壺春》，武漢臣作，《點鬼簿》武有《鄭瓊娥梅雪玉堂春》，無此目。《陶學士醉寫風光好》，戴善夫作，《點鬼簿》戴無此目。《翠紅鄉兒女兩團圓》，楊文奎作，《點鬼簿》無此人。《半夜雷轟薦福碑》，馬致遠作；《包待制三勘胡蝶夢》，關漢卿作，《點鬼簿》馬、關無此目。《河南府張鼎勘頭巾》，孫仲章作，《點鬼簿》陸登善有此目，孫仲章無此目。《李太白匹配金錢記》，喬夢符作，《點鬼簿》題爲《唐明皇御斷金錢記》；别有《柳眉兒金錢記》，平陽人石君寶作。《張天師斷風花雪月》，吴昌齡作，《點鬼簿》作《張天師夜祭辰鈎月》。《趙盼兒風月救風塵》，關漢卿作，《點鬼簿》作《烟月舊風塵》，「舊」蓋「救」之訛，兩「風」字相複，則「烟」字爲是。《同樂院燕青博魚》，李文蔚作，《點鬼簿》題有《報冤臺燕青撲魚》及《燕青射雁》二目，無《燕青博魚》。

同前

要其詞藻有不能没者，蓋相國子弟育仁暨二子儼、伉雇人爲之，謝英、顧粲直用自況，惜乎名氏湮没。世苟有鍾醜齋，不又取以入《録鬼簿》歟？

清張鑒《書録牡丹傳奇後》，見《冬青館甲集》卷六。亦見《鷗陂漁話》卷四《録牡丹傳奇》引

《録鬼簿》載，關漢卿雜劇有《昇仙橋相如題柱》一種，疑即此；又，屈子敬所作雜劇亦載此題。要之不出兩公矣。

清無名氏《司馬相如題橋記跋》，見誦芬室影印本《雜劇十段錦》

徐再思，字德可，縣人。好食甘飴，自號甜齋。有樂府行於世。子善長，頗能繼其家聲。（鍾嗣成《録鬼簿》。案，嗣成至順間汴人。）

《嘉慶嘉興縣志》卷二十五，亦見《光緒嘉興縣志》卷二十五

《睢景臣詞》一卷。鍾嗣成《録鬼簿》云：「睢景臣，字景賢。大德七年自揚至杭，余與之識。自幼讀書，以水沃面，雙眸紅赤，不能遠視。心性聰明，酷嗜音律。維揚諸公俱作《高宗［祖］還鄉》套數，惟景臣【哨遍】製作新奇，皆出其下。又有【南吕・一枝花】《題情》云：『人閑燕子樓，被冷鴛鴦錦，酒空

向鸜鵒盞，釵折鳳凰金。』亦爲工妙，人所不及也。」《簿》又載陸登善、張鳴善二人，俱揚州人，工詞曲。向來志所未及，因並附之：登善，一云姓陳，字仲良。江淮行省改浙江，其父以典椽［掾］來杭，因而家焉。爲人沉重簡默。能詞能謳，有樂府、隱語。（至元十三年置江淮行省，治揚州，二十一年遷杭，當在此時。）鳴善，宣慰司令史。

《嘉慶甘泉縣續志》卷一，亦見《光緒增修甘泉縣志》卷二十三引

《樂府隱語》，陳登善著。《録鬼簿》。

同前卷二，亦見《光緒增修甘泉縣志》卷二十三

以今所見六朝及元明人咏明妃者，均陳琵琶哀怨，睹物思人，遂爲典故。又説元帝誅殺畫工，以追慰靈思。元鍾嗣成《録鬼簿》有關漢卿《元帝哭昭君》。

清俞正燮《題昭君圖》詩序，見《四養齋詩稿》卷三

《包待制三勘蝴蝶夢》，《録鬼簿》作蕭德祥。刻。

《感天動地竇娥冤》，《録鬼簿》無。刻。

《尉遲恭單鞭奪槊》，《録鬼録［簿］》作尚仲賢。

《狀元堂陳母教子》，《録鬼簿》無。

《高[保]成公徑赴澠池會》，高文秀，《録鬼簿》無。

《立成湯伊尹耕莘》，鄭德輝，《録鬼簿》作《放太甲伊尹扶湯》。

《鍾離春智勇定齊》，《録鬼簿》作《醉[醜]齊后無鹽破連環》。

《莊周夢蝴蝶》，史九敬先，《録鬼簿》作史九散人《花間四友莊周夢》。

清顧瑞清《也是園古今雜劇目録》，見《脈望館鈔校本古今雜劇》卷前

《録鬼簿》作《王翛斷殺狗勸夫》，蕭德祥著。顧河之記。

清顧瑞清《斷殺狗勸夫雜劇跋》，見《脈望館鈔校本古今雜劇》

曾瑞，字瑞卿，自號褐夫。大興人，羡錢塘景物之盛，家焉。山水學范寬。曾繪《神龍卧沙圖》。志不屈物，故不願仕。（《圖繪寶鑒》《録鬼簿》《桂隱詩集》）（卷三十四）

周文質，字仲彬。其先建德人，居杭州。善丹青。學問該博，文章新奇。元統甲戌卒。（《録鬼簿》）（卷三十六）

趙良弼，字君卿。東平人。補嘉興路吏，遷調杭州。善丹青，能書。詩文詞曲，無不究意。天曆年卒。（《録鬼簿》）（卷四十七）

清彭藴璨《歷代畫史彙傳》

鍾嗣成《録鬼簿》曰，前輩已死名公有樂府行于世者董解元，大金章宗時人，以其創始，故列諸首。然不言其樂府何名。

清沈濤《銅熨斗齋隨筆》卷八

鍾嗣成（七種）：

《錢神論》（一本作《錢神諭》）　《章臺柳》

《馮諼焚券》　《鄭莊公》

《詐遊雲夢》　《蟠桃會》

《斬陳餘》。

朱士凱云：大梁鍾醜齋，善之鄧祭酒、克明曹尚書之高第。其樂府小曲、大篇長什，傳之于人，每不遺稿，故未能就編焉。右七種皆在他處按行，故近者不知，人皆易之。

案，《元曲選目》七種俱入無名氏。

清姚燮《今樂考證·著録二·元雜劇》

案，「傳之于人」四字原文重複，兹删正。《今樂考證》於元劇目及作家生平，徵引《録鬼簿》甚多，不具録。核其引文與曹本同，劇目或標「一本作某某」，乃《元曲選目》異文，非有别本。

原題「漢高皇濯足氣英布」，《元曲選》作無名氏。考鍾氏《點鬼簿》，此劇係尚仲賢作，今從鍾本改正。

清姚燮《復莊今樂府選·氣英布》批注，從陳妙丹《〈復莊今樂府選〉詳目》（《戲曲與俗文學研究》第四輯）引

范子安名康，杭州人，鍾氏《録鬼簿》有傳。所著有雜劇二種，此其一也。

清姚燮《復莊今樂府選·竹葉舟》批注，同前引

鍾嗣成《點鬼簿》：「廖毅字宏道，建康人。泰定三年丙寅春，余友周仲彬與之會，即叙平生歡。時出一二舊作，皆不凡俗。能書，善行文，不草率。天曆三年抱疾喪於友人江漢卿家。」

《同治上江兩縣志》卷十六《古今人譜》

梁進之。知州，見《録鬼簿》。

《光緒直隸和州志》卷十一《職官志表》

（宣統二年六月）廿一日：發羅叔藴信，寄《録鬼簿》。

（民二年十一月）七日：送《荆釵記》《録鬼簿》《曲品》寫本並底本與聚卿。
（民三年閏五月）十四日：劉聚卿送《録鬼簿》來。
（民三年閏五月）十七日：劉聚卿專人取《録鬼簿》去。
（民三年六月）六日：撰《録鬼簿跋》。
（民三年六月）十二日：送《録鬼簿》與聚卿，寄《跋》並《清真集跋》。

繆荃孫《藝風老人日記》

已而稚弟世瑗得閲本，王實甫四本目云：張君瑞鬧道場，崔鶯鶯夜聽琴，張君瑞害相思，草橋店夢鶯鶯。關漢卿一本目云：張君瑞慶團圞。均與《點鬼簿》合，元曲之本色也。

繆荃孫（代劉世珩）《董王西厢記跋》，見《藝風堂文續集》卷八

《録鬼簿》：「胡正臣，杭州人，能歌董解元《西厢》，至於古之樂府慢詞、李霜崖賺令，無不周知。其子存善，能繼其志。《小山樂府》、仁卿《金縷樂府》、瑞卿《詩酒餘音》，至於《群玉》《叢珠》，裒集諸公所作，編次有倫。及將古本□□，直取潭州易氏印行元文，□讀無訛，盡於書坊刊行。亦士林之翹楚也。」愚按古本下闕二字，今疑是「樂府」字，「潭州易氏印行元文」，疑即《直齋書録解題》所録長沙書坊刻《百家詞》也。

沈曾植《海日樓札叢》卷七「長沙書坊刻百家詞」條

《録鬼簿》：范居中，字子正，冰壺其號也。杭州人。父玉壺，前輩名儒，假卜術爲業，居杭之三元樓前。每歲元夕，必以時事題於燈紙之上，杭人聚觀，遠近皆知父子之名。其妹亦有文名，大德年間被旨赴都，公亦北行。

陳衍《元詩紀事》卷五，范玉壺小注

《録鬼簿》：泰定三年丙寅春，因余友周仲彬與之會，即叙平生歡。時出一二舊作，皆不凡俗。天歷[曆]二年春，抱疾喪於友人江漢卿家。公能書，善行文，不草率。題伍王廟壁有【折桂令】一曲，及有絶句云云。其感慨激烈，徒增悵怏。噫！天之生物也，裁成輔相以左右民，奈何如是之偏戾也！

同前卷七，廖毅《伍王廟》詩紀事

《江東白苧》全部、《録鬼簿》全册、《崑腔正律》前四卷，共一百七十六葉，均已校畢，祈飭紀便中來取。《録鬼簿》新寫本，著録曲名全然倒亂原書次弟，所有小注全行删去；又缺卷中題識兩家、卷尾長跋一首；又將原書所無曲名、人名羼入，當是别據一本。此本未交來校，但各小注及題識、長跋總不應删削耳。此本訛字均已校出，即依此改正付雕亦可……

《江東白苧》《録鬼簿》即亦同新寫本交回。

况周頤《致劉世珩手札》，見《暖紅室校刻傳劇資料叢輯》

有若簿名《録鬼》，略同格號《骷髏》，故爲駭俗之標題，抑亦好奇之流亞。

況周頤《彙刻傳劇序》，見《彙刻傳劇》卷首，署民國三年

《玉茗堂四夢》，明臨川湯若士撰。……明上虞車柅齋（任遠）亦有《四夢》，曰《高唐》，曰《邯鄲》，曰《南柯》，曰《蕉鹿》（見元鍾嗣成《録鬼簿》）。特《玉茗四夢》係傳奇，而柅齋所作則雜劇耳。

況周頤《眉廬叢話》，見《東方雜誌》十三卷二號。《小説考證拾遺》、《曲海揚波》卷三俱收録

案，車柅齋《四夢》見《曲品》著録，非《録鬼簿》。蓋況氏曾爲暖紅室校《録鬼簿》《曲品》二書，一時混記。今郭長保點校本《眉廬叢話》已徑改正。録以備考。

元關漢卿撰《關大王單刀會》，元鍾嗣成《録鬼簿》中已載之。

葉德輝《和檜門先生觀劇絶句·周倉》小注，見《觀劇絶句》下卷

王君静安（即著《曲話[録]》者）擬刻《録鬼簿》，前于陳士可處借得明鈔本，已校于曹刻之上，尚求賜録鄴架所藏本，以便會校成一善本，想長者當鑒許也。謹爲代請，尚祈賜復爲叩。

羅振玉《致繆荃孫》，見《藝風堂友朋書札》。《羅雪堂合集·永豐鄉人手簡》亦收録

庚子、辛丑間，余刻《董西厢》，於是有《彙刻傳劇》之舉。初仕江南，多識藏書家；繼官京師，往來皆勝流。又海王村爲群書薈萃地，一瓻之借，殆無虚日，如……《録鬼簿》、正續《江東白苧》，得之江陰繆藝風丈（荃孫）。

劉世珩《彙刻傳劇自序》，見《彙刻傳劇》卷首，署民國八年

明李中麓作《張小山小令序》謂：「明初諸王之國，必以雜劇千七百本資遣之。」今元曲目之載于鍾嗣成《録鬼簿》及寧獻王權《太和正音譜》者，合之僅五百餘本。

王國維光緒三十四年八月《曲録序》，從手稿影印件録，見《王國維戲曲論文集》（一九五七年中國戲劇出版社版）卷首

案，「今元曲目」句，原作：「今元曲目之載于《元曲選》首卷及程明善《嘯餘譜》者，僅五百餘本。」玉海堂鈔本及《曲苑》本《曲録》卷首、《海寧王忠慤公遺書·觀堂別集》中所收俱如此。手稿中王氏自删改如右引。迨宣統元年三月稿，此句又改爲：「然寧獻王權撰《太和正音譜》，所録雜劇僅五百餘種，與元鍾嗣成《録鬼簿》所載大略相同。」（見華東師範大學出版社《雪堂雅集：羅振玉、王國維的學術世界》所刊手稿影印件）

戲曲之興，由來遠矣。宣和之末，始見萌芽；乾淳以還，漸多纂述。泗水潛夫紀武林之雜劇，南村

野叟録金人之院本；醜齋《點鬼》，丹邱《正音》，著録斯開，搜羅尤盛。

王國維宣統元年五月《曲録序》，從手稿掃描件録，首刊於《晨風閣叢書》本卷首

案，「點鬼」，原寫作「録鬼」，王氏手改爲「點鬼」。

《馮諼收券》一本

《詐游雲夢》一本

《錢神論》一本

《斬陳餘》一本

《章臺柳》一本

《鄭莊公》一本

《蟠桃會》一本　右均見朱士凱《録鬼簿後序》。

右七種，元鍾嗣成撰。嗣成字繼先，號醜齋。大梁人。有《録鬼簿》行于世。

王國維《曲録》卷二（《晨風閣叢書本》）

案《曲録》徵引《録鬼簿》甚多，不具録。

右《張天師明斷辰鈎月》一本，據錢遵王《也是園書目》，乃明周憲王有燉撰。元吴昌齡亦有《張天

師夜祭辰勾月》雜劇，見元鍾嗣成《録鬼簿》及明寧獻王《太和正音譜》，後臧晋叔刻《元曲選》，改其名曰《張天師斷風花雪月》。

王國維《新編張天師明斷辰鈎月跋》，見傅斯年圖書館藏明周藩刻本卷末，從《傅斯年圖書館善本古籍題跋輯録》圖版録

《拜月亭》則元王實父、關漢卿均有雜劇，而南曲本相傳出于元施君美（惠），何元朗、臧晋叔、王元美均謂如此。然元鍾嗣成《録鬼簿》但謂君美「詩酒之暇，唯以填詞和曲爲事，有《古今砌話》編成一集」，而不言其有此本。元朗諸家之言，不知何據。

王國維《重校拜月亭記》跋，見國圖藏明德壽堂刻本卷末

蓋著録戲曲之書，除元鍾醜齋《録鬼簿》、明寧獻王《太和正音譜》外，以此爲最古矣。

王國維《曲品·傳奇品跋》，見暖紅室刻本卷末

藝老之《録鬼簿》寫本與陳士可藏明鈔本互有得失，維處無人送上，仍請飭人來取，當撿出也。

王國維《致劉世珩手札》，無署期，從手稿掃描件録

案，此札爲上海國際商品拍賣有限公司二〇〇五年秋季藝術品拍賣會古籍善本專場拍賣拍品（Lot 0056）。

案鍾繼先《録鬼簿》，元關漢卿、屈子敬皆有《昇仙橋相如題柱》雜劇。

王國維《雜劇十段錦跋》，見誦芬室影印本卷末

自《續録鬼簿》出，則羅貫中之謎，爲昔所聚訟者，遂亦冰解，此豈前人憑心逞臆之所能至哉！

魯迅《小說舊聞鈔·再版序言》，見聯華書局再版本卷首，署一九三五年

蒙返《録鬼簿》，示所論定，嘆其絶倫！某得是書，初未審考。又繼先稱揚吴越之士，彬乎相接，信大國之有文，匪下邑之所同也。

謝無量《與馬一浮書》，見《南社》第十三集

朱士凱《録鬼簿後序》曰：「大梁鍾君，名嗣成，字繼先，號醜齋，善之鄧祭酒、克明曹尚書之高弟。累試於有司，命不克遇；從吏則有司不能辟，亦不屑就。故其胸中耿耿者，借此爲喻，實爲己而發也。樂府小曲，大篇長什，傳之於人，每不遺稿，故未能就編焉。如《馮諼收券》《詐遊雲夢》《錢神論》《斬陳餘》《章臺柳》《鄭莊公》《蟠桃會》等，皆在他處按行，故近者不知，人皆易之。」云云。此於鍾氏生平與

著述，言之最詳，無能益焉。余考鍾氏所爲樂府小曲，當時未能就編者，今略見於選本中：《樂府群玉》卷三列《鍾醜齋樂府》二十首，《太平樂府》別見二十首及一套，益以《鬼簿》所載【凌波仙】吊詞十九首，粗次宫調，而從《群玉》之名，乃得此卷，料難望於原稿，然而視雜劇七種，今日一字不傳者，固差强人意矣。《群玉》所登，【醉太平】寫窮酸、【清江引】贊隱淪、【水仙子】托生世之慨，與《太平》《自序》一套，《鬼簿》吊詞諸章，皆蕭條高寄，志趣一貫。惟【罵玉郎】帶過之曲，見於《太平》者，《四時》《四景》《四福》《四情》，匪特辭意凡近，且復題旨呆俗，不合醜齋所爲，不知楊氏何以選之。《自序》九調，既狀形貌，並抒憤懣，堪補朱氏序辭所不及，其發揮「醜」字，全是元人本色，亦可以謂奇文。吊詞十九篇，含思悽惋，韻節蒼凉，元人令詞之具兹境界者，惟有此耳。邵元長吊醜齋詞結韻曰：「嘆人生不死何歸？」近人緑天翁以爲：「讀至此句，如三更魚鼓、半夜霜鐘，唤醒癡人不少。」余謂：覽醜齋吊詞全叶者，寧不有此同感？當時文士，大抵落魄江湖，沉抑小吏，有志不用，懷才不伸，鬱鬱而死，其情至哀。得醜齋爲之鳴，亦足快矣。問嘗馳書冀野盧子曰：「余之『二北』云者，奚必彰其詞曲所好，蓋一則北海之濱，一則北邙之麓耳。人生不北何歸？君毋盡頹喪也。《鬼簿》未登，吊詞先咏，我輩無妨互辨，並非特意疏狂，亦聊適情志而已。前烈俱在，何用諱辭。」而冀野則嬉憨如故，興會不淺，余末如之何也。頃者海上相逢，殷殷以此集爲問，若不能忘情於醜齋者。歸而紀此，因以寄示。不知冀野又將何以慰之。十九年六月，中敏。

任訥《醜齋樂府序》，見任訥、盧前輯本《醜齋樂府》卷首樂府昉於炎漢，盛於齊梁；天水之際，東京爲詞人之藪。其後遺山結《中州》一集，女真一代之樂章亦備。惟元人之曲，佚逸獨多，而斯文垂絶，世罔聞知，賞音之士，輒爲惋惜。修武范生，吾友金陵盧冀野教授高第弟子也，述造慎勤，昕莫無輟，今年輯成《醜齋樂府》一卷，以孫馬之業，爲文獻之徵，可嘉也。已真如典學鄉邦，望來者之有人，發珍閟於末世，乃得范生此録，爲樂府流傳，行見家弦而户誦，視遺山之於金詞，何多讓焉。故樂爲書數語於端。民國二十一年十二月，睢縣齊真如。

齊真如《醜齋樂府序》，見范凝池輯本《醜齋樂府》卷首

范生化塘出所輯《醜齋樂府》以視余，曰：「有元人集，散佚已多矣。中州惟繼先獨步當時，攸關鄉邦文獻，此集爲不可廢也。師其爲我訂之，爲之序。」烏虖！元曲之有醜齋，猶《花間》之於趙氏。使無崇祚，五代十國之詞何由見知於世邪？然則《録鬼》一簿，非徒中州之瓌寶，抑亦備一代之徵也。繼先之言曰：「聖賢之君臣，忠孝之士子，小善大功、著在方册者，日月炳焕，山川流峙，及乎千萬劫無窮已。」朱士凱謂其德業輝光，文行浥潤，後輩不能及。顧其所作，湮没已久，不得與《録鬼》並傳，是可憾耳。今化塘乃參稽群籍，寫定一編，雖未可必爲完璧，要是藝林盛事，如空谷之聞人足音，余安得不跫然喜哉！昔涵虚子稱述樂府十五體，於豪放見勝，有所謂丹丘體者，濟南張氏、河間高氏，並爲一世之傑。而繼先與鄧氏、汪氏各張一軍：玉賓得黄冠之意，元亨多歸隱之詞；繼先獨雜以詼詭，奴視俳優，不襲草堂楚江之貌，少裙裾脂粉之習。「寶氣騰空」，《正音譜》之論然也。彼讀《録鬼簿》者，不讀此集，奚

知夫醜齋也！醜齋固又非崇祚所足比擬矣。於是知歷千萬劫而無窮者，必葆其輝光。化塘可謂繼先知己，豈僅攸關鄉邦文獻已乎！民國二十有一年冬月，金陵同學、兄盧前冀野父叙。

盧前《醜齋樂府序》，見范凝池輯本《醜齋樂府》卷首

《醜齋樂府》：元鍾嗣成撰。嗣成字繼先，祥符人。以樂府知名於時，久無傳本。現修武范凝池自《樂府群玉》《録鬼簿》《太平樂府》等輯得六十餘篇，盧前爲之序。

《民國河南通志藝文志稿》集部詞曲

虚名仕途，微官苟禄。愁裏南閩，客裏東吴，夢裏西湖。到寓居，問士夫，都爲鬼録。消磨盡舊時人物。

元吴弘道【中吕・上小樓】《錢塘感舊》，見《樂府群玉》卷四，亦見《樂府群珠》卷一

案，此悼亡懷友之曲，作於杭州，中有「鬼録」字樣，疑與《録鬼簿》有關，以無他證，姑附於此。

《群仙慶壽蟠桃會》。鍾嗣成。

楊守敬、李之鼎《增訂叢書舉要》卷三十三《新續古名家雜劇》子目

案《群仙慶壽蟠桃會》劇，《新續古名家雜劇》本爲明朱有燉撰，今存周藩原刻本可證。自清顧修《彙刻書目》以來，叢書書目多收録《新續古名家雜劇》，此劇下皆不注撰人。楊、李二氏《叢書舉要》民三年初版亦同，惟民七年再版注鍾嗣成撰，實誤。録以備考。

附 吴弘道資料

江西省檢校掾史吴君仁卿，裒中州諸老往復書尺，類爲一編，凡四卷，輟己俸鋟梓，徵予言。余曩綴寮翰苑，於玉堂制草中獲睹諸老所作，每起而曰：「此穀粟布帛之文，豈後進所可窺其藩！」若今仁卿所編，則未之見。一旦盡得而讀之，體製簡古，文詞渾成，其上下議論，率於政教彝倫有關，五雲體何足言哉！當諸公作書時，不過極言情、達吾意，豈計其文之傳後？而後之觀者，如見諫議面於數十載之下，風流篤厚，典刑具存，矯世俗之浮華，追古風於邁遠。然則仁卿此編，豈曰小補！仁卿名弘道，金臺蒲陰人也。歲在大德辛丑四月朔，承事郎、江西等處儒學副提舉許善勝序。

元許善勝《中州啓劄序》，見《中州啓劄》卷首

案《中州啓劄》曾經兩刻，初刻即弘道「輟己俸鋟梓」者，存世孤本，爲陸心源皕宋樓故物，今歸日本静嘉堂文庫；重刻爲明成化三年翁世資刻本，亦傳世孤本，黄裳藏，未見。後人傳鈔，皆由兩刻出。此從静嘉堂藏元刊本録。原序係鈔配，並已殘損，惟右引之文尚全。其字體爲行

草，多有不易辨識者，故傳寫之本，如南京圖書館藏清愛日精廬鈔本、臺北「國家圖書館」藏清勞權鈔本，以及《愛日精廬藏書志》卷三十五、《皕宋樓藏書志》卷一一七轉録，皆不免小訛。又，黄裳云：翁刻本許序爲撫刻上版，仍元刻舊式。似鈔本序文乃從刊本摹寫。

一寸冰蟾明翠廊，萬里青天書雁行。碧梧敲晩凉，玉人燒夜香。

元張可久【越調・憑欄人】《秋思和吴克齋》，原載小山曲集《吴鹽》，從《張小山北曲聯樂府》卷下引，亦見《太平樂府》卷三

《中州啓劄》，凡四卷，前江西省檢校、蒲陰吴弘道所集，計二百首。嘗板行於世矣。奈歲久板弗復存，而書肆無傳，見者寡甚。幸而同寅右參議方公藏有善本，用是重繡諸梓，以附歐蘇尺牘之後，則勝國時中州諸老先生學問之富實，言詞之典麗，與夫朋友之音問，往來交孚，皆于是乎可考，不惟足以仰見當時諸公翰墨之盛，抑且足以垂世而示法于將來云。

明翁世資《中州啓劄跋》，原載明成化三年翁氏刻本《中州啓劄》卷末，從黄裳《翠墨集・雲烟過眼新録》引

《中州啓劄》二卷（《永樂大典》本）：元吴宏道撰。宏道字仁卿，金臺蒲陰人，江西省檢校掾史。是書作於大德辛丑，前有許善勝序。……《永樂大典》載宋元啓劄最夥，其猥濫亦最甚，惟此一編猶稍

稍近雅。

《中州啓劄》四卷，元槧本，每葉二十六行，每行二十二字。錢氏《補元史藝文志》著于録。原本久佚，乾隆中館臣從《大典》録出二卷，附存其目。前有大德辛丑江西儒學提舉許善勝序。是書爲元江西行省檢校掾史蒲陰吴宏中元卿編，見許序。……四庫館未見全本，此則猶元時原本也。

清陸心源《儀顧堂續跋》卷十四《元版中州啓劄跋》

《四庫全書總目》卷一九一

案，諸家書目著録《中州啓劄》甚多，不具録。右所引於弘道之名或作「宏道」者，是清人避乾隆諱改，姑仍舊。《儀顧堂續跋》作「吴宏中元卿」，蓋一時筆誤。

版本叙録

《録鬼簿》傳本，已於《前言》中論及，兹析爲簡本、繁本、增補本、校注本四類。各類大體以鈔寫、刊刻年代爲序，通編序號。傳鈔、影鈔、影印本，以及批校本重要者，附原本後，另編序號。其他可述者，彙爲《備考》列後，另簡記《太和正音譜》版本附末。

簡本

一、明無名氏輯鈔《説集》本

藍格，半葉十一行，行二十二至二十四字不等，四周雙邊，白口，單魚尾。卷端題「録鬼簿」，次行署「右汴鍾嗣成録」（「右」應作「古」）。劇目一般每行四排，字多者三排或兩排。此鈔年代較早，故特珍貴，但其中多有筆誤，如馬致遠劇「齋後鍾」誤作「齊後鍾」，《喬夢符傳》「名吉」誤作「多言」等，未可稱善。

《説集》是一部叢書，收子史雜著六十種，編者無考，向未見著録。其末一種《嘯旨》，末頁鈔有「夷白齋舊本重雕」字樣，考係正德嘉靖間《顧氏文房小説》刻本牌記，則書成應在其後。《説集》未見有刻本，今僅存明藍格鈔本一部，以字體、紙張、墨色論，約當萬曆前後物。民國間曾經王維樸收藏。維樸字齊民，諸城人，三代好金石，家藏甚富。書中有王氏「景德盦主」「諸城王維樸齊民珍藏」「結翰墨缘」

「王維樸」「鹵大敦齋」諸印記。今藏中國科學院文獻情報中心圖書館。

二、明孟稱舜編《古今名劇合選》附刻本

九行二十字，四周單邊，白口，無魚尾，上書口鎸「録鬼簿」。卷端題「録鬼簿」，不署撰人。劇目一般兩排，字多者單排。此本與《説集》本大致相同，惟作家排列順序小異，脱趙子祥之名及石子章劇目二種，誤繫趙氏劇目三種於石氏名下；劇目無楊顯之《大拜門》一種，多楊顯之《劉泉進瓜》《瀟湘夜雨》，趙明遠《范蠡歸湖》，沈和甫《郭興河陽》四種；個别劇目下多小字注，如關漢卿《緑珠墜樓》下注「神曲者」等。字句校勘亦欠精，屢有脱訛，較之《説集》本，各有優劣，可以互正。

《古今名劇合選》是一部雜劇選集，明孟稱舜編。稱舜字子塞，會稽人，順治六年貢生，授松陽訓導（《康熙會稽縣志》卷十九、《乾隆松陽縣志》卷七）。是書分《柳枝》《酹江》兩集，前有崇禎六年孟氏序。傳世者上海圖書館藏足本一部，國家圖書館藏殘本兩部，首都圖書館藏殘本一部。其存《録鬼簿》者有二，一爲上圖本，位置在孟序後、《柳枝集》目録前。此本右上角殘損，每半頁皆闕數字至十數字，裱補後界格邊欄重加描畫。是本《柳枝集》爲朱訂本，各劇前題「朱曾萊訂正」，審係原刻初印。書中有「郭鈺之印」「郭鈺」印記。鈺字子式，明末清初會稽人，與稱舜友，負經濟之才，遭明末變故，痛而輯刻《古越書》等若干種，稱舜爲之序。另一爲國圖藏殘本，其《酹江集》在前，《柳枝集》在後，俱殘，並佚孟序。《録鬼簿》附《酹江集》後，殘存頁一至九。此本《柳枝集》爲潘訂本，各劇前題「潘可傳訂正」，審係挖改重印。舊爲王孝慈收藏，鈐有「鳴晦廬珍藏金石書畫記」「孝慈」「珠還室藏曲記」諸印，見於《鳴晦廬書

目・鳴晦廬藏曲略目》著録。今人多據此殘本稱孟刻《録鬼簿》爲《酹江集》附刻本，實應據上圖足本稱《古今名劇合選》附刻本爲宜。國圖另藏殘闕較少的《合選》一部，無《録鬼簿》，除圖像在各劇前、《柳枝集》爲潘訂外，餘皆同上圖本，卷首孟序後接《柳枝集》目録，而目録首頁已脱，此正是上圖本《録鬼簿》位置，蓋《録鬼簿》與目録第一頁一起佚去。此可爲《録鬼簿》原不附《酹江集》之旁證。

國家圖書館普通古籍中另藏有一部曬印本《酹江集》殘本，中有《録鬼簿》頁一及頁二上半頁殘頁，在《殘唐再創》後、《燕青博魚》前，底本即九頁殘本。

〔一〕一九五八年上海商務印書館《古本戲曲叢刊》第四集影印本

《古本戲曲叢刊》第四集成於一九五七年，次年出版。所收《古今名劇合選》乃據上圖藏本影印，除縮小版框尺寸外，《録鬼簿》右上角殘闕字加以寫補，補字以手書軟體，與原仿宋異，一望可知。所補似據繁本，故不盡準確。以國圖殘本校之，九頁中闕誤竟有四處七字。

〔二〕二〇一六年國家圖書館出版社影印《古本戲曲叢刊》本

從上海商務本影印。

〔三〕二〇一七年海豚出版社影印《古本戲曲叢刊》本

從上海商務本影印。

《古今名劇合選》還有《續修四庫全書》影印本，但未收《録鬼簿》。

繁本

傳世繁本二卷，皆載洪武三十一年吴門生跋、萬曆十二年夢覺子跋，知皆源於夢覺子過録或輾轉過録的吴門生鈔本，今吴門生、夢覺子二本俱佚。

夢覺子姓名不詳，又號五嶺山人。所抄書今尚存萬曆二年鈔《雲林石譜》（常熟瞿氏鐵琴銅劍樓舊藏，今歸國家圖書館），跋云：「從蔡君石岩借録成帙。此書故五川楊翁家物，翁故後，其書散失於市井間，爲月谿顧君所得。蔡又從月谿轉假惠我。」蔡石岩未詳何人，楊即楊儀（嘉靖五年進士），顧即顧榮（見《松石齋集》卷二十《月溪顧公暨元配盛孺人墓誌銘》），皆常熟人。則夢覺子當亦同邑人。又，《四庫總目》《浙江采集遺書總録》著録鈔本《真詮》，有丁酉夢覺子跋，則萬曆二十五年事；後又一行，署「西岩山人」，乃常熟秦四麟號。

案，以今所知，繁本最早見於萬曆間，皆與常熟相關，頗疑傳自秦四麟。四麟學於崑山魏良輔，工音律，善歌元曲（《花當閣叢談》卷三、《康熙常熟縣志》卷二十）；又爲抄書名家，所鈔《録鬼簿》二卷，後歸錢曾述古堂，見《錢遵王述古堂藏書目録》著録，今已不存。二卷本《録鬼簿》，似即繁本。萬曆末，同邑趙琦美校訂《脈望館雜劇》，引《録鬼簿》有《昇仙橋相如題柱》，此僅見於繁本，是所見當即繁本，而琦美與四麟淵源亦深。

由夢覺子本而出之繁本，分化爲兩類。第一類劇目作上下兩排，卷下曲家小傳先稱字而後稱名。

第二類劇目作一排，次序亦不同，大抵以字數多寡爲序；卷下小傳取曲家之名爲題，占一行，正文先稱名而後稱字。案先字後名，爲《録鬼簿》慣例，簡本、增補本皆如此，繁本惟第二類卷下破例，雖形同正史，版式眉目清晰，却失尊敬之意，顯係改易舊制。如吴中立小傳，第一類作：「吴中立，名本，世爲杭州人。」與增補本略同；第二類則以「吴本世」爲題，另行傳文作：「本世字中立，爲杭州。」是改易時斷句之誤，痕迹在焉。

甲、遵循舊制者

三、清康熙四十六年尤貞起鈔本

十行二十字，無格。卷端題「新編録鬼簿」，不署撰人。前有尤貞起跋，首鈐「平生不平事盡向毛孔散」白文長方印，末「尤貞起印」白文方印、「雪霞氏」朱文方印（卷首亦有此二印）並「溪南尤氏所藏」白文長方印。尤跋有「丁亥孟冬」語，不繫帝號，考南京圖書館藏尤貞起手鈔《紺珠集》，亦有上述前三印，卷前有康熙甲午尤貞起跋。因知跋《録鬼簿》之丁亥，爲康熙四十六年。前人謂明鈔或明末鈔者，誤。貞起平不詳，跋署「冄里棘人尤貞起書於鮮照齋」，「冄」字不見於字書，或斷爲「角」，則吴中人。而《紺珠集跋》署「鹽官尤貞起」，則海寧人，故《善本書室藏書志》卷十九云：「貞起海寧人，仕履無考。他日見海昌耆舊，當訪問之。」又，臺北故宫博物院藏鈔本《姜氏秘史》，亦有前述諸印，或亦尤貞起抄。北京大學圖書館藏有清胡氏小重山館鈔本《類集雅音》十二卷，題鮮照齋主人輯，不知是貞起否。此本卷中有朱、墨校改，蓋抄後據原本改。朱筆大都點去誤字，書正字於旁；墨筆則大多改於誤字上。尤鈔本不僅保存舊制，且文字整飭，多優於他本，以精善論，爲世存繁本之首。

此本曾經繆荃孫收藏，鈐有「藝風審定」「雲輪閣」「荃孫」諸印。《藝風藏書記》卷八著録，誤爲一卷。民國間歸東方文化事業委員會北京人文科學研究所，鈐有「東方文化事業總委員會所藏圖書印」，並見《北京人文科學研究所藏書簡目》著録，又見傅增湘《藏園群書經眼録》卷十九著録。抗戰勝利後，書歸中央研究院歷史語言研究所，今藏臺灣中研院史語所傅斯年圖書館，鈐有「史語所收藏珍本圖書記」「傅斯年圖書館」印記。

〔四〕清宣統二年繆荃孫影鈔本

此本係繆荃孫應羅振玉之請，影鈔贈王國維者。尤跋前有「王國維印」白文方印。王國維跋曹本云：「宣統二年八月，復影鈔得江陰繆氏藏國初尤貞起手鈔本。」語似王氏影鈔，實非。同年王氏跋其自鈔本云：「宣統庚戌，藝風先生影鈔尤貞起手鈔本見寄。」可證。《藝風老人日記》記是年六月廿一日「發羅叔藴信，寄《録鬼簿》」，應即此。是本雖爲影鈔，但仍有訛誤，核之原本，凡十餘處。

民四年，書歸羅振玉大雲精舍（參見後第〔七〕種王國維鈔本），見於《羅氏藏書目録》著録。以是羅氏季弟振常得見之，跋於扉頁，云此本乃王國維以五十金從董康處購得，並鈐「羅振常讀書記」印。扉頁另貼一浮簽「録鬼簿一本」，羅跋：「此簽觀堂手書。」並鈐「頑夫」印。案，「購得」云云當誤，或羅氏一時誤書繆藝風爲董康。民十六年，羅振常以此本校王國維鈔本，標異文於王本上。未幾，置之其在上海所設書肆蟫隱廬出售，見於售書目《蟫隱廬舊本書目》著録。今所見《蟫隱廬舊本書目》不全，最早者刊于民十七年第十六期，標價三十元；繼見十九年第二十期（十七至十九期未見），標二十五元；二十四年第二十七期仍載之，二十五年第二十八期已無，蓋售出於民二十四年。今藏國家圖書館，著録爲清鈔本。曩者余因其紙墨甚舊，以爲不似清末民初之物，今視諸文獻，更正如此。

〔五〕影鈔本

此本從尤鈔原本影鈔，無印記，年代不詳。文字稍善於繆荃孫影鈔本，但脱尤跋。長澤規矩也舊藏，今存日本關西大學長澤文庫。民國間，長澤氏多次在中國搜集戲曲圖書，疑此本爲民國間鈔。

〔六〕二〇一九年廣西師範大學出版社《日本關西大學長澤規矩也文庫藏稀見中國戲曲俗曲彙刊》影印本

據長澤文庫本影印。提要謂影鈔本即夢覺子鈔本，大謬。

四、清嘉慶間戴光曾鈔本

九行十八字至二十二字不等，無格。卷端題「新編録鬼簿」，不署撰人。卷首有「戴印光曾」白文方印、「松門」朱文長方印；卷尾有「松門」朱文方印。光曾字松門，嘉興人，嘉慶間貢生，善書，以明經終，《光緒嘉興府志》有傳。戴氏以藏書、鈔書名，與鮑廷博、黄丕烈相善，所鈔書存世尚多。此本雖無戴跋，但與其所鈔《柴氏四隱集》《所安遺集》《建康集》等比勘，字迹爲戴氏手録無疑。今所知戴鈔書，俱嘉慶間寫，故斷此本爲嘉慶鈔本。

此鈔雖出名家，但脱誤甚夥，尤以卷上爲甚。卷上白仁甫以下，曲家小傳雙行小字者，大多僅籍里「某地人」三字墨筆鈔，餘則另行朱筆，字體略小。如《尚仲賢傳》「真定人」三字墨筆，「江浙行省務官」則另行朱筆。劇目下「次本」等小字注亦多朱筆。朱筆似抄録後據他本補，中多缺失，如《庾吉甫傳》脱「中山府判」，《姚守中傳》脱「平江路吏」等。正文中又脱張國寶、孫仲章二人小傳及劇目，補書於眉端。此外，自趙天錫名下「試湯餅何郎傅粉」行，至康進之「梁山泊黑旋風負荆」行，凡二十行，錯置陳寧甫「風月兩無功」後，下並脱「顧仲清」一行，以致趙天錫名下，直繫顧仲清「滎陽城火燒紀信」一行。「滎陽城火燒紀信」眉端，補書「又有顧仲清，東平人，亦有傳奇行世」十四字。此蓋錯頁倒裝所致，因疑其底本與尤本同，半頁十行。此鈔文字與尤本近，僅個別字勝於于尤本。

此本曾經海寧陳鱣收藏，扉頁有陳氏「得此書費辛苦後之人其鑒我」「仲魚圖象」二印，鍾序前有「海寧陳鱣觀」朱文長方印。鱣字仲魚，嘉慶三年舉人，詳陳鴻森《清儒陳鱣年譜》(《中研院歷史語言研究所集刊》第六十二本第一分)。其行年似略早於光曾。清末，書歸黄陂陳毅。毅字士可，學部參事、圖書館纂修，民初任北京總統府秘書、西北籌邊使兼西北邊防司令。陳卒後，此書民十九年售北平東方文化事業圖書館籌備處，鈐有「東方文化事業總委員會所藏圖書印」，並見《北京人文科學研究所藏書簡目》著録，注爲「舊鈔本」。抗戰勝利後，書歸中央研究院歷史語言研究所，今藏臺灣中研院史語所傅斯年圖書館，鈐有「史語所收藏珍本圖書記」「傅斯年圖書館」印記，著録仍爲「舊鈔本」。

光緒三十四年，王國維曾從陳士可借録，留批注二紙，夾此本中。其一在卷上第十二、十三頁間：「下頁『試湯餅何郎傅粉　賈愛卿金釵剪燭』一行，當移在趙天錫下，而此行下尚有『顧仲清，東平人』一行。案涵虚子《曲品》，《何郎傅粉》《金釵剪燭》二本屬趙天錫，而《火燒紀信》《陵母伏劍》二本屬顧仲清。《曲品》所紀元曲，實自此書出，其所據之祖本，必當如鄙人所臆度也。」其二在書末：「『晫』，《元曲選》作『暐』，此本誤也。」蓋以此鈔不避清諱，王氏誤此本爲明萬曆鈔本。

孫楷第《也是園古今雜劇考》頁一六七曾提及此本，稱爲「清乾嘉間戴光曾抄本」，云戴本「朱凱但有傳，不附所撰劇目」，但朱凱劇目二種實見於此本。蓋孫氏一時誤記，或其傳鈔本脱落。一九五八年吴曉鈴編《關漢卿雜劇全目》（《關漢卿戲曲集》附録），引用有「戴本」，當時戴鈔原本已存臺灣，所據當是傳鈔本。

〔七〕清光緒三十四年王國維傳鈔本

九行十八至二十二字不等，緑格，四周雙邊，白口，單魚尾，下書口鐫「懿文齋」（琉璃廠南紙店，光宣之際，王國維著述、鈔書，如《詞録》《曲録》等，多用此稿箋）。書衣墨書「録鬼簿」，並「過録明萬曆精鈔本」字樣。卷端書名後，朱筆補書「古汴鍾嗣成編」六字於行間。卷末有光緒三十四年至宣統二年王國維跋四條，光緒跋後鈐「王國維」印。據跋語，知是本爲光緒三十四年十月王氏從陳士可藏戴鈔本親筆鈔録，而誤戴本爲明鈔。其行款格式同戴本，戴本朱筆鈔者此亦朱筆摹，但戴鈔脱漏補書於眉端者，此皆改入正文，故行數有差。戴本錯簡一仍其舊，而批注於眉端説明。正文個别文字徑改原鈔之誤，如關漢卿「白衣相高鳳漂麥」，戴鈔「鳳」誤作「風」，此則正之；繕誤訛奪亦或有之，如吊曾瑞卿曲「兒童」脱「童」字，「心無」乙作「無心」等；他如高文秀劇「自請俸」，則屬誤訂（説詳第一二一種）。鈔寫多避清諱，或闕筆，或用異體，甚至改「儀真」爲「儀徵」。正文及眉端另有校改批注，或依他本《録鬼簿》校訂原文，或據《嘯餘譜》及其他史籍增注，非作於一時。其可考者，鈔録時已作校訂，故光緒跋有「原本間有訛字，悉爲訂正」語；宣統元年冬又以曹本比勘，稱此本爲「明季精鈔本」。静庵先生初鈔此本，稱許甚高，至謂「第一善本」，及得曹本、尤本相較，則改稱「各有佳處」「互有得失」，差近公允。

案，光緒三十四年七月《詞録》成，王國維始有《曲録》之編，閲月稿成，其時尚未見《録鬼簿》，著録元劇所據，不過《元曲選》《嘯餘譜》而已，故是年八月《曲録序》謂：「今元曲目之載於《元曲選》首卷及程明善《嘯餘譜》者，僅五百餘本。」及十月鈔得此本，乃據以修訂《曲録》，《曲録序》因改爲：「今元曲目之載于鍾嗣成《録鬼簿》及寧獻王權《太和正音譜》者，合之僅五百餘本。」《曲録》徵引《録鬼簿》，大抵據此本，如謂沈和甫《歡喜冤家》「《録鬼簿》不録」，實此本無而曹本有之。

是本見於《静庵藏書目》著録。民五年，静庵自日本歸，臨行，羅振玉以其複本藏書相贈，時静庵已棄曲學，遂以所藏詞曲書回饋（《丙辰日記》），此本因與繆荃孫影鈔尤本同歸羅氏大雲精舍，並見《羅氏藏書目録》著録。十六年孟夏，羅振常取影鈔尤本與此本比勘，標異文於此本眉端，補抄尤跋置卷首，並作跋二條，鈐「羅振常讀書記」「振常手校」二印。静庵自沉後，羅氏出售其遺書「以充恤孤之資」，十七年七月，此本乃與其他詞曲書共二十五種，經日本文求堂書店售與日本東洋文庫（參見榎一雄《王國維手鈔手校詞曲書二十五種》，《東洋文庫書報》第八號），文求堂爲此編有《海寧王静菴（國維）手抄手校詞曲書目》。售前，羅振常將此本異文及王國維跋語、部分批注，過録至其所藏曹本中（後第〔一二〕種）；其女羅莊，又曾彙録部分批注另存（參見後第三一種）。今此本仍藏東洋文庫，鈐有「東洋文庫」長方印。

〔八〕二〇一六年廣西師範大學出版社《日本所藏稀見中國戲曲文獻叢刊》第二輯影印本

據王國維鈔本影印。所憾者單色影印，無以辨原本朱墨，另脱原本書衣。提要則仍誤信王氏説，以爲此本鈔自明鈔。

五、劉世珩輯《彙刻傳奇》附刻本

亦稱暖紅室刻本。九行二十字，四周單邊，白口，單魚尾。上書口鎸「録鬼簿」，下書口鎸「暖紅室」。卷端題「新編録鬼簿」「彙刻傳奇附刊第一種」「大梁鍾嗣成繼先撰」「夢鳳樓、暖紅室刊校」。末有宣統元年劉世珩跋。此本以尤貞起本爲底本，並以别本校正。基本内容及格式同尤本，但删尤跋，移邵元長跋及周誥、邾經題曲於卷首鍾序後，冠以「題辭」字樣。文中時有雙行小字校記，大抵正文用尤本，以别本異文入校記，如關漢卿「烟月舊風塵」，校記云「『舊』一作『救』」；時正文用别本，以尤本異文入校記，如「望江亭中秋切鱠魚」，校記云「『魚』一作『旦』」。校記不加「案」字，往往與原本小字注混淆。（嚴敦易《元劇斟疑》中引尤鈔云云，多係誤此校記爲尤本原文。）劉跋謂：「今取尤本重刊，以存本書真相，慎弗再據曹本訂此本也。」極具見地，惜後人不察，竟取曹本翻行，以致謬種流傳。

世珩字聚卿，貴池人，一生刻書甚多，尤嗜曲，刊刻精益求精，世所稱善。其室人傅氏，每與其事，士林傳爲韻事，一時名流林紓、吴昌碩等，多有題贈。况周頤《彙刻傳劇題辭》云：「先生刻書，多與夫人合校。德配江寧傅偶蕙夫人春孅，字小鳳，繼配江寧傅儷蕙夫人春姍，字小紅，夢鳳樓、暖紅室所由名。」《彙刻傳奇》諸劇繡像，皆春姍摹寫，《録鬼簿》亦伊人題簽並署封面。

此刻由况周頤執校讎役，《暖紅室校刻傳劇資料叢輯》中尚存况氏校書時手札。况氏一代詞人，曾不屑於舊籍校勘，晚年困窘潦倒，不得已以校書謀生，而亦竭心盡力。另據《藝風老人日記》，此刻又曾經繆荃孫審閲，繆氏還曾作跋，事在民二年至三年間，其刻成當在民三年。卷末劉世珩跋雖署宣統元年，但多襲馬一浮跋語，劉氏見馬一浮鈔本，已在宣統二年。此跋或即繆氏代筆。

此本雖從尤本刻，民八年劉氏《彙刻傳劇自序》又有《録鬼簿》「得之江陰繆藝風丈」語，但所據似是王國維藏繆氏影鈔本。核其文，如宮大用傳「先君與之莫逆友」，「友」字尤鈔及他本俱作「交」，惟繆氏影鈔本及此刻作「友」。據王國維《致劉世珩手札》，劉氏確曾索借「藝老之《録鬼簿》寫本」於王。

其所據以校訂之别本，文與曹本及玉海堂本（後第（一四）種）同者，當出曹本或玉海堂本。劉氏又曾借王國維傳鈔戴本，亦見《致劉世珩手札》提及。以今比勘所見，金志甫傳「給由江浙」作「經由江浙」，係戴本之誤，王鈔及此刻仍之；戴本夢覺子跋「牛溲馬浡」，「浡」王鈔作「勃」，此刻仍之。此外，劉氏所見又有明鈔本，屬改易舊制者，劉跋中有説，今未見存。

《彙刻傳奇》亦稱《雜劇傳奇彙刻》，收雜劇傳奇凡若干種，清末民初陸續刊行，民八年彙印，總題《彙刻傳劇》。劉氏身後，民二十四年，上海來青閣書店曾以原版重印爲《暖紅室彙刻傳奇》，所收《録鬼簿》已無書衣題簽及封面。書版後歸金陵圖書館，一九六二年劃歸江蘇廣陵古籍刻印社，後曾修版重印。重印本簽題「暖紅室刊尤貞起本新編録鬼簿」，新補封面署「暖紅室據尤貞起鈔本刊印」。牌記題「己巳年夏月」，即一九八九年，版權頁標一九九〇年。

〔九〕一九七七年臺灣新興書局《筆記小説大觀》影印本

係該叢書第二十編之一種。

〔一〇〕二〇〇六年中華書局《宋元明清書目題跋叢刊》影印本

係該叢書第三册元代卷之一種。脱原封面。

乙、改易舊制者

六、清康熙四十五年曹寅輯刻《楝亭藏書十二種》本

十一行二十一字，左右雙邊，細黑口，雙魚尾，版心鎸「録鬼簿卷某」。封面左中右三欄，分别題「楝亭藏本」「録鬼簿」「揚州詩局重刊」。卷上前題「新編録鬼簿卷上」，次行署「古汴鍾嗣成編」，尾題同卷首；卷下首尾題書名，俱無「新編」二字。卷末有「楝亭藏本丙戌九月重刻於揚州使院」牌記。此本文

字多有脱訛，如《高文秀傳》「府學」下脱「生」字、王實甫《販茶船》目「蘇小卿」誤作「蘇小郎」等，然個别文字可校正尤本之訛。

寅字子清，號楝亭，正白旗人，時任江寧織造，兼巡視兩淮鹽漕監察御史。康熙四十四年五月奉旨校刊《全唐詩》，於揚州天寧寺設揚州詩局，次年九月蕆事，遂選其藏書刊行。《楝亭藏書十二種》原刻楮墨精良，字畫不苟。封面、牌記之「重刊」「重刻」者，謂取曹氏藏書重刻，非另有初刻。《楝亭書目》中載有二卷抄本《録鬼簿》一册，當即其底本。此刻傳世者尚多，今所見數部，十二種次序皆不同。

〔一二〕王國維批注本

此爲王國維所藏曹本。王國維光緒三十四年十月傳鈔得《録鬼簿》，未幾復得此本。王鈔本宣統元年二月跋始言及曹本，蓋曹本之得，在此前不久。宣統元年十二月，王氏以此本與傳鈔本互校，標異文於此本原字右側，或識以符號標記。又據《嘯餘譜》《元曲選》《也是園書目》等，標注劇目異同。另傳鈔本中批語、增注，涉曲家行實者，大都迻録此本，以雙行小字書於原版空白處。卷末有王國維跋三則。卷端有「與石居」白文方印，未詳誰氏。又有「羅邨舊農」「繼祖之印」二印，則羅振玉之孫羅繼祖印，知此本終歸羅振玉。一九四八年，羅繼祖以家藏圖書悉捐公有（《魯詩堂談往録·我的簡歷》），是本遂歸東北圖書館，有「東北圖書館所藏善本」等印，今藏遼寧省圖書館，裝訂爲二册。

此本即民十七年《海寧王忠慤公遺書》所收《録鬼簿校注》之底本，未詳何時歸羅振玉。羅莊

《録王國維鈔本〈録鬼簿〉批注題記》（見《資料彙編》）云：王國維歸國時，「以手録者歸大雲書庫，而自留楝亭刻本」。趙萬里《録鬼簿校注提要》云：「稿本後歸上虞羅氏振玉許，羅氏兒子輩録爲《校注》二卷，入《遺書》四集中刊之。」未記時間。考《羅氏藏書目録》著録《録鬼簿》，除王氏過録本、影鈔尤本外，另有曹楝亭本一種三册（疑爲二册之誤），此曹本不見於王國維編《大雲精舍藏書目録》，故入藏應在民五年至八年間（參見黄仕忠、徐巧越《王國維所編〈羅振玉藏書目録〉原本及羅王互贈藏書考》，《文獻》二〇一九年第五期）。若此曹本即王批曹本，則當是王國維離日本時，以此本連同傳鈔本、影尤鈔本一併贈羅振玉，而羅莊之説不確。

〔一二二〕羅振常批校本

此爲羅振常舊藏曹本。羅氏以王國維傳鈔戴本校此本，朱筆標傳鈔本異文於此本中。傳鈔本中王國維跋語，及個别批注《王忠慤公遺書》本失收者，亦迻録於此本。卷前補鈔尤貞起跋，卷末有羅振常跋。據羅跋，其核校過録，在《遺書》刊印後、傳鈔本售日本前，即民十七年。封面背後貼一浮簽，云：「過録王静庵校録，又經羅子經以楝亭刻、尤貞起本校過。」殊不知所謂。羅莊《録王國維鈔本〈録鬼簿〉批注題記》云，王國維鈔本中批注，羅振常「嘗過録校楝亭本上」，應即此本。今存上海圖書館。

〔一二三〕影鈔本

行款、格式、尺寸全同康熙原刻《楝亭藏書十二種》本，審係影鈔，惟無格，闕封面及牌記，書末序跋皆置卷首鍾序後。通篇與原刻只二字異：《顧仲清傳》「清泉場司令」，「場」誤作「楊」（原刻作「揚」）；《陳存甫傳》「樂章間出一二」，「間」誤作「門」。與《糖霜譜》合裝一册，《糖霜譜》正文及封面俱影鈔。紙墨不甚舊，似清末民初物。首頁有「國立中央圖書館收藏」印。今藏南京圖書館。周妙中《江南訪曲録要》（《文史》第二輯）以此本《糖霜譜》封面有「楝亭藏本」字樣，指爲曹寅舊藏，並疑爲曹刻底本，非。

〔一四〕清宣統二年劉世珩玉海堂鈔本

半葉十行，行二十一字左右，緑格，左右雙邊，上書耳刻「玉海堂鈔書」。玉海堂爲劉世珩堂號，存世相同稿紙抄本，有《玉海堂書目》、光緒三十四年鈔《曲録》、宣統元年鈔《曲品》，後二種皆元和陳玉祥（字叔美，生平見《章練小志》卷四）抄，審此本亦陳氏手筆。是本曾經重裝，有内外二書衣。内書衣前有餘杭褚德彝（號松窗）題字：「元鍾繼先録鬼簿，宣統二年據宛委山堂本謄，褚德彝手校一過。」後書衣内側有「庚戌嘉平之望汰盦校過」一行，庚戌即宣統二年，汰盦不悉何人。外書衣爲民二十二年劉之泗（字公魯，世珩子）題，左上大字隸書「録鬼簿」，下：「元鍾繼先撰，據宛委山堂本謄，公魯署」，右題「褚松窗、汰盦、先大夫校勘過，癸酉人日貴池劉之泗又記於吴門之修閑福齋」。書内僅卷首有「蘇南區文物管理委員會藏」印。今藏南京圖書館。

此本從馬一浮鈔本抄出，宛委山堂即馬一浮堂號，卷末並抄有光緒三十四年馬一浮跋。據馬跋，其本從謝無量藏曹本抄，謝藏本鍾嗣成序等序跋皆錯置卷下首，此鈔亦如之。其内容、格式同曹本，所異者，劇目皆頂格寫；卷下小傳起首省略曲家名，如宫天挺傳「天挺字大用」，省作「字大用」。此外增出繕誤若干，今馬鈔本未見存，不能盡詳繕誤出自馬本抑或此鈔。卷中人物、曲目之下或眉端，多有據《太和正音譜》所作批注，字迹同正文，按之馬跋，馬氏光緒三十二年曾借錢塘丁氏所藏《正音譜》研讀，則批注當爲馬批。其他批注字迹與正文相同者，如高文秀傳眉端據《嘉靖山陰縣志》《越中金石記》增注高文秀事迹，紀天祥《趙氏孤兒》下批「按此本臧晋叔刻之《元曲選》中，不知何時流入歐洲，法人傳泰爾極爲稱許」云云，當亦出自馬氏。其他批校不多，大都係鈔後據原本校於眉端，可辨爲褚批者，如關漢卿《西蜀夢》眉批「彝案，各曲名空低二格寫」。他如《趙氏孤兒》眉批「『極爲』下脱『彼土詞八所』五字」，「Voltaire，傳泰爾名英文，宜補入」等，多不能確認何人筆。

此鈔既出曹本，則校勘價值不高，但劉氏暖紅室刻本曾以此本入校，況周頤《致劉世珩手札》所謂「新寫本」，似即此本。刻本個别異文僅見於此本者，實爲此本繕誤，兹録其要者以備考：關漢卿劇「切鱠旦」誤作「切鱠魚」，「楚雲公主」誤作「楚金公主」；楊顯之傳「與公較之」誤作「與共較之」，劇目「借通縣」誤作「供通縣」；費唐臣之名誤作「費庚臣」；金志甫劇小注「喜春來按」誤作「喜春來度」；喬夢符劇「節婦牌」誤作「節婦碑」；李用之、顧廷玉傳「淞江人」俱誤作「浙江人」；趙文寶傳末「别作趙文寶」誤作「别作趙可寶」。以上暖紅室本或改入正文，或出校注之。

〔一五〕舊鈔本

十行二十一字，藍格，白口，無魚尾。從曹本鈔出，雖行款不同，但影鈔有曹本牌記，無封面。原本卷末序跋移於卷首鍾序後。間有無名氏批校。上海圖書館藏。

〔一六〕民國十年上海古書流通處影印《楝亭十二種》本

石版影印，版框略小，書口改白口，字畫已失原刻之生動。古書流通處爲陳琰在上海福州路所設書肆，陳乃乾輔其事。是本據徐乃昌藏曹本影印，乃乾曾館於徐家，蓋以此得借徐藏本，底本卷首「南陵徐乃昌審定善本」「徐乃昌藏書記」二印，亦保留於影印本中。

〔一七〕傅增湘批校本

此爲傅增湘舊藏古書流通處影印本。民十七年，傅增湘以明鈔《説集》本比勘，異文以朱筆標此本中，或別作標記識別。末有傅增湘跋。書末另附一紙，影鈔尤貞起鈔本之尤跋。此本見於《藏園訂補郘亭知見傳本書目》著録，現藏國家圖書館。今《説集》原本仍存，故此本校勘價值不大，惟名家手筆，不失文物價值。

〔一八〕一九八八年臺灣新文豐出版公司《叢書集成續編》影印本

據古書流通處本影印。

〔一九〕一九九四年上海書店《叢書集成續編》影印本

據新文豐本影印，删去封面、牌記，修板挖去卷端徐乃昌藏書印。

〔二〇〕二〇〇九年廣陵書社《歷代戲曲目録叢刊》影印本

據古書流通處本影印。

〔二一一〕二〇一七年鳳凰出版社影印《楝亭十二種》本

此爲《古椿閣再造善本叢刊》之一，揚州古椿閣文化傳播有限公司操其事。審此本從古書流通處本影印，挖去卷端徐乃昌藏書印、古書流通處牌記，而存民十年劉承幹叢書序及總目。新牌記詐稱「據清康熙揚州詩局刊本影印，板框尺寸悉準原書」。

〔二一二〕二〇一八年齊魯書社《歷代叢書匯纂》影印《楝亭藏書十二種》本

據康熙原刻本影印。

七、清許焞輯鈔《説部新書》本

九行二十一字，無格。格式、内容俱同曹本，惟卷上首尾書名俱無「新編」二字，卷首鍾序前多「録鬼簿序」四字，書於裱補襯紙上。文字基本同曹本，凡曹本誤者此皆誤，曹本不誤者亦有繕誤，校勘價值不大。錢塘丁丙舊藏，有「錢唐丁氏藏書」印，並見《善本書室藏書志》卷十九著録，後歸江南圖書館，今藏南京圖書館。

《説部新書》係雜著類叢書，傳世僅有此鈔本。焞字純也，海寧人，雍正元年進士（見《四庫全書總目》卷九十八）。此書輯鈔，當在雍乾間。《善本書室藏書志》謂：「雜録歷朝小品三十有二種，皆家僮所寫也。」

〔二一三〕清鈔本

此本行款、題署、格式、内容、文字，幾全同前本，異體、俗寫皆然，字體亦相近，顯然與前本同源，或竟鈔自前本。繕誤較前本略增一二，鍾氏自序前冠「序」字。書中有「灑雪居珍藏」印，係道咸間松江姚楗印。楗字建木，著有《灑雪居時文》，見《姚之烜硃卷》。此印亦見國圖藏清鈔本《九靈山房集》、上圖藏明鈔本《張先生校正楊寶學易傳》（後者並有楗兄姚椿跋）。另有「華亭封氏蕢進齋藏書印」，乃近世藏書家封文權印，亦見於《楊寶學易傳》。文權字衡甫，齋名「蕢」又作「簣」，據稱其藏書一九五〇年没收充公，部分由上海市文物保管委員會拨付上海圖書館。今藏上海圖書館。

八、清吴允嘉《錢塘縣志補》節鈔本

十行二十字，無格。首題「録鬼簿」，次行署「元古汴鍾繼先」，接以類目「方今已亡名公才人余相知者……」兩行。以下鈔金仁傑、范康等十四人小傳、劇目及吊詞，末注「以上皆杭州土著人」。次鄭光祖、曾瑞等五人，後注「以上皆杭州流寓」。末附華士良、賀從善等「元時善歌五人」，鈔自《元曲選》。個別傳文後有補注，如《范居中傳》：「居中亦能書，見陶南村《書史》。」《王日華傳》末從楊維禎《鐵崖集》鈔附《優戲録序》。格式、順序等與曹本同，但文字不源於曹本。雖是節鈔，但繕寫嚴謹，底本缺字皆置□符號。文字有勝於他本者，如《周仲彬傳》「又可以久于人世也歟」句，「又可」二字曹本闕，空二格；尤本、戴本不闕；此本作「又安可」，語義更妥。繕誤偶有之。

允嘉字志上，錢塘人，康熙間藏書家，生平見《雍正浙江通志》卷一七八。《錢塘縣志補》未曾刊刻，

《雍正浙江通志》卷二五三著録爲十卷，阮元《兩浙輶軒録》卷十五允嘉小傳云：「嘗手輯《錢塘縣志補》，皆《魏志》所未備。予預修府志，取以補入。其稿今藏予家。」《八千卷樓書目》卷六著録：「《康熙錢塘縣志》三十七卷，國朝吴允嘉撰，抄本，殘。」應即《錢塘縣志補》。今藏南京圖書館，無總書名，六册，存雜記、人物、藝文，不分卷，有「錢塘丁氏正修堂藏書」諸印，《録鬼簿》卷端有「江蘇省立第一圖書館藏書」印。此本似鈔自未定稿，内容皆前代相關史籍節録。人物志卷端題「錢塘志」，次行題「人物補」，有頁碼，凡百七十二頁，《録鬼簿》在八十三至九十五頁。其餘雜記、藝文無頁碼。全鈔避「玄」不避「琰」；「弘」字僅人物志缺末筆，其餘不避。似人物志鈔於乾隆間。《中國地方志聯合目録》《中國古籍總目》著録爲「〔嘉慶〕錢塘縣志補」，當誤。另，洪焕椿《浙江方志綜録》，初刊於民三十四年《浙江省通志館館刊》創刊號，著録有十卷鈔本，清華大學圖書館藏。一九五八年科學出版社出版單行本《浙江地方志考録》，著録則僅南圖八千卷樓舊藏鈔本；一九八四年浙江人民出版社版修訂本《浙江方志考》仍之。

〔二一四〕一九九三年上海書店《中國地方志集成·浙江府縣志輯》影印本

書名仍誤爲《嘉慶錢塘縣志補》。

九、董康輯刻《誦芬室叢刊二編》本

此本與曹本内容、格式、字句幾全同，當據曹本翻刻。所異者，卷下首尾書名加「新編」二字；卷末序跋皆置卷首鍾序後，《顧仲清傳》「清泉埸」作「清泉楊」。

康字授經，武進人，光緒十五年舉人，法學家，嗜戲曲小説，收藏亦富。《誦芬室叢刊二編》收戲劇小説及曲論雜著若干種。曲論部分初刻年代未詳，初印者書品闊大，紙墨皆上乘。重印時彙爲《誦芬室讀曲叢刊》，另加封面（民六年蕊圓題署）、目録，而書品已失初印氣象。

〔二五〕民國十四年陳乃乾輯《重訂曲苑》影印本

民十年，陳乃乾輯曲論雜著十四種爲《曲苑》，由古書流通處印行。十四年重訂，增《録鬼簿》等，計二十一種，仍由古書流通處刊印。是書石板影印，巾箱本，版框已縮小。

〔二六〕一九八三年北京中國書店影印《誦芬室讀曲叢刻》本

是本據《誦芬室讀曲叢刊》影印，改叢書名爲「誦芬室讀曲叢刻」，簽題於書衣。其後，《顧曲雜言》《録鬼簿》等四種曾合訂一册，單行重印。

〔二七〕二〇一八年齊魯書社《歷代叢書匯纂》影印《誦芬室叢刊》本

據原刻本影印。

增補本

一〇、明范氏天一閣鈔本

半葉九行，行二十或二十三字，藍格，四周單邊，白口，單魚尾。卷端題「録鬼簿卷某」，《續編》題「録鬼簿續編」，俱不署撰人。視其版式、字體，爲明鈔無疑。趙萬里《録鬼簿校注提要》曾謂正德間鈔，以後僅稱明鈔，不言年代。正文有朱筆校，朱凱序前有「從曹楝亭本校過」字樣，校筆「弘」字不諱，乾隆間鴞初齋鈔本已將校字改入正文，是朱校當在康、雍間。是書第經慈溪沈德壽、鄞縣孫家溎收藏，鈐印有沈氏「亞東沈氏抱經樓鑒賞圖書印」「五萬卷藏書樓」「授經樓藏書印」「浙東沈德壽家藏之印」，孫氏「鄞蝸寄廬孫氏藏書」，並見沈氏《抱經樓藏書志》著録。沈、孫皆名家，不贅。後歸長樂鄭振鐸，有「長樂鄭振鐸西諦藏書」「長樂鄭氏藏書之印」二印，書末有民三十五年鄭跋，亦見《西諦書目》著録。今藏國家圖書館。

此本無天一閣印，亦不見於天一閣書目，《抱經樓藏書志》《西諦書目》及國圖目録只作「明鈔本」。民國間趙萬里等影鈔此本，則書衣徑題「影寫天一閣舊藏明藍格鈔本」，係馬廉手筆；後中華書局影印本趙萬里跋云：「一望而知爲范氏天一閣故物。」惟鄭振鐸長跋只云明藍格鈔本，始終不言天一閣。今審其藍印稿紙，與天一閣藍格鈔本《宋崇文總目》爲同版刷印，尺寸及斷口皆吻合，《總目》有「天一閣」藏印，今存天一閣博物館。故可斷《録鬼簿》爲天一閣鈔本無疑。

後世增補本《録鬼簿》及《續編》，皆由此本出，其珍可知。其正文字句，亦有個别可校正簡本、繁本者。但是本鈔寫舛誤特甚，至不能卒讀。大者錯簡，如王思順等八人傳，本在《吴仁卿傳》後，却錯置《吴純卿傳》後；賈仲明《書録鬼簿後》應在書末，則移至卷前。小者訛字脱句，舉不勝舉。《録鬼簿》卷下小傳，多經書手任意整句減删。其底本蓋每用草體，鈔手不識，因多致誤，如「師」誤作「呵」「味」「時」「特」，皆不辨草書之訛。末三頁有蟲蛀，但文字大都可辨。

〔二八〕清乾隆間勗初齋鈔本

十行二十字，藍格，四周單邊，白口，單魚尾，下書口鎸「勗初齋」。其格式、内容，以至俗字異體、闕誤訛繆，幾全同明鈔本，顯然源自明鈔。所異者，卷前序跋次序略不同，依次爲鍾序、賈氏《書後》、朱序、邵序、題曲，並皆另起頁。明鈔本中朱筆校，已多改入正文；另較明鈔又多出一些繕誤，如《書後》「當代旹行傳奇」，「旹」(時)誤作「昔」。「玄」「弘」多缺末筆，「琰」字不諱，故今斷爲乾隆鈔。此本亦經孫家溎收藏，有「四明孫氏蝸廬所藏珍籍」印記，今藏上海圖書館。

〔二九〕民二十年趙萬里等影鈔明天一閣鈔本

未見。趙萬里、鄭振鐸、馬廉合鈔，具體經過詳鄭振鐸、趙萬里跋。今下落未明。其面貌可見於次一種影印本。

案，民二十年天一閣本發現後，鄭振鐸曾另鈔一本，今藏國圖，並見《西諦書目》著録。其他學者如周明泰、孫楷第、傅惜華、瞿鳳起等，皆有傳鈔，不具録。

〔三〇〕民二十五年北京大學出版組影印趙萬里等合鈔本

據前三氏鈔本石版影印。書衣亦依原鈔影印，題「録鬼簿二卷續編一卷，影寫天一閣舊藏明藍格鈔本」，「二十年八月十六日海寧趙萬里、長樂鄭振鐸、鄞馬廉同寫，十八日畢」。無牌記及版權頁，故出版日期有異説。民二十五年趙孝孟跋馬廉校本云：「今三氏合抄之本，業由北京大學出版組影印行世。」今據以著録。吴曉鈴《元曲作家生卒新考》則云：民二十六年，「三氏合鈔之本由國立北京大學影刊行世，印就未及發售而值事變，故傳佈極尟」。趙萬里跋明鈔本，亦謂影印於民二十六年。

上海圖書館藏此本，有無名氏斷句及校筆，所校記於眉端，多爲辨正原文俗字者，亦有個別校正原文脱誤，如吊陸顯之曲「河南獨步汴城」，眉標「梁」字，示「汴」下脱「梁」，案之文意、曲譜，其説甚是。此雖未必有據，然不失參考價值。

〔三一〕一九六二年中華書局上海編輯所影印本

此本是爲悼念鄭振鐸氏墜機遇難，經徐森玉、趙萬里提議印行。朱墨藍三色套印，版框尺寸亦悉準原書，棉紙綫裝。徐森玉題寫「天一閣藍格寫本正續録鬼簿」封面，末附《正續録鬼簿補目》及趙萬里跋。是書爲近世影印古籍之上品，惟版框、界欄重行繪製，與原本有差。

〔三二〕二〇〇二年上海古籍出版社《續修四庫全書》影印本

據中華書局影印本影印。内封僞稱「據寧波天一閣博物館藏抄本影印」，其後《續修四庫全書總目提要·録鬼簿提要》亦如是説，殊謬。

〔三三〕二〇〇六年中華書局《宋元明清書目題跋叢刊》影印本

叢刊所收《録鬼簿》用暖紅室本。其明代卷第三册又收《録鬼簿續編》，據中華書局影印本影印。

〔三四〕二〇〇九年廣陵書社《歷代戲曲目録叢刊》影印本

叢刊所收《録鬼簿》用古書流通處影印曹楝亭本，《録鬼簿續編》則據中華書局影印本影印。

〔三五〕二〇一一年國家圖書館出版社《中華再造善本》影印本

據明鈔原本影印，三色套印。

〔三六〕二〇一五年黄山書社《元代史料叢刊初編》影印本

據上海古籍出版社《續修四庫全書》本影印。

〔三七〕二〇一七年中華書局《趙萬里抄校本選編》影印趙萬里批注本

據民二十五年北京大學影印本影印，底本趙萬里藏，有趙氏批注，大都爲曲家行實，如據《析津志·關一齋傳》補關漢卿生平等。

校注本

甲、王國維校注本

王國維光緒三十四年抄《録鬼簿》後，曾考證曲家、曲目，批注書中（前第〔七〕種）。宣統元年十二月，又以傳鈔本與所藏曹本（前第〔一二〕種）互校，於兩本中各標異同，並據《嘯餘譜》《元曲選》等比勘，批於曹本。此外又過録傳鈔本中批注於曹本。以後續有所得，或批於曹本，或批於傳鈔本。如此，兩本批注互有詳略，意同者語亦小異。當時王國維雖曾有意校訂刊刻《録鬼簿》（詳羅振玉《致繆荃孫書》），但終未有果。此所批注，異文大都無判校，增注亦不完全。王氏卒，後人整理遺書，取其批注曹本刊行，是爲「王國維校注本」。近年王氏傳鈔本重現，始有合兩本批注重新整理者。

一一、民十七年觀堂遺書刊行會編《海寧王忠慤公遺書》四集石印本

封面署「録鬼簿校注」「海寧王氏校印」。卷端題「新編録鬼簿」，署「古汴鍾嗣成編、海寧王國維校注」。此本以王國維批注曹本爲底本，改底本中王氏批注異文（即王氏傳鈔本異文）入正文，以曹本原文入校記（部分未出校），全篇劃一注文體例，於王批前加「案」字。如高文秀「豹子令史干請俸」，底本「干」旁標「自」，示傳鈔本作「自」；下批「《太和正音譜》作『自請俸』」。整理本以「自」入正文，注：「『自』原作『干』，鈔本及《太和正音譜》均作『自』。」其實，「干」字戴光曾鈔本缺，空一格；王氏傳鈔本作「自」，乃據《嘯餘譜》補，旁標「干」，示曹本作「干」。王氏實未見《正音譜》原本，所據爲《嘯餘譜》，《正音譜》原作「干」，《嘯餘譜》誤刊爲「自」。案王批僅記異同而已，非以傳鈔皆是、曹本皆非，此一概攬批注異文入正文，不免有失原意。

《海寧王忠慤公遺書》由羅振玉主持，與其事者多門人親友。第四集刊於民十七年，封面題「戊辰春日校印」。《録鬼簿》卷末有「仁和沈舉清校録」字樣。羅繼祖《魯詩堂談往録·我家寫書人》云：「仁和沈閏生太姻丈（舉清），他是邈園叔祖（振常）的連襟，早年病聾，但能寫一筆漂亮的字，特别適合于寫書。」

一二、民二十一年六藝書局《增補曲苑》金集排印本

《增補曲苑》由聖湖正音學會編輯。所收《録鬼簿》據《海寧王忠慤公遺書》排印，移後序、題跋等

至卷首鍾序後。書名則封面題「録鬼簿」，目録題「録鬼簿校注」，卷端題「新編録鬼簿」。

〔三八〕二〇一八年山西人民出版社、三晋出版社《近代散佚戲曲文獻集成》影印《增補曲苑》本

據前本影印。簡介及版權頁指趙苕狂爲《增補曲苑》輯者，殊謬。苕狂不過爲《增補曲苑》作序，中有明言：「今者正音學會同人以本書相示，並索序于余。」

一三、民二十九年長沙商務印書館《海寧王静安先生遺書》石印本

《海寧王静安先生遺書》爲趙萬里輯。所收《録鬼簿》以《海寧王忠慤公遺書》本爲底本重印，個別字失真，如《顧仲清傳》「清泉場」，底本「場」仍曹本作「埸」，此則誤作「惕」。

〔三九〕一九六八年臺灣文華出版公司《王觀堂先生全集》影印本

據長沙商務本影印。

〔四〇〕一九七六年臺灣大通書局《王國維先生全集·續編》影印本

據文華出版公司本影印。

〔四一〕一九七六年臺灣商務印書館《海寧王静安先生遺書》影印本

據長沙商務本影印。

〔四二〕一九八三年上海古籍書店《王國維遺書》影印本

據長沙商務本影印。《録鬼簿》另加内封，題「新編録鬼簿校注」。此本另有二〇一一年上海

書店出版社重印本。

一四、一九五七年中國戲劇出版社《王國維戲曲論文集》排印本

據長沙商務印書館本排印，移原書後序及前人題跋於卷前鍾序後。繁體直排，書名僅作《録鬼簿》。一九八四年新版簡體横排時，删去《録鬼簿》。

〔四三〕一九八二年臺灣純真出版社《王國維戲曲論著》翻印本

此書全名《王國維戲曲論著——宋元戲曲考等八種》，據前本翻印。

〔四四〕一九九三年臺灣里仁書局《王國維戲曲論文集》翻印本

此書全名《王國維戲曲論文集——宋元戲曲考及其他》，所收《録鬼簿》據前本翻印。

一五、一九九七年中國文史出版社《王國維文集》排印本

據上海古籍書店一九八三年版《王國維遺書》標點，簡體横排。《文集》由姚淦銘、王燕編，原本四卷，二〇〇七年合爲兩卷重排，仍收《録鬼簿》。

一六、二〇〇八年中國社會科學出版社《王國維集》排印本

周錫山編校，底本蓋《海寧王静安先生遺書》本。

一七、二〇〇九年浙江教育出版社《王國維全集》排印本

此本取名《新編録鬼簿校注》，房鑫亮點校、程毅中復校。以《海寧王静安先生遺書》本爲底本，校以王國維批注曹本、王國維鈔本，過録王鈔本中批注及羅振常據影尤鈔本所作校記，並參校《録鬼簿（外四種）》所收增補本。繁體竪排。校記較略，校改時有不當，如《金志甫傳》據王鈔本改「給由」爲「經由」。

一八、二〇一〇年張禹《王國維〈録鬼簿〉考》附録本

此爲著者中山大學碩士學位論文。其附録二《王國維所校〈録鬼簿〉版本校勘》，即王國維批注之合校本，以上海古籍書店一九八三年版《王國維遺書》本爲底本，校以王國維批校曹本、王國維鈔本，記異同甚詳，但無判校，亦偶有誤校、失校者。

乙、馬廉校注本

書名《録鬼簿新校注》，成於民國二十餘年。底本係明鈔增補本的傳鈔本，另取曹本、孟本九葉殘本、暖紅室本、王國維校本四種爲校本，並據其他史籍，增注劇目著録、版本情況；曲家則大抵僅轉録王校本批注。書後附《録鬼簿續編》，另從存劇及其他曲目鈎輯，列出正續《録鬼簿》失載之元劇名目。其書側重劇目，大體可作元雜劇全目觀；而作家未加深考，殊失鍾書原旨。另，底本訛誤，多有未校出者。

一九、《國立北平圖書館館刊》連載本

無斷句，排印校刊亦不精。末附趙孝孟跋。全書連載於《國立北平圖書館館刊》第十卷第一至五

號中，民二十五年二月至十月出版。另有民二十五年十月抽印本。

二〇、一九五七年文學古籍刊行社排印本

以前一種爲底本斷句重排，又用明鈔原本對勘，改正誤字，删趙孝孟跋。

〔四五〕一九六〇年臺灣世界書局《中國學術名著·曲學叢書》翻印本

據前本翻印，爲該叢書第一集之一種，與《元人雜劇鈎沉》合訂一册，曾多次再版。

二一、二〇〇六年中華書局《馬隅卿小説戲曲論集》排印本

據文學古籍刊行社本排印，補趙孝孟跋，簡體横排。

丙、孫楷第校注本

未見，書名《〈録鬼簿〉校注》，未刊。

二二、清稿本

楊鐮《孫楷第傳略》（《中國當代社會科學家傳略》第十一輯）：「孫先生還留有大量遺稿，其中有些是讀書札記或資料長編，但也有已基本成書的手稿，比如《〈録鬼簿〉校注》。這是孫先生所著《曲録新編》的一種，該書以明天一閣藍格抄本《録鬼簿》爲底本，用其他版本參校，所得異文一一作出校記，改正錯訛十分精審，並有具體考證。筆者所見的《〈録鬼簿〉校注》已是清稿本，朱墨燦然，字迹工整，是

一部工力深湛的古籍校勘。」

丁、古典文學出版社校本

書名《録鬼簿(外四種)》。收録曲學著作《録鬼簿》《録鬼簿續編》《正音譜》《曲品》《傳奇品》五種，故稱。

二三、一九五七年古典文學出版社排印本

是編《録鬼簿》及《續編》以民國間周明泰幾禮居傳鈔天一閣本爲底本，以《國立北平圖書館館刊》連載馬廉校注本爲校本，兩本皆誤則據曹本更正；另從馬廉校注本中摘取孟刻九頁殘本異文。此外排印曹本《録鬼簿》作爲附録，摘取王國維校本中明鈔本異文等爲校記。書後又有《録鬼簿補校》，以孫楷第《元曲家考略》等考訂曲家之説，補訂校改。迨書排成，得知上海圖書館新入藏孟刻本，遂又請瞿鳳起代爲過録，排印附末，未加標點。

此本分别排印增補本、繁本、簡本，可謂有識。校對亦嚴謹，校改大都認真。所附孟本格式仍舊，遇原書闕損字，以方框代替，不作臆補。但其增補本底本未善，偶有差訛。斷句時有疏誤，尤以吊曲爲甚。另書中稱王校本以尤鈔本入校，指孟刻殘損爲蟲蛀等，皆不確。

一九五八年古典文學出版社改組爲中華書局上海編輯所，一九五九年又有中華書局上海編輯所新一版重印本。一九七八年在編輯所基礎上成立上海古籍出版社，故又有是年上海古籍出版社新一版重

印本。

〔四六〕一九八二年臺灣洪氏出版社翻印本

此本據上海古籍版翻印，改《出版説明》中「上海圖書館藏孟稱舜刊本」之「上海」二字爲「日本」。

戊、中國戲曲研究院校訂本

此爲中國戲曲研究院所輯《中國古典戲曲論著集成》之一種。收《録鬼簿》及《録鬼簿續編》。《集成》由傅惜華、杜穎陶主持整理，所收各書俱不署校勘者。此本《録鬼簿》以曹本爲底本，並以《説集》本、孟本、暖紅室本、王國維校本、天一閣鈔本入校，不改原文，異文以校勘記形式附末，首載《録鬼簿提要》一篇，歸納版本源流甚詳。末附《録鬼簿四種重要版本著録作家對照表》。是本合簡本、繁本、增補本爲一體，觀一本而知別本異文，固有方便處，但簡本、增補本概貌，終難明了。底本選曹本而捨暖紅室本，亦不當。校記只列異文，大多不作判定，個別有失實處，如「施惠（一云姓沈）」，校記〔八四四〕云：「『施惠』，《説集》本、孟稱舜本作『施君美』。」實則《説集》本作「沈君美」，孟本則三字損闕。《續編》以北京大學影印合鈔本爲底本。

二四、一九五九年中國戲劇出版社排印《中國古典戲曲論著集成》本

《録鬼簿》及《録鬼簿續編》在第二册。此爲初版，其影響甚大，重印多次。

〔四七〕一九七四年臺灣中國學典館復館籌備處、鼎文書局《國學名著珍本彙刊·歷代詩史長

編二輯》翻印本。

此本翻印時，於原本卷首提要略有删改，另以尤貞起鈔本入校，標異文於眉端。

〔四八〕一九八三年臺灣漢京文化事業有限公司翻印本

己、王鋼校訂本

書名《校訂録鬼簿三種》，析簡本、繁本、增補本分别校訂，並附歷代序跋、年譜等。此即筆者三十年前舊校，當時條件大不如今，見聞未能廣博，資料搜集亦不盡完備，排印偶有誤植。

二五、一九九一年中州古籍出版社排印本

庚、浦漢明校本

書名《新校録鬼簿正續編》。此本以天一閣本爲底本，以孟本、曹本爲校本，並據其他史籍，訂正底本脱訛衍倒，徑改入正文，以求成《録鬼簿》新寫定本。繁體豎排。

二六、一九九六年巴蜀書社排印本

辛、《歷代曲話彙編·新編中國古典戲曲論著集成》點校本

該叢書由俞爲民、孫蓉蓉主編。其《唐宋編》收録《録鬼簿》，以曹本爲底本，以孟本、天一閣本爲校

本，並參考近世校本。其本以增補本賈仲明吊詞入正文，殊爲不宜。《明代編》收録有《録鬼簿續編》，以天一閣本爲底本。

二七、二〇〇六、二〇〇九年黄山書社排印本

《唐宋編》出版於二〇〇六年，《明代編》出版於二〇〇九年。

壬、《中華傳世藏書》標點本

是書尹小琳主編。收有《録鬼簿》，據暖紅室本標點；《録鬼簿續編》，據天一閣本標點。

二八、二〇一八年浙江人民出版社排印本

備考

案，清以前文獻所及《録鬼簿》舊本，多有湮滅失傳者。如《録鬼簿》諸跋所及，明王核庵藏本、明吴門生傳鈔王核庵本、明太常陳生藏本等；筆記雜著所載，《七修類稿》之鈔本、《珂雪齋外集》之焦竑藏本；書目所列，《晁氏寶文堂書目》之晁瑮藏本，《澹生堂書目》之二卷本，《奕慶藏書樓書目》之《樂府彙》本，《述古堂書目》之秦四麟鈔本，《楝亭書目》之鈔本等；他如《涵芬樓原存善本草目》之舊鈔本，已毁於民二十一年涵芬樓之劫。此俱已見《題跋輯録》《資料彙編》《書目著録》，不贅。惟傳至近世仍

有迹可尋者，或尚幸存於天壤間，列以備考。疑莫能明者，並附此。

二九、明祁承㸁輯《澹生堂餘苑》本

《澹生堂餘苑》爲祁氏所輯叢書，又名《四部餘苑》。《澹生堂藏書目》子部一《小説家·説叢》著録《澹生堂餘苑》，注云：「六百四卷，一百四十六册，十八套，計一百八十八種，抄本。」子部三《叢書類》又著録，作《澹生堂餘苑》，卷、册、套、種數同，並列子目，有《録鬼簿》二卷。承㸁字爾光，山陰人，晚明藏書家。其《澹生堂讀書記》卷下《與郭文學》云：「不佞蠹魚之癖，年衰而嗜彌篤，性尤喜小史稗官之類，曾搜取四部之餘，似經非經，似集非集，雜史小説，裒而集之，名爲《四部餘苑》，函以百計，種以二千計，每二十種爲一函。俟成帙之後，聽海内好事者各刻一二函，此亦宇宙間一大觀也。然搜之者已十年，僅得一千八百餘種，不但不佞之心力竭，即世間之書籍亦竭矣。」則其書至晚年仍未成，似亦未刊刻。

自清顧修《彙刻書目》始，叢書目録多著録《澹生堂餘苑》，大抵皆鈔自《澹生堂藏書目》，惟光緒十二至十五年上海福瀛書局重編朱學勤增訂本《彙刻書目》，《澹生堂餘苑》下注：「明山陰祁承㸁編刊，行世甚希，今據仁和朱氏所藏殘本校録。」似《餘苑》曾經刊刻。但核其子目，實依顧氏《彙刻書目》之舊，並非依據殘本。王國維跋其過録本，稱《録鬼簿》「一刻于《澹生堂餘苑》，再刻于《楝亭十二種》，《餘苑》本今不可見」云云，蓋據此。實其書未必刊刻，不然叢書規模如此之巨，不當迄今一本無存。《餘苑》今存者，所知有上海圖書館藏澹生堂鈔本二十一種，臺灣「國立中央圖書館」藏烏絲欄鈔本六種等。

三〇、清汪文柏舊藏本

徐乃昌《積學齋藏書記》著録有《録鬼簿》舊鈔本一種：「首有至順元年自序。末有朱士凱後序，邵元長序並題詞，周誥、未[朱]經題詞，洪武戊寅吴門生跋，萬曆甲申夢覺子跋。」知爲繁本。中有「古香樓」朱文圓印、「休寧汪季青家藏書籍」朱文方印，則是汪季青舊藏。季青名文柏，休寧人，寄居嘉興。康熙間藏書家，其書目未見傳。身後藏書多歸四明盧址報經樓，《録鬼簿》亦在其中，《積學齋藏書記》云書中又有「抱經樓」白文方印。《抱經樓書目》著録有《録鬼簿》一本，當即此。

盧氏後人世守其書，民初始售出。時陳琰在上海設六藝書局，以兩萬圓全部購下，設古書流通處貯之，未幾迫於還債，匆遽散出。陳乃乾《上海書林夢憶録》（連載於民三十二年《古今》半月刊）記之甚詳，但未繫年，惟記當時陳琰涉天一閣書失竊之訟，知事在民三年，當年報章報導甚多。書貯流通處時，陳乃乾曾與其事，擬爲編目未果，記云：「綜觀抱經樓諸書，大半爲曹倦圃、汪季青舊物。」時乃乾館於徐乃昌家，徐氏得此本《録鬼簿》，固有以也。民三十二年徐氏卒，藏書四散，今公私多有收藏，此本下落不明。

陳乃乾又有云：「古書流通處嘗僞刻抱經樓等藏印，且雇抄胥三人，每日以舊棉紙、桃花紙等傳抄各書，鈐印其上，悉售善價。」

又，民三年，值劉世珩刻暖紅室本《録鬼簿》，其跋語曾及另一明鈔本，係改易舊制者，云：「後又得明人鈔本，方知明人已誤，楝亭仍之。」世珩與徐乃昌有郎舅之姻，此明鈔不悉是汪文柏舊藏本否。

三一、民國間上海蟫隱廬石印《觀堂詩詞彙編》附刊本

《觀堂詩詞彙編》向未見著録，惟近人陳鴻祥所撰王國維研究著作數種，屢有徵引。綜其所述，此書爲羅振常及其長女羅莊輯，收録有王國維《人間詞》《人間詩》，以及羅莊所輯王國維《人間校詞札記十三種》，並附刊王校本《録鬼簿》。陳氏《王國維年譜》（齊魯書社，一九九一）附《王國維著譯書目》，列有《觀堂詩詞彙編》：「羅振常、羅莊輯校，上海蟫隱廬書店石印本。」注云：「《蟫隱廬新版書目》内無此書，疑爲贈送本，未正式發行。」

此本《録鬼簿》，《王國維與文學》（陝西人民出版社，一九八八）頁二七二注，稱爲「羅振常藏、羅莊整理之王校尤本《録鬼簿》」；《王國維年譜》頁一一四，改稱「羅刊《彙編》本附《録鬼簿》校注」；《王國維傳》（人民出版社，二〇〇四）頁三六六，又稱「《人間校詞札記附録》之《録鬼簿》，羅莊移録整理，刊于羅振常編印之《觀堂詩詞彙編》」。其内容，《王國維與文學》引有王國維跋及批注兩條，《王國維年譜》等引有尤貞起跋。核其所引，俱見於王國維傳鈔本，惟《王國維與近代東西方學人》（天津古籍出版社，一九九〇）節引有羅莊跋，未注出處，不見於王國維鈔本。

及至新版《王國維傳》（江蘇文藝出版社，二〇一〇），描述則大異，稱羅莊「將明抄本輯爲《人間校詞札記》附録」，並云：「由羅莊録出的佚散於《遺書》外的『另本』，凡二卷，主要内容如下：一、王國維爲上、下兩卷所寫校記；二、王國維寫於卷末的跋文三則；三、《録鬼簿人名考》（計九人）。」於此始引

羅莊跋全文(見前《題跋輯録》),注其來源爲「《人間校詞札記附録》之《録鬼簿》,據羅莊手稿」,而竟非刊本。

讀羅莊跋,乃明事之原委: 民十七年春《王忠慤公遺書》四集刊行後,王國維舊藏詞曲書將出售,羅莊乃輯録諸詞書中批語爲《人間校詞札記》,復輯王鈔本《録鬼簿》跋語及批注不見於《遺書》者爲一編,附《札記》後,並加案語,即《録王國維鈔本〈録鬼簿〉批注題記》。《題記》云:「此本則以明抄爲底本,而以楝亭刻及尤貞起本與他書校之,家大人嘗過録校楝亭本上。」案,「此本」即前第〔七〕種王國維鈔本,「明抄」即前第四種清戴光曾鈔本,「楝亭刻」即前第〔一一〕種王國維批注曹本,「尤本」即前第〔四〕種繆荃孫影鈔本,「家大人楝亭本」即前第〔一二〕種羅振常批校曹本。所謂以尤本校者,乃羅振常校,標於王鈔本中,非王校。《題記》又云:「今更録此本校語附《校詞雜記》之後。……其與《遺書》校注本同者,悉汰之不録焉。」知其彙録,乃王鈔本批注不見於《遺書》者,不含《録鬼簿》原文。《校詞雜記》即《人間校詞札記》,民二十五年刊於《國立北平圖書館館刊》十卷一號。案羅振常批校曹本,迻録王氏批注並不完全,如《王國維與文學》引羅莊所輯杜仁傑一條,僅見于王鈔本,不見於羅批曹本,故羅莊所據,當是王鈔原本。王鈔本與其他詞曲書售日本東洋文庫,在民十七年夏,則羅莊之輯録,時間大體可知。羅氏家族藏書、手稿,「文革」中曾被抄没,交上海圖書館收藏。後部分發還,近年頻現於各拍賣會。此王氏批注彙録手稿,蓋仍存羅氏後人處。

羅莊輯本王國維批注是否附刻《觀堂詩詞彙編》中,甚至是否有《觀堂詩詞彙編》刊本,仍當存疑。

二〇一〇年，中山大學研究生張禹碩士學位論文《王國維〈録鬼簿〉考》曾提及《觀堂詩詞彙編》，云：「此本原藏上海圖書館，後來羅氏後人借閲回去，便失去了踪影。陳鴻祥也只是八十年代初在羅氏後人家中抄録了若干文字，不全的。」然而若曾刊行，必不至於只印一本，如此重要之王國維著述刊本，竟毫無踪迹，則不可思議。今固不宜率爾疑陳氏無中生有，但其間口耳傳述，或存誤解，或另有隱情，亦未可知。又，二〇一〇年中南大學研究生程引弟碩士學位論文《王國維〈人間詞〉研究》，引有《觀堂詩詞彙編》兩處，引文雖俱曾見陳氏著述，但所注來源，竟爲羅振常編、上海蟫隱廬書店民三十三年刊本，且標有頁碼。案蟫隱廬民三十二年歇業，是年冬羅振常卒。所謂民三十三年刊，顯係僞托。惟三十三年冬，振常婿周子美，收拾羅氏所刊書版，彙印爲《邈園叢書》《蟫隱廬叢書》，凡四十六種，中無此書。

附：《太和正音譜》版本述略

明寧獻王朱權《太和正音譜》二卷，前有洪武三十一年自序，而書中記有永樂初事，近人考訂，多以爲成書於永樂間。原刊本明中葉以後流傳已稀，僅《晁氏寶文堂書目》著録有寧府刻本。今存世者，有黄裳藏殘本，存卷上頁四十九至九十二，半葉八行，行字不等，無格，四周雙邊，黑口，雙魚尾。版式闊大，字體舒朗，的是明初氣象，當即寧藩原刻，惜《群英所編雜劇》已不存。足本流傳者，有汪士鍾藝芸書舍舊藏影鈔寧藩刻本，行款悉照原刻，摹寫維肖，一絲不苟，惟版心無魚尾、字劃稍纖弱而已。此本遞經錢塘丁氏八千卷樓收藏，《善本書室藏書志》著録爲影洪武鈔本；後歸江蘇第一圖書館，今存南京圖書館。民九年，商務印書館曾借以影印，刊入《涵芬樓秘笈》第九集中，末附孫毓修跋，述其源流甚詳。此後，民國間陳乃乾影印本、美國國會圖書館藏鈔本等，悉據涵芬樓本僞造。

明中葉以後《正音譜》多次翻刻，皆直接間接出寧藩刻本，而多據己意參訂重編，從而分化出三卷本、十二卷本。三卷本有嘉靖間刻本（日本内閣文庫藏，與《晁氏寶文堂書目》著録之六册本册數合，瑮卒於嘉靖三十九年，故所録此本當刻於嘉靖間），萬曆三十年張萱黛玉軒刻本（更名爲《黛玉軒北雅》）。十二卷本有萬曆二十二年何鈁刻本，萬曆四十七年程明善刻《嘯餘譜》本（更名爲《北曲譜》）。其他節録者，有萬曆間王世貞《藝苑卮言》附録一、臧懋循刻《元曲選》卷首《元曲論》等，要不出以上諸本。凡此之類，已無校勘價值，惟其個别訂正原刻之誤者，可資參考。

此外，《百川書志》卷十八著録有《太和正音譜》，通行本（《觀古堂書目叢刻》本、古典文學出版社排印本）作一卷，故或以爲，寧藩二卷刻本之前，尚有洪武間初刻一卷本。檢國圖藏道光二十八年劉氏嘉蔭簃鈔本及另兩種清鈔本《百川書志》，「一卷」俱作「十二卷」，則「一卷」當是通行本刊誤，並非另有一卷本。

鍾嗣成年譜

案鍾嗣成生平記載較少，今以其事迹可考者次以年月，並曲家行實與杭州相關者綴其間。

鍾嗣成，字繼先，號醜齋。

朱凱《録鬼簿後序》：「大梁鍾君，名嗣成，字繼先，號醜齋。」

汴梁人，居杭州。

《録鬼簿自序》署「古汴鍾嗣成」，朱凱《録鬼簿後序》稱「大梁鍾君」。而《録鬼簿》所載繼先友人，大抵皆杭州人，所記杭州事又特詳，稱某人至杭州，曰「來杭」，則爲久居杭州者。其記趙良弼云：「總角時，與余同里閈，同發蒙，同師鄧善之、曹克明、劉聲之三先生。」是俱幼年已居杭。

案，元代户籍有儒户，其設始於元初。據《廟學典禮》，腹裏以選試籍定，免一人傜役。至元十四年，臨安府立儒户，凡舊宋進士、發解、秀才、真材碩學、名卿士大夫等，無須考試，經坊里正人具寫申報，即可著爲儒籍。其時杭州初歸元土，多有遺漏。十八年，浙西道儒學提舉司葉李又以學籍另置儒籍，後各地學官續有補充。二十四年定，儒户除納地税、商税外，其餘一切差傜並行蠲免，故多有冒入儒籍、規避差傜者，二十六年命按察司分揀。二十七年詔籍江南户口，又以儒人具手狀申報，經尚書省照驗，定爲儒籍。要之，江南儒户門限甚低，至元二十六年曾考較在籍儒人，「能通文學」者即可免役。又，至元十九年定，儒户子弟「須要一名入府、州學，量其有無，自備束修［脩］，從教授讀書，修習儒業」。若非儒户則難以入學，雖「願從學者並聽」，但元貞元年定，須由現任品官保舉，並經月試，其「性行純粹，文學優長，課試分數又居其上，簾引中式」者，待有降供缺額，方可補學籍，且不許泛行保舉。繼先曾入杭州路儒學，其父又與學官宮大用爲友，因疑其出身於儒户。

父某，與曲家宮大用爲莫逆交。

《録鬼簿·宮大用傳》：「先君與之莫逆交。」

大用名天挺，曲家，大名開州人。大德四年前後任建德路儒學正，除釣臺書院山長。

元世祖至元十三年　丙子　一二七六

正月，元軍入臨安。二月，宋恭帝上表降。張弘範等入城受降。

弘範字仲疇，定興人。蔡國公柔第九子。征宋主將，崖山之役爲首帥，授蒙古漢軍都元帥。生平詳李謙《張公墓誌銘》（見《新中國出土墓誌·河北》），《元史》亦有傳。《録鬼簿》列「張九元帥」。

其子珪，大德間曾任浙西肅政廉訪使，見《元史·本傳》。

元世祖至元十四年　丁丑　一二七七

鍾嗣成生於本年前後。

繼先確切生年已不可曉。其師曹鑒生於至元八年，則繼先生年當晚於此。繼先又於杭州路儒學師從鄧文原，當在大德元年鄧離杭之前。元承古制十五歲入學（《廟學典禮》），以極端計，設大德元年年十五入學，則生年不晚於至元二十年。故生年當在至元八年至二十年間，酌其中，姑置本年。《録鬼簿·周仲彬傳》有「余輩衰老痿憊」語，見於簡本，爲至正二年至五年間修訂時所增，以生於本年計，時年六十六至六十九，約略相合。

本年後不久，關漢卿遊杭州。

關漢卿遊杭，作有【南吕·一枝花】《杭州景》，中有「大元朝新附國，亡宋家舊華夷」語，《元史·世祖本紀》至元十四年十一月：「庚子，命中書省檄諭中外：江南既平，宋宜曰亡宋，行在宜曰杭州。」又，漢卿《單刀會》雜劇，元刊本卷端題「古杭新刊的本關大王單刀會」。

元世祖至元十八年　辛巳　一二八一

約是年，張孔孫任江浙提刑按察司副使。

《元史·本傳》記孔孫仕履：「陞湖北道提刑按察副使……遷浙西提刑按察副使，改同知保定路總管府事，俄拜侍御史，行御史臺事。」未記年。案山南湖北道提刑按察司立於至元十四年七月（《南臺備要·立江南提刑按察司條畫》），其任鄂職必在此後。吉林博物館藏蘇軾書《洞庭》《中山》二賦，有至元二十二年孔孫跋，中有「予自鄂渚走豫章、浙西」語，則時已歷浙職。其任南臺侍御史，在至元二十三年（《至正金陵新志》卷六）。姑記於本年。時江南浙西道提刑按察司治杭州。

孔孫字夢符，隆安人，歷官至集賢大學士、翰林學士承旨。本年四十九歲。《録鬼簿》列「張夢符憲使」，曲作未見存。

元世祖至元二十五年　戊子　一二八八

十二月，杭州地震。

《癸辛雜識》續集卷上：「至元二十五年戊子歲冬十月二十四日丙子夜正中，地大震。始如暴風駕海潮之聲自西南來，鷄犬皆鳴，窗户磔磔有聲。繼而屋瓦皆摇，勢若掀箕。……至十一月初九日庚辰辰時又震。余向於庚子歲侍先子留富沙，曾經此變，乃晡時，杭、霅則在二鼓後，此理不可曉。」

元世祖至元二十六年　己丑　一二八九

江淮行省更名爲江浙行省，治所由揚州遷杭州。

至順四年柳貫《重修省府記》：「乃至元二十六年，制改江淮行省爲江浙行省，自維揚徙治錢塘。」（《柳待制文集》卷十四）至正四年歐陽玄《江浙行省興造記》：「玄奉命謹考其事實，世祖皇帝混一之初，置江淮行省于維揚，江浙隸焉。至元二十六年，以兩淮歸河南江北行省，改江淮爲江浙行省，遷之杭州。」（《成化杭州府志》卷十六）

案，宋亡之初，江浙行省建置屢經變更，考之《元史》，《世祖本紀》載，初置江淮行省於揚州，至元十五年十一月移治杭州；未幾遷回揚州（《本紀》失載）；二十一年二月再徙杭州；二十二年許，似一度分置兩省，故十月以江淮行省平章忙兀帶爲江浙省左丞；二十三年七月再徙揚州；二十四年正月「復改江浙省爲江淮行省」（此前更名爲江浙行省則失載）；二十六年二月又徙杭州；二十八年十二月改江淮行省爲江浙等處行中書省。《地理志》《百官志》所記較略，且有牴牾。兹據柳貫、歐陽玄兩《記》，記行省遷杭並更名於本年。此後江浙行省定治於杭，再未遷徙。

又，江淮行省所屬有行教坊司，總領江南樂工。《元史·世祖本紀》至元二十七年九月，有「命江淮行省鈎考行教坊司所總江南樂工租賦」記載。

馬致遠是年前任江浙行省務官。

《録鬼簿》簡本稱馬致遠爲「老江浙省務官」，增補本作「老江浙省務提舉」。「老江浙省」，當謂遷杭州前之行省。惟繁本作「任江浙行省務官」。

案，務官即場務官統稱，司税課。其在大都，置宣課提舉司，設提舉；諸路以下不置司，置税務，亦不稱提領所，但設提領（中書省任命）、大使（行省任命）、副使（諸路任命）。行中書省不設務官，惟杭州在城，以税額巨而設税課提舉，直隸行省，不屬杭州路。其品級未見記載，參以大都在城宣課提舉司提舉從五品，各地税額一萬錠以上税務提領從六品，則杭州在城税課提舉至少爲正六品。詳《元典章》卷九《場務官》及《元史·百官志》。致遠所任，應即杭州在城税課提舉。其在杭州，有曲作多首，並與曲家有往來，曾和盧摯《西湖四時漁歌》（詳大德十年）。張可久有《次馬致遠先輩韻九篇》，或亦作於杭。

又，《録鬼簿》載，戴善甫、尚仲賢亦曾任江浙行省務官。尚仲賢雜劇《三奪槊》，元刊本卷首題「古杭新刊的本蔚遲恭三奪槊」。

又，至元二十四年至二十八年，元淮任溧陽路總管府總管，其間詩作結集爲《金困集》（又名《溧陽路總管水鏡元公詩集》），其中《歷涉》《吊昭君》《昭君出塞》《楊妃入蜀》《西風》《試墨》詩六首，化用馬致遠《漢宫秋》《岳陽樓》，尚仲賢《三奪槊》，白朴《梧桐雨》四劇曲詞。知此四劇，時已流傳于江浙。馬致遠、尚仲賢二劇，或作於江浙行省務官任上。

陸仲良父以江淮行省典掾來杭州，因而家焉。

《録鬼簿·陸仲良傳》：「祖父維揚人，江淮改江浙，其父以典掾來杭，因而家焉。」

胡祗遹任江南浙西道提刑按察使，王惲任福建閩海道提刑按察使。

白朴《天籟集》卷下有詞《己丑送胡紹開王仲謀兩按察赴浙右閩中任》。

祗遹字紹開，號紫山，武安人。《元史》有傳，《録鬼簿》列其名。祗遹本年已六十二，至元二十八年以疾歸。任期内，江南浙西道提刑按察司署平江，杭州爲治内，相去亦不遠，但未見有來杭記載。

惲字仲謀，號秋澗，汲縣人。歷官至翰林學士、知制誥同修國史。《元史》亦有傳。惲亦曲家，《録鬼簿》失載。惲本年六十三，赴任途中，十一月過杭州；次年以疾辭歸，十月再過杭。雖宦旅匆匆，亦留詩文多首。

元世祖至元二十七年　庚寅　一二九〇

鄧文原辟杭州路儒學正。

《元史·鄧文原傳》:「至元二十七年,行中書省辟爲杭州路儒學正。」文原字善之,綿州人,父避兵徙杭,遂爲杭人。年十五通《春秋》。歷官至集賢直學士兼國子祭酒、經筵官。卒贈江浙行省參政,謚文肅。本年三十二歲。生平詳《吴文正公集》卷三十二《鄧公神道碑》、《金華黄先生文集》卷二十六《鄧公神道碑銘》。

曹鑒去家南遊。

《元史·曹鑒傳》:「既冠,南遊,具通五經大義。」鑒字克明,號以齋,宛平人,歷官至禮部尚書。爲詩賦尚《騷》《雅》,作文法西漢,每篇成,學者争相傳誦。本年二十歲。《録鬼簿》列其名。

元世祖至元二十八年　辛卯　一二九一

二月,白朴遊杭州。

白朴《天籟集》卷下有詞《至元辛卯春二月三日,同李景安提舉遊杭州西湖》。朴是年六十。

元世祖至元三十年　癸巳　一二九三

正月,江南浙西道肅政廉訪司由平江遷杭州,徐琰以廉訪使來。

《桐江續集》卷四十七《江南浙西道肅政廉訪司題名記》:「三十年春正月,中奉大夫、大使東平徐公嘗任中司參大政,自吴門移治于杭,以總各路分司之政。」琰字子方,號容齋,東平人。歷官至翰林學士承旨。《録鬼簿》列其名。其任浙西憲使,至元貞二年去職(《桐江續集》卷二十九有《前參政浙西廉訪徐子方得代,送別三十韻》,依編次約作於元貞二年五月初),在杭三年,頗孚士人望,一時名流多與之交。曾創建西湖書院,杭人塑其像於此,至明猶存。《成化杭州府志》卷三十七謂:「琰有文學重望,東南人士重之。」

本年後,黄公望辟浙西肅政廉訪司書吏。

《成化杭州府志》卷四十五《黄公望傳》:「元至元中,浙西廉訪使徐琰辟爲書吏,未幾棄去。」《録鬼簿·本傳》謂公望「先充浙西憲吏」,即此。公望本年二十五歲(生年據其畫作自題年歲推算)。

元成宗元貞元年　乙未　一二九五

本年前後在杭州路儒學,師從鄧文原。

《録鬼簿·趙君卿傳》:「與余同里閈,同發蒙,同師鄧善之、曹克明、劉聲之三先生。」朱凱《録鬼簿後序》:「善之鄧祭酒、克明曹尚書之高弟。」

案,以上未言杭州路儒學,文原辟學正前,又嘗於杭州「開門授徒,户屨常滿」,故繼先師從之,時地尚需辨明。考元朝歲貢儒吏之制,必於「係籍儒生内選試」(《廟學典禮》卷一《歲貢儒吏》),「係籍儒生」即儒户子弟入官學者。官學之設,其旨即在歲貢充吏及補學官。《廟學典禮》卷五《行臺坐下憲司講究學校便宜》:「十二試積及十分者,次年正月内,從教官申請本路文資正官、廉訪司官詣學,集及分儒生簾引文義通暢者,取首名保申上司,以備歲貢。」《元史·選舉志》:「自京學及州縣學以及書院,凡生徒之肄業於是者,守令舉薦之,臺憲考核之,或用爲教官,或取爲吏屬。」繼先同窗，趙良弼補嘉興路吏、陳彦實補衢州路吏、劉宣子補淮東憲司書吏、屈子敬授學官，皆此途，故諸人必爲儒學諸生，合以其師鄧文原爲杭州路儒學正，則所入爲杭州路儒學可斷。繼先記其同學，屢言「同窗」「同舍」，亦非私學之語。又，官學分設大學、小學，繼先從文原學，應在大學。小學專設教導一職，教八至十五歲童生啓蒙，非學正之責。大學生員則「從教授讀書，修習儒業」（《廟學典禮》卷一）。教授爲儒學正職，每忙於事務，而以授徒事委之副職學正。《剡源文集》卷十三有《送唐君儒序》，爲杭州路儒學正唐君儒秩滿作，時在大德三年，云：「杭學爲東南望，其來久矣。士之自四方萬里至者，遊多於居，又多尊官貴僚，博士朝暮將迎奔走，僅幸不失事，故嘗不暇數數與諸生接，而委責於其正。正之爲職，其任重且難無疑。」

杭州路儒學舊爲南宋臨安府學，人文薈萃，名盛一時。《金華黄先生文集》卷十《杭州路儒學興造記》云：「禮殿之東有論堂，宋理宗書『養源堂』三大字故在。左右前後環以十齋，曰進德、曰興能、曰登俊、曰持正、曰賓賢、曰崇禮、曰致道、曰尚志、曰養心、曰率性，每齋前列屋，爲問者五，而後爲爐亭，題扁則文丞相天祥、陳參政文龍諸名公書之。堂之北爲高閣以藏書，榜其顔曰『尊經』者，國朝行中書省平章政事高公興所書也。」江浙儒學提舉王大本《杭州路重建廟學碑》（今存杭州孔廟）：「皇元既屋宋社稷……乃即宋京學爲杭州路儒學，而省憲率郡有司以告朔謁謝於斯，以春秋釋奠於斯，以育才羞耇而興賢論秀於斯，於是杭學遂爲一行省首善之地，而非他路儒學所可昆弟語矣。」其址在今杭州孔廟。另，杭學又有南宋名樂師施德仲，上海博物院藏大德九年平江路造中呂鐘，鎸有「杭州路儒學樂師施德仲」。大德十年江浙行省奉命造宣聖廟樂器，即由德仲審校應律，運至大都（《元史·禮樂志》）。

又，元儒學無年限限制。元貞二年定：儒生三十歲以下、十五歲以上常川在學肄業，坐齋讀書；五十歲以下各供月課。終歲考其優劣，以定殿最；春秋二季集諸生簾引，籍其高下，以備歲貢。（《廟學典禮》卷五《行臺坐下憲司講究學校便宜》）

同學有趙良弼、陳彦實、李齊賢、劉宣子、屈子敬。時班惟志亦從鄧文原學。

繼先諸同學，《録鬼簿》俱有小傳，惟班惟志列入「方今名公」，《鄧公神道碑銘》稱惟志爲鄧文原門人，時在大德二年（詳是年），或惟志亦杭州路儒學生。

惟志字彦功，號恕齋，汴梁人。今所見惟志書法，如故宫博物院藏《韓熙載夜宴圖》題詩等，每自署「大梁班惟志」，《秘書監志》卷九亦記其爲汴梁人。惟《正德姑蘇志》卷四十一記爲松江人。頗疑與繼先同，祖籍汴梁而居江浙。

元成宗元貞二年　丙申　一二九六

侯正卿流寓杭州。

《癸辛雜識》「方回」條，記方回年登古希之歲，以壽詩與仇遠交惡，得正卿爲解紛。方回本年七十，知事在本年。

正卿名克中，號艮齋，真定人。《録鬼簿》有傳。宋亡後流寓江浙，曾久居杭州，故或稱「武林侯先生」(《運使復齋郭公言行録》),一時名士多有交往,咏杭詩作亦復不少。

元成宗大德二年　戊戌　一二九八

春,鄧文原率門人班惟志等入都,爲徽仁裕聖皇后書大藏經。歸,遷調崇德州儒學教授,班惟志授溧陽州儒學教授。

案,文原亦以書法名世,與趙孟頫齊名,二人同時被召,提調寫經。《金華黄先生文集》卷二十六《鄧公神道碑銘》:「徽仁裕聖皇后命以泥金書大藏經,公應聘,率門人前集賢待制班惟志等二十人北上。竣事,二十人皆賞官,而公不預,第隨牒調補教授一州。」(「惟志」,原誤作「惟忠」,從《黄文獻公集》卷二十一改)《書史會要》卷七:「班惟志,字彦功,號恕齋。……初,徽仁裕聖皇后以泥金寫大藏經,鄧文肅舉惟志入經局。」楊載《趙公(孟頫)行狀》(《松雪齋文集》附):「召金書藏經,許舉能書者自隨。書畢,所舉廿餘人皆受賜得官。」方回有《送趙子昂提調寫金經》《送鄧善之提調寫金經》送之,見《桐江續集》卷三十三,依原書編次,詩作於本年春;《剡源文集》卷十四有《送鄧善之序》,亦稱大德戊戌春。本年二月二十三日,趙、鄧等在鮮于樞寓舍同觀王羲之《思想帖》(《大觀録》卷一),其成行當在此後不久。

又,《元史·鄧文原傳》:「大德二年,調崇德州教授。」班惟志事,《鄧公神道碑銘》僅言賞官,《至正金陵新志》卷九載:「溧陽州,歸附初爲縣,設主學、教諭。元貞元年陞州,即以前宋縣學改爲州學,設教授。大德五年,教授班惟志修學,重建齋舍。」以時論之,溧陽儒學教授當是因寫經而授。

惟《弘治溧陽縣志》卷四謂「大德五年到任」，而其書行文「到任」，皆「在任」之意。

滕玉霄以管押地理書來杭。

《桐江續集》卷三十三有《送滕玉霄張元朴管押地理書入都》，依編次作於本年春。蘇天爵《齊乘序》：「大德初，始從集賢等制趙忭之請，作《大一統志》。」管押地理書入都，或與此有關。

玉霄名斌，一作賓，字玉霄，睢陽人，居黄岡。仕至江西儒學提舉。《録鬼簿》列其名。詩作有《感寓》「步出湧金門」，作於杭州。

元成宗大德三年　己亥　一二九九

八月，趙孟頫授江浙儒學提舉。

楊載《趙公行狀》：「己亥八月，改集賢直學士、行江浙等處儒學提舉。」

孟頫字子昂，吴興人，宋太祖之後，歷官至翰林學士承旨。《録鬼簿》列其名。是年孟頫四十六歲。

其兄孟頔，時任杭州路儒學教授（孟頫《先侍郎阡表》，作於大德元年十二月，記孟頔職如此，見《松雪齋文集》卷八）。

元成宗大德四年　庚子　一三〇〇

曹元用遊杭州。

《剡源文集》卷十四《贈曹子貞編修序》：「庚子之夏，有中都官敝韉羸縑，過余錢塘逆旅。……請其姓氏，曹君子貞也。」

元用字子貞，汶上人，歷官至翰林侍講學士兼經筵官，卒贈江浙等處行中書省參政。《元史》有傳，生平詳宋本《曹公墓誌銘》（《考古》一九八三年第九期）。元用本年三十三歲。《録鬼簿》列其名，曲作未見存。

本年前後師從曹鑒。

《録鬼簿·趙君卿傳》稱「同師鄧善之、曹克明、劉聲之三先生」。其師從曹鑒，依次當在鄧文原後。《剡源文集》卷二十七和元明善《感遇》詩，題中有「並陳東平曹子貞編修、薊丘曹克明教授」語，當與前《贈曹子貞編修序》同是本年杭州作。詩題稱曹鑒爲教授，似鑒本年前後曾於杭州講學授徒。本年鄧文原已離杭，繼先師從之，爲時略能銜接，因繫本年。又，鑒次年以郝彬薦爲淮海書院山長，知所謂「教授」，非指諸路儒學教授。元制，書院山長任滿，方可充府、州儒學教授，去諸路儒學教授仍差一級。考諸路儒學，又有副教官、大學講書、齋長、名儒、耆宿等學職、名分，或曹鑒曾受聘杭州路儒學，充此類學職。

宮大用本年在建德路儒學正任上。

方逢振《山房先生遺文·瑞粟圖序》（《蛟峰集》附）：「青溪之近郊，有粟一莖而兩穗者、三四穗者，民若士合辭以慶于長官，學正宮大用率諸生以其圖來諗，俾予叙其歲月。」青溪即淳安，建德路屬縣。《嘉靖淳安縣志》亦載此序，署「大德庚子秋閏七月」，「宮大用率諸生」誤作「宮大成殿諸生」。縣學不設學正，故大用所任當是建德路儒學正。

案《録鬼簿・宫大用傳》:「歷學官,除釣臺書院山長。爲權豪所中,事獲辯明,亦不見用。卒於常州。」則其任建德路儒學正在前,遷釣臺書院山長在後。學正與書院山長職相等,歷一任可升府、州儒學教授。惟大德間江浙學官闕少員多,充教授甚難。《廟學典禮》卷六《山長改教授及正録教諭格例》載,大德五年「即目在選教授二百餘員,若止及此,尚且數年注受未畢,況又續到者亦未見數」。

元成宗大德五年　辛丑　一三〇一

曹鑒以郴彬薦,爲鎮江淮海書院山長。

見《元史・本傳》。

本年前後師從劉濩。

繼先師從劉濩,見《録鬼簿・趙君卿傳》,爲時不可考,依次應在曹鑒後,姑置本年。是年前後,濩有執教杭州記載。黄溍《黄文獻公集》卷八《跋劉聲之詩》:「僕年二十餘,識聲之先生于錢唐,時聲之方以經學教授,愧莫能執弟子禮。」本年溍二十五歲。所謂「以經學教授」於杭州者,或曾受聘杭州路儒學,爲大學講書之類學職。

濩字聲之,莆田人,占籍杭州,以德行文章稱。明洪武初,以布衣祀於杭州府學鄉賢祠,見《成化杭州府志》二十四、四十三。《嘉靖仁和縣志》卷九謂其曾入仁和縣學,洪武初病卒,當誤。黄溍《跋劉聲之詩》已云:「後因讀《周官》,將質所疑于聲之,而聲之已死。」

吴弘道編刊《中州啓劄》，時在江西行中書省檢校所書吏任上。許善勝大德五年四月《中州啓劄序》：「江西省檢校掾史吴君仁卿，裒中州諸老往復書尺，類爲一編，凡四卷，輟己俸鋟梓。」檢校掾史，即行中書省檢校所書吏，額二名，在行省吏員中待遇最低，月俸鈔十二兩、米一石（《元典章》卷十五、《事林廣記》别集卷二）。行省檢校所職司同中書省檢校所，掌公事程期、文牘稽失，惟職事限於本省。詳《元史·百官志》，《至正集》卷四十三《河南省檢校官持平堂記》，《玩齋集》卷七《福州行省檢校官廳壁記》《福建行省檢校官題名記》。又，檢校掾史並非檢校，檢校爲檢校所長官，凡二員，從七品。

弘道名仁卿，祁州蒲陰人，《録鬼簿》有傳。

元成宗大德七年　癸卯　一三〇三

與睢景臣交於杭州。

《録鬼簿·睢景臣傳》：「大德七年，公自維揚來杭州，余與之識。」

元成宗大德八年　甲辰　一三〇四

成宗追封伯顔，劉敏中撰《敕賜淮安忠武王廟碑》，平慶安刻《新刊大元混一平宋實録》於杭，鄧錡爲之序。

案，大德七年，杭州路司獄平慶安上書建言加封伯顔，有司轉呈中書省，本年詔封伯顔淮安王，謚忠武，劉敏中撰《敕賜淮安忠武王廟碑》。平氏乃倡捐募缘，佃杭城宋武學故基武成王廟之東，建祠以祀，並刊《新刊大元混一平宋實録》。事具《平宋實録》諸序，碑文見《中庵先生劉文簡公文集》卷一、《成化杭州府志》卷三十四。《平宋實録》三卷，劉敏中撰，平氏原刻已佚，今存影元鈔本，不署撰人，鄧序署「大德甲辰秋七月朔玉賓子鄧錡」（「賓」，從臺圖藏影元鈔本、《四庫全書》本，國圖藏影元鈔本誤作「寔」）。敏中字端甫，號中庵，章丘人，歷官至翰林學士承旨。《元史》有傳，《録鬼簿》題其名。本年六十二歲。

鄧錡即鄧玉賓，羽士，道號玉賓子。所著有大德二年《道德真經三解》，今存《道藏》本，自序及卷端俱署「玉賓子鄧錡」；《大易圖説》，佚，《國史經籍志》等有著録，《永樂大典》録有殘文。《平宋實録》鄧序後又有方回、杜道堅序，二人皆由宋入元，則錡年輩當相若，抑或稍早。《録鬼簿》列其名「鄧玉賓同知」。考南宋道家宮觀設知宮事、同知宮事，同知宮事入元又稱副宮事，見《洞霄圖志》。鄧氏之「同知」，或即此。《太平樂府》等選其曲，或署「鄧玉賓」，或署「鄧玉賓子」。

元成宗大德十年　丙午　一三〇六

本年前後作【南吕・一枝花】《自序醜齋》，時或在江浙行中書省，事案牘之務。《自序醜齋》中有「半生未得文章力」「空長三十歲」語，則作曲時年約三十，因繫本年。曲又云：「既通儒，又通吏。」此爲元代選吏所必備。如按察司書吏之選，「儒人一名，必諳吏事，吏人一名，必知經史」（《元史・選舉志》）；吏能須「行遺熟嫻，語言辯利，通習條法，曉解儒書，算數精明，字畫端正」(《元典章》卷十二《試選書吏條目》)。諸路司吏之選,亦以「行移有法,算術無差,字畫謹嚴,語言辯利,能通《詩》《書》《論》《孟》一經者爲中程式」(《廟學典禮》卷一《歲貢儒吏》)。又,《録鬼簿・趙君卿傳》:「又於省府同筆硯。」則繼先曾任職省府,省府當即江浙行中書省;「同筆硯」則事案牘之務。姑繫本年。

或謂繼先在江浙行中書省爲掾史,實非。元制,行中書省設令史,又稱掾史,額四十名,司公文,雖無資品,而職位甚重,爲吏職中地位最高者,俸給優厚,月俸鈔三十五兩、米一石八斗(《元典章》卷十五,《事林廣記》别集卷二),九十月考滿(大德間一百二十月考滿)即可出職正七品(《元典章》卷八《循行選法體例・吏員宣使奏差遷轉》)。行省令史須從六部令史中發遣,或從現任八品官内選取(《元典章》卷十二《收補行省令史》)。而六部令史則先由諸路選取歲貢儒生,補按察司(至元二十八年改稱廉訪司)書吏,然後按察司擇其優者,貢於六部(《元史・選舉志》)。歲貢儒生額極少,上路總管府三年一次,貢儒一名,吏一名(《廟學典禮》卷一《歲貢儒吏》)。朱凱《録鬼簿後序》謂繼先「從吏則有司不能辟,亦不屑就」,是其未曾入吏甚明。趙君卿在省府「同筆硯」之後,方「補嘉興路吏」。路吏即諸路司吏,爲吏員中職位最低者,出職僅得任流外職,遠不能比令史,亦可證其在省府未充吏員。

繼先在省府所職,當爲貼書之類雜役。元自都省以至州縣,事案牘者有貼書、寫發、主案之類雜役,司抄寫、記録、草擬文牘等,無俸,又稱「人吏」(《吏學指南》卷一),大抵皆土人(本地人)充任。

其中以貼書爲數最衆。貼書由在任吏員保舉，爲吏所用。名額、年歲初無限制，大德六年定，「大小衙門每額設吏員一名，止許依例保選年三十以下二十以上、慎行止、不作過犯貼書人二名。勾當六十個月無過錯者，量加區用（《元典章》卷十二《革去濫設貼書》）。所謂「量加區用」，在省部臺院可充典吏，在路府州縣充縣司吏（《元典章》卷八《省部臺院典吏月日事理》、卷十二《遷轉人吏》）。惟行省貼書史無明文，大抵充路府司吏。趙君卿補嘉興路吏，或即以貼書補。在籍儒生，多有充貼書者。《廟學典禮》卷五載元貞元年六月《行臺坐下憲司講究學校便宜》云：「其係籍儒人不依例赴學供講陪拜生員，於内多有恃賴見充行省、廉訪司、總管府典吏、貼書，學校似難約束。」蓋繼先時值壯年，前程固有所期，故貼書職雖微而仍「屑就」之。《自序醜齋》開篇云：「生居天地間，禀受陰陽氣。既爲男子身，須入世俗機。」

陳英以江南浙西道肅政廉訪使遷甘肅等處行中書省參知政事。《歸田類稿》卷五《甘肅行省創建來遠樓記》：「大德丙午秋仲，改浙西道肅政廉訪使陳公彦卿參兹省政。」

英字彦卿，號草庵，大都人。生平詳《張文忠公文集》卷十八《析津陳氏先塋碑銘》。《元曲家考略》及趙義山《元散曲家陳草庵、鮮于必仁考略》（《文學遺産》一九九三年三期）有考。陳氏亦曲家，《録鬼簿》列「陳草庵中丞」之名。其任江南浙西道肅政廉訪使，不詳始於何年，在杭亦未見有文字流傳，惟【山坡羊】小令「紅塵千丈」，有「恰餘杭，又燉煌，雲南蜀海黄茅瘴」句，述其經歷。

約大德間，盧摯曾來杭州。

摯有詩曲多首作於杭州，或不止一次來杭，惟確切年代未見記載，今人考訂多以爲在大德間，姑記於本年。參見彭萬隆《元代文學家盧摯生平新考》（《浙江工業大學學報》二〇一三年一期）、周清澍《盧摯生平及詩文繫年再檢討》（《中華文史論叢》二〇一四年四期）等。

摯字處道，號踈齋，涿州人，歷官至翰林學士承旨。《録鬼簿》列其名。其在杭，知名曲作有【雙調・湘妃怨】《西湖四時漁歌》，馬致遠、劉致俱有和曲。

元武宗至大元年　戊申　一三〇八

郝天挺以使事來杭，所著《注唐詩鼓吹》刻成於江浙儒學提舉司。

江浙儒司刻本《注唐詩鼓吹》，前有本年六月武乙昌序、九月趙孟頫序，武序云：「至大戊申，浙省屬儒司以是編鋟之梓，僕實董其事。工將訖，庸公適以使事南來，命僕序。」時郭畀以遷轉事來杭，《雲山日記》是年九月廿三日記：「郝左丞、趙子昂方會而去，欲見子昂不果。」廿八日又記：「玄同觀見趙子昂，時郝左丞坐正席。」

天挺字繼先，安肅人，大德末授江浙行省左丞，未赴，拜中書左丞。仁宗繼位，被召議政，革尚書省之弊，遂成皇慶之治。本年六十二歲。《録鬼簿》列「郝新齋左丞」。

約是年與金仁傑交於杭州。

《録鬼簿・金志甫傳》：「余自幼時聞公之名，未得與之見也。公小試錢穀，給由江浙，遂一見，如平生歡。交往二十年如一日。」仁傑卒天曆元年，上推二十年即本年。

元武宗至大三年　庚戌　一三一〇

鄧文原授江浙儒學提舉。

見《元史·本傳》。其後，皇慶元年召爲國子司業，未幾，論不合，移疾歸杭。

元武宗至大四年　辛亥　一三一一

姚燧來杭州，劉致隨侍。

劉致《牧庵年譜》至大四年：「閏七月至杭，未幾，中書遣陳檢閱復以承旨召，病不克赴，十月至京口，買舟西歸。致與先生別儀真。」致有【中吕·山坡羊】《侍牧庵先生西湖夜飲》，蓋此時作。

燧字端甫，號牧庵，洛陽人，歷官至翰林學士承旨。本年七十四。《録鬼簿》列其名。

致字時中，號逋齋，石州寧鄉人，又自稱河東劉致、湘中劉致，歷官至翰林待制。《録鬼簿》列其名。

元仁宗皇慶二年　癸丑　一三一三

詔開科舉。

元仁宗延祐元年　甲寅　一三一四

八月，江浙行省鄉試，繼先當應試，而未中選。

朱凱《録鬼簿後序》：「累試于有司，命不克遇。」

本次鄉試，鄧文原爲主考官。《鄧公神道碑銘》：「仁宗即位，詔以科目取士，江浙行中書省檄公考。延祐元年鄉舉，公以朝廷立法之初，多采考亭朱氏《貢舉私議》，慮遠方之士未悉上意，大書其文揭示之。由是士無復踵異時場屋之弊。」試題尚可見於《類編例舉三場文選》。本年中試並次年成進士者，杭籍蒙古、色目人有偰哲篤、忻都，南人有楊載（見《成化杭州府志》卷三十九。《至正直記》卷三謂偰哲篤兄弟五人同登進士第，時在江西）；江浙籍有金華黄溍等。時楊載年四十四，黄溍年三十八。

與周文質交。

《録鬼簿・周仲彬傳》：「余與之交二十年，未嘗跬步離也。」仲彬卒元統二年，上推二十年即本年。

貫雲石辭官南遊，來杭州，終隱居於此。

《元史・本傳》載貫雲石以疾辭還，在議科舉（皇慶二年十月）後不久。《圭齋文集》卷九《貫公神道碑》稱「移疾辭歸江南，十餘年間歷覽勝概」，其卒在泰定元年五月，上去皇慶二年凡十一年，故南遊當在皇慶二年底。其至杭，以文集請鄧文原序，《巴西文集・貫公文集序》云：「亡何，而公與余相繼南還。別之一年，公來遊錢塘，過余相見，若平生歡。」文原南還，在皇慶元年任國子司業後不久，「别之一年」，亦當在本年。

貫雲石，本名小云石海涯，號酸齋，畏兀兒人，祖籍北庭，歷官至翰林侍讀學士、知制誥同修國史。本年方二十九歲，其後隱居杭州。《貫公神道碑》云：「東遊錢塘，賣藥市肆，詭姓名，易冠服，混於居人。」明以來杭志多載其遺迹。《録鬼簿》列其名。

楊朝英輯《樂府新編陽春白雪》成，貫雲石爲之序。

貫雲石《陽春白雪序》無署期，但文中有「年來職史」語。《元史·貫雲石傳》：「仁宗踐祚，上疏條六事。……拜翰林侍讀學士、中奉大夫、知制誥同修國史」。《雪樓集》卷二十五《跋酸齋詩文》：「皇慶二年二月，拜翰林侍讀學士。」則「職史」之「年來」，當在本年。案朝英亦曾遊杭，其【雙調·水仙子】「雪晴天地一冰壺」等，即咏杭者，因疑貫雲石序作於杭州。

元仁宗延祐二年　乙卯　一三一五

黄公望被罪下獄。

《梧溪集》卷四《題黄大癡山水》小注：「嘗掾中臺察院，會張閭平章被誣，累之，得不死，遂入道云」。張閭坐經理田糧事被鞫，在本年九月，見《元史》之《仁宗本紀》《食貨志》。公望被罪當在此前後。楊載有詩《次韻黄子久獄中見贈》，見《楊仲弘詩》卷六。《録鬼簿·本傳》記子久「以事論經理田糧獲直」，當謂此。

胡正臣約卒於本年。

《録鬼簿·胡正臣傳》：「辭世已三十年矣。」此傳僅見於繁本，爲至正五年以後修訂所補，以至正五年上推三十年即本年。

元仁宗延祐三年　丙辰　一三一六

張養浩以禮部侍郎征舶泉州，過杭。

《張文忠公文集》卷十八《析津陳氏先塋碑銘》：「延祐丙辰夏，走以禮部侍郎征舶泉南回。」養浩有詩《過錢唐》《游西湖》《遊靈隱寺》，皆此時作。其南行有樂府百餘首，輯爲《江湖長短句》，原書不存，本年三月劉敏中作《江湖長短句引》，尚存於《中庵集》卷十六。

養浩字希孟，號雲莊，濟南人，歷官至參議中書省事、陝西行臺中丞。本年四十七歲。卒後，黄溍爲撰《祠堂碑》（元刊本《張文忠公文集》卷末，《金華黄先生文集》卷八）。元統三年，江浙行省參政孛术魯翀爲其文集作序。增補本《録鬼簿》列其名。

元仁宗延祐四年　丁巳　一三一七

再應鄉試，未中。

朱凱《録鬼簿後序》：「累試于有司，命不克遇。」既云累試，則本年當再應試。

元仁宗延祐五年　戊午　一三一八

鄧文原以翰林待制出僉江南浙西道肅政廉訪司事。

見《元史・本傳》。前此，文原延祐四年升翰林待制。其後，延祐六年移僉江東建康道肅政廉訪司事。

元仁宗延祐六年　己未　一三一九

貫雲石爲張可久《今樂府》作序。

天一閣舊藏鈔本《小山樂府》，有延祐六年春貫雲石序，原爲《今樂府》作，中云：「予寓武林，小山以樂府示余，臨風把玩，擊節而不自知，何其神也！……謂之《今樂府》，宜哉！」

《録鬼簿·張小山傳》記小山「有《今樂府》盛行于世，又有《吴鹽》《蘇堤漁唱》」，次序稍差。元刊本《張小山北曲聯樂府》目録後題記云：「本堂今求到時賢張小山樂府，前集《今樂府》、後集《蘇堤漁唱》，續集《吴鹽》，别集《新樂府》，元分四集。」是爲先後次序。

劉致在江浙儒學副提舉任上。

《至正四明續志》卷三記譙樓云：延祐六年重建，「江浙儒學副提舉劉致記」。致任是職始年不詳，其後至治二年，在京爲太常博士（《元史·祭祀志》）。

延祐間，趙良弼補嘉興路吏。

《録鬼簿·趙君卿傳》：「後補嘉興路吏，遷調杭州。」《崇禎嘉興縣志》卷十一《趙良弼傳》：「延祐中爲嘉興路吏，遷嘉興縣尉，屢著善政，調杭州。」

元英宗至治元年　辛酉　一三二一

馮子振遊杭州。

《式古堂書畫彙考》卷十六，記趙孟頫本年十二月書《方外交疏》，中有「處西湖之上，居多志同道合之朋」云云，具名者鄧文原、貫雲石、馮子振等十餘人。

子振字海粟，攸州人，歷官至翰林待制。曲作以和白無咎【鸚鵡曲】知名，《録鬼簿》列其名。本年子振六十五歲（生年據《居庸關賦》，《式古堂書畫彙考》卷十七）。案子振曾爲張可久《蘇堤漁唱》

題曲，見《張小山北曲聯樂府》卷首，無署期，或作於此間。

元英宗至治二年　壬戌　一三二二

虞集過杭州。

《道園學古録》卷四十九《晦機禪師塔銘》：「至治二年夏，集過浙江，遇師之大弟子某於報國寺，同禮師山中。」案，虞集、貫雲石、張翥各有贈俞行簡法師詩，刻於杭之通玄觀石壁鹿泉之側（今杭州市紫陽小學内，已漫漶），見於《通玄觀志》《西湖志》《兩浙金石志》等著録，蓋此行同遊所題。

集字伯生，號道園，仁壽人，歷官至奎章閣侍書學士。本年五十一歲。增補本《録鬼簿》有其名。集早年曾居杭，《輟耕録》卷二十六「箕仙有驗」條記有其在杭州卜筮軼事。後在朝，杭州祠寺多請其作文題記。

曹鑒授江浙行省左右司員外郎。

見《元史·本傳》。《本傳》又載，「泰定七年遷湖廣行省左右司員外郎」，但泰定無七年，依三年考滿計，應爲泰定二年。

元泰定帝元年　甲子　一三二四

五月，貫雲石卒於杭。

《貫公神道碑》：「泰定改元五月八日，薨于錢塘寓舍，年三十有九。自士大夫至兒童賤隸，莫不悼惜。」

秋，周德清作《中原音韻》。

周德清《中原音韻後序》：「泰定甲子秋，余既作《中原音韻》並《起例》。」

關漢卿、鄭光祖、白朴、馬致遠俱卒於是年以前。

周德清《中原音韻自序》：樂府之備，始於關、鄭、白、馬，「諸公已矣，後學莫及」。

作樂府已有成就，得世人好評。

周得清《中原音韻·定格》，引繼先【駡玉郎感皇恩采茶歌】《得書》，評曰：「音律、對偶、平仄俱好。妙在『長』字屬陽，『紙』字上聲起音，務頭在上，及【感皇恩】起句至『斷腸』句上。」

元泰定帝二年　乙丑　一三二五

吴弘道任建康路總管府提控案牘兼照磨承發架閣。

《至正金陵新志》卷六，列建康路總管府提控案牘兼照磨承發架閣，有吴弘道名，泰定二年任。其下一任李思明，天曆二年任。

案，此吴弘道與曲家吴弘道同是一人否，無確證，姑列此。弘道散曲《錢塘感舊》：「虚名仕途，微官苟禄。愁裏南閩，客裏東吴，夢裏西湖。」似仕途中有建康之任。提控案牘兼照磨承發架閣爲首領官中最低者，仍係吏屬，給從九品印，但須從在選文資流官内銓注（《元典章》卷九《敕牒提控案牘》），其在諸路，授從八品。如《金華黄先生文集》卷三十七所記王奎，授將仕佐郎、婺州路總管府提控案牘兼照磨承發架閣（《慶元路總管府判官致仕王君墓誌銘》）；徐沂之，授將仕佐郎、温州路總管府提控案牘兼照磨承發架閣(《建德縣尹致仕徐君墓誌銘》)。

又,弘道【南吕·金字經】小令有「窮知縣,日高猶未眠」句,則又曾任縣尹,爲時當在此後。元下縣縣尹從七品,中縣正七品,上縣從六品。《録鬼簿》謂弘道「歷仕府判致仕」,當是遥授。府判從六品,元制七品及上者,致仕遥授加散官一級(《元典章》卷十一《致仕加授散官職事》)。弘道散曲【越調·鬥鵪鶉】「棄職休官」中有「我如今近七十」語(曲見《樂府新編陽春白雪》,題「又」,示與前一首弘道「天氣融融」宫調曲牌及作者同,九卷鈔本目録明題吴仁卿。《詞謔》亦謂仁卿作。惟《朝野新聲太平樂府》歸周仲彬作,《全元散曲》據以入仲彬名下,誤。仲彬「中年而殁」,年必不及七十),是年未及而辭,爲時至少在《録鬼簿》第一次修訂前,即至正五年以前。元制七十致仕,「若年雖未及,委有疾病自願致仕者,聽」(《元典章》卷十一《官員老病致仕》)。

元泰定帝三年　丙寅　一三二六

正月,曹鳴善遊杭州。

陸厚《幼壯俚語》有詩,題「泰定丙寅正月穀日雲間錢存畊、吴門李士廉、松江曹明善泛舟西湖,入靈鷲訪王庭長老……」,見《永樂大典》卷二千二百六十四。

鳴善名德,《録鬼簿》有傳。

春,因周文質與廖毅交。

《録鬼簿·廖弘道傳》:「泰定三年丙寅春,因余友周仲彬與之會。」

李洞遊杭州。

《范文白公詩集》卷五有《送别周儀之推官赴錢塘並簡李四秘書》，李即李洞，泰定元年任秘書監著作郎（《秘書監志》卷十），詩有「若逢李洞南天竺，爲説前書感謝頻」句，知李時在杭州。周即周天鳳，字儀之，時任泉州路總管府推官，本年充江浙鄉試考官來杭（《申齋集》卷十一《周君墓誌銘》，《類編例舉三場文選》載其名「周推官」）。

洞字溉之，濟南人。歷官至翰林直學士、奎章閣承制學士。文章、書法知名一世，《元史·本傳》謂：「洞每以李太白自擬，當世亦以是許之。」本年四十七歲。《録鬼簿》列其名。

洞在杭州，張可久有《湖上和李溉之》《偕李溉之泛湖》，或作於本年。惟此前至治二年，洞曾代祀岳鎮海瀆，「首北岳，遵濟源，轉北海，終會稽」（《清容居士集》卷二十四《送李溉之致祠山川序》）。至南鎮會稽，往返俱過杭。

元泰定帝四年　丁卯　一三二七

楊梓卒。

《陳衆仲文集》卷十一《楊國材墓志銘》：「泰定丁卯冬，康惠公薨。」亦見《樂郊私語·楊元坦行狀》。

梓，海鹽澉浦人，至元末以招諭爪哇等處宣慰司官與征爪哇，歷浙東道宣慰司都元帥府副使，以嘉議大夫、杭州路總管致仕。封弘農郡侯，謚康惠。梓著有雜劇三種，但其名不見於《録鬼簿》。《樂郊私語·楊氏樂府》謂：「州少年多善歌樂府，其傳皆出于澉川楊氏。當康惠公存時，節俠風流，善音律，與武林阿里海涯之子［孫］雲石交善。雲石翩翩公子，無論所製樂府、散套，駿逸爲當行之冠，即歌聲高引，可徹雲漢，而康惠獨得其傳。……其後長公國材，次公少中，復與鮮于去矜交好。去矜亦樂府擅場。以故楊氏家僮千指，無有不善南北歌調者。」長公國材即楊梜，次公少中當即楊樞。貫雲石延祐、至治間隱居杭州；鮮于去矜亦杭州人，父鮮于樞，錢塘名流，父子皆有散曲存世。疑楊氏父子與貫雲石、鮮于去矜交往，多在杭州。惟碑傳所謂「以某某職致仕」者，大抵皆致仕加一級遥授，並非實歷。

元文宗天曆元年　戊辰　一三二八

五月，鄧文原卒。

《鄧公神道碑銘》：「天曆元年五月二十二日，薨于杭州私第之正寢。」

冬，趙良弼卒。

《録鬼簿·趙君卿傳》：「天曆元年冬卒于家。」

曹鑒調江浙財賦府副總管。

見《元史·本傳》。鑒次年曾充江浙鄉試考官（見《類編例舉三場文選》），元統二年升同僉太常禮儀院離杭。

本年劉致亦在杭州，與曹鑒過從甚密。八月，同於吴福孫樂善堂觀《睢陽五老圖》（《存復齋文集》

卷六）。福孫杭人，時移疾居家（《金華黄先生文集》卷三十八《吴君墓誌銘》）。十一月，同於石民瞻雙清堂觀趙孟頫小楷《過秦論》（《清河書畫舫》波字號）。民瞻名岩，京口人（《書史會要》卷七）。又，天一閣舊藏鈔本《小山樂府》有二人跋，疑亦此時作。劉跋署「書於清風堂」，堂在杭州開元宫（《成化杭州府志》卷四十八揭傒斯《清風堂記》），時王壽衍領杭州路道教諸宫事、住持開元宫事（《王忠文公文集》卷十六《真人王公碑》）。曹跋署「書於開玄堂」，堂在壽衍德清之别業開玄道院（《金華黄先生文集》卷十五《茅齋記》）。劉跋爲小山《吴鹽》作，中有「小山《今樂府》行於世久矣，《吴鹽》稿最後出」語，《吴鹽》或成於此時，其中有《開玄堂上》曲兩首。

元文宗天曆二年　己巳　一三二九

正月，金仁傑赴建康崇寧務官任，與繼先叙别。至，旋卒。三月，其二子護柩來杭。同月，陳無妄卒。

春，廖毅卒。

見《録鬼簿》。「崇寧」疑爲「常寧」之誤，已見繁本校記〔一四七〕。

文宗立奎章閣學士院。

事具《元史》等。奎章閣爲討論經史、品鑒書畫之所，文宗常莅此「觀書怡神」。其與曲家相關者，《梧岡文稿·跋張小山所書樂府》（《唐氏三先生集》卷二十七）載：「南有張小山，自《吴鹽集》一出，流傳京師，寵書于奎章，膾炙人口。」

元文宗至順元年　庚午　一三三〇

七月，作《録鬼簿》。

《録鬼簿自序》署「至順元年龍集庚午月建甲申二十二日辛未」，庚午之年，甲申月爲七月。又，朱凱《録鬼簿後序》，署至順元年九月，但文稱曹鑒「曹克明尚書」，而鑒升禮部尚書在後至元元年，故序文或曾經修改，或署期有誤。

同月，趙天錫授鎮江路總管府判官。

《至順鎮江志》卷十六鎮江路總管府判官下載：「趙禹圭，字天錫，河南人，承直郎，至順元年七月二十七日至，三年十月致仕。」天錫名禹圭，一作禹珪，後至元末任行大司農司管勾（見《至順鎮江志》卷十七，名作「禹珪」）。以七十致仕例，當生於中統四年。《録鬼簿》有傳。

秋，趙伯寧代祀淮浙。

許有壬《至正集》卷七十九【水龍吟】《趙伯寧中丞代祀淮浙過維揚徵賦》，中有「寤寐天顔咫尺，褭秋風一鞭歸騎」句。有壬本年擢兩淮都轉運鹽司使來揚州，次年二月召參議中書省事（《元史·本傳》）；趙伯寧本年二月任御史中丞（《元史·文宗本紀》）。知代祀事在本年秋。詞題云「代祀淮浙」，則必至杭州。

伯寧名世安，涞水人，文宗寵臣。文宗嘗命馬祖常撰《御史中丞趙公先德碑銘》（《石田文集》卷十三）。本年四十七歲（《蒲室集》卷四《寄趙伯寧中丞》小序：「趙與予同生甲申。」）惠宗即位後失勢，莫知所終，疑被罪。增補本《録鬼簿》列其名，曲作今未見存。

元文宗至順三年　壬申　一三三二

馬昂夫自太平路總管遷衢州路達魯花赤。

馬昂夫《郡守題名記》：「至順三年冬，余自池陽總管移守是邦。」（《嘉靖衢州府志》卷四）昂夫回鶻人，漢姓馬，字昂夫，號九皋，蒙古名薛超吾。《録鬼簿》列其名「馬昂夫總管」。昂夫後至元元年離衢州任（《嘉靖衢州府志》記後至元元年那懷任），蓋遷建德路達魯花赤或總管。《道園類稿》卷二十五《馬清獻公墓亭記》記其仕履云：三守衢，四守廣德。「廣德」當是「建德」之誤，《萬曆嚴州府志·李康傳》有「至正二年郡守馬九皋」語，可證。未幾再遷秘書卿，至正五年致仕，歸居江西龍興（至正五年南臺刻《歷代史譜》，昂夫序署「正議大夫、秘書卿」；《道園類稿》卷二十四《新修東湖書院記》，記至正五年八月龍興東湖書院釋菜禮，預者有「寓公致仕之有文學者、秘書卿覃懷薛超吾」）。

案衢州、建德均屬江浙行省，昂夫宦遊兩地約十年，蓋以此多往來於杭，有咏西湖曲多首，並與張小山等多有唱和，惟今未見有確切年代記載。或謂其晚年致仕寓杭，不確。

白賁在常州路總管府知事任上。

《江蘇金石志》卷二十二載《句曲浮山天王寺重建山門記》碑，立於至順三年七月，白賁篆額，署「將仕郎、常州路總管府知事」。

賁字無咎，錢塘人，《元曲家考略》有詳考。《録鬼簿》列其名。其父珽，亦杭之名士，至大間任江浙儒學提舉司副提舉。《宋學士文集》卷三十五《湛淵先生白公墓銘》云：「所居西湖，有泉自天竺來，及門而匯，榜之曰湛淵，因以自號。晚歸老棲霞，又號棲霞山人。」

元文宗至順四年　元順帝元統元年　癸酉　一三三三

劉致編姚燧《牧庵集》，中書省移命江浙儒學提舉司刻於杭州。

江浙儒學提舉吴善《牧庵集序》：「至順壬申，〔公〕之門人翰林待衛〔制〕劉公時中，始以公全集自中書移命江浙，以郡縣贍學餘錢，命工鋟木。」署至順四年閏三月。此刻今已佚。

致升翰林待制，不詳在何年。本年三月望日有《玄門十子圖》跋（上海博物館藏），時王壽衍將以此圖刻石於德清開玄道院，跋即爲此寫，似作於杭州或德清；本年又爲馬昂夫作《祥符鐘樓記》（《弘治衢州府志》卷十四）。或劉致本年已致仕歸居杭州。

元順帝元統二年　甲戌　一三三四

至吴江，六月回杭。十一月，周文質卒。

見《録鬼簿・周仲彬傳》。

江浙儒學提舉司刻劉敏中《中庵先生劉文簡公文集》。

江浙儒司刻本《中庵集》，臺北故宫博物院存有孤帙，前有本年春江浙儒學提舉吴善序。

又，江浙行省還曾命儒學提舉司重刻劉敏中《平宋録》於杭州路儒學。此刻今佚，黄溍序尚存於

《金華黄先生文集》卷十九。後至元末、至正初黄溍任江浙儒學提舉，刻書當在此時。

元順帝至元元年　乙亥　一三三五

曹鑒升禮部尚書，俄感疾卒。

見《元史·本傳》。案，元統二年，鑒嘗奉旨作《曹公（伯啓）神道碑》（附《曹文貞公詩集》後），署「中大夫、禮部尚書」，中云「天子繼位之二年……詔臣鑒爲銘墓道」，似鑒元統二年已升禮部尚書。但碑文實成於本年初：「錫謚加號，命之銘，以元統三年正月十日也。」蓋鑒上年同僉太常禮儀院，封贈謚號事乃其所掌，因被詔撰銘，銘成，已升禮部尚書。

元順帝至元二年　丙子　一三三六

阿魯威爲《兩浙都轉運鹽使司副使李侯去思頌》篆額。

李侯即李守中，《頌》見《正德松江府志》卷八，署至元二年三月，江浙等處儒學副提舉陳旅撰，兩浙都轉運鹽使賈度書，前中書省參知政事阿魯威篆。案兩浙都轉運鹽使司在杭州，疑此碑撰文、書丹及篆額俱在杭，其立碑松江者，松江府境下沙鎮置有分司，李氏嘗主其事。

阿魯威字叔重，號東泉，蒙古人。歷泉州路總管、翰林侍講學士、中書參政。晚年隱迹江南，曾居杭州，與錢塘名士王壽衍、張雨、張翥等多有唱和。《元曲十九家行狀考辨》有考。阿魯威亦知名曲家，但《録鬼簿》未載其名。

元順帝至元三年　丁丑　一三三七

班惟志除常熟州知州。

《正德姑蘇志》卷四十一、《嘉靖常熟縣志》卷五，俱云惟志至元間任常熟知州，不言年代。《康熙常熟縣志》卷十記至元三年任（承《嘉靖志》誤爲「班恕字惟志」），卷二十五載班氏《跋鄒伯祥玉枕蘭亭卷》，署「至元三年首夏二十有一日，大梁班惟志彦功書於常熟齋居」，其任知州，當在此前。是年十二月惟志作《本草元命苞序》（《愛日精廬藏書續志》卷三），署「奉議大夫、平江路常熟州知州」。次年《佑聖道院碑記》（《琴川三志補記續》卷二），署「奉議大夫、平江路常熟州知州兼勸農事」。

七月，至鄮城，道過慈溪，會邵元長於東皋精舍。八月，返，復經慈溪，以《録鬼簿》示元長，元長爲之跋，並題【湘妃曲】贈别。

見《録鬼簿》邵元長跋。

元長生平不詳，《光緒慈溪縣志》卷四載道光六年清理鄉賢祠木主，中有其名。東皋精舍，即東皋福昌寺，在慈溪東南三里，見《九靈山房集》卷二十八《重建東皋福昌寺記》、《成化寧波郡誌》卷九。

元順帝至元四年　戊寅　一三三八

張可久在桐廬典史任上。

桐廬桐君山今存可久摩崖石刻題記二，其一云：「至元後戊寅九日，句章小山張久可來遊，永、羽二子侍。」其二云：「嘉熙末年，縣令趙清卿鑿山徑三百丈，茅塞之矣。後百年爲至元己卯，四明張久可來，疏而闢之，人皆以爲便。」當係小山桐廬爲吏時刻。《江月松風集》卷七有《送張小山之桐廬典史》。

元順帝至元五年　己卯　一三三九

薩都剌本年有杭州遊。

臺北故宫博物院藏薩都剌《嚴陵釣臺圖》，自跋署「至元己卯八月，燕山天錫薩都剌寫並題于武林」。

薩都剌字天錫，回紇人。泰定四年進士。歷京口録事司達魯花赤、江南行臺掾史，元統二年除燕南河北道肅政廉訪司照磨，歲餘遷福建閩海道肅政廉訪司知事，又歲餘遷燕南河北道廉訪司經歷。此後行踪不可考，後人傳聞、推論甚多。《兩浙名賢録》卷五十四《薩都剌傳》：「寓居武林，博雅工詩文，風流俊逸，而性好游。每風日晴美，輒肩一杖，挂瓢笠，脚踏雙不借，遍走兩山間，凡深岩邃壑人迹所不到者，無不窮其幽勝。至得意處，輒席草坐，徘徊終日不能去。興至，則發爲詩歌，以題品之。今兩山多有遺墨，而《西湖十景詞》尤膾炙人口。竟莫知其所終。」則不知所據。《録鬼簿》題其名。

案薩氏杭州留詩甚多，但俱難繫年。其最著者《遊吴山紫陽庵》「天風吹我登鼇峰」（成化刻本《雁門集》卷三），今西湖新十景「吴山天風」即取意於此。此詩和者甚衆，明正統九年，紫陽庵道人范志敏輯爲《鼇峰倡和詩》（是書刻於弘治間，原本久佚，清初莫栻輯入《瑞室山志》，光緒間丁丙從殘本《瑞室山志》中析出，刊入《武林掌故叢編》），姚震序云：「元進士薩天錫嘗憩此，愛其幽閑，有詩題于屋壁。」但所收元人陳孚、柳貫、黄溍、揭傒斯和詩，皆不見於本集，真僞莫辨（《瑞石山志》載正統十三年《瑞石山紫陽道院勝迹記》，謂庵創於延祐初。其時陳孚已卒，則陳氏和詩當係僞作）。薩詩後刻於瑞石山摩崖，《西湖志》卷二十八有著録，原文首題：「題紫陽勝境，元肅政廉訪司知事雁門薩都剌天錫。」《兩浙金石志》卷十八亦著録，云「行書，五行，字徑三寸」，又謂：「此詩題『元』字，當非原刻也。」今遍尋瑞石洞摩崖，舊刻漫漶皆不可辨，依阮記行款，似即「鼇峰」兩大字右側者。刻石者題薩氏銜「肅政廉訪司知事」，若源於薩氏自題，則當是赴福建閩海道任、途經杭州時作，據薩龍光輯本《雁門集・別録》引《憲司題名碑》，其上任在後至元二年四月。

太師伯顏擅權，無罪殺剡王徹徹都，曹明善賦【岷江緑】二曲諷之。

《輟耕録》卷八：「太師伯顏擅權之日，剡王徹徹都、高昌王帖木兒不花皆以無罪殺，山東憲吏曹明善時在都下，作【岷江緑】二曲以風之，大書揭于五門之上。」據《元史・伯顏傳》，伯顏殺徹徹篤，事在本年。《録鬼簿・曹明善傳》「賦《長門柳》二詞」，即謂此。

劉致本年前卒於杭州。

劉致確切卒年不詳。《江月松風集》卷五有《故翰林待制劉公時中挽詞》。案《江月松風集》十二卷，錢惟善手定，手稿今存臺北故宫博物院，前有後至元四年陳旅序、五年夏溥序，蓋初編成於本年。初編蓋十卷，其後，至元六年及至正元年初之作，俱編在卷十一以後。《輟耕録》卷九載，致既卒，貧無以葬，王壽衍周其遺孤，舉其喪，葬之德清。

致晚年辭官居杭。《江月松風集》卷四《劉時中待制見和〈定山十咏〉，作詩以謝》，有「辭官錢唐聽江雨，願言擊壤歌元豐」句。《金華黄先生文集》卷三十八《吴君墓誌銘》記後至元以後，吴福孫日與王壽衍及名公之歸休弗仕者劉時中等，徜徉湖山間。

元順帝至正元年　辛巳　一三四一

在慶元，與李顯卿會。時顯卿以廕父職錢穀官，由台州經慶元。

見《録鬼簿·李顯卿傳》。

黄公望隱居杭州南山筲箕泉。

公望隱居筲箕泉，元人多有記載，但始於何年未詳。楊維禎《題黄大癡山居圖》：「井西道人七十三，猶能遠景寫江南。筲箕屋下非工鍛，自是嵇公七不堪。」（《草堂雅集》卷後二）知公望本年已結廬於此。公望前後居杭甚久，故王逢《梧溪集》卷四《題黄大癡山水》記其爲「杭人」。

又，《弘治常熟縣志·黄公望傳》：「遊錢唐，與陳存甫論性命之理，公望曰：性由自悟，命假師傳。陳云：不然。性則由悟，不假師傳；命則師傳，必由理悟。公望服其言。愛南山筲箕泉，結草菴其上，將爲終老計。已而倦於應酬，歸富春。」事亦見《吴中人物志》卷九。陳存甫，當即《録鬼簿》曲家陳以仁。

元順帝至正二年　壬午　一三四二

四月一日，杭州大火，燬民廬舍四萬有畸。

楊維禎《武林弭灾記》：「至正二年四月一日，杭城大灾，燬民廬舍四萬有畸。」（此碑立於至正三年，今存杭州孔廟，班惟志篆蓋。）

案有元一代，杭州火灾甚頻，而惟此次損失最重。《西湖遊覽志餘》卷二十五云：「壬午四月一日大火，自昔所未聞也。數百年浩繁之地，一旦凋敝矣。」

王士熙除江南行御史臺御史中丞。

見《至正金陵新志》卷六。

士熙字繼學，東平人，亦曾師事鄧文原（《蒲室集》卷五《獨坐君子堂》詩注），蓋大德間事，時文原與其父王構同在翰苑。歷官至中書參政，以涉明文之争被徙。至順間起爲江東建康道肅政廉訪使，歷浙東海右道肅政廉訪使、南臺侍御史。《元曲管窺》《元曲十九家行狀考辨》有考。《録鬼簿》列其名。曲作《青樓集》記有贈維揚名妓李楚儀【塞鴻秋】四闋，今不存。

案士熙兩任南臺，杭州爲其監理之區，又任浙東憲司，署在婺州，地屬江浙行省，以理度之，當不止一次來杭。但其文集已佚，竟未見咏杭之作，惟《鼇峰倡和詩》録有和薩天錫詩一首，署銜「浙東廉使」，未必真，參見至元五年。

是年後至至正五年前，嘗修訂《録鬼簿》。

今所傳簡本《録鬼簿》，即此次修訂後之傳本。簡本可考紀事最晚者，爲「王繼學中丞」一語。是修訂在至正二年後。又繁本所載至正五年事，爲簡本所無。是修訂又當在至正五年前。

元順帝至正三年　癸未　一三四三

班惟志任江浙儒學提舉。

案《萬曆杭州府志》卷九《職官表》，記惟志任江浙儒學提舉在至正二年。但其前任黄溍，本年春「不俟引年，亟上納禄侍親之請，絶江徑歸」（《潛溪後集》卷十《金華黄先生行狀》）。故惟志繼任，當在本年。

元順帝至正五年　乙酉　一三四五

朱凱《包羅天地》編成於至正元年至本年間，鍾嗣成及張可久、喬吉、王曄、徐景祥等，俱爲之品題。

《七修續稿》引無名氏《千文虎序》：「元至正間浙省掾朱士凱編集萬類，分爲十二門……號曰『揆叙萬類』。四明張小山，太原喬吉，古汴［汴］鍾繼先，錢唐王日華、徐景祥，犖犖諸公，分類品題，作詩包類，凡若干卷，名曰《包羅天地》。」喬吉卒于本年二月，知書成在本年前。

二月，喬吉卒。

《録鬼簿・喬夢符傳》：「至正五年二月，病卒于家。」

是年後再次修訂《録鬼簿》。

繁本《録鬼簿》即此次修訂後之傳本。繁本可考記事最晚者，即喬吉卒年。以是知爲至正五年後修訂。又至正六年繼先友人王曄作《優戲録》（詳次年），《録鬼簿・本傳》不載，疑此次修訂，又在至正六年以前。

本年後繼先事迹遂無可考，是其卒在至正五年以後，享年約六十九以上。

《類聚名賢樂府群玉》或成於此時。

案《類聚名賢樂府群玉》五卷，不署輯者名氏，亦無序跋，有天一閣舊藏影元鈔本存世，上海圖書館藏。論者以繁本《録鬼簿》載胡存善有「群玉叢珠」之編，以爲「群玉」即此書（參見葛雲波《〈樂府群玉〉成書、增訂時間及影響考論》，《文獻季刊》二〇〇六年四期），惟尚乏確證，姑記於此。《樂府群玉》以曲家爲類編排，與他書以宫調類編者異，故稱「類聚名賢」。所收二十餘家，大多爲杭人或流寓杭州者，曲作亦以咏杭城者多，卷三有《鍾醜齋樂府》，卷四有《吴克齋樂府》，其編刊似在杭州。

元順帝至正六年　丙戌　一三四六

王曄作《優戲録》。

原書久佚，楊維禎《優戲録序》尚存於《東維子文集》卷十一，署「至正六年秋七月」。

班惟志江浙儒學提舉秩滿，未幾致仕。

《越中金石記》卷九有《嵊縣文昌祠置田記》，本年十月立石，篆蓋者楊敬德，已署江浙儒學提舉，班氏秩滿受代，當在此前不久。《金華黄先生文集》卷十《杭州路儒學興造記》（至正七年作）、卷二十六《鄧公神道碑銘》（至正九年作），俱稱班氏爲「前集賢待制」，當是遥授集賢待制致仕。《景泰雲南圖經志書》卷七有班詩《送述律元帥開闢分題得越嶲》，注「字彦功，集賢待制」。或據此以爲班氏作詩時（約元統間）已任集賢待制，未必。是書署詩文作者官職，往往非當時任，如卷一録蘇天爵同題詩，謂「中書參議」，乃至正元年任。惟志至順三年至元統二年任從七品秘書監典簿（《秘書監志》卷九），遽升正五品集賢待制亦不合常例。

又，《青樓集・張玉蓮傳》：「班彦翁與之甚狎，班儒司秩滿北上，張作小詞【折桂令】贈之。」

惟志在杭，事迹頗有可述：至正四年夏，籌修杭州路儒學（《杭州路儒學興造記》）；五年，奉命刻遼金二史（見江浙儒司刻本《金史》卷首牒文）；本年三月，爲吕淵刻《錢塘先賢傳贊》作序（原刻本佚，存《知不足齋叢書》本）。致仕後當仍居杭州，至正九年，黄公望爲作《九峰雪霽圖》，今存故宫博物院，跋云：「至正九年春正月爲彦功作。」此後遂無聞。

元順帝至正八年　戊子　一三四八

冬，高克禮升慶元路推官。

胡世佐《重建推官廳記》（《成化寧波郡誌》卷五）：至正八年，「是歲之冬，濟南高君、東平王君相繼來爲郡推官」。

克禮字敬臣，棣州無棣人。《録鬼簿》有傳，謂「見任縣尹」。其父高仁，字壽之，大德二年受知於江浙行省左丞哈剌哈孫，奏爲江浙行省檢校官，尋遷左右司都事，擢工部主事，俄復入江浙行省爲左右司員外郎。泰定元年以正三品亞中大夫、鎮江路總管致仕。事具《金華黄先生文集》卷二十八《濟南高氏先塋碑》（碑未言在江浙年月，考哈剌哈孫授江浙行省左丞，在大德二年，見《中庵先生劉文簡公文集》卷四《順德忠獻王碑》）。《西湖竹枝集》謂克禮「蔭官至慶元理官」，元制，正三品子廕從七品，蓋初以從七品入仕，歷經遷轉，至此升從六品慶元路推官。

元順帝至正十一年　辛卯　一三五一

楊朝英輯《朝野新聲太平樂府》，選繼先之作甚夥，卷前《太平樂府·姓氏》亦列其名。

案，《太平樂府》卷前有本年春鄧子晉序。

元順帝至正十九年　己亥　一三五九

夏庭芝作《青樓集》，中載繼先與藝人王玉梅事迹。

《説集》本《青樓集》卷前有夏氏《青樓集志》，署「至正己未春三月望日」。案至正無己未，其書作於至正十六年張士誠取平江後，故當是「己亥」之誤，姑繫本年。清趙魏鈔本則作「至正庚子四月既望」，似爲次年修訂所改。

元順帝至正二十年　庚子　一三六〇

七月，郩經爲《録鬼簿》題曲。

曲見繁本、增補本《録鬼簿》。或謂是時繼先尚在世，然僅憑此曲，未可定論。

繼先生平著述，有文集若干卷，佚。《録鬼簿續編·本傳》：「有文集若干卷，藏于家。」其篇目今所知者，如《録鬼簿·朱士凱傳》：「所編《昇平樂府》及隱語《包羅天地》《謎韻》，皆余作序。」無名氏《千文虎序》稱，《包羅天地》又有繼先品題。

雜劇今知有《馮諼收券》等七種，亦佚。朱凱《録鬼簿後序》：「如《馮諼收券》《詐遊雲夢》《錢神論》《斬陳餘》《章臺柳》《鄭莊公》《蟠桃會》等，皆在他處按行，故近者不知，人皆易之。」《録鬼簿續編·本傳》亦載七種名目。

散曲則小令、套數極多，膾炙人口，今尚有數十首傳世。《録鬼簿續編·本傳》：「所編小令、套數極多，膾炙人口。」今存小令五十九首，套數一套。近人彙爲《醜齋樂府》一卷，有民二十一年馬氏集文齋刻范凝池輯本，民三十年商務印書館排印任訥、盧前輯《散曲集叢》本。

引用書目

本書徵引文獻，多有據電子文本者，包括膠片轉製本、數字攝影本、數字掃描本，大抵源自中國國家圖書館、臺北「國家圖書館」、日本内閣文庫、日本静嘉堂文庫、美國哈佛燕京圖書館等數據庫，今仍以原版標注。凡鈔本注明藏家，中國國家圖書館簡稱「國圖」，臺北「國家圖書館」簡稱「臺圖」。近現代著作，行文中已注明版本者不具録。

經部

周易注疏　魏王弼、晋韓康伯注　唐孔穎達疏　《中華再造善本》本

四書章句集注　宋朱熹撰　《中華再造善本》本

龍龕手鑒　遼釋行均撰　《四部叢刊》本

字彙　明梅膺祚撰　明刻本

字彙補　清吴任臣撰　《續修四庫全書》本

草字編　洪鈞陶編　文物出版社出版

史部

廿四史　商務印書館輯印百衲本、《中華再造善本》本、中華書局點校本

欽定重訂大金國志　宋宇文懋昭撰　影印《四庫全書》本
元史　明洪武間刻南監遞修本、《中華再造善本》本
元史新編　清魏源撰　清光緒三十一年邵陽魏氏慎微堂刻本
元書　清曾廉撰　清宣統三年層漪堂刻本
錢塘遺事　元劉一清撰　影印《四庫全書》本
新刊大元混一平宋實録　元劉敏中撰　臺圖藏清影元鈔本、國圖藏清影元鈔本、影印《四庫全書》本
保越録　元徐勉之撰　明末刻《郭子式先生校刻書三種》本
明太祖實録　日本内閣文庫藏明藍格鈔本
秘書監志　元王士點、商企翁編　浙江古籍出版社排印本
南臺備要　元劉夢琛等編　影印《永樂大典》本
禮部志稿　明俞汝楫等編　影印《四庫全書》本
大元聖政國朝典章　臺北故宫博物院影印元刻本
通制條格　臺圖藏明鈔本
廟學典禮　影印《四庫全書》本
吏學指南　元徐元瑞撰　《中華再造善本》本

歷代史譜　元鄭鎮孫撰　明成化十一年刻本
古越書　明郭鈺輯評　明末刻《郭子式先生校刻書三種》本
名疑集　明陳士元撰　清道光十三年寶善堂刻《歸雲别集》本
書史會要　元陶宗儀撰　明洪武九年刻本
畫史會要　明朱謀垔撰　清初刻本
歷代畫史彙傳　清彭蘊璨撰　清刻本
青樓集　元夏庭芝撰　《古今説海》本、《説集》本、中國戲劇出版社排印孫崇濤等箋注本
青樓小名録　清趙慶楨撰　清咸豐二年師竹書屋刻本
新刊萬僧問答景德傳燈全録　宋釋道原撰　元刻本
釋氏稽古略　元釋覺岸撰　元刻本
文獻家通考(清—現代)　鄭偉章撰　中華書局排印本
吴中人物志　明張昶撰　明隆慶間刻本
松陵文獻　清潘檉章撰　清康熙三十二年潘耒刻本
兩浙名賢録　明徐象梅撰　明天啓間徐氏光碧堂刻本
兩浙輶軒録　清阮元編　清光緒十六年至十七年浙江書局刻本
錢塘先賢傳贊　宋袁韶撰　《知不足齋叢書》本

嘉禾徵獻録　清盛楓撰　《續修四庫全書》本

泗州大聖明覺普照國師傳　宋蔣之奇撰　《天津圖書館孤本秘笈叢書》本

運使復齋郭公言行録　元徐東輯　《續修四庫全書》本

珂雪齋外集　明袁中道撰　明萬曆四十六年刻本

姚之烜硃卷　《清代硃卷集成》本

雲山日記（郭天錫手書日記）　元郭畀撰　古典文學出版社影印手稿本

藝風老人日記　繆荃孫撰　北京大學出版社影印手稿本

丙辰日記　王國維撰　《王國維全集》本

倉石武四郎中國留學記　倉石武四郎撰　中華書局排印本

歷代名臣奏議　明楊士奇輯　明永樂間内府刻本

歲時廣記　元陳元靚撰　國圖藏清咸豐六年胡氏琳琅秘室鈔本

太平寰宇記　宋樂史撰　中華書局排印本

析津志輯佚　北京古籍出版社排印本

康熙唐山縣志　原刻本

乾隆正定府志　原刻本

光緒正定縣志　原刻本

雍正山西通志　原刻本
乾隆祁州志　《中國方志叢書》本
正德松江府志　《中國地方志集成·善本方志輯》本
康熙江南通志　原刻本
至正金陵新志　《中華再造善本》本
同治上江兩縣志　原刻本
弘治無錫縣志　《中國地方志集成·善本方志輯》本
萬曆無錫縣志　原刻本
道光江陰縣志　原刻本
萬曆重修常州府志　《南京圖書館藏稀見方志叢刊》本
弘治溧陽縣志　原刻本
萬曆武進縣誌　原刻本
正德姑蘇志　原刻本
弘治常熟縣志　廣陵書社影印本
嘉靖常熟縣志　原刻本
康熙常熟縣志　《中國地方志集成》本

琴川三志補記續　清光緒二十四年木活字本
嘉靖惟揚志　《天一閣藏明代方志選刊》本
嘉慶甘泉縣續志　原刻本
光緒增修甘泉縣志　原刻本
至順鎮江志　影印《宛委别藏》本
康熙鎮江府志　《中國人民大學圖書館藏稀見方志叢刊》本
萬曆丹徒縣志　《天一閣藏明代方志選刊續編》本
嘉慶丹徒縣志　原刻本
光緒丹徒縣志　原刻本
雍正敕修浙江通志　原刻本
成化杭州府志　《四庫全書存目叢書》本
萬曆杭州府志　原刻本
康熙錢塘縣志　原刻本
嘉靖仁和縣志　《武林掌故叢編》本
乾隆臨安縣志　原刻本
崇禎嘉興縣志　《日本藏中國罕見地方志叢刊》本

嘉慶嘉興縣志　原刻本
光緒嘉興府志　原刻本
光緒嘉興縣志　原刻本
天啓吴興備志《北京大學圖書館藏稀見方志叢刊》本
乾隆長興縣志　原刻本
寶慶四明志《中華再造善本》本
延祐四明志《宋元四明六志》本
至正四明續志《宋元四明六志》本
成化寧波郡誌　原刻本
嘉靖海寧縣志　原刻本
光緒慈溪縣志《中國地方志集成·浙江府縣志輯》本
康熙會稽縣志　原刻本
弘治衢州府志《天一閣藏明代方志選刊續編》本
嘉靖衢州府志　原刻本
萬曆嚴州府志《日本藏中國罕見地方志叢刊》本
嘉靖淳安縣志　原刻本

乾隆松陽縣志　《中國地方志集成·善本方志輯》本
成化中都志　《四庫全書存目叢書》本
萬曆滁陽志　原刻本
康熙滁州志　原刻本
嘉靖新安志補　原刻本
光緒直隸和州志　木活字本
嘉靖武寧縣志　《天一閣藏明代方志選刊續編》本
乾隆武寧縣志　《故宫珍本叢刊》本
齊乘　原刻本
嘉靖湖廣圖經志書　《日本藏中國罕見地方志叢刊》本
景泰雲南圖經志書　《續修四庫全書》本
長安志　宋宋敏求撰　《中華再造善本》本
涇里誌　《中國地方志集成·鄉鎮志專輯》本
章練小志　民國七年鉛印本
瑞石山志　清莫栻輯　《中華山水志叢刊》本
西湖遊覽志　明田汝成撰　《中華再造善本》本

西湖志　清李衛纂　清雍正間刻本
洞霄圖志　元鄧牧編　臺圖藏舊鈔本
通玄觀志　明姜南編　清吴陳琰增定　清康熙間刻本
都城紀勝　宋灌圃耐得翁撰　《楝亭藏書十二種》本
夢粱録　宋吴自牧撰　國圖藏清鈔本
武林舊事　宋周密撰　《寶顔堂秘笈》本
直齋書録解題　宋陳振孫撰　清乾隆間武英殿活字本
千頃堂書目　清黄虞稷編　國圖藏清道光六年劉氏味經書屋鈔本
欽定四庫全書總目　清紀昀等撰　影印《四庫全書》本
續修四庫全書提要　北京人文科學研究所編　中國科學院圖書館整理　齊魯書社影印稿本
續修四庫全書提要　該書編委會編　上海古籍出版社排印本
中國古籍總目　該書編委會編　中華書局、上海古籍出版社排印本
藏園訂補郘亭知見傳本書目　清莫友芝撰　傅增湘訂補　中華書局印本
藏園群書經眼録　傅增湘撰　中華書局排印本
補遼金元藝文志　清倪燦編　盧文弨補　清乾隆間抱經堂刻《群書拾補》本
元史藝文志　清錢大昕編　黄丕烈校　清嘉慶五年序刻本

元史藝文志補　清張錦雲編　商務印書館排印《遼金元藝文志》所收本

國史經籍志　明焦竑編　明萬曆三十年陳汝元刻本

民國時期總書目　北京圖書館編　中華書局排印本

彙刻書目　清顧修編　清嘉慶四年刻本

彙刻書目　清顧修編　朱學勤增補　福瀛書局重編　清光緒十二年至十五年上海福瀛書局刻本

增訂叢書舉要　清楊守敬編　李之鼎補編　民國七年李氏宜秋館排印本

永樂大典目録　明解縉等編　國圖藏清鈔本

浙江采集遺書總録　清沈初等編　清乾隆三十九年刻本

民國河南通志藝文志稿　河南通志館編　民國間排印本

中國地方誌聯合目録　中國科學院北京天文臺主編　中華書局排印本

晁氏寶文堂分類書目　明晁瑮藏　臺圖藏明鈔本

百川書志　明高儒撰　國圖藏清道光二十八年劉氏嘉蔭簃鈔本、國圖藏清鈔本、《觀古堂書目叢刻》本

澹生堂讀書記・澹生堂藏書目　明祁承㸁撰　《中國歷代書目題跋叢書》本

奕慶藏書樓書目　清祁理孫編　國圖藏清鈔本

錢遵王述古堂藏書目録　清錢曾編　國圖藏清錢氏述古堂鈔本

也是園藏書目　清錢曾編　國圖藏稿本
楝亭書目　清曹寅藏　國圖藏清鈔本
抱經樓書目　清盧址藏　《羅氏雪堂藏書遺珍》本
鑒止水齋書目　清許宗彦編　國圖藏舊鈔本
愛日精廬藏書志　清張金吾編　清道光間刻本
大梅山館藏書目　清姚燮編　《中國著名藏書家書目匯刊》本
結一廬書目　清朱學勤編　《觀古堂書目叢刻》本
善本書室藏書志　清丁丙撰　清光緒二十七年錢塘丁氏刻本
八千卷樓書目　清丁立中編　民國十二年丁仁排印本
皕宋樓藏書志　清陸心源編　清光緒八年刻本
儀顧堂續跋　清陸心源撰　清光緒十八年刻本
藝風藏書記　繆荃孫撰　清光緒二十六年繆氏自刻本
江南圖書館善本書目　該館編　南洋印刷廠排印本
抱經樓藏書志　沈德壽編　民國十三年排印本
江蘇第一圖書館覆校善本書目　該館編　民國間排印本
静嘉堂秘籍志　日本河田羆編　日本大正六年排印本

大雲精舍藏書目録　羅振玉藏　王國維編　西泠印社出版社《羅雪堂合集》影印稿本
羅氏藏書目録　羅振玉藏　北京大學出版社影印本
積學齋藏書記　徐乃昌藏　國圖藏舊鈔本、《中國歷代書目題跋叢書》本
静庵藏書目　王國維編　《王國維全集》附録本
海寧王静菴（國維）手抄手校詞曲書目　日本文求堂書店編　廣西師範大學出版社《日藏中國戲曲文獻綜録》卷首附影印件
蟫隱廬舊本書目　羅振常編　民國間蟫隱廬石印本
北京人文科學研究所藏書簡目　該所編　民國間排印本
涵芬樓原存善本草目　涵芬樓編　一九五一年商務印書館排印《涵芬樓燼餘書録》附録本
鳴晦廬書目　王立承編　國圖藏稿本
西諦書目　北京圖書館編　一九六三年文物出版社排印本
傅斯年圖書館善本古籍題跋輯録　湯蔓媛輯　傅斯年圖書館印本
關中金石記　清畢沅撰　清乾隆四十六年經訓堂刻本
江蘇金石志　江蘇通志局編　《石刻史料新編》本
兩浙金石志　清阮元編　《石刻史料新編》本
越中金石記　清杜春生編　《石刻史料新編》本

新中國出土墓誌·河北　中國文物研究所、河北省文物研究所編　文物出版社出版

子部

莊子鬳齋口義　宋林希逸撰　《中華再造善本》本
汪氏珊瑚網名畫題跋　明汪砢玉輯　國圖藏清初鈔本
書畫題跋記　明郁逢慶輯　國圖藏清鈔本
式古堂書畫彙考　清卞永譽輯　清康熙二十一年刻本
佩文齋書畫譜　清王原祁等編　清康熙四十七年内府刻本
平生壯觀　清顧復撰　《續修四庫全書》本
大觀録　清吴升輯　臺圖藏清乾隆間怡寄齋鈔本
墨缘彙觀　清安岐撰　哈佛燕京圖書館藏藍格鈔本
清河書畫舫　清張丑撰　清乾隆二十七年至二十八年池北草堂刻本
石渠隨筆　清阮元撰　國圖藏清鈔本
嘯旨　無名氏撰　《顧氏文房小説》本
詩禪　明李開先編　國圖藏清鈔本
笑苑千金　無名氏輯　《明清善本小説叢刊》本
雲林石譜　宋杜綰撰　國圖藏明萬曆二年夢覺子鈔本

續茶經　清陸廷燦輯　清雍正十二年陸氏壽椿堂刻本

吕氏春秋　《中華再造善本》本

風俗通義　漢應劭撰　《中華再造善本》本

西京雜記　晋葛洪撰　《四部叢刊》本

世説新語　宋劉義慶撰　明嘉靖十四年袁氏嘉趣堂刻本

封氏聞見記　唐封演撰　《雅雨堂叢書》本

唐摭言　五代王定保撰　國圖藏清影宋鈔本

北夢瑣言　宋孫光憲撰　明刻本

青瑣高議　宋劉斧撰　民國間董氏誦芬室刻本

冷齋夜話　宋釋惠洪撰　明刻本

類説　宋曾慥輯　明天啓六年岳鍾秀刻本

夷堅志　宋洪邁撰　《續修四庫全書》本

紺珠集　宋無名氏輯　明天順間刻本、南京圖書館藏清康熙五十三年尤貞起鈔本

三朝野史　宋無名氏撰　《廣百川學海》本

癸辛雜識　宋周密撰　中華書局排印本

誠齋雜記　元周達觀撰　《津逮秘書》本

山居新話　元楊瑀撰　《知不足齋叢書》本

樂郊私語　元姚桐壽撰　《尚白齋秘笈》本

静齋至正直記　元孔齊撰　國圖藏清鈔本

南村輟耕録　元陶宗儀撰　明初刻本、明成化十年刻本

草木子　明葉子奇撰　明嘉靖八年刻本

七修類稿　明郎瑛撰　明刻本

七修續稿　明郎瑛撰　《續修四庫全書》本、清乾隆四十年耕烟草堂刻本

真珠船　明胡侍撰　明嘉靖間刻本

風月堂雜識　明姜南撰　《藝海珠塵》本

四友齋叢説　明何良俊撰　明隆慶三年活字本

筆叢　明胡應麟撰　明萬曆三十四年吴勉學刻本

問奇類林　明郭良翰輯　《四庫未收書輯刊》本

堯山堂外紀　明蔣一葵撰　明萬曆間刻本

戲瑕　明錢希言撰　明萬曆間刻本

花當閣叢談　明徐復祚撰　《借月山房彙鈔》本

雕丘雜録　清梁清遠撰　清康熙間刻本

居易録　清王士禛撰　清刻本
元明事類鈔　清姚之駰編　影印《四庫全書》本
玉几山房聽雨録　清陳撰撰　南京圖書館藏稿本
茶餘客話　清阮葵生撰　國圖藏稿本
陔餘叢考　清趙翼撰《續修四庫全書》本
簷曝雜記　清趙翼撰《續修四庫全書》本
易餘籥録　清焦循撰《木犀軒叢書》本
鷗陂漁話　清葉廷琯撰　清同治八至九年刻本
銅熨斗齋隨筆　清沈濤撰　清刻本
曲園雜纂　清俞樾撰《春在堂全書》本
茶香室叢鈔　清俞樾撰《春在堂全書》本
海日樓札叢　沈曾植撰　錢仲聯輯　上海古籍出版社排印本
小説舊聞鈔　魯迅編　民國間聯華書局排印本
小説考證拾遺　蔣瑞藻編　民國間商務印書館排印本
翠墨集　黄裳撰　三聯書店排印本
魯詩堂談往録　羅繼祖撰　上海書店出版社排印本

錦繡萬花谷　宋無名氏輯　《中華再造善本》本
新編纂圖增類群書類要事林廣記　宋陳元靚編　元無名氏增　元至順間西園精舍刻本
永樂大典　明姚廣孝等編　中華書局影印本
國憲家猷　明王可大輯　《四庫全書存目叢書》本
通俗編　清翟灝撰　清乾隆十六年翟氏無不宜齋刻本
開天傳信記　唐鄭棨撰　《中華再造善本》影印宋刻《百川學海》本
太平廣記　宋李昉等編　明嘉靖四十五年談愷刻本
緑窗新話　宋皇都風月主人編　上海古籍出版社排印本
新編醉翁談録　宋羅燁撰　《續修四庫全書》本
京本通俗小説　無名氏輯　《烟畫東堂小品》本
清平山堂話本　明洪楩輯　明嘉靖間洪氏清平山堂刻本
雨窗集　明洪楩輯　《中華再造善本》本
增編會真記　明顧起經編　明隆慶三年衆芳書齋刻本
古今小説　明馮夢龍編　《古本小説集成》本
繡谷春容　明起北赤心子輯　明刻本
京本增補校正全像忠義水滸志傳評林　元施耐庵撰　《古本小説叢刊》本

李卓吾先生批評忠義水滸傳　元施耐庵撰　明容與堂刻本
忠義水滸全書　元施耐庵撰　明末郁郁堂刻本
新刻出像京本忠義水滸傳　元施耐庵撰　清初德聚堂、文星堂刻本
三國志通俗演義　明羅貫中撰《古本小説集成》本
新刻按鑒全像批評三國志傳　明羅貫中撰　《古本小説叢刊》本

集部

李太白文集　唐李白撰《中華再造善本》本
杜工部集　唐杜甫撰《中華再造善本》本
昌黎先生集　唐韓愈撰《中華再造善本》本
劉夢得文集　唐劉禹錫撰《四部叢刊》本
陶山集　宋陸佃撰　影印《四庫全書》本
後村居士集　宋劉克莊撰《中華再造善本》本
遺山先生文集　金元好問撰《中華再造善本》本
郝文忠公陵川文集　元郝經撰　明正德二年李瀚刻本
艮齋詩集　元侯克中撰　影印《四庫全書》本
寓庵集　元李庭撰《藕香零拾》本

虚谷桐江續集　元方回撰　國圖藏清乾隆二十二年鈔本
紫山大全集　元胡祗遹撰　影印《四庫全書》本
秋澗先生大全文集　元王惲撰　元刻明修本
山房先生遺文　宋方逢振撰　明天順七年方中明刻《蛟峰集》附刻本
牧庵集　元姚燧撰　影印《四庫全書》本
中庵先生劉文簡公文集　元劉敏中撰　國圖藏清影元鈔本
西巖集　元張之翰撰　影印《四庫全書》本
剡源戴先生文集　元戴表元撰　《四部叢刊》本
金淵集　元仇遠撰　影印《四庫全書》本
臨川吴文正公集　元吴澄撰　明成化二十年刻本
瓢泉吟稿　元朱晞顔撰　影印《四庫全書》本
金囦集　元元淮撰　《涵芬樓秘笈》本
楚國文憲公雪樓程先生文集　元程鉅夫撰　明洪武二十八年與耕書堂刻本
松雪齋文集　元趙孟頫撰　明初刻本
漢泉曹文貞公詩集　元曹伯啓撰　國圖藏清鈔本
巴西文集　元鄧文原撰　國圖藏清鈔本

蘭軒集　元王旭撰　影印《四庫全書》本
中齋劉先生文集　元劉岳申撰　國圖藏清鈔本
清容居士集　元袁桷撰《中華再造善本》本
張文忠公文集　元張養浩撰　元刻本、《中華再造善本》本
歸田類稿　元張養浩撰　影印《四庫全書》本
柳待制文集　元柳貫撰《中華再造善本》本
翰林楊仲弘詩　元楊載撰　明嘉靖十五年遼藩刻本
畏齋集　元程端禮撰　影印《四庫全書》本
雍虞先生道園類稿　元虞集撰《中華再造善本》本
道園學古録　元虞集撰《四部叢刊》本
畏齋集　元程端禮撰　影印《四庫全書》本
選校范文白公詩集　元范梈撰　國圖藏清初鈔本
金華黄先生文集　元黄溍撰　元刻本
黄文獻公集　元黄溍撰　元刻明修本
石田先生文集　元馬祖常撰《中華再造善本》本
圭齋文集　元歐陽玄撰　明成化七年劉釪刻本

蒲室集　元釋大訢撰　《中華再造善本》本
栲栳山人詩集　元岑安卿撰　影印《四庫全書》本
至正集　元許有壬撰　清宣統三年河南教育總會石印本
陳衆仲文集　元陳旅撰　元至正間刻明修本
雁門集　元薩都剌撰　明成化二十年刻本
雁門集　元薩都剌撰　清薩龍光編　清嘉慶十二年薩龍光刻本
存復齋文集　元朱德潤撰　明成化十一年項璁刻本
龜巢稿　元謝應芳撰　國圖藏清鈔本
東維子文集　元楊維禎撰　明初刻本
雲陽集　元李祁撰　影印《四庫全書》本
江月松風集　元錢惟善撰　國圖藏清鈔本
貢禮部玩齋集　元貢師泰撰　明天順間刻嘉靖間重修本
師山先生文集　元鄭玉撰　元至正間刻明修本
清閟閣遺稿　元倪瓚撰　明萬曆二十八年倪珵刻本
蟻術詩選　元邵亨貞撰　明隆慶六年汪稷刻本
九靈山房集　元戴良撰　明正統十年刻本、國圖藏清鈔本

梧溪集　元王逢撰　《中華再造善本》本
始豐稿　明徐一夔撰　臺圖藏明初刻配補精鈔本
潛溪後集　明宋濂撰　明初刻本
宋學士文集　明宋濂撰　明正德九年張縉刻本
王忠文公文集　明王禕撰　明嘉靖元年張齊刻本
思軒文集　明王偰撰　《明別集叢刊》本
高太史大全集　明高啓撰　明景泰元年刻本
梧岡詩稿、梧岡文稿　明唐文鳳撰　明正德十三年刻《唐氏三先生集》本
篁墩程先生文集　明程繁政撰　明正德二年刻本
李中麓閑居集　明李開先撰　明刻本
松石齋集　明趙用賢撰　明萬曆四十六年刻本
牧齋初學集　清錢謙益撰　明崇禎十六年瞿式耜刻本
抱山堂集　清朱彭撰　《清代詩文集彙編》本
北涇草堂集　清陳棟撰　清道光三年周之琦刻本
冬青館甲集　清張鑒撰　《清代詩文集彙編》本
四養齋詩稿　清俞正燮撰　《清代詩文集彙編》本

藝風堂文續集　繆荃孫撰　清宣統二年刻民國二年印本

王國維全集　王國維撰　浙江教育出版社、廣東教育出版社排印本

馬一浮集　馬一浮撰　浙江古籍出版社排印本

注唐詩鼓吹　元郝天挺注　元至大元年江浙儒學提舉司刻本

國朝文類　元蘇天爵編　元至正二年西湖書院刻本

皇元風雅　元蔣易輯　《中華再造善本》本

中州啓劄　元吴弘道編　元刻鈔配本

新刊類編例舉三場文選　元劉仁初編　元刻本

元詩選　清顧嗣立編　清康熙至嘉慶間顧氏秀野草堂刻本

列朝詩集　清錢謙益輯　清順治九年毛晉刻本

明詩綜　清朱彝尊編　清康熙間刻本

西湖竹枝集　元楊維禎輯　明萬曆三十二年馮夢禎序刻本

錫山遺響　明莫息、潘繼芳輯　明正德間刻本

草堂雅集　元顧瑛輯　中華書局排印本

澹游集　明釋來復輯　日本至德元年刻本

金蘭集　明徐達左輯　中華書局排印本

菴峰倡和詩　明范志敏輯　《武林掌故叢編》本
藝風堂友朋書札　上海古籍出版社排印本
樂章集　宋柳永撰　國圖藏清勞權鈔本
詳注周美成詞片玉集　宋周邦彦撰　《中華再造善本》本
蕭閑老人明秀集注　金蔡松年撰　《中華再造善本》本
遺山先生新樂府　金元好問撰　國圖藏清鈔本
天籟集　元白朴撰　清康熙間楊友敬刻本
梅邊吹笛譜　清凌廷堪撰　《安徽叢書·凌次仲先生遺書》本
明詞綜　清王昶輯　清嘉慶七年王氏三泖漁莊刻本
劉知遠諸宮調　金無名氏撰　文物出版社影印金刻本
張小山北曲聯樂府　元張可久撰　臺圖藏清道光六年琴川張氏小瑯嬛閣鈔本
小山樂府　元張可久撰　國圖藏明鈔本
張小山小令　元張可久撰　明李開先輯　明嘉靖間刻本
喬夢符小令　元喬吉撰　明李開先輯　明隆慶元年刻本、清刻本
醜齋樂府　元鍾嗣成撰　范凝池輯　民國二十一年馬氏集文齋刻本
醜齋樂府　元鍾嗣成撰　任訥、盧前輯　民國三十年商務印書館排印《散曲集叢》本

誠齋樂府　明朱有燉撰　明宣德九年周藩刻本
樂府新編陽春白雪　元朝朝英輯　元刻二卷殘本、《中華再造善本》影印元刻十卷本、《羅氏雪堂藏書遺珍》影印明鈔六卷本、國圖藏舊鈔九卷本
朝野新聲太平樂府　元楊朝英輯　元刊本、《四部叢刊》本
梨園按試樂府新聲　元無名氏輯　《中華再造善本》本
類聚名賢樂府群玉　元無名氏輯　國圖藏民國間吴梅傳鈔明天一閣鈔本
盛世新聲　明臧賢輯　明嘉靖間刻本
詞林摘艷　明張禄輯　《續修四庫全書》本
雍熙樂府　明郭勛輯　明嘉靖十年刻本
樂府群珠　明無名氏輯　國圖藏明鈔本
新鐫古今大雅北宫詞紀　明陳所聞輯　明萬三十二年陳氏繼志齋刻本
太霞新奏　明馮夢龍輯　明天啓七年序刻本
南北詞廣韻選　明徐復祚編　國圖藏清鈔本
關漢卿戲曲集　吴曉鈴等編　中國戲劇出版社排印本
新刊奇妙全相注釋西廂記　元王實甫撰　《古本戲曲叢刊》本
新校注古本西廂記　元王實甫撰　明王驥德注　明萬曆四十二年香雪居刻本

西廂記　元王實甫撰　明凌濛初評　明烏程凌氏刻朱墨套印本

西廂記　元王實甫撰　清毛甡論釋　清康熙十五年學者堂刻本

楊東來先生批評西游記　題元吴昌齡撰　日本昭和三年斯文會排印本

誠齋雜劇　明朱有燉撰　明永樂至正統間周藩刻本

小孫屠　元無名氏撰《永樂大典》本

張協狀元　元無名氏撰《永樂大典》本

宦門子弟錯立身　元無名氏撰《永樂大典》本

重校拜月亭記　舊題元施惠撰　明德壽堂刻本

新編金童玉女嬌紅記　明劉兑撰　明宣德間金陵積德堂刻本

新編劉知遠還鄉白兔記　無名氏撰《明成化説唱詞話叢刊》本

元刊雜劇三十種（古今雜劇）　元無名氏編《中華再造善本》本

雜劇十段錦　明無名氏編　民國二年董氏誦芬室影印明嘉靖三十七年紹陶室刻本

改定元賢傳奇　明李開先編　明嘉靖間刻本

雜劇選　明息機子編《古本戲曲叢刊》本

脈望館鈔校本古今雜劇《古本戲曲叢刊》本

古雜劇　明王驥德編　明萬曆間顧曲齋刻本

元曲選　明臧懋循編　明萬曆間刻本
古今名劇合選　明孟稱舜編　明崇禎間刻本、《古本戲曲叢刊》本
彙刻傳劇　清劉世珩輯　清末民初劉氏暖紅室刻本
曲海總目提要　清無名氏撰　董康編　人民文學出版社排印本
曲海總目提要補編　清無名氏撰　北嬰補輯　人民文學出版社排印本
傳奇彙考標目　清無名氏編　《中國古典戲曲論著集成》本
曲録　王國維編　清光緒三十四年玉海堂鈔本、《晨風閣叢書》本、《曲苑》本
中原音韻　元周德清撰　《中華再造善本》本
中原音韻表稿　寧繼福編著　吉林文史出版社印本
北詞譜　明徐迎慶撰　國圖藏清鈔本
一笠菴北詞廣正譜　明徐迎慶撰　清李玉更定　清康熙間青蓮書屋刻本
元人小令格律　唐圭璋撰　上海古籍出版社排印本
增定南九宫曲譜　明沈璟撰　明文治堂刻本
彙纂元譜南曲九宫正始　明徐迎慶撰　鈕少雅訂　國圖藏清鈔本
寒山堂新定九宫十三攝南曲譜　清張彝宣撰　中國藝術研究院音樂研究所藏清鈔本
南詞叙録　明徐渭撰　《中國古典戲曲論著集成》本

詞謔　明李開先撰（原不題撰人）　明刻本
曲律　明王驥德撰　明天啓四年毛以燧刻本
劇話　清李調元撰　清乾隆四十七年初刻《函海》本
劇説　清焦循撰　《中華再造善本》本、《誦芬室叢刊》二編本
今樂考證　清姚燮撰　民國二十五年北京大學影印稿本
觀劇絶句　清金德瑛撰　葉德輝等和　《雙梅景闇叢書》本
暖紅室校刻傳劇資料叢輯　《綏中吴氏藏抄本稿本戲曲叢刊》本
曲海揚波　任訥輯　《新曲苑》本
曲諧　任訥輯　《散曲叢刊》本
也是園古今雜劇考　孫楷第著　上雜出版社排印本
元曲家考略　孫楷第著　上海古籍出版社排印本
滄州集　孫楷第著　中華書局排印本
元劇斟疑　嚴敦易著　中華書局排印本
元曲作家生卒新考　吴曉鈴著　民國二十八年油印本
元曲管窺　門巋著　天津人民出版社排印本
元曲十九家行狀考辨　都劉平著　二〇一八年山東大學博士學位論文

竹坡老人詩話　宋周紫芝撰　《中華再造善本》影印宋刻《百川學海》本

南濠詩話　明都穆撰　《知不足齋叢書》本

藝苑卮言　明王世貞撰　明經世堂刻《弇州山人四部稿》本

藝藪談宗　明周子文輯　《四庫全書存目叢書》本

元詩紀事　陳衍輯　《續修四庫全書》本